translation of The Benefactor.
I am grateful for all your
work and loyalty —
helping to make my books
known to Chinese readers.
Very cordially,
Susan Sontag

上海出版资金项目
Shanghai Publishing Funds

SUSAN SONTAG

苏珊·桑塔格全集

火山情人

一部罗曼司

The Volcano Lover A Romance

〔美〕苏珊·桑塔格 著 姚君伟 译

上海译文出版社

中文版序

戴维·桑塔格·里夫

访谈中,朗诵会上,常常有人问小说家他们最喜欢自己的哪部作品。这个问题大多数作家都答不上来,至少在他们到达写作生涯的最后几个阶段之前是这样;至此,一个作家即使仍然活跃,他/她还是在走下坡路了。而即使到了这个节点,要说出哪部作品自己更喜欢,依然很难。贝克特会断言《等待戈多》就一定比他后期的《看不清道不明》和《最糟糕,嗯》[①]好?好像几乎不可能(当然,谁又会冒冒失失,去问他这种问题……)。连写出"再尝试,再失败,败得不那么惨"这句话的作家[②]都做不了的事情,性格更为温和的作家面对这种问题,恐怕要逃之夭夭了。没错,为自己的作品在自己身后的命运所困扰,这是艺术家标志性的职业病之一。但是,画画的时候,或者写书的时候,只有全神贯注地干好手头的活儿才行。按照乔治·奥威尔的说法,写一本书就像生一场病,只有完稿方能痊愈。对同样的问题,有人给出了较为乐观的理解,其中,简·奥斯丁就说过,对作家而言,作品是他们的孩子。都是自己的孩子,你怎么可能说喜欢哪个,不喜欢哪个呢?

然而,很多父母都会偏心,这个秘密也没什么可指责的;同样,大多数作家也都有自己偏爱的作品，尽管他们不愿意承认。就我母亲而言，在她自己的作品中，她最喜欢的是她的第三部小说，即你现在手上拿的《火山情人》。我想，这么说是公正的。

她最喜欢的作品是一本小说，这对于了解她的人来说，一点也不惊讶，即使在她一生当中，以及在她二〇〇四年十二月去世之后，她都更以随笔作家而非小说家而闻名，也因此受到更多好评。当然，甚至在她的崇拜者当中，都有人会说——屈尊俯就地说（我一直都无法完全明白，从我母亲写作生涯开始到结束，她怎么会造成屈尊俯就的），她误解了自己才华的本质。但从一开始，她的梦想就是成为小说家，其次才是评论家。她的第一本书是小说——《恩主》，一九六三年出版；就是说，比令她成名的评论集《反对阐释》早了三年。出完集子，她马上就又回到小说上来，很快就在翌年，一九六七年出版了第二本小说——《死亡匣子》。

出于各种我在这里不打算展开的原因，只说它们包括机遇（生活不都是如此吗？）、内心迫切的需要，甚至是各种杂志向我母亲约写理论文章的频繁程度，这就够了。这使得写那些文章更像是轻轻推开一扇虚掩着的门，而不太像登一座非常陡峭的山——过了十一年，她的短篇小说集《我，及其他》才出来，又过了十四年，到一九九二年，她才出版《火山情人》。

我相信，即使是还在写《火山情人》的时候，她就很清楚它远远胜

---

① 《看不清道不明》（*ILL Seen ILL Said*，1981）和《最糟糕，嗯》（*Worstward Ho*，1983）都是贝克特（Samuel Beckett，1906—1989）晚年的小说，前者先用法文写成，书名为 *Mal vu mal dit*，翌年由作者译入英文出版；后者化用《李尔王》中埃德加的台词，大意为最糟糕的还在后头呢。

② 即贝克特。

过她的其他小说。尽管她在写她的第四部，也是最后一部小说——《在美国》——的时候，在它出版的时候（一九九九年），她非常喜欢（一个作家在写的时候不是这种感觉，那是写不下去的，也极不可能写出什么高质量的作品），但是，我一直有种感觉，《火山情人》绝对是她作为小说家的最成功的作品。《恩主》开了个好头（套用某评论家评论福特·马多克斯·福特的《好兵》[1]的话，《恩主》也许是当时用英文创作的最佳法国小说）。《死亡匣子》出版后，遭遇到极大的敌意，我觉得，连我母亲都渐渐对其产生了怀疑。而尽管《在美国》是她非常喜爱的书，但哪怕有人给她打一针硫喷妥钠[2]，我都还是怀疑她会声称它与《火山情人》旗鼓相当。

我同意这个判断，也非常喜欢这本书，毫无保留地喜欢，这个事实倒也没什么特别有趣之处。我并不会自称对她的作品有什么特别的洞见，我只是还算比较了解她这些书是以什么样的态度写出的。在《火山情人》里，我母亲加进了自己的元素，这在其他地方都没有出现过。像该小说三大主角之一的"骑士"威廉·汉密尔顿爵士一样，她也是个充满激情的收藏家，建起了全美最大的私人图书馆之一，并收集了大量精挑细选的十八世纪意大利建筑画。像那个那不勒斯革命者爱勒纳拉·德·芳斯卡·皮明特尔一样（小说以她的死后独白结束），她也是热情洋溢、激情澎湃地参与政治，尽管她政治参与的性质和倾向在她生命的历程里发生过巨大的变化。

关于我母亲，有人曾经说过，她是道德家中的美学家、美学家中的道德家。我认为说得太对了。我觉得，在她的大多数作品中，要么

① 英国作家福特·马多克斯·福特（Ford Madox Ford，1873—1939）的小说。
② 一种麻醉剂。

道德家占上风，于是美学家黯然退场，要么相反。她写的最后一本书《关于他人的痛苦》是前者最好的例子，而她早期的论文，如《反对阐释》和《关于“坎普”的札记》，则是后者的典型例证。但是，除了《论摄影》这个可能的例外，《火山情人》则是这样一本书，其中，我母亲本性的这两个方面都得到了充分而丰富的表达。她成功地让两者在她的故事里都发挥作用，这是小说成功的关键。

《火山情人》大体上是一个关于三角关系的故事。三角指那个美学家、他妻子埃玛·汉密尔顿——那个舞女和妓女，以及埃玛的情人、杰出的英国海军上将霍雷肖·纳尔逊勋爵。而背后涌动的是——或者是小说第一部分似乎是——在法国革命的鼓舞下，理想主义的青年贵族和资产者反抗残暴而腐败的那不勒斯国王的故事。这一反抗迫使国王一度流亡在外。但是，读者更多地把注意力集中在收藏对生活（骑士是这方面的例子）、美对诱惑（埃玛），以及名声（纳尔逊）这些问题上了。

换言之，《火山情人》看起来是一本关于文明——你甚至可以说是过度文明——的问题与矛盾的书。不过，话又说回来，最后的情况是，为那不勒斯国王复位的任务落到了纳尔逊的肩上；国王原来承诺让那些革命者安全到达法国，可是一旦复位，他立刻食言；他下令处死了包括爱勒纳拉·皮明特尔在内的大多数人。在她的独白里，爱勒纳拉·皮明特尔对汉密尔顿夫妇和纳尔逊作出评论，并加以指责，比以往任何时候都更猛烈。这样，《火山情人》令人惊讶之处，终究还在于它是一部道德家的作品。“他们自以为是文明人，”她在小说最后几行里说，“他们是可鄙的。让他们统统见鬼去吧。”这个道德家的控诉——毫无疑问，这也是我母亲的控诉，而不仅仅是她笔下人物的控诉(她们四人[1]身上都有一些她的影子)——是无法辩驳的,也是极具震撼力的。于是,这本书变得高尚起来,就这么简单。

又及:爱勒纳拉的独白,完全接近于我母亲在心理层面描写自己时所能达到的深度。我发现这一点令人非常感动。我想读者也会发现,尽管我当然是相关的当事人。

二〇一一年八月于纽约

① 《火山情人》第四部由四个女人的独白构成。

献给戴维

爱子、战友

多拉贝拉（旁白）：我的心中仿佛维苏威火山在喷发。

《女人心》[1]，第二幕

① 莫扎特两幕喜歌剧,一七九〇年在维也纳首演。

序幕

这是一个跳蚤市场的入口。不收费。免费入场。懒散的人群。狡黠、闹腾。为什么进去？你指望看到什么？我正在看。我在查看世上有些什么。留下了什么。丢弃了什么。什么不再受到珍爱。什么东西不得不亏本出售。某人原以为什么也许能让另外某个人感兴趣。但它是垃圾。就算那里——这地方——有，它也已经筛选过了。但那里边或许有某件有价值的东西。未必是有价值。不过是我想要的某样东西。想抢救的。引起我注意的东西。打动我的东西。打动，提及。啊……

为什么进去？你有那么多闲工夫吗？你会看。你会迷路。你会忘记时间。你以为你有充足的时间。实际上花的时间总比你以为的多。然后你就会迟了。你会生自己的气。你会想留下。你会受到诱惑。你会心生不快。物品肮脏不堪。有的破裂了。胡乱修补一番或根本没修。它们会对我讲述我无需知道的一个个激情故事，种种奇思妙想。需要。啊，不。我根本不需要听这个。有些东西我会深情地看一眼。有些我肯定得拿起来，抚弄。此时会受到卖主很内行的注视。我不是小偷。很可能，我也不是个买主。

为什么进去？只是玩玩。一种识别的游戏。去了解它是什么，了解它以前是什么价，应该是什么价，以后又会是什么价。但可能不去出价、讨价还价，不去买下。只是看看。只是逛逛。我现在感觉轻松愉快。我没什么心事要想。

为什么进去？像这种地方多得很。一块地，一个广场，一条有顶篷罩着的街道，一个军械库，一个停车场，一个码头。任何地方都可以有跳蚤市场，只不过它正好在这里。任何地方都充斥着这种地方。

但这里的这个我要进去。一九九二年春天，在曼哈顿，我穿着牛仔裤、丝绸衬衫，脚上是网球鞋。对纯粹的可能性的一次丢脸的体验。这个人有影星明信片，那个人的盘子里是纳瓦霍人戒指，这个人衣架上挂着二战的短夹克，那个人有刀具。他的汽车模型，她的雕花玻璃器皿，他的藤椅，她的大礼帽，他的罗马钱币，还有那边……一块宝石，一件珍品。这种情况可能发生，我能看到它，我可能想要它。我可能会买下作为礼物，是的，送给其他人。至少，我就会知道它存在过，出现在这儿。

为什么进去？难道已经有足够的了吗？我可能看出它不在这里。不管它是什么，我每每不能肯定，我都会把它放回到桌子上。欲望驱使着我。我告诉自己我所想听到的。是的，有足够的了。

我走进去。

•

一场绘画作品拍卖会结束了。一七七二年秋，伦敦。置于凸金叶框内的这件作品靠在大厅前面附近的墙上，这幅画名为《拿起丘比特之箭的维纳斯》，被认为是柯勒乔①的作品，对此，画的拥有者寄予了极大的希望——未售出。误认为是柯勒乔的作品②。房间的人渐渐散去。一个四十二岁、面部轮廓分明的高个男子（在那个时代他称得上是高个子了）缓慢地走上前来，身后不远处恭恭敬敬地跟着一个

---

① 柯勒乔（Correggio，1494—1534），意大利文艺复兴时期重要画家，创作了大量的油画和天顶画，多以宗教和神话为题材，著名作品有《耶稣诞生》、《圣母升天》。

② 实际上，这是法国洛可可绘画大师弗朗索瓦·布歇（François Boucher，1703—1770）的作品。

年龄只有他一半、长相酷肖一家人的年轻人。他们俩都是瘦削的身材，苍白的肤色，一脸冷峻的贵族表情。

我的维纳斯，年长的男子说。我当初就相信它会出手的。很多人感兴趣。

但是，唉，年轻的男子感叹了一句。

难以理解，年长男子思忖，这幅画的杰出似乎是不言而喻的。他真的迷惑不解。年轻男子在倾听，眉头皱了起来。

因为与她分手我很悲痛，所以，我想它没有卖出去，我倒也应该很高兴，年长的男子继续说。但是，需要卖出，况且，我认为我的要价并不太高。

他盯视他的维纳斯。最困难的，年长的男子继续说，现在，他所指的不是难以理解画为什么没有卖出去（也不是指阻止债主们向他逼债的艰难），而是指做出卖画的决定；因为我把这幅画当宝贝，他说道。当时，我知道我应该卖了它，所以，我就让自己准备好舍弃它；现在，没有人肯出我明白它所值的价，于是它还是我的，应该一如既往地爱它，可是不会了，我打赌。为了把它卖了已经不再爱它，我现在无法同样地喜爱它了，但是，如果我卖不掉，我的确希望再爱它。假如因为这次运气不佳就觉得它的美受到了损毁，那我就显得小气了。

怎么办？爱它几分？他思忖。现在怎么爱它。

我倒觉得，爵士，年轻男子说，惟一的问题是把它存放在哪里。肯定会找到一个买主的。你是否允许我替你在你也许不认识、而我熟悉的收藏者当中试着找找？你离开后，我会很高兴慎重地探查一番的。

行，该走了，年长的男子说。

他们走了出去。

·

这是火山口。是的，口；以及熔岩舌。一个身体，一个可怕的活体，既是男性的，也是女性的身体。它喷，它射。它也是个山体内部，一个深渊。某个活着的东西，可能会死。是个时不时会被激活的惰性物。只是间歇性存在。一个永恒的威胁。如果可以预测，通常也未被预测到。反复无常，桀骜不驯，臭气熏天。所谓原始是不是就这意思？内华达德鲁兹火山，圣海伦斯火山，苏弗雷火山，培雷火山，克拉卡托火山，坦博拉火山。会从休眠状态醒过来的庞然大物。将注意力转向你的那个行动笨拙的庞然大物。金刚。喷吐，吞噬一切，然后又沉入昏睡之中。

我？可我什么都没干。我只是碰巧在那里，陷在自己乡村日常事务中一筹莫展。我该住在别的什么地方啊，我就在这里出生的，那个皮肤黝黑的村民悲叹。人总得住在什么地方吧。

当然，我们可以视之为一场壮观的烟火秀。这完全是个方法问题。一个足够远的景观。有些迷人的美景只适合远距离观赏，约翰逊博士说；没有什么景致比熊熊火焰更炫丽了。隔着一段安全的距离，这是绝顶的景致，既激动人心，又给人教益。在某某爵士的别墅里用完茶点后，我们走上架好了几台望远镜的露台，去观看。白烟袅袅，轰隆隆的声音常被比作远处急促的定音鼓声：序曲。接着，场面宏大的演出开始，缕缕白烟变红、弥漫开来，升腾而上，一根灰柱越爬越高，直到在平流层的压力下朝水平方向弥漫开（运气好的话，我们会看到一股股橙色和红色的熔岩沿斜坡开始流下）——这样持续数小时、数天。然后，渐慢渐弱，它平息下去。但是，上面靠近之处，里边惊心动魄。这喧嚣声，这令人窒息的喧嚣声，是你永远都无法想象，无法消受的东西。不断发出的密集、巨雷般的声音，仿佛音量一直在增大，但又不可能比已经达到的音量更大；一种响彻云霄、震耳欲聋、令人作呕的吼声让你的骨髓都要冒出来，令你魂飞魄散。即使自认为是目击者的那些人，也无法逃避向他们阵阵袭来的厌恶和恐惧的感觉；这些你以前从未感受过。在山下的一个村子里——我们可以冒险前往——从远处看似激流的东西是一片不断奔涌而来的黏黏的黑色、红色岩浆，是一堵堵向前推进的墙，它们刚刚还竖立着，可转眼间便令人战栗地轰然倒下，投进前面喷涌的熔液之中；冲进、吸入、吞噬、彻底冲散房屋、汽车、货车、树木，一个又一个。所以，这是不可阻挡的。

当心。用一块布捂住你的嘴。闪开！观看一座温和、如期喷发的活火山的夜间喷发是一次了不起的游览。我们跋涉而上，到了火山锥一侧上面时，就站到火山口的唇缘（是的，是唇缘），往下窥视，等待着最里面燃烧着的内核炫耀自己。它就是如此，每隔十二分钟一次。别太靠近！它这就开始啦。我们听见一名最低音歌手发出欢乐的咯咯声，灰色火山岩渣的外壳开始发出光热。巨人要呼气了。令人窒息的硫磺的臭味几乎难以忍受。熔岩淤积起来，但没有漫溢。炽热的岩石和熔渣飞飘上来，不是很高。这种危险，尚不太危险时，极其迷人。

一九四四年三月十九日下午四时，那不勒斯。别墅里那座英国大摆钟的指针又一次在致命的时刻停下。又一次？它已经安静了这么长时间了。

像激情，它就是激情的象征，它也会死。大体上现在已经清楚，被视为一种疗法的缓解何时应该开始，但是，专家们犹豫不决，不敢轻易宣称一座长期不活动的火山是死火山。哈莱阿卡拉火山上次喷发是一七九〇年,现在,官方仍将其归为休眠火山。平静是因为嗜睡?抑或是因为死了?几乎和死了一样——如果它没有死。火龙吞噬了它一路经过的一切,将成为黑石巨流。树木永远都不会在这里生长,永远不会。山成为它自己暴虐的墓地:火山造成的废墟也包括其自己在内。每次维苏威火山喷发,山巅就会削去一大块。它变得不那么巍峨,变小了,也更荒凉。

庞培被埋在大量落下的灰烬下面,赫库兰尼姆则被埋在以每小时三十英里的速度顺着山坡冲下的泥流之下。但是,熔岩吞噬一条街的速度很慢,一小时才几码远,每个人都来得及逃开。我们也有时间抢出我们的物品,一些物品。带有神像的祭坛?没吃完的鸡肉?孩子们的玩具?我的新上衣?所有手工制品?计算机?坛坛罐罐?手稿?母牛?我们需要重新开始的一切就是我们的生命。

我不信我们处于危险之中。它往那边去了。看。

你要走吗?我准备留下来。除非它到……那里。

这种情况已经发生。它过去了。

他们逃跑。他们悲悼。直到悲痛也变得坚硬如石,于是他们又回来了。他们对这种彻底的毁灭望而生畏,凝视着那块肥沃的土地,地下,他们的世界成了坟墓。他们脚下的灰烬,仍然温热,但不再烤焦他们的鞋子。它进一步冷却。种种犹豫不决不见了。公元七十九年后不久——当时他们的这座香气充溢的山上爬满了藤蔓,山顶浓荫覆盖,正是在这里,斯巴达克斯和数以千计加入他的奴隶设法躲过那些追赶他们的古罗马军团,这座山第一次呈现为一座火山——大多数幸存者开始重建家园,重新开始生活;就在那里。现在,他们的山顶上有个丑陋的洞。树林也焚烧得精光。但是,它们也还会重新生长。

一种灾难观。这已经发生。谁会料到这种事情。绝不会,绝不会。没人会。这是最糟的。如果是最糟的,那么也就是惟一的。这意味着是不可重复的。我们把它抛到身后吧。我们别当灾难预言者吧。

另一种观点。现在看是惟一的:发生过一次就会发生第二次。你会看到的。就等着瞧吧。可以肯定,你也许得等好长时间。

我们回来。我们回来。

第一部

一

他第一次回国的假期结束了。从今往后在那不勒斯上流社会将被称为骑士的这个人,开始了漫长的旅途,回到他的职位,回到“熔渣王国”。他伦敦的一个朋友就这么说来着。

他抵达时,被认为看上去老多了。他还是那么瘦:窄窄的脸一副聪明相,鹰钩鼻,浓眉毛,吃多了通心面和柠檬糕点而使身体发胖的话,就会显得极不协调。但是,他已经没有了他这个社会阶层的人有的苍白肤色。七年前他离开时的白皮肤现在已经变黑,对此大家不以为然。只有穷人——也就是说,大多数人——是晒黑的。公爵的孙子,勋爵最小的儿子,国王本人儿时的玩伴则不会。

在英国九个月下来,他那张瘦削的脸恢复了让人愉悦的白,他一双纤细的、精通音乐的手被太阳晒得皱巴巴的地方也白了起来。

几个大行李箱,新的亚当式①壁炉架,三箱子家具,十箱书,八箱子器皿、药品和家用食品,两小桶黑啤酒,大提琴,以及凯瑟琳那架重新磨过光的苏蒂大键琴②,两星期前就已经装上一条军需船运走,两个月内到那不勒斯，而他要搭一艘雇来的三桅帆船，把他和他的物品在布伦[3]放下，在陆地上旅行差不多同样长的时间——分别在巴黎、费尔奈、维也纳、威尼斯、佛罗伦萨和罗马停留，游览和参观画展。

骑士的外甥查尔斯在国王街那家旅馆的院子里倚着手杖，过去的几个星期在伦敦的忙碌中，他舅舅、舅母就住在这里；查尔斯在闷闷不乐地照应着最后两辆旅行马车装车。生活在国外那些苛求的长辈亲戚探访结束的时候，大家全都松了口气。但是，没人喜欢有人离开自己。

凯瑟琳已和她的女仆坐到了那辆大驿递马车上，她正在喝鸦片酊和铁盐矿泉水，打起精神来应付这接下来的艰难的旅程。后面那辆更宽敞、底盘更低的马车已经装好大部分行李。骑士的一个个男仆，不愿意弄皱他们旅行途中穿的褐红色制服，退缩着、一遍又一遍检查他们自己牢牢扎紧的物品。爬上马车，确定一打左右的小箱子，盒子，旅行皮箱，装亚麻衣服和床上用品的箱子，带抽屉的乌木写字台，最后还有装着仆人用品的布包全都用绳子和铁链在上面和后面仔细系牢，这种事情留给了旅馆的行李搬运工和查尔斯雇用的一个仆人来做。只有那只扁长的板条箱捆在第一辆马车的车顶，以确保最最稳当地运到多佛的那条三桅帆船上，板条箱里边装着骑士上星期刚买的三幅画。有个仆人在装模作样地从下面作彻底检查。坐了骑士那患哮喘病太太的马车路上可不能挤撞。

在此期间，还有一只大皮箱差点忘掉，有人从旅馆跑着拎过来，硬塞进马车那一摞摞箱子中间，马车摇晃起来，陷得更厉害一些。骑

---

① 英国新古典主义风格的家具。

② 苏蒂和布罗伍德公司(Shudi & Broadwood)是英国著名的钢琴制造商。

③ 布伦(Boulogne)，法国北部港市。

士最喜欢的那个亲戚心里想着那条军需船，载了他舅舅的一箱箱物品，比这多得多，这会儿可能都已经开到加的斯[1]了。

那个时代，人们通常认为一个人社会地位越高，他出门时所带的必需品就越多、越重，即便如此，骑士这次旅行所带物品也算是多得出奇。但是，与他来时总共带了四十七只大箱子相比，还是少了一些。骑士此行的目的，除了探亲访友、看望他喜爱的外甥，让他想家的妻子高兴，恢复与王室有益的联络，确定国务大臣们会更加欣赏他在那个完全不同的王室代表英国利益时所表现出的机敏，参加皇家学会会议，监督以书的形式出版他论述火山问题的七封信，等等等等，还有一个目的是要带回他收集的大多数珍宝——包括七百只古玩（被误称为伊特鲁里亚[2]的）花瓶——并把它们卖掉。

他探访了几圈亲戚，很高兴和查尔斯在一起待了好长时间，其中大部分时间是待在凯瑟琳在威尔士的庄园里；现在，查尔斯为他打理这座庄园。不止一个大臣对他留下了深刻的印象，或者他自认为如此。国王接见了他两次，单独和他用餐一次，国王现在仍旧称他为"义兄"，还在一月份授予他巴思爵士爵位，这个排行老四的人大胆地视之为靠自己的才能而成功地爬上爵位阶梯的第一步。皇家学会的其他会员祝贺他在那个怪物完全喷发的状态下那么近距离观察的壮举。他也参加了几场画作的拍卖会，很有眼光地买下一些作品。不列颠博物馆悉数买下他的伊特鲁里亚花瓶，还有几件小画作，以及来自赫库兰尼姆和庞培这两座古城的金项链和耳环，一些铜标枪和头盔，琥珀和象牙骰子，小雕像和护身符，博物馆出价为八千四百英镑

① 加的斯（Cádiz），西班牙西南部一座滨海城市。
② 意大利中西部古国。

（略高于凯瑟琳继承的庄园的年收入），让他十分满足，当然，他寄予了最大希望的那幅画还是没有出手。这幅画他开价三千英镑，现在，他要把画留给查尔斯，留在威尔士，这个淫荡的赤身裸体的维纳斯，她正耀武扬威地把丘比特的弓高举过头顶。

现在，他回去时，人更白些，也更轻些。

在院子的一个角落里，骑士的男仆和厨师鬼鬼祟祟地在他们中间把一个瓶子传来传去，一边和行李搬运工聊天。九月的太阳有一圈光晕，越发明亮。一阵东北风朝白厅大道刮过来一片烟云和煤味儿，盖过了清晨通常飘着的恶臭。街上能听到其他马车、小车、手推车以及起程的驿递马车发出的咔嗒声。拉第一辆马车的一匹小马急躁地走动着，马车夫勒住辕马的缰绳，劈劈啪啪地挥着鞭子。查尔斯到处找他舅舅的贴身男仆瓦莱里奥，以便在仆人中间恢复秩序。他皱着眉掏出了表。

几分钟后，骑士从旅馆走了出来，和他一起走出来的是点头哈腰的旅馆老板和老板娘，还有瓦莱里奥；瓦莱里奥拿着骑士最喜欢的小提琴，琴放在一个华丽的皮箱子里。仆人们立刻安静下来。查尔斯站在那里等待示意，他的长脸表情显得更加警觉，让他们俩看上去长得越发相像。骑士停住脚步，抬头看了一眼灰色的天空，呼吸着恶臭的空气，心烦意乱地掸去他衣袖上的一个污渍，大家这时毕恭毕敬，一声不吭。接着，他转过身去，朝他外甥淡淡地一笑，后者快步走到他身边，两人便手挽手，朝马车走去。

查尔斯挥手示意瓦莱里奥让到旁边，他伸手打开门，让他舅舅上去，弯腰，进去，然后，他跟着递过去那把斯特拉迪瓦里①小提琴。骑

① 斯特拉迪瓦里（Antonio Stradivari，1644？—1737），意大利提琴制造家。

士在铺有绿色天鹅绒的座位上坐好时，查尔斯朝里面倾过身体，带着真诚的爱与关切，问他舅妈感觉如何，同时，最后与他们道别。

车夫和左马驭手各就各位。瓦莱里奥和其他仆人上了那辆大一点的马车，这辆车发出叽叽嘎嘎的响声，离地面又近了几英寸。查尔斯，再见。对着充斥着煤味的空气（这种空气对哮喘病人十分危险），在一声声出发和催促声中，窗子关上了。一扇扇大门都开着，物品和牲口，仆人与主子全都一窝蜂地涌上街头。

骑士脱下琥珀色手套，漫不经心地弹拨手指。他即将返程，事实上，他盼望着这一旅程——他是靠发愤努力才飞黄腾达的——盼望着回程会给他带来新的邂逅和收获。他跨上马车的那一刹那，离别的焦虑就已经消失，变成离开的兴高采烈。但是，他是个体贴的人，至少对他妻子如此，他喜爱她，一如他一直喜爱任何其他人一样，所以，他们坐在窗子紧闭的马车里，慢慢地经过越来越忙碌的街道所发出的喧闹声，他感到越来越快乐，但他不会说出来。他会等凯瑟琳，她闭着眼睛，半张着嘴巴在浅浅地呼吸。

他咳嗽一声——代替一声叹息。她睁开眼。她太阳穴青色的静脉在跳动，但这不是讲话。女仆坐在角落里一张矮凳上，红润的脸低着，在看女主人给她的艾岚①的《给未曾归正者的警告》，别人跟她讲话的时候才允许她讲话。他伸出一只手，找他屁股后面的一个箱子，里面放了折叠的皮革封面的旅游地图册、文具盒、手枪和一本他已经开始阅读的伏尔泰的作品。骑士没有理由叹息。

这样一个温和的日子这么冷，真奇怪，凯瑟琳嘟哝了一句。我怕——想要极力讨好，她会先说一句克制的话，然后再自我驳斥一

---

① 艾岚（Joseph Alleine，1634—1668），苏格兰清教牧师。

句——我怕我是已经习惯了我们那些个热死人的夏天了。

你这次旅行可能是穿得太暖了，骑士高声说了一句，带着点儿鼻音。

我祈祷我不要生病，凯瑟琳说着，拉过一条驼毛披肩盖在腿上。能不生病，我可不愿生病，她又自我更正了一下，她笑着抹了抹眼睛。

和我们的朋友，尤其是和我们亲爱的查尔斯分别，我也感到很伤心，骑士轻轻地回答道。

不，凯瑟琳说，我回去不是不开心。尽管我害怕漂洋过海以及接下来的艰难——她摇摇头，停顿下来——我知道，很快我呼吸起来就会更容易些。那空气……她眼睛闭了一会儿。对我来讲，更重要的是，回去你很高兴，她补充了一句。

我会想念我的维纳斯的，骑士说道。

尘土、臭味、喧闹都在外面了——一如他们驶过的马车投在店铺前门的门窗棂玻璃上的阴影。在骑士眼里，伦敦成了个景致，时间退入空间之中。马车摇晃，挤撞，吱嘎作响，东倒西歪；摊贩、推车叫卖的小贩和其他车夫喊叫，但是和他将会听到的叫喊声相比，是另一种腔调；这些还是他同样熟悉的街道，他可能横穿马路去参加皇家学会的一个会议，顺路去看看某次拍卖，或者去拜访一下姐夫妹夫什么的，不过他今天不是要横穿，而是穿过这条街——他已经进入了一系列辞别、了结、特许的最后的观望的王国之中，它们倏忽之间便写入旅行日记成为记忆；期盼的王国。每条街，每个喧闹的拐角都传达出一种信息：曾经的，将要的。他此刻在两种强烈的欲望中间摇摆不定，既想观看，仿佛要将所见铭刻在脑海之中，又欲将他的所有感觉都限制在凉爽的马车里，好好想一想自己已经离开（他的确如此）。

骑士喜爱怪人怪事，可能在不断增加的人群中找到了许许多多，成群的乞丐、女仆、小商贩、学徒、顾客、小偷、兜售者、挑夫、差役，他们在移动的障碍物和车轮边或之间来回穿梭，非常危险。在这种地方，甚至连那些个倒霉蛋都是一路小跑。他们不会聚众，不会成群，不会蹲占一个地方，也不手舞足蹈，自娱自乐：这里的人群与他正返回的城市的人群有诸多的不同，其中的一个区别可以记下、加以思考——如果尚有理由记下的话。但是，思考伦敦的喧嚣与拥挤可不是骑士的习惯；一个人不大可能认为自己的城市有什么独特。他的马车在吵吵闹闹的推车水果摊贩和脾气暴躁的磨刀师傅的车子之间停了一刻钟时间，在此期间，他没有注视那个红发盲人，后者胆大妄为，横穿马路往前走了几码，他的棍子戳在他面前，根本就不管那些开始向他逼近的车辆。移动着的马车里面香气四溢，层层叠叠堆满了专门配备的足够的物品，让五官应接不暇，似乎在说：别看。外面根本就没有什么值得一看。

假如他不知道拿他那双饥渴的眼睛怎么办才好，那么，他还有一样总放在车内手边的东西可看：一本书。凯瑟琳已经打开一本关于教皇之残忍的书。女仆则在看令她惊吓不已的训诫。骑士看都没往下看，拇指就滑向一本华丽的皮革封面的书，书名和他喜爱的作家名都是烫金凸饰。一辆马车超过那个乞丐，他大吃一惊，跌在一个步履艰难的桶匠的手推车轮下面。骑士不在看。他在看别处。

书中：老实人，此时在南美，他用他那支西班牙双筒枪，骑士般地及时救下两个赤身裸体的姑娘，他看见她们正缓缓地在旷野边跑着，后面紧跟着两只猴子，在咬她们的屁股。随后，这两个姑娘一下子扑倒在那两只猴子的尸体上，[1]情意绵绵地亲吻它们，泪水弄湿了尸

① 在伏尔泰的哲理小说《老实人》(1759)里，老实人开枪打死了这两只猴。

体，凄婉的哭声响彻空中，老实人这才明白，这追逐，是出于爱，完全是受欢迎的。把猴子当情人？老实人不只是惊讶不已，而且极为生厌。但是智者加刚菩[1]人情练达，洞察世事，他充满敬意地说，如果他尊敬的主人接受过一种合适的、世界性的教育就更好了，那样，他就不会总是被所有事情搞得惊讶不已了。所有事情。因为世界是广阔的，有足够的空间来容纳各种风俗习惯、各种趣味、各种准则、各种各样的习惯礼仪，而这些东西，一旦你将其置于它们所产生的社会里，就都是有道理的。仔细观察它们。比较它们，为提升自我而为之。但是，不管你自己有着怎样的趣味，你都无需放弃，尊敬的主人，请你千万别将它们与普遍的戒律视为一体。

凯瑟琳轻声笑了笑。面带微笑的骑士，正想着光屁股——先是女人的，然后是猴子的——抬起头来看看。他们俩经常非常和谐，即使是出于不同的原因。你感觉好些了吧，他问。骑士没有娶一只猴。马车继续往前滚动。开始下雨了。伦敦消失在他们身后。骑士周围的环境都一路回到他的激情——主要的激情——当中。骑士继续看老实人和他的贴身男仆去黄金国，凯瑟琳低下头去看她自己的书，女仆的下巴低得靠到了她的胸口，气喘吁吁的马卖力地拉车，免得挨鞭子，后面那辆马车上的仆人们格格地笑，还喝上了酒，凯瑟琳仍然吃力地喘着气，很快，伦敦仅仅成了一条路而已。

---

① 老实人雇的一个当差。

二

他们结婚十六年了,一直没有孩子。

和众多痴迷的收藏家一样,骑士天生就是一个单身汉,如果他娶了彭布鲁克郡一个富有的乡绅的独生女,是希望为他一身戎装随波逐流混了十年之后开始的政治生涯获得经济上的支持,这个理由可不充分。下议院让他做了四年代表苏塞克斯郡一个市镇——一个他连去都没去过的地方——的议员,结果较之军队也没给他提供更大的空间,让他施展其独特的才能。一个充分点的理由是:它带给他购买画作的款项。他也有比金钱更富有的东西。屈服于娶妻的必要性——多年后,他会对他的外甥,另一个一文不名的非长子说,有点违背我的本意——他找到了他所谓的永恒的安乐。结婚那天,凯瑟琳将一只含有他头发的手镯戴到了手腕上。她卑躬屈膝地爱他,却丝毫不感到自怜。他慢慢地有了一个听上去不可思议然而却有充分根据的名声,即他是个溺爱妻子的丈夫。时间流逝,金钱永远都需要,种种安乐不期然地找到,激动也在荒凉地带发掘出来。

他不会知道我们对他的了解。对我们而言,他是过去的一部分,扑了粉的假发、风度翩翩的长外套、有带扣的鞋子,鹰钩鼻子,高高翘起的侧面轮廓,充满智慧,看着、注视着,完全是一副超然的神态,凡此种种,均质朴地体现出来。他看起来冷淡吗?他只是在设法应对,应对得非常精彩。他为他所见所吸引并感到愉悦——他被派往国外接受一个如果说不是最重要,也是很重要的外交职位——他让自己忙忙碌碌。他的异常活跃是重度抑郁症患者的症状。他对一件又一件事情表现出狂热之情,令人感到惊讶,他就此躲过了一个接一个忧郁的旋涡。

他对一切都感兴趣。他生活的这个地方其奇特性——历史的、自然的、社会的——之多几乎是无法超越的。它比罗马大,是意大利半岛上最富有,同时又是人口最稠密的城市,仅次于巴黎,是欧洲大陆第二大城市,它是天灾之都,它有着最不合礼节、最低俗的国王,有最好的冰冻甜食,最快活的二流子、最无动于衷的麻木,还有,在年轻一代贵族当中,未来的雅各宾党人为数最多。它那无与伦比的海湾既有寻常的物产,又有奇特的鱼类。它的街道铺着火山岩石,离开几英里远,是最近发掘的两座死城丝毫无损的遗迹。它的歌剧院是意大利最大的,不断地为观众送上阉人歌手[1]销魂的歌声,这是又一个具有国际声誉的地方产物。外表英俊、性欲亢奋的贵族每晚聚在相互间的一个个庄园打牌;这种聚会称为会话,其实是一种误导,常常要到天亮才会结束。大街上,人声鼎沸,川流不息,一派热闹的景象。皇家的某些庆典包括在皇宫前建造一座假山,用肉、野味、糕点和水果装饰起来,礼炮齐鸣后,饿极了的下层民众冲上去攻克山头,假山

① 16至18世纪在意大利,幼年被阉割以保持其女音的男歌手。

就此土崩瓦解,阳台上,酒足饭饱的那些人鼓起掌来。一七六四年春天大饥荒期间,人们将长刀藏在衬衫里,冲向面包店,需要时就把他人砍杀、打残,就为了得到一点点配给的面包。

那年的十一月,骑士抵达,走马上任。头戴荆冠、身背十字架赎罪的妇女的队伍已经走了过去,抢劫的人群散去了。达官贵人和外国外交家们取回了他们藏在女修道院的银子。逃到北面十六英里外位于卡塞塔[①]那巨大、令人压抑的低矮长排住所的王室成员,回到了城里的王宫。空气中弥漫着让人极其兴奋的大海、咖啡、金银花,还有人和动物粪便的味道,而非街头数百具腐烂尸体的臭味。饥荒过后的瘟疫中死掉的三万人也掩埋了。在不治之症患者医院,数千名垂死的流行病患者不再以每天六七十人的数量在病逝前就先饿死。国外提供的玉米让粮食缺乏的程度恢复到可以接受的状态。穷人们又开始打着手鼓,欢呼雀跃,引吭高歌,但是,很多先前把长刀藏在他们穿在身上的衬衫里去搜寻面包的人,现在更加频繁地为了一些普普通通的民事纠纷而互相谋杀。春季聚集在城里的瘦弱的农民逗留着不愿离开,在此生儿育女。“天堂”会再一次建起、被野蛮攻克土崩瓦解、吞噬。骑士把国书呈交十三岁的国王及其摄政王,用当地货币一年一百五十镑租了一栋三层的宽敞的大楼;从大楼望出去,由海湾、卡普里岛和那座沉寂的火山构成的令人惊心动魄的美景尽收眼底;接着,他开始为他旺盛的精力安排尽量多的事务。

在国外生活容易让人把生活视为一个景观——这是有钱人移居国外的原因之一。那些为饥饿、残暴和政府反应不力震惊得目瞪口呆的人,看到的是永无休止的惰性、昏沉和一块变硬的火山岩般的无

---

① 卡塞塔(Caserta),意大利南部城市,距那不勒斯 28 公里。

知，而骑士看到的却是一种流动。侨民心目中翩翩起舞的城市到了当地改革者或革命者那里，却成了死水一潭、管理糟糕、崇尚非正义。距离不同，城市不同。骑士从未像现在这样活跃，这样兴奋，这样思维敏捷。这样快乐的超然。在教堂，在狭窄、很陡的街道，在宫殿——这里有这么多的表演。在海湾奇异的海洋生物中，他欣喜地发现（对这个勇敢的鉴赏家而言，艺术与自然之间是没有冲突的）一种长着极小的脚的鱼，这是超常进化的物种，尽管如此却从未能游走出水面。太阳无情地直射下来。他踩在滚烫的、软绵绵的地面上，鞋底下热乎乎的。高低不平的地面到处镶嵌着珍宝。

那么多人出于责任感都要抱怨他的社交生活中的人情债，维持一个有大约五十个仆人，还包括几名乐师的大家庭，使得他开支直线上升。他的全权公使的薪金几乎不足以支付那些铺张浪费的宴请款待，而要收到效果让那些重要人物对他有深刻印象，这些铺张又是必要的，是其工作的一个必要的组成部分；难以满足他资助的画家们的期待；也不足以支付他为了必须和一大帮对手收藏者竞争而购买的古玩和画作。当然，他最后是要准备卖掉他买下的最佳作品——他还真卖。收藏大多数东西需用钱，但是话又说回来，收藏品本身能变成更多的钱——一种令人感到满意的平衡。尽管钱是其激情的一个不太体面、却又必需的副产品，但是，收藏仍然是一种男人的消遣：通过把物品纳入自己的收藏，不仅是了解它们的价值，而且还赋予它们价值。这源于一种高贵的自我感知，而凯瑟琳——事实上，绝大多数女人——都不可能有。

骑士作为鉴赏家和有学问的人的声誉，他的和蔼可亲，他在王室逐渐享受到的任何其他全权公使都无法与之相比的宠爱，使他成为这座城市最显要的外国居民。凯瑟琳颇感自豪的是，她不是朝臣，用不着阿谀奉承,国王是个粗俗得令人瞠目的年轻人,举止荒唐可笑,她很反感,同时,王后则势利,生了一堆孩子,聪明,独揽大权,她也很反感;而让骑士感到自豪的却是他能够逗乐国王。没有理由让凯瑟琳陪他去参加宫廷里举行的食物大战的宴会;他则每星期要被召去三四次。和她在一起,他从不觉得厌烦;但是,他一个人也开心,一整天一整天地在户外,阳光下,头脑平静时,就在海湾划着小船用鱼叉叉鱼;要不就在他那凉爽的书房或储藏室,盯视着、察看着、逐一清点他收藏的珍宝,要不就翻阅他从伦敦订购来的鱼类学、电学和古代史方面的新书。一个人懂得再多,看得再多,总还是不够。总有许多憧憬。在他的婚姻里他没有这样的感觉,他的婚姻是一次完全成功的婚姻——其中,一切允许出现的需要都得到了满足。没有挫折感,至少他没有,因此,不憧憬,也不企盼两人尽量多地待在一起。

就他所能想象得到的一个完美的妻子而言,他觉得他娶的似乎就是这样的,她宽宏大量,而他则愤世嫉俗;她病恹恹的,而他却身强力壮;他会忽略而她却总表现得体贴温柔,就像她那六十件全套餐具一样丝毫不差——这样一位和蔼可亲的、长得不太难看的演奏大键琴的女继承人。大家都觉得她值得钦佩,这让他心里喜滋滋的。她不软弱,而是真心实意地顺从,她并不缺乏自信心。宗教信仰让她生机勃勃;她对他不虔诚感到惊愕,这有时使她似乎高人一等。除了他自己及其生涯之外,音乐是他们共享的主要爱好。两年前,利奥波德·莫扎特①及其神童儿子造访这座城市,凯瑟琳坐下来为他们演奏时,她表现出的战栗非常得体,随后的演奏一如既往的出色。英国

① 利奥波德·莫扎特(Leopold Mozart,1719—1787),老莫扎特,奥地利作曲家、小提琴演奏家。

公使的官邸每星期举办音乐会，当地所有的社交名流都渴望受到邀请；在音乐会上，那些在演出季节每场歌剧演出中都大声喧哗、嘴里吃个不停的人这时变得鸦雀无声。凯瑟琳震住了他们。骑士自己则是个技艺精湛的大提琴手和小提琴手——二十岁时，他曾在伦敦拜大师基阿蒂尼学习提琴演奏——不过，他坦承，与他相比，她是个更出色的音乐家。他喜欢有种种理由去赞许她。他喜欢夸奖人，甚至胜于希望被人夸奖。

尽管他有适度的意淫，但是，他认为，自己的性情是温和的。在那个时代，享有他这样特权的男人到三四十岁时一般都发福了。但是，骑士一点都没有失去他年轻时体力充沛的欲念。他为凯瑟琳娇弱、缺乏锻炼的体质而担心，她热情地迎接他定时的拥抱时，他都会局促不安。他们之间几乎没有了性的热情。他没有找情妇，当然，他并不为此而感到什么遗憾——不管旁人认为怎么会有这种咄咄怪事。偶尔，莫名就会冲动起来；热情高涨；他发现自己潮湿的手心摸到层层叠叠的衣服，然后是宽衣解带，用手指拨弄触摸，推动。但是，这种举止会让他失去继续动作下去的欲望；他会被吸引去关注获得、占有其他东西。幸好，凯瑟琳对他的收藏品充其量也许不过是善意地表现出感兴趣。对于爱音乐的人来讲，欣赏合作，合奏，是件自然的事情。做合作收藏者却是非常不自然。一个人总想独自占有（和被占有）。

•

收藏是我的天性，他有一次对妻子说。

“画疯子，”他年轻时代的一个朋友这样称他——一个人的天性另一个人认为是疯狂;是无节制的欲望。

小时候,他集硬币,然后集机械玩具,然后是乐器。收藏表达了一种与收藏本身相依恋、再相依恋的自由自在的欲望——它是一连串的欲望。真正的收藏家不是受收藏品的吸引,而是受收藏本身的吸引。骑士二十出头时,为了还债已经习惯而且被迫卖出了他收藏的几件小画作。

刚到任全权公使职位,他就又开始了收藏。骑马不到一小时的路程,便可以到庞培和赫库兰尼姆了,这两处正被挖掘、开采、拣选;但是,不懂行的挖掘者挖出土的任何物品都应该直接送往位于波蒂奇[①]的王宫附近的收藏室。他设法买下罗马一个贵族之家的一大批希腊花瓶;这批花瓶在这个家族已传了好几代。收藏就是把物品,有价值的物品抢救出来,使其免受忽略、不被遗忘,或者就是让它们摆脱在别人手里而非自己手里的悲惨命运。但是,购买一整批收藏品而非努力地一件件寻找自己猎取的目标——这着棋并不优雅。收藏也是一种娱乐,其困难是给予收藏以荣光与快乐的一部分。一个真正的收藏家不喜欢大批地获得(就像猎人不喜欢猎物只是被赶着从他们身边经过一样),靠收藏另一个人的收藏品,他没有成就感:仅仅获得或积累并不是收藏。可是骑士没有耐心,不仅仅是内心的需求和迫切的需要。他是希望快一些看到他的第一件那不勒斯的收藏品。

他一到那不勒斯,就继续收集画作或者搜求古玩,对此,英国没有人感到过惊讶。但是,他对火山产生兴趣展示了他天性中一个新的层面。为火山而疯狂比为画作而疯狂更加疯狂。也许是阳光冲昏了头脑,也可能是传说中南方的放纵。接下来,这一激情很快合理解

---

① 意大利那不勒斯的一座城市,曾是那不勒斯国王的王宫所在地。

释为一种科学兴趣，同时也是一种美学兴趣，因为说得牵强点，火山喷发可以称为美丽的。他晚上和应邀而来的客人从他火山附近的乡间别墅的露台上观看那壮观的景致，这没什么奇怪，就像日本平安时代[①]的朝臣们一起赏月一样。奇怪的是他想离火山再近一点。

骑士发现自己喜欢与阴曹地府有点关系的东西。他带着一个马夫，骑马出发去城西那块硫磺地，然后脱得精光，在淹没于水中的死火山火山锥形成的湖中沐浴。在那头几个月，走上露台，远眺阳光下表现良好的火山是会想入非非的，幻想着大灾过后会有平静。火山的袅袅白烟、偶然响起的隆隆声和蒸汽的喷发似乎是那样的常见、没有威胁性。一六三一年，拖勒·德·哥勒科[②]一万八千村民丧命，这次火山喷发的破坏程度甚至比埋葬了赫库兰尼姆和庞培，以及众所周知的让罗马舰队博学的海军上将老普林尼[③]丧命的那次还要大，但从此以后，就没有什么称得上灾难了。

这座山要引起这个忙忙碌碌、自得其乐者全部的注意，就得苏醒过来、开始喷发。他抵达后的那一年，还真这样了。从山顶飘浮而上的烟雾越来越浓、越来越高。然后，黑烟和蒸汽云混杂在一起，夜间，火山锥一圈着上了红色。迄今为止，他一直都着迷于寻找花瓶以及他能够从出土文物中顺手牵羊的小玩意儿，但他现在开始爬山、做笔记了。他第四次登山一直爬到上面的斜坡时，他经过了一座六英尺高的硫磺小山丘，而这小山丘前一个星期并不存在。接下来一次爬

---

① 指日本从8世纪末至12世纪末以平安为京城的时代。

② 拖勒·德·哥勒科（Torre del Greco），那不勒斯一座城市。

③ 加伊乌斯·普林尼·塞坤杜斯（Gaius Plinius Secundus，23—79），常称为老普林尼或大普林尼（Plinius Maior），古罗马政治家、学者，以《博物志》一书留名后世。老普林尼在观察维苏威火山喷发时，因吸进毒性火山气体而殉职。

上白雪覆盖的山时——时值十一月份——山丘顶正冒出蓝色火焰。他又靠近些、踮起脚尖，接着，他头顶上——还是身后？——一种炮火般的声音让他心头一紧，他往后一跳。往高处四十码的样子，在火山口，一柱黑烟腾空升起，接着是石头成弧线飞出，其中一块石头在他附近落下。是的。

他在目睹的是某种他一直想象、一直想知道的东西。

翌年三月，一次真正的火山喷发开始的时候，当一个巨大的金松状的云团——和普林尼的侄子在一封致塔西佗①的信里描述的一模一样——从山上往上喷涌的时候，他正在家里拉大提琴。那天晚上他从屋顶看去，只见烟冒着火焰。几天后，发出一声巨雷般的爆炸声，火红滚烫的岩石喷涌而出，当晚七点，滚烫的熔岩开始漫溢出山顶，朝波蒂奇一路流淌而去。他只带上贴身男仆、马夫和当地导游，就骑马出城而去，整个晚上都待在山坡一侧。火红的熔渣像船一样在嘶嘶作响的液态金属上面漂浮而过，液态金属在离开他仅有二十码远的地方瀑布似的落下。这次亲历让他觉得自己是个无畏的人，这一直是一个令人愉快的幻觉。破晓时分，他开始下山。往下走了一英里，他赶上了前面的熔岩流。熔岩流淤积在一个深坑里，不继续淌了。

从此，这座山永远都冒着烟团，偶尔还抛出炽热的火山渣，喷出火，落下熔岩。现在，不管什么时候爬山，他都知道做什么事了。他把冷却的熔岩标本收集在衬了铅的皮袋子里，他把他从火山口滚烫的裂缝中取到的盐和硫磺（深黄色、红色、橙色）样本装在瓶子里。在骑士身上，任何激情都寻找收藏的形式，而且还真因成为了收藏而变

① 塔西佗（Tacitus，约56—120），古罗马元老院议员，历史学家。

得非常合理。（很快，其他人爬上来捡走一块块新近令人感兴趣的火山石；但是，聚积纪念品并不是收藏。）这才是纯粹的收藏，不考虑赢利的可能。这里根本没有什么买卖。他只能将火山作为一个礼物，为了他的荣耀，也为了火山的荣耀。

火再次在山顶出现：这座山正在酝酿显露它更大的威力。它一会儿发出隆隆的响声，一会儿又格格作响，然后是嘶嘶声；它喷射出的石头不止一次地迫使这个最无畏的观察者也不得不撤离山顶。第二年一次巨大的火山喷发发生时——一六三一年以来第一次最大规模的喷发，他收获了更多的战利品，这是一批火山岩石，大且各式各样，完全值得送往不列颠博物馆，他自费把它们运回了。收藏火山物品是他无私的激情。

那不勒斯被添加到了大旅行①观光的城市名单上，每个来的人都希望在有学问的英国全权公使的讲解下，惊叹一下那些死城。既然这座山显出有可能再次出现险情，他们就想来一次不寻常的、令人惧怕的体验。这就此成为又一个吸引人的景象，并且为穷人创造了工作的机会；导游、垃圾搬运工、挑夫、食品饮料供应商、马夫，如果登山是在晚上的话，还有提灯的人——晚上是观看最可怕情景的最佳时间。拿真正的山，比如阿尔卑斯山，甚或几乎有它三倍高的埃特纳②火山的标准来看，维苏威火山太容易被征服了，它充其量不过是业余登山者费点力的一次运动而已。这个终结者谁都爬得上去。对骑士来说，这座火山是个知交。他没有觉得登山非常艰难或者种种危险有多么可怕，而大多数人，由于低估了登山要花的气力，结果，攀

① 指从前英国贵族子弟作为其教育必不可少的欧洲大陆观光旅行。

② 世界上最为活跃的火山之一，已持续喷发了两千多年。

登的艰难吓得他们魂不附体，对它可能带来的伤害惊恐万状。他们一返回，他便会听到讲述他们所经历的冒险故事，螺旋状喷出的火，冰雹（或阵雨）般落下的石块，伴随着的喧闹声（炮声、雷声），讨厌的、恶臭的硫磺味。地狱之口啊，地狱之口就是这样！所以，人们相信它就在这里，他会说。哦，我说的不是字面意思，游客（如果是英国人，因此一般就是新教徒）会这样回答。

然而，即使他希望火山别为发出喘息声、超重以及沾沾自喜所亵渎，他依然渴望——像所有收藏者一样——展示它。而且他还不得不这样做，假如游客是来自英国的一个朋友或亲戚，或是一位外国显要，只要是维苏威火山还继续炫耀其表达力。他们还指望他陪着一起上山。他学生时代在威斯敏斯特的一个有怪癖的朋友弗雷德里克·赫维快要当主教了，他来待了漫长的一个月；他在一个复活节带他上山的，结果，赫维的一个膀子被一点点火山喷出的东西烫伤了；骑士想这下他要跟人吹嘘一辈子了。

难以想象一个人对这座火山竟会产生一种主人的感觉，这个传奇般的威胁物、这座双峰火山，约五千英尺高、离城里约八英里远，展示在所有人面前，实际上就是当地的地标。没有什么东西比它更难以据为己有的了。很少有什么自然景观比它更有名气。外国画家蜂拥而至，来到那不勒斯：火山有很多的崇拜者。通过他面面俱到的关注，他开始把这座山弄成了他自己的。他对它的关心比谁都多。我亲爱的山。把一座山当作一个深爱的人？一个恶魔？有了花瓶或者画作或者硬币或者雕像，他得以指望获得某些传统的认可。这种激情关涉总是让人感到惊讶、让人惊吓的东西；出乎所有意料之外的东西；从未引起骑士想要的反应的东西。不过，话又说回来，对痴迷的收藏者而言，别人的鉴赏似乎总是不恰当的、藏着掖着的，他们的欣赏从来都不到位。

·

收藏品联结。收藏品分离。

它们联结热爱同样物品的人。(但是,没有人爱我爱的东西;够啦。)它们将没有同样狂热爱好的人分离。(天哪,差不多每个人哪。)

因此,我尽量不谈我最感兴趣的东西。我谈你感兴趣的东西。

但这也时常提醒我,哪些是我无法与你分享的东西。

哦,听着。你难道看不见。你难道看不见这有多美啊。

·

不清楚他天生就是一个老师,一个解说员(庞培和赫库兰尼姆之行的导游没有人有他解说得好),还是因为很多与他关系密切的人都比他年轻,几乎没有人有他这样的修养而学会成为了这样的一个人。确实,骑士命中注定一辈子要拥有所有重要的关系,和比他小得多的人往来,包括或不包括凯瑟琳在内。(凯瑟琳是惟一一个能料到的比他年轻的人,小他八岁;人们希望妻子比丈夫小。)他儿时在王室的玩伴比他小七岁半;那不勒斯国王比他小二十一岁。比他年轻的人被吸引到骑士的身边来。他似乎总是对他们很感兴趣,希望进一步增长他们的才干,无论是什么样的才干;那么的自信。慈爱的叔伯般的,而非父亲式的——他从未想过要小孩——他会对他们很关心,甚至负责任,而并不指望有太多的回报。

他妹妹伊丽莎白的儿子查尔斯到他大旅行最南一站的时候，二十岁。骑士以前匆匆见过他几次，那个脸色苍白的、自信的小男孩已经长大成人，变为一个非常聪明、挑剔到干不成事情的地步的年轻人，他收藏了一些价格不高的画作和古董，同时也收藏了一批价格昂贵的宝石和矿物。他想给他舅舅留下深刻印象，他做到了。骑士在他身上一眼就看出了收藏者的那种出神发呆、迷离恍惚的极其亲切的神情——矿物学无疑要成为查尔斯一生中最大的爱好——马上就喜欢上他了。查尔斯执着地追求寻欢作乐，得到当地一个名叫楚迪夫人（是那个制作大键琴世家的远房亲戚）的交际花的性服务，坐在他舅舅的包厢里听了几个晚上的歌剧，从托莱多路①上的小商贩那里买冰淇淋和西瓜，并公开表示他发现那不勒斯既不迷人，风景也不漂亮，而是邋遢、乏味、肮脏。他虔敬地听他舅妈演奏大键琴（库瑙②、罗耶③、库佩林④的作品）。他诚恳地听他舅舅讲话。他带着羡慕的目光，察看着他舅舅收藏的画作、雕像，还有花瓶；但是，里面嵌有火山岩块或海洋贝壳的粗糙的凝灰岩块，火山爆发后的碎片，或者给他看的鲜黄色和橙色盐块，却只能让他激动万分地想起他的晶体红宝石、蓝宝石、祖母绿、钻石——这些可以称为美丽的东西。他洗手很勤。他坚决不爬山。

一个慈爱但令人畏惧的舅舅，如果没有某种大怪癖让人觉得有点保护作用的话，那他就太可怕了。骑士第二次邀请他陪他爬山时，

---

① 托莱多路（Toledo），那不勒斯的一条主干道，长两公里多，是那不勒斯购物和文化生活中心。

② 库瑙（Johann Kuhnau，1660—1722），德国管风琴家、作曲家。

③ 罗耶（Joseph Nicolas Pancrace Royer，1705—1755），法国音乐家。

④ 库佩林（François Couperin，1668—1733），法国乐师、作曲家。

查尔斯还是婉言拒绝了,借口说自己胆小,缺少去面对危险的兴致。他希望如果他让人产生了那明显而经典的联想(骑士在英国的许多朋友就是这样),那他还是希望他的话被看作是一种恭维而非无礼:请记住,我不想听到你遭受到老普林尼的同样命运。骑士现在刚刚有一个他最喜欢的外甥,对他的恭维话,他会回答说:那你就会是小普林尼,向世人报告我的死讯。

和现在一样,当时登一次山也有几个阶段。那条路,在我们这个世纪已变成一条高速公路,可当时还不存在。但已经有条小路,人们能走到三分之二的距离,一直可以走到中心的火山锥与索马山[①]之间的天然的低谷。这个山谷现在已经被一九四四年喷发的黑火山岩所覆盖,生长着树木、有刺灌木和高高的草。在这里,可以把马匹留下吃草,而火山朝圣者则徒步继续朝火山口攀登。

骑士把马交给马夫,抓起手杖,把袋子向肩上一撂,就迈开稳健的步伐,沿着山坡向上爬去。重要的是要把握好一种节奏,使其不知不觉,仿佛在做白日梦一样。像呼吸一样行走。使其如身体所需、空气所需、时间所需。今天早上就是这样的情形,这次是清晨,除了天冷,除了他耳朵里疼痛,他戴着大帽子还是抵御不了寒冷。对于不知不觉的事情,不该有任何疼痛。他穿过树林(早一个世纪,这些山坡上还是森林覆盖,动物密集),越过林木线,这里,风刮得更猛。过了黑火山岩道和一块块矗立着的火山巨石,小路变得越来越昏暗、越来越陡。现在感觉真的是爬山了,他的步子慢了下来,开始能够舒服地

---

① 索马山(Mount Somma),维苏威火山在公元79年喷发后,便在老山口内产生了新的火山锥,原有的火山口边缘部分成为外轮山,当地称为索马山,外轮山在外文中通称为somma。

感觉到肌肉的伸展了。他没必要停下来喘口气，但是，他确实停下来几次扫视那红褐色的地面，寻找着有彩色矿层的尖石。

地面变成灰色，松散，泥泞——每跨出一步都让你觉得有阻力。风对着他的头吹。快到山顶时，他两只耳朵痛死了，他便用蜡把它们塞住。

到了四面围满巨石的山顶，他停下来，擦擦柔软、冰冷的耳朵。他朝海湾彩虹蓝外层以外以及下面凝望。接着他转过身来。每次他靠近火山口，他心里都不无恐惧——部分是怕有危险，部分是怕自己感到失望。如果山吐出火，喷向空中，变成火焰和移动的灰墙，就会诱惑人看。山在自我展示。但是，山像这几个月以来一直都相对平静的时候，当它诱惑人更近距离去看时，他在察看是否一切如旧的同时，又在寻找某些新的东西。这种窥探希望得到回报。即使是在最平和的人心里，火山还是照样会激发起一种一睹毁灭性面目的强烈欲望。

他攀爬到火山锥顶，朝下看去。只见深达数百英尺的大洞四周仍然弥漫着晨雾。他从袋子里取出榔头，四处寻找裂口边缘上的一种彩色层。阳光温暖着空气，这时候，雾开始散去。每当清风吹过，往下能看见的景致就远一点，但是还看不到火。混浊的白色蒸汽从延伸的火山口洞壁里的裂缝处飘浮上来。最深处燃烧的内核藏匿在熔渣表层下面。一点点火光也没有。整个一大块——灰色的、无活力的。骑士一声叹息，把榔头放回袋里。无机物给我们留下了非常忧郁的印象。

也许，最让人高兴的并非是火山的毁灭性，尽管人人都爱看大火喷发，而是火山对每种无机物都逃脱不了的万有引力定律的藐视。看到植物世界，首先令人感到高兴的是其垂直向上的趋向。这就是我们喜欢树的原因。也许,我们关注火山是因其向上提升,像芭蕾一样。熔融的岩石飞多高,高出蘑菇云多少。令人震撼的是山自身爆炸,即使是随后还得回到地面,就像舞者一样;即使它并非只是下降——它是落下来,落在我们身上。但是,它先上去,它飞起来。而一切都在拉扯,往下拽。往下。

三

夏天。八月二十四日——公元七九年火山大喷发的纪念日，其实，是毫无意义的巧合而已。天气：感觉黏糊糊的不透气，苍蝇乱飞。空气里弥漫着硫磺的臭味。高高的窗户面向整个海湾。鸟儿在御花园里鸣叫。一缕淡淡的烟柱在山尖上飘来飘去。

国王在上厕所。裤子褪到了脚踝处，他在用力的时候，皱着眉，大便噼里啪啦就下来了。虽然才二十四岁，但他胖，很胖。他的肚子和他妻子一样全是一圈圈的赘肉（她一辈子总共怀孕十七次，现在已经怀过六次了），他坐在那个巨大的陶瓷便器椅[1]上晃来晃去。他笨手笨脚地吃了顿大餐，有猪肉和通心面和野猪肉和西葫芦花和果子露，这顿饭两个多小时前就开始了。他已经把酒吐到一个他最宠爱的贴身男仆身上，把面包块扔到他那干瘪的、好争辩的首相身上。骑士吃得很少，即使没有这些令人厌恶的场面，也已经觉得胃里撑了。接着，国王宣称，享用了一顿美味佳肴后，他希望同样好好地排泄一下，愿意由桌上一位贵宾陪同，这位贵宾也是他的朋友，以及打猎的好伙伴，即英国全权公使。

哦，哦，我的肚子！（一阵哼哼、响屁、叹息。）

骑士身上饰有星和红缎带的宫廷盛装因汗水而越来越湿，他倚墙站着，薄薄的嘴唇吸进恶臭的空气。幸好不是更糟，骑士心想，这个想法他已经用来自我安慰了大半辈子。这次他的意思是，国王本来可能要腹泻的。

我感觉它快下来了。

国王玩的酗酒男孩的把戏，令人作呕、试图吓人一跳。英国骑士玩的则是不予理睬、不动声色的贵族游戏。如果我出汗不像他那么多，骑士想，场面会好看些。

不，没下来。我没有！我下不来！哦，我怎么办啊？

如果国王陛下独自一人，也许能更加集中思想出恭。

我讨厌独自一人待着！

骑士的汗已经淌到眉毛下面的眼皮上，他眨眨眼睛，把汗珠掀了回去，心想这是不是国王玩的一个讨厌的恶作剧啊。

这可能不是一顿好饭，国王说。我肯定它是顿好饭。味道这么好，又怎么可能不是一顿好饭呢？

骑士说饭菜味道很好。

国王说，给我讲一个故事。

一个故事，骑士说。

（弄臣：某个把你说过的最后一个词或几个词又对你说的人。）

---

① 想象丰富的家具商设计了一种可移动的便桶，巧妙地隐藏在某种家具上。比如说，一只漂亮的四脚凳子仿佛摞着几本书，而翻开最上面的一本“书”的封面，就可以坐上去“方便”了。

是的，给我讲讲巧克力山。一座全是巧克力的大山。那正是我想要爬的。

从前有座山，像夜一样黑。

像巧克力一样！

里面全是白的，有洞穴，还有迷宫，还有——

里面冷吗，国王插话。热的话，巧克力会化掉。

里面是冷的，骑士边说，边用一块溢满夜来香精油香味儿的丝手帕擦擦额头。

它像座城市吗？整个世界？

是的。

但是个小世界。非常惬意。我不会需要这么多仆人。我喜欢一个小世界，里面有人，也许人也是小小的，他们愿意做我想做的一切。

他们已经这样做了，骑士说。

不是这样，国王反驳道。你知道我是怎么被王后、被塔努奇[①]、被所有的人使来唤去的，除了你，我亲爱的好朋友。是的，我需要一个巧克力世界！那是我的世界。我要的一切。所有的女人，不管我什么时候要。她们也能成为巧克力，我要吃她们。你难道从来都没有想过吃人会是什么情形？

他舔了舔自己白白胖胖的手。呣，我的手是咸的！他悄悄地把手塞进腋窝，接着说：它得有个大厨房。王后会帮我做饭，她会恨这件事情。她得剥蒜头，数以百万的一瓣瓣亮闪闪的蒜头，我要将它们塞入她的体内，然后我们就会有蒜头宝宝了。人们会追着我，央求我喂他们，我会把食物朝他们扔过去，我会逼他们吃。

---

① 塔努奇(Tanucci，1698—1783)，意大利政治家。

眉头一皱,他的头耷拉下去。一阵猛烈的噼里啪啦声在排泄系统的深处达到了高潮。

好啊,国王说。他伸出手去,用力拍打骑士瘦瘦的屁股。骑士点点头,觉得自己的肠子也在搅动。但这就是朝臣的生活,不是吗。骑士不是这个世界的一个统治者。

帮我,国王对站在开着的门边的王室寝室总管说。他站不起来了,他那么胖。

骑士考虑着人对令人作呕的事情产生种种反应的差距。在一极,凯瑟琳,她对国王的疯狂的粗俗,正如对王宫里许许多多情况一样,感到惊愕不已。在另一极,是国王,对他而言,令人作呕的东西是一种快乐源泉。他本人则处于两极中间,这也是一个朝臣必须待的位置,他是既不气愤,也不麻木。气愤本身就是粗俗的,是软弱的标志,是缺乏教养的标志。必须容忍伟人身上的古怪习性。(先前,骑士难道不一直是另一个国王童年时代的玩伴吗？那个国王小他七岁,时常表现出十足疯狂的行为来。)人的本性难移。没人改得了,大家都知道。

•

这位粗俗的国王一下子就对瘦弱的英国骑士的沉着冷静印象深刻,几乎同样令他印象深刻的是他十七岁时迎娶的维也纳哈布斯堡王室家族的妻子的聪明;自从他们的长子出生之后,王后就坐镇国家议会,现在是这个王国真正的统治者。要是孩子的父亲是个像骑士这样的人,而不是坐在马德里的国王宝座上的那个令人畏惧、傲慢、阴郁的人,那该多么令人愉悦啊！骑士热爱音乐,不是吗？国王也是；音乐对他而言，就如食物一样。骑士不也是个运动健将吗？除了总是要去登那座凶险的山，他还喜爱垂钓、骑马、打猎。打猎是国王生活中主要的爱好，他打猎是要把劳累、困难和偶尔的危险等因素排除掉的；这一危险限制同时又被认为是给予屠杀动物以热情和合法性。助猎者把数不胜数的一群群野猪、野鹿和野兔赶进围栏，然后驱赶着它们从国王身边经过，国王则站在行宫御苑内一个坚固的、砖石砌的无顶岗亭内，或者在牧场中央骑在一匹马上。他在那里射击，几乎是百发百中。然后，他就走下来，或者下马，把袖子卷到肘关节处，开始动手干活，用刀切开那些还冒着热气、淌着血的身体。

国王喜欢动物尸体中流出的血的味道，喜欢肚子或通心粉在大锅里变黏稠的味道，喜欢闻他自己和他小孩的排泄物的味道，还有松树和茉莉醉人的味道。让他得了个"大鼻子国王"绰号的那长长的又肥又圆的器官既丑得吓人又显得专横。刺激性的味儿吸引他：辛辣的食物，要死没死的动物，一个顺从、梨花带泪的女人。不过，还有他那让人恐怖的父亲的味道，忧郁的味道。（他在骑士身上几乎闻不到这一味道，在骑士身上，这种味儿要淡得多，抑制住了。）他妻子身上令人安心的动物般的味道会吸引他进入她的身体，但完事之后，他倒头便睡时，另一种味道（或是一个关于味道的梦）会唤醒他。刺鼻的小颗粒抚弄着他大鼻孔的内侧，飞向他的脑子。他喜欢一切杂乱、丰富的东西。气味聚集、散开。气味黏附、跟随。它们散开、弥漫。一个气味的世界是无法统治的——人主宰不了气味，是气味主宰你——而且国王并不真的喜欢统治。哦，要是有个微型王国该多好啊！

他只知道追求感官刺激；他父亲故意让他几乎成为文盲，他被有计划地培养成一个软弱的统治者。因为他喜欢和城里一大帮游手好闲之徒称兄道弟,所以,他还有个绰号叫乞丐王,不过,他相信的种种迷信是这里所有人都相信的,而非仅仅是未受过教育的人才信。除了恶作剧还有打猎这两样他经常干的事情,仆人们的种种消遣也让他不去想王室装模作样的仪式的束缚。骑士到达卡塞塔那雄伟的王宫时,有一次发现国王在忙着把墙上的灯取下来擦拭。当一支精锐部队驻扎在波蒂奇王宫所在地的时候,国王便在营地开了个小酒馆,卖酒给士兵。

国王举手投足不像个国王(太令人失望了!),他没有扮演自己完全与众不同的角色:没有机智,没有高贵,没有距离。只有粗鄙和欲念。但是,那不勒斯常常让人震惊,即使是在它令人销魂的时候,也是如此。来自外乡的、在信仰方面极其坚韧的萨尔茨堡虔诚的天主教徒利奥波德·莫扎特,看到贵族的异教徒迷信行为以及礼拜仪式中极其荒唐的偶像崇拜,感到不胜惊愕。英国游客对庞培城那些下流的壁画和阳物感到愤怒。人人都鄙视这个幼稚的国王的异想天开。一个人人都感到震惊的地方,就是一个人人都编故事的地方。

•

和每一个外国的外交官一样,骑士也有大量添油加酱的关于国王能够如何如何肆无忌惮的故事,可以讲给贵客听,让他们开心。让国王非同寻常的不是他出恭方面的幽默,骑士这样说着就开讲了。关于排便的笑话在意大利大多数王室里是司空见惯的,我听说。真的,他的听众会说。

如果骑士以他陪国王上厕所的版本开讲,那么,他可能接下来会讲另一个故事,在这个故事里,巧克力扮演了一个角色。

这个故事他给许多客人讲过了，是关于他作为全权公使来到这里三年后所发生的事情。西班牙的查理三世[①]——这个那不勒斯国王的父亲——和奥地利的玛丽亚·特里萨[②]达成了协议，双方王朝结盟，女皇从她众多公主中钦定了一个，备齐了价值昂贵的嫁妆，眼泪汪汪的新娘和她众多侍从已经准备出发——在那不勒斯，穷奢极侈的王室婚礼已达到了事先精心计划的状态（公共场所的布置，颇有寓意的烟火和糕点的设计，为迎亲队伍和舞会而作的曲子），贵族和外交官一个个都已经为宴会和新服饰的额外花销作好了准备……对哈布斯堡王宫来的黑衣特使没有人会有心理准备，他带来了丧气的消息，十五岁的大公主就在她启程的前夜，死于肆虐维也纳的天花，这一疾病几乎也让女皇丧命。

当天上午得知噩耗，骑士便全副王室盛装，坐上他最好的马车前往吊唁。一进宫殿，他便要求带他去见国王，但他没有被带到国王的房间，而是带到了通向一个大展览厅的高高拱门里的一间凹室，展览大厅长约三百英尺，两边都挂了狩猎图；在这里，某某圣王子——国王的家庭教师，站在那里沉思。不，不是沉思。是发怒。远远的在展览厅另一头，一列人闹哄哄的、散发着香味儿，手执火把和蜡烛浩浩荡荡地朝他们走来。

我来表达我真诚的——

王子不屑的神情。

正如你看到的，陛下悲痛不已，王子说道。

---

① 即查理六世（1685—1740），神圣罗马帝国皇帝（1711—1740），奥地利大公和匈牙利国王（称查理三世），发动对奥斯曼帝国的战争获胜，后又参加波兰王位继承战争，扩大奥地利领地。

② 玛丽亚·特里萨（Maria Theresa，1717—1780），奥地利女皇。

六个小伙子合扛一副覆盖着深红色天鹅绒的灵柩朝他们走来。一个牧师手舞香炉跟着。两个标致的仆人手捧插满花朵的金花瓶。十六岁的国王跟在后面，一袭黑衣，一块黑手帕捂着脸。

（你知道这里人们是如何看待葬礼的，骑士会插上一句，总是急于说出来。怎么表露悲痛之情都不为过。）

队列走近了骑士。把她放下，国王说。

他朝骑士跳过来，一把抓住他的手。来，你可以是一个悼念者。

陛下！

看！国王大声咆哮。他们不让我打猎，他们不让我乘船出去钓鱼——

就一天，老王子打断他，怒气冲冲。

全天——国王气得直跺脚——我都得待在屋子里。我们玩了一会儿跳蛙游戏，然后就玩摔跤，但是，这个更好玩。好玩多了。

他把骑士拉到灵柩跟前，棺材里躺着一个身穿饰有蕾丝花边白袍的年轻男子，双眼紧闭，睫毛柔软，脸颊红润，双手交叉放在胸口，上面斑斑点点有一些浅褐色的小疙瘩。

（国王最年轻的侍从，因为他长得女孩般面容姣好，而常常被人取笑；这次他被召来装扮已故的公主，骑士加以解释。停顿片刻。还有巧克力糖豆……你们猜得到它们意味着什么。真的猜不出，他的听众说。这些，骑士解释说，是天花的脓疱。）

这个男孩的胸口轻轻地上下起伏。

看，看，非常逼真！

国王从一个侍从的手上夺过火把，摆了个歌剧中的造型。哦，我的爱。我的新娘死了！

护柩者窃笑。

别，你们千万别笑。我生命之光！我心之欢乐！这么年轻。还是个处女，至少我希望如此。竟然死了！美丽白皙的手我本来要亲吻，美丽白皙的手她原本会放在这儿——他一番演示，表示放的位置。

（骑士没有接着说他已经不止一次地看到过国王的腹股沟——看到过国王本人很白的皮肤，上面斑斑点点都是疱疹，御医认为是身体健康的标志。）

你难道不为我感到伤心吗？国王对骑士喊叫。

（骑士也没有说最后他是怎么脱身的，但他倒是提到这场闹剧从头到尾有一个侏儒样的牧师一直在为死者做弥撒。并不真的是牧师，他的听众会说。当然是国王的另一个侍从，不过是穿上了牧师的衣服而已。考虑到牧师也会参与这种胡闹，骑士会这样回答，这个牧师倒也很有可能真是个牧师。）

躺在棺材里的年轻人在冒汗，巧克力糖豆开始化了。国王，强忍着笑，把手指放在嘴唇上。我要委托演一场这个题材的歌剧，他宣称。

等等，等等，等等，骑士最后说。

也许，歌剧这个词让骑士想起最近和凯瑟琳在圣卡洛目睹的一幕，发生在帕伊谢洛①一部新作的首演期间。那是狂欢节的最后一个夜晚。国王和他们隔着两个包厢，他过一会儿就来看看，哼哼唱唱，大呼小叫，吃吃喝喝；国王不坐在自己的包厢里，而经常随意霸占更上面的包厢，而这些包厢的常客认为这样鹊巢鸠占是件荣耀的事情。那天晚上，国王命令让人给他送来一份通心面，他先是让他附近

① 帕伊谢洛（Giovanni Paisiello，1740—1816），意大利作曲家。

的人闻到了油、奶酪、蒜头和牛肉汤的香味儿。接着，国王又趴在护栏上，开始用双手把滚烫的食物朝下面的乐池扔过去。

（骑士停顿一下，等大家的反应。这些可怜的观众当时怎么办呀，他的听众问道。你们也许认为他们会介意的，骑士说，但在场的每个人似乎都欣赏国王的恶作剧。）

尽管有一些人显得颇为狼狈，他们被油腻腻的污物天女散花似的洒了一身，他们穿的可是他们最漂亮的衣服——他们想方设法要把衣服擦干净，这让国王狂笑起来——但是，许多人认为国王泼洒通心面是一种恩宠的标志，所以，他们没有去躲闪，而是互相推搡，去抢回一点来享用。

（真叫人惊讶，他的听众会说。有点像这儿的狂欢年。但毫无害处，我觉得。）

我来告诉你们，骑士可能会继续讲下去，国王惹起的另一次食物争抢，这次可不那么好玩。这次发生在我给你们描述过的假葬礼后的那年，那时，那个死了的未婚妻的妹妹被指定替姐姐嫁人。她一知道自己跟什么样的人订婚，哭得个泪人似的，比她姐姐还伤心，但还是被人从维也纳送过来；开心的是，这个公主毫发未损地抵达了，接着就成婚了。现在，我必须解释的是，骑士解释说，这里王室所有重大的庆典活动都包括一项内容，即造一座堆满食物的假山。

（一座山？他的听众会问。）

是的，一座山。由一队队木匠在宫殿前的大广场中央用一根根大梁和板子搭建起一个巨大的金字塔形台架；然后又将它装饰、雕塑成一个让人啧啧称赞的小公园，有铁栅栏围着，还立了一对有寓意的雕像守护着大门。

（我可以问一下多高吗？我不太肯定，骑士说。至少四十英尺吧。)

山一造好,许多伙食承办商及其帮手便开始爬上爬下。山麓小丘上的面包师在摞巨大的面包棍子。农民则把成箱成箱的西瓜、梨子和橘子往上拖。家禽贩子则把活鸡、鹅、阉鸡、鸭和鸽子的翅膀钉在通向山顶的小路两旁的木栅栏上。数以千计的人来到广场安营扎寨,这时的山堆满了层层食物,山上花团锦簇,旗帜飘扬,全副武装的士兵骑着焦躁不安的马团团围住日夜守卫着。到了宫内盛宴的第二天,人群增加到十倍之多,可以清楚地看见他们的刀、匕首、斧头和剪刀。中午时分,传来一阵吼叫,屠夫们拖着一长串公牛、绵羊、山羊、小牛、猪,进入广场。他们用缰绳把它们绑在山底部的时候,人群顿时安静下来。

(为了制造效果骑士停了下来,他的一个听众说,我明白我得坚强点才能接受下面的事情。)

接着,国王挽着他的新娘,来到了阳台上。又响起一阵吼叫,跟动物队列出现时没有多大不同。在国王接受群众的喝彩声和欢呼声时,王宫其他阳台上以及上面的窗口很快地涌满了王室的主要成员、一些更重要的贵族,以及非常受宠的外交使节团成员——

(我听说没有人比你更受国王的宠了,听众打断了他。是的,骑士说,我当时在场。)

接着,圣埃尔莫堡顶上响起炮声,表明进攻可以开始了。极度饥饿的人群回应了一声嚎叫,然后冲破士兵防线;士兵们只好把他们扬起前腿的马骑到宫墙的安全处。用肘关节推、膝盖顶、拳头打、互相推搡着,身体最棒的男孩和年轻男子冲到前面,开始登山;山上旋即人山人海,有人往更高处爬去,有人则拿着战利品下山,还有人停在中间,将家禽切成块,生吃,或者扔几块给下面那些伸着手的女人和孩子。与此同时,其他人则把刀一下子就捅进用绳子拴在山脚下的牲畜的身体。很难说一个人的哪一种感官在受到更猛的冲击:鼻子,受到血腥味和受惊牲畜拉下的粪臭味的冲击;耳朵,受到被宰杀的牲畜的惨叫声和人从山上什么地方掉下来或被推下来时发出的尖叫声的冲击;冲击眼睛的则是,放眼望去,四处乱窜的痛苦而可怜的牲畜,或者某个不幸的人,所有这些情景令人疯狂,而且还有来自那些窗户和阳台的喝彩和表示鼓励的喊叫,以至于他没有把刀捅进猪或山羊的肚子,而是捅进了他边上一个人的脖子。

(我相信,我并不是在让你们以为这里的下层社会太糟糕,骑士插话说。在大多数情况下,他们非常和蔼。没错,他的听众喊道——想到人类的野蛮而非不公平,没再说什么。)

你们会觉得奇怪,骑士接着说,抢劫这座山怎么只需花这么短的时间。现在抢起来更快了。因为那是最后一年活杀分割牲畜了。我们年轻的奥地利王后对那种场面厌恶极了,她恳请国王对这一残暴的风俗做出一些限制。国王就颁布法令,公牛、小牛和猪必须先由屠夫宰杀、然后分成四块挂在栅栏上。这种做法延续到今天。正如你们看到的,他最后会说,即使是这里,在这座城市,同样也有进步。

•

骑士怎么才能向他的听众表达国王是多么的令人作呕呢。无法描述。他不能把国王发出的臭气装在瓶里,送到听众的鼻子底下让他们闻,也不能像他经常把从火山获得的硫磺和盐寄回皇家学会那样,把臭味寄给他在英国的朋友,他讲的故事他们听了很开心。他也不能吩咐仆人拿一桶血来,然后把自己的双臂放到桶里,一直没到肘关节,以演示给大家看国王在他称之为打猎的一天杀戮下来亲手剖开数以百计猎物的情景。他也不愿模仿国王日落时站在港口市场卖他一天捕到的旗鱼。(他卖他捕到的鱼?是的,还讨价还价。但是,必须补充的是,骑士说,他把他挣的钱扔给了那帮整天跟着他的游手好闲的随从。)骑士是个朝臣,但他不是演员。他无法扮成国王,哪怕就一刻儿时间,去演示,去显示。这不是一种男子气的举动。他只是陈述,在陈述的过程中,其十足的可恨逐渐缩小成一个故事,没什么令人激动不已的事情。在这个无节制、过度、泛滥的王国,国王只不过是一件物品。既然他只能用语言来讲述,那么,他能够解释(国王的低能化教育、贵族们愚昧的迷信),他能屈尊,他会挖苦。他能够有一种想法(他对他在描述的东西不表示一种立场就无法描述),这种想法会自行显得优于感觉的事实,令它们失去实质性内容,压制住它们的嘈杂声,除去它们的臭味。

一种味道。一种滋味。一种触动。不可能描述。

这是骑士在他喜爱的一个不信神的法国作家写的一本书里看过的一则寓言,凯瑟琳一听到那帮人的名字就要叹息、蹙额。想象这么一个公园:里面立着一个女人美丽的雕像,不,是一个美丽女人的雕像,雕像,即,那个女人,紧握弓箭,不是裸体但像裸体(大理石束腰外衣紧贴着她的乳房和臀部的样子),不是维纳斯,而是狄安娜①(箭是她的)。她本人就漂亮,束发带箍住长鬈发,她对所有的美都漠然了。现在,接下去讲故事,让我们想象一下有个人能赋予她生命。我们在想象一个根本不是什么艺术家的皮格马利翁②,这尊雕像不是他造

① 狄安娜(Diana),罗马神话中的月亮和狩猎女神,相当于希腊神话中的阿耳特弥斯(Artemis)。

② 皮格马利翁(Pygmalion),希腊神话的塞浦路斯王,善雕塑,热恋自己所雕少女像,阿弗洛狄特见其感情笃挚,便赋予雕像生命,使两人结为夫妻。

的，他只不过是在花园里的雕像底座上发现了她，比真人稍大一些，他便决定在她身上做个试验：一名教师，然后一个科学家。别人塑造了她，然后抛弃了她。现在，她是他的。他没有迷恋她。但他有点好为人师，希望看到她把自己的才能发挥到极致。（也许以后他会爱上她——很可能是有悖于他的理智，还会想和她做爱；不过那就是另一个故事了。）所以，他怀着试验的精神，缜密思考后，慢慢前行。并不为欲望所驱策，欲望并不迫使他一下子想要得到一切东西。

他干什么？他怎么赋予她生命？小心翼翼地。他要她有意识，而且，他坚信知识皆源自感觉这一相当简单的理论，决定先打开她的感觉中枢。慢慢地，慢慢地。一开始，他会只给她一种感觉。他选择哪一种？不是视觉这一最高贵的感觉，也不能是听觉——嗯，没必要对所有的感觉梳理一遍，尽管也就这么几种感觉。我们抓紧点讲，他首先给予她的，也许吝啬了点，是嗅觉这个最最基本的感觉。（也许，他不想被对方看到，至少现在还不想。）应该补充一句的是，为了让试验可行，我们必须认为这个神圣之物在其不渗透的表面之下有着某种内在的存在或者反应；但这仅仅是个假设，尽管是个必要假设。关于这一内在存活的状态，到现在为止还什么结论都不能下。女神，美的化身，一动不动。

所以，现在狩猎女神有了嗅觉。她浓眉下面圆圆的、有点凸出的大理石眼睛看不见，她微启的双唇和柔美的舌头没有味觉，她光滑的大理石肌肤对你的或者我的皮肤没有触觉，她可爱的贝壳般的两耳听不见，但是她挺括的鼻孔能嗅到远近所有的味道。她闻到美国梧桐和白杨树的味道，树脂味，刺鼻，她能闻到虫子一丁点粪便的味道，她闻到士兵靴子上的鞋油味，还有烤栗味，烘焙培根味，她能闻到紫藤，向阳开花植物和柠檬树的味道，她能闻到逃离皇家猎犬还有国王雇用的三千助猎者追赶的鹿和野猪的恶臭味，闻到一对情人在附近灌木丛纵情交媾发出的味儿，刚刈过的草坪的芳香味，宫殿烟囱的烟味，远处胖国王上厕所的味道，她甚至能闻到塑造她的大理石被雨蚀的味道，还有死亡的味道（尽管她根本不知死亡为何物）。

有一些味道她闻不到，因为她在花园里——或者因为她是在过去。她被赦免了城市的味道，像晚上从窗口往街上倾倒的污水和泔水的味道。还有二冲程引擎小汽车和软褐煤砖（我们这个世纪后半叶东欧的味道），纽瓦克城外化工厂和炼油厂的味道，香烟味……但是，为什么说“被赦免”？她也会很喜欢这些味道的。的确，味道从远方来，她闻到了未来的味道。

所有这些味道，我们认为好的或者坏的，恶臭的或者醉人的味道，全都向她袭来，布满了塑造她的每个大理石粒子中。如果可能，她会高兴得颤抖起来，但是，她还没有被赋予动的能力，甚至连呼吸的能力都没有。这是一名男子在教导、在解放一名女子——决定什么对其最好，因此谨慎行动，不会全方位出击，非常满足于创造一个有限的生命这一想法——更好的是，一直保持，美丽。（无法想象故事里有一位女科学家和一尊希波吕托斯①美丽的雕像；也就是说，美丽的希波吕托斯的雕像。）所以，狩猎女神仅有嗅觉，她内在的世界，没有空间；但是时间诞生了，因为一种味道接着另一种，一种味道压过另一种。随着时间，来了永恒。有嗅觉，仅有嗅觉，意味着她是个闻的生命，因此想继续闻（欲望永远驱使其获得不朽）。但是，气味有时候的确消失（甚至，有些消失得飞快！），尽管有些气味会又飘回来。当一种气味慢慢消失，她感觉——她是——变小了。她开始做梦，这

① 希腊神话中的希波吕托斯（Hippolytus）是特修斯（Theseus）之子。

个闻的意识，梦想着她如何才能留住气味，靠把它们贮存在她体内，她就永远都不会失去它们了。就这样，后来，空间出现了，当然还仅仅是内部空间，因为这时狄安娜开始希望她能够在她的大理石身体的不同部位留住不同的气味：狗屎味留在她左腿里，向阳开花植物味留在一个肘关节里，刚刈过的草的芳香味则留在她的腹股沟里。她珍爱它们，它们她全都要。她体验了痛苦，不是一种坏气味的痛苦（说得更精确些，是不悦），因为她根本就不知道好坏，无法做出这么大的区分（每种味道都好，因为任何一种气味都比没有气味，比无感觉好），而是失去的痛苦。每种愉悦——以及闻，无论她闻什么，都是纯粹的愉悦——都是体验意料之中的失去。她想做个收藏者，如果她知道如何成为一个收藏者，那该有多好啊。

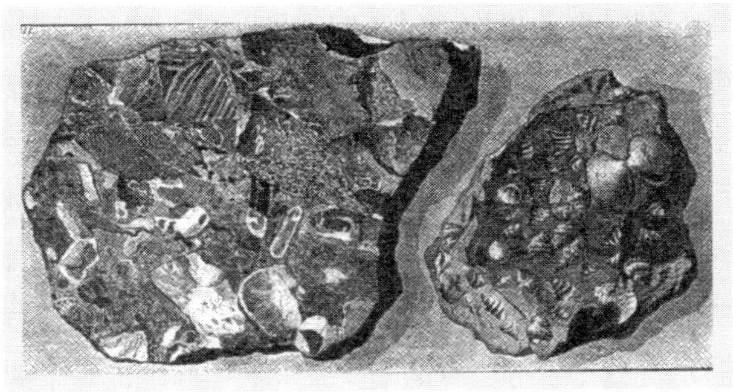

四

又一个冬天。一个月的时间随国王在亚平宁山脚宰杀动物，参加圣诞舞会，款待显赫外宾，与学术团体频繁通信，一次远足，和凯瑟琳到阿普利亚区看新出土文物，以及他们每周的音乐会（但凯瑟琳身体不适）。那座山白雪覆盖，躁动着，冒着烟雾。骑士收藏的画作，迄今为止明显是早期绘画大师的作品，现在包括了几十幅本埠画家创作的水粉画和油画，描绘的是火山景色和身穿艳丽服装，载歌载舞的当地人。它们标价都非常低廉（是根据画面的掌尺或码数来标价的），现在就挂在通往他书房的画廊里。他去看了在大教堂一年上演两次的奇迹剧，大家相信该城的福祉有赖于它：守护神的块状血的液化。该城最出名的一个迷信块。骑士四处寻找着不那么为人熟知的当地落后的种种表现，他安排了一次与有名的女算命师埃夫罗西娜·普莫的会面。

起初，全是颇具特点的氛围，曲里拐弯的街道，斑驳的石屋，破旧磨损的门，上面是些无法辨认的文字，那个女人低矮潮湿的房间墙壁刷成白色，天花板满是烟熏的污渍，供烛滴淌着蜡，炉火上支着大锅，砖地上铺着草垫，那条黑狗跑过去嗅他的裆部。骑士把瓦莱里奥留在外面，和女算命师的一组顾客一起等着给他们算命并治疗，他感觉相当，嗯，具有伏尔泰风格：处于一种文化人类学的气氛之中。他独自一人。其他民族种种迷信的一个观光客。感觉优越，享受此优越感，蔑视所有迷信、巫术、狂热和非理性，然而也并不讨厌面临的令人惊讶、迷惑不解的情景。愿意听见一个死者的声音回荡，愿意看到一张桌子跳动，让这个百分之百的陌生人来猜他称呼他母亲的乳名，描述他腹股沟处紫红色的胎记……因为话又说回来，如果不是像此时此地所认为的这么粗俗，这终究会是一个神奇的世界。

相反，这是个充满奇迹的世界，一个人必须对此感到满足。美。奇迹，其中主要是火山。但是，没有神奇，没有。

据说，几年前，这个女人预言了最近搅扰这座火山长时间沉睡的一大一小两次爆发的年份和月份。他打算让她讲讲这个。不过，他当然不能开门见山，直奔主题，他十多年前就知道了这些懒惰、狡猾的人当中的这种行事方式。他必须听许多卑躬屈膝的感激之辞，说最卓越、最尊贵的骑士，年轻国王（愿年龄赋予他智慧！）的最亲爱的朋友和顾问来访，并肯屈尊走进她卑微的住处令其深感荣幸。他必须啜饮一点她称为茶的有点甜的酿造饮料，一个瘦高个男孩端上来的，他十五岁左右，左眼看上去像鹌鹑蛋一样；然后他得摊开自己修长的手，放在她毛茸茸的掌心里。

她一开始就告诉他说他会长寿。听到这个，骑士扬起眉毛，皱起了鼻子。

这里是长寿，她喃喃自语。这可不是骑士喜欢想象的东西，这是一种想象力的展开。他仍然在期待着那不勒斯接下来有一个更好的职位。比如说，马德里。或者维也纳。

接着，她告诉他他面前有一个大喜事。

别谈我的命运了，我们谈点别的事情吧，骑士说着，把手抽回，不再让她细看。事实上，我根本就不是在寻找关于我自己的什么信息。

真的吗？那阁下肯定是个非同寻常的人，我完全有理由相信这一点。谁又会对自己不感兴趣呢？

哦，骑士说，我承认对自己有兴趣。我像下面进来的人一样爱自己。

他猜她五十岁左右，当然，你对这里被称为“人们”（即大多数人）的那些居民的年龄永远都没有把握，因为他们，尤其是女人，一般看上去都比实际年龄大。面前这个女人有一张精明、清秀的脸，眼睛是琥珀色，不，是绿色，有力的下巴，灰白的头发扎成辫子盘在头上；强壮结实的身体，肩上披挂下来层层叠叠粉红、黄褐色相间的披肩，令其身体轮廓影影绰绰。她靠着一面拱墙，坐在一张大橡木椅子上。骑士则端坐在一张椅子上，为了让他坐得舒服些，上面垫上了几块破垫子。

大多数来向我咨询的人都想知道他们什么时候会恋爱，她在说。或什么时候得到一笔遗产，或者什么时候死。

骑士回答说他非常爱他的妻子，他知道他继承遗产的可能性是零。而且，只有傻瓜才想知道他的死期、毁掉他剩下的日子。

阁下似乎认为年事已高。

我从未觉得年轻过，他恼火地说。这感觉像是个新的想法。这个自诩的女算命师没有让他感到惊讶，倒是他自己让自己感到惊讶了。

这样的感觉让您比您现在的年龄年轻，她说的时候，一只胳膊相当戏剧性地一挥。关于青春和年龄,埃夫罗西娜是……一位专家!我已经告诉阁下还能活很多年。这难道不是人人都喜欢听到的吗?

他没有回答。

阁下不感到好奇吗?

恰恰相反,他厉声说道,我好奇极了。正是好奇心把我带到了……这里。

他做了个手势,意思是说:这个房间,这个国家,这件荒唐之事。我必须耐心,他告诫自己。我身处野蛮人中间。他目光离开这个女人扫视过去,发现那个独眼男孩蹲在角落里注视着——仆人?她的助手?这个男孩有着和她一样犀利的目光,只是因为少了一只眼睛而更加意味深长。

我很想知道你究竟要如何进行下面的事情。你是要读卡片,或查看动物内脏,还是咀嚼苦叶子然后进入一种昏睡状态——

您不耐心了,大人,一个真正的北方之子。

真有趣,骑士心想。这女人不是傻瓜。她想和我交流,而不是仅仅给我亮出她的把戏。

埃夫罗西娜低头片刻,叹口气,朝那个男孩点点头。男孩从角落橱柜里拿出包在一块孔雀绿布里的什么东西,走过来放在他们中间的搁板桌上。她慢慢地揭开布,下面是个无盖的盒子,厚厚的乳白色玻璃做的。她专注地盯着盒子,把那块布像孩子的围嘴一样围在自己的胸前,咕哝了一些听不见的话,在空中做了几个动作,然后在她自己胸前画十字,低下了头。表演这就开始了。啊,骑士说,鼓着劲。

我看到的太多了,她轻声低语。

骑士这个人总喜欢看到更多,他对自己笑笑,玩味着这一差别。

她抬起头,两眼大睁,嘴巴抽搐。

不,我不想看到灾难！不想！

女算命师为他好而苦苦编造故事,骑士看到这样的戏剧场面,点头表示赞赏。她叹了口气,双手捧着盒子举在她的面前。

我看见……我看见水！她的声音变得嘶哑。没错！海底撒满了打开的箱子,溢出了珍宝。我看见一只船,一只巨大的船——

哦,水,他打断她。还有土。还有空气,我猜想夜幕降临前,我们就要看到火了。

她放下盒子。她的声音恢复了原本的那种迎合讨好。但是,阁下喜欢水。整个那不勒斯都喜欢看到他坐船出来整整一天在我们金色的海湾垂钓。

还有我爬山。这也是大家都知道的。

是的,阁下的勇敢令人钦佩。

他没有回答。

也许,阁下对他的死亡终究是感兴趣的。

死亡,死亡。他在关上自己注意力的阀门。

如果我不能让您消除疑虑,她在说,大人,我能吓唬您一下吗?

我不是很容易就被吓着的。

但是,您已经,而且不止一次,差一点被一枚燃烧的导弹击中。您可能会倒下去,失去平衡。您可能下去,但爬不出来。

我走路稳当着呢。

您知道这山有多么喜怒无常。任何事情随时都会发生的。

我的适应能力强,他说。对自己说:我在观察,我在收集证据。他在藤椅上挪了挪身子。

我在呼吸,他说。

密闭的房间让他头昏眼花。他听见她在低语,听见那个男孩离开房间，大钟嘀嗒嘀嗒响着，一只苍蝇在嗡嗡地飞，一条狗在吠，还有教堂的钟声，手鼓声，一个卖水的人的叫卖声。各种汇到一起的声音逐渐消失，恢复了平静，接着，是更清晰的，仿佛是分开打包一样，钟声，人声，铃声，狗叫声，叫卖声，男孩回屋声，他自己的心跳声，接下来又是一片寂静。骑士努力去听见一个人的说话声，一个非常微弱、几乎听不见的声音，而与此同时，这个圆润的大嗓门在嘀嘀咕咕着这座山的种种危险。他还在努力去听见那个人的声音。骑士一心想追求体验，所以，他擅长于专注。你以你关注的为核心，训练它专注地集中在某件事上：心灵凝视。一旦你知道你能做到，就容易了。无需在黑暗中。它全在内心里。

您醒着吗？

我一直都醒着，骑士宣称。他曾闭起眼睛。

大人，您现在真在听。

在他大脑深处，他记得自己想搞清楚他为什么坐在这里，接着想起要是和他的朋友们讲起他这次勇敢的行为，肯定会很有趣的。

我们要不要从过去开始？埃夫罗西娜的声音问道。

什么？他生气地说。问题又说了一遍。他摇摇头。不从过去说起！

即使，她问，我能让您母亲的灵魂升天也不说过去？

苍天不容！骑士大叫起来，同时，睁开眼睛，看着她奇怪、犀利的盯视。因为这里的人总是声称热爱自己的母亲，也许是这样，所以，她无法知道即使只是想象一下对那个缺乏爱心、令人敬畏的美人的天罚，都是多么的不受欢迎；从童年时代开始，他就知道别指望从她那里得到任何东西。什么都别指望。

我愿意听听将来的事情，他咕哝了一声。他忘记去搞清楚为什么埃夫罗西娜会认为他母亲死了，后来才记起：他老了，所以她现在会很老了。不漂亮了。

不远的将来，他小心补充了一句。

他又不自觉地闭上眼，然后听见一片混乱的骚动声，便睁开眼睛。

埃夫罗西娜脸色煞白。她两眼朝盒子里盯视，呻吟，发出嘶嘶声。

我不喜欢我看到的东西。大人，您为何要叫我看看将来？不。不。不……

她浑身颤抖，大汗淋漓，被阵阵猛烈的咳嗽和打嗝所折磨，她在表演非常不舒服的样子。不，那肯定不对，因为颤抖、出汗、咳嗽、打嗝的人是不舒服。但这仍是一场表演。

我们继续玩游戏吧。

你看见什么了吧？关于火山的什么东西？

她现在不失时机地直奔主题了。

我告诉骑士他不老，她嗓音沙哑地低语。我老了！我的上帝，我难看死了。啊。我明白，在我老得不行的时候，我会获得拯救。我会重返青春。我会活几个世纪！接下来——她开始笑——接下来我就会是埃米莉亚。再接下来，我就是优萨匹亚[1]。是的，接下来我会去游历许多地方，作为优萨匹亚·帕拉蒂诺，我会名闻遐迩，甚至连美国教授都会对我感兴趣。接下来，我到何种情况啦——她用披肩边揿揿眼睛——对，是埃莉诺拉。埃莉诺拉很坏——她大笑。但是……接着，我离开那不勒斯，搬到伦敦，我是埃莉[2]，领导一大

---

① 优萨匹亚·帕拉蒂诺（Eusapia Paladino），意大利人，宣扬通灵论。她声称自己是肉体灵媒，可以使用通灵物让三维实体现身，而且还能进行意念移物。

② 埃莉（Ellie）是 Eleanor 的昵称，埃莉诺拉（Eleanora）是 Eleanorin 异体。

群——

火山！骑士大喊一声。他已经要求埃夫罗西娜，降神会不要关乎他的个人命运，他几乎没料到她会这么不着边际地夸夸其谈，拿她自己说事。

你看见它什么时候再次爆发？

埃夫罗西娜放肆地看着他。大人，我会看见您要我看的东西。

她前倾身子，吹灭桌上的蜡烛，又盯着盒子里面看。我现在看见它了。哦——她故作诧异地摇摇头——哦，多丑陋啊。

什么？

我看到一片烧黑的废墟。火山锥不见了。

他问这何时会发生。

变化这么大，她继续说下去。所有树林都没了。不再有马了。有一条黑道。现在，我看见某种相当滑稽的事情。一群群人艰难地往山上爬，互相推推搡搡。一个个似乎都很高。像您这么高，大人。但他们穿的衣服却非常怪异，您辨不出谁是上流人士，谁是仆人，他们看上去全像仆人。靠近山顶处……一个小木屋里有个人在卖火山岩块和一盒盒的彩石，蓝色的红色的黄色的，还有印刻了火山图片的围巾和盘子。哦，我担心我说得太超前了。

别担心，骑士说。

将来是个洞，埃夫罗西娜低声说。等您掉进去，便不能肯定您会掉进去多深。您要我看，我不能控制我看多深。但是，我看见……是的。

什么？

二十六。

她抬起头来。

爆发二十六次？你看见那么多次吗？

年，大人。

年？

您活了多少年啦。这是个吉利数字。别生我的气，大人。

她忙着重新点亮蜡烛，好像这样就可以不看他了。骑士气得脸通红。能再多点吗？多不了了。她把布从胸前拿下来，盖住盒子。

我知道，我让您失望了。但是下次再来。每次我看到的东西都不一样。原谅埃夫罗西娜今天没有对您讲更多关于火山的事情。

门外，喧哗声慢慢地一浪高过一浪。

人们带着许多恐惧来找我，她说。我无法把所有的都消除。

有人敲门。可能是瓦莱里奥。

我保证我们下次谈这个，她在说。（恐惧，还是火山？）她会和她儿子谈，她儿子还是个孩子时就爬火山，知道火山的秘密。

骑士不明白她在说谁。但他确定他已经让这个未卜先知者花费了不少时间闪烁其词地展示她的力量，所以，他伸手到皮夹里掏出些钱放在桌上。埃夫罗西娜赶紧做了手势，阻止他，说阁下光临就是足够的酬劳了，应该是她给他送个礼物才对，然后她吩咐托洛或是巴尔托——她是怎么称这个独眼男孩来着？——陪骑士和仆人回家。

•

骑士自认为好比——不，就是——得体和理性的使者。（这难道不是研究古代艺术教给我们的东西吗？）除了一个颇有赚头的投资和他的收藏欲的满足，在这些石头、这些瓷器碎片、这些黯淡的大理石、银器和玻璃物品中间，还有一种教益：它们是完美与和谐的楷模。这些荒凉的、对超凡入圣的东西很警觉的古物，早期资助人大都没有见着。他在古董中所忽视的东西、他不愿意看见的东西，都在他对火山的珍爱上得到补偿：荒凉的洞穴、黑暗的岩穴、裂缝、悬崖和大瀑布，洞中有洞，石下有石——还有那垃圾和狂暴、危险、瑕疵。

大多数人脑子里没有的东西是看不到的。在热爱火山的人士中，早骑士一个世纪前，杰出的前辈阿塔纳斯·珂雪[1]曾经目睹了埃特纳火山和维苏威火山的喷发，他还用滑轮带把自己放进两座山的火山口。但是，这些大胆的近距离观察，进行起来要冒很大风险，而且伴有许多的不舒服（他的眼睛会被烟怎样地灼痛，那些绳索又是怎样肯定会弄痛他的身体），可这没有吓退这位精明的耶稣会会士，他照样纯粹靠想象描述了火山内部的情况。他的《地下世界》[2]中的插图展示的维苏威火山从横截面看，是一个环绕着另一个世界的空壳，有天空、树木、山脉、峡谷、大洞穴、河流，还有火流。

骑士不知道，火山平静期间，他敢不敢尝试下到火山里面去。当然，他并不认为自己会找到珂雪的地下世界，他也不认为火山是地狱之口，或者火山喷发，就像一次饥荒，是神的惩罚。他是一个有理性的人，漂浮在迷信之海上。一名废墟鉴赏家，就像他在罗马的朋友皮拉内西一样，因为，假如这座山不是个大废墟，那它还是什么？一座能够复活并造成更多废墟的废墟。

骑士最近制作了他的两卷对开本“关于火山的信件”，献给皇家学院，书中，他定制了一些插图。其中一些插图上有他，有的是步行，

---

① 阿塔纳斯·珂雪（Athanasius Kircher，1602—1680），也译基歇尔，德国著名学者，耶稣会会士，一个百科全书式的人物。

② 《地下世界》（*Mundus Subterraneus*，1678），珂雪的地质学著作。

有的骑着马。有一张插图里,他在看马夫在阿佛纳斯湖里洗澡;另一张上——一个难忘的场合——是陪一帮王室成员到了裂口边沿,里面的熔岩在翻滚。一幅雪景,画面中火山看上去静谧极了,没有观察者,但是,多数展现火山活动带来的奇形怪状和千变万化的图片都有一些人的身影:一个景致要求对一种凝视的描写。喷发是其本性,火山的本性,即使只是偶尔喷发。如果你只想有一张火山的照片,那就是这张了。

维苏威火山又快要喷发的时候,骑士爬得更勤了,部分目的是要领略一下他已经变得多么无畏。那个女算命师预言他要长寿是否就是指这个?有时候,爬上沸腾的火山,他感觉比在任何别的地方都要安全。

山提供一种不同于任何其他东西的体验,一种不同的尺度。地在伸展,天变大了,海湾变宽了。你这时不用记得你是谁。

傍晚时分,他站在山顶上。看着太阳越来越大、越来越红、越来越活力四射,慢慢地向着大海落下。等待最美的时刻,他愿意延长的时刻,即太阳落入地平线,有那么一刹那就仿佛落座在自己的底座上——最终落到海岸线后面,令人讨厌的结局。在他周围,火山肆无忌惮地发出喧闹声,酝酿着下一次喷发。幻想着无所不能。去放大这个。去终止那个。去切断声音。在管弦乐队的后排,定音鼓手已经在他前面的两面大鼓上敲出一阵急奏,然后迅速放下槌子,轻轻地、稳稳地把他两个手掌心放在鼓面上让鼓声消失,然后低下头,耳朵对着鼓,确信其音调依然准确(一阵自命不凡的又重又猛的敲击后,这些动作优美雅致)——同样,人们也能让一种想法、一种感觉、一种恐惧平息下来。

•

狭窄的街道。躺在阳光下的一个麻风病人。几只哀嚎的狗。在埃夫罗西娜低矮的屋子里另外几次造访。

骑士继续令自己感到惊讶。每个人,包括他自己,都以为他对宗教的吸引力极其怀疑——不受其影响,这让凯瑟琳感到绝望,无论是信念上,还是性情上,他都是个无神论者——竟然是一个粗俗的算命师的秘密顾客。它一直得是个秘密,假如他对任何人讲,人家都会嘲笑的。接下去,这件事就会十分荒谬。他的话将会杀死魔法,但是,只要他的造访不讲出去,那么,这一经历就只会悬在他脑子里。既真实又不真实。既令人信服又不令人信服。

骑士喜欢有个秘密,一个他能任凭自己沉溺其中的小缺点,一种可爱的软弱。谁也不会完全始终如一的。就好比骑士生活的这个世纪,他并没有传闻的那么理性。

理性睡去,母亲出现。这个指甲开裂、目光怪异的豪乳女人跟他打趣儿,逗他开心,向他挑战。和她争论,其乐无穷。

她玄妙地讲她的威力,她扬言自己既是过去、又是未来双重的公民身份。未来寓于现在,她说。未来,如她所形容的,似乎是出了错的现在。一个恐怖的前景,他想。幸运的是,我不会看到很多了。随后,他回想起她曾经预言,说他还能活四分之一个世纪。但愿再过四分之一个世纪未来再到来!

·

在他第三或第四次造访时，她终于主动提出为他解释那些牌了。

那个男孩拿过来一个木盒。埃夫罗西娜打开盖子，拿出塔罗牌，放在桌子中央，纸牌还用一块正方形紫色丝绸包着。（珍贵的东西都必须包起来存放，慢慢地、慢慢地打开。）她把牌从包裹里取出后，就把绸布铺开在桌子上。（珍贵的东西都不能与粗糙的表面接触。）她洗了洗牌，然后递给骑士重洗一下。

他摸起来，感觉纸牌油腻腻的。而且，不像他在那些贵族家的客厅里见过的那种漂亮的手绘牌，这些纸牌由木版印制而成，色彩粗糙、模糊。

她把牌拿回去时，轻轻一抚，把它们弄成扇形，盯着它们看了一会儿，然后闭上眼睛。

我在让色彩在我心里变得鲜艳，她喃喃低语。

骑士说，这色彩的确是褪了。

我在想象那些人物，她说。我认识他们。他们开始动了。我在看他们怎么动，我看见微风把他们的衣服吹得沙沙响。我看见马尾巴甩得嗖嗖响。

她睁开眼，昂起头。我闻到草的味道，我听见林中鸟鸣声、水声和走动的脚步声。

这些只是图片而已，骑士说，他很惊讶自己这么不耐心；对埃夫罗西娜？还是对图片？

合上牌，她递过去让他挑一张。

不是一般都要摊开来的吗？

这是埃夫罗西娜的方式，大人。

他抽出一张牌，给她。啊，她惊叫一声，阁下选了自己。

骑士笑笑：从这张牌上，你能知道我什么？

她低头看牌，迟疑一下，接着干巴巴地说：您是……艺术和科学研究的赞助人……擅长于让命运的潮汐流进适合您目的的渠道之中……对权力有抱负……喜欢在幕后发挥作用……不愿向别人吐露心事……我可以接下去说——她抬起头来看——但是，告诉埃夫罗西娜，我说得对不对，大人？

你这样说，因为你知道我是谁。

大人，这是这张牌的意思。我一点都没有添油加酱。

我，我什么都没了解到。让我看看。

她用食指和中指夹住一张牌递给他。牌上，粗糙地画了一个身穿雅致长袍、右手执一只大杯子或花瓶、左臂随意放在宝座上的人。不对。

但是，这是阁下。圣杯国王①。不可能是别人。

她翻开纸牌，摊在那块正方形大丝巾上，让他看每张牌都不一样，他可以从七十八张牌中随便挑哪张。但他挑了这一张。

行。再挑一张。

埃夫罗西娜洗了牌，递给他。这次，给她之前，他看了一下他挑的那张牌。是一个女人左手拿一个大杯子或是花瓶，一个身穿飘逸长裙的女子，坐在大小适宜的宝座上。

她点点头。阁下的夫人。

为什么？他恼火地说道。

---

① 圣杯国王（King of Cups），塔罗纸牌中的一个牌名。

圣杯王后艺术天赋很高，埃夫罗西娜说。是的，而且慈爱……浪漫……她身上有种超凡脱俗的东西，您感觉到……异乎寻常地敏锐……有一种不依赖外在帮助的内在美……没有什么……

够了，骑士说。

我描述的阁下夫人说得对还是不对？

你描述女人的方式是所有女人都喜欢的。

也许吧。但不是像所有女人被形容的那样。告诉埃夫罗西娜对她的描述对不对？

有几分像，骑士不情愿地说。

阁下准备好再抽一张牌吗？

为什么不，骑士心想，下一张牌至少我们就会不谈我的家庭了。他又抽了一张。

啊……

什么？

热情……和蔼……一个给我们出主意，提供帮助和机会的人……有艺术气质、举止优雅……经常感到厌倦乏味，需要不断刺激……有崇高的原则，但容易受诱使……是圣杯骑士！

埃夫罗西娜对那些牌研究了一番。大人，这是个大耍两面派的人。

她看着他。阁下认出我描述的这个人了，从他脸上我能看出来。某个与他关系很亲近的人。不是儿子。也不是兄弟。也许——

让我看看这张牌，骑士说。

牌上显示出年轻的查尔斯骑在马背上，头上没戴帽子，长发垂肩，身穿一件简简单单的紧身短上衣，上面是短大氅，他把杯子或花瓶端在胸前，仿佛要把它送给前面什么人。骑士把牌还给埃夫罗西娜。

我想象不出这会是谁，他说。

她戏弄地看着他。我们再试一张？你不相信埃夫罗西娜。但是牌不撒谎。我彻底洗一次牌，你看好了。

又来一张，似乎又是个年轻男子。

这太叫人震惊了，埃夫罗西娜叫起来。我看了一辈子的牌，还从来没有碰到哪个人连抽四张牌竟然是同一花色的。

他挑的牌上是个沿着一条小径行走的年轻男子，他专注地盯着一只大杯子看，杯子他用左手抓住、右手掌托着。杯子上端用他的大氅的褶边罩住，好像不想让人看到里面的东西。他穿一件短紧身上衣，露出了他的屁股和鼓鼓的生殖器。

圣杯侍从，她严肃地说，是个诗意的年轻人，酷爱……沉思与钻研……非常欣赏美但也许不够……在成为艺术家这方面不够勤奋……另一个年轻的亲戚……我看不见，但我想他是你夫人的一位朋友……他要——

骑士不耐烦地挥挥手。让我看点别的东西，一些其他招式，他说。我对你所有的花招都感兴趣。

再来一张牌，大人。

再来一张。他长叹一口气，伸出手，又抽了一张——最后一张。

啊，这是为我抽的，埃夫罗西娜惊叫一声。不过也是为你抽的。什么运气啊！

不是花瓶家族的另一个成员，我相信。

她摇摇头，笑笑，举起那张牌。

阁下没有认出这个肩背靛蓝色皮书包、拿着捕蝴蝶的网的一头浅色头发的年轻人吗？

骑士没有回答。

阁下没有看见这个年轻人正从一个悬崖峭壁上走下来吗？

悬崖峭壁？

但没有危险，她继续说，因为他是不会死的。

我根本就不明白这一套！这是谁啊？

那个愚者[1]。

这个愚者是谁啊？骑士叫道，脸涨得通红。那个独眼男孩从角落的阴影里走出来。

我儿子。

•

又一次在埃夫罗西娜家。

她对他说她能让他进入一种催眠状态，当然，她不敢肯定他喜不喜欢。阁下想看见他已经看见的东西。

说服她颇费了点劲。除了供烛外，所有蜡烛都灭了。年轻的普莫端过来一杯饮料，骑士往后靠在椅子上。

我什么都看不见，他说。

闭上眼睛，大人。

他飘忽起来。他让活力下面的昏昏欲睡升腾起来并弥漫全身。他让自己的性情如同一座伸缩自如的桥一样，滑开让那艘幻想的大船通过。

睁开眼睛……

---

① 在塔罗纸牌里，愚者有天真、大胆和好冒险的特征。

房间消失了。饮料里肯定搀了一些催眠剂,这让他想象自己是在一座巨大的地牢、一个岩穴、一个大洞穴里。里面,一张张图片闪闪烁烁。墙是乳白色的,就像他第一次造访时她拿给他看的玻璃盒子,也像国王的那双胖胖的手。在一面墙上,他看到一群人在跳舞。

你看到你母亲了吗?埃夫罗西娜的声音在问。人们总是看到自己的母亲。

我当然没有看到我母亲,骑士说,揉了揉眼睛。

但是,你看见那座火山了吗?

他开始听到一阵低沉且漫散的嘶嘶声、咔嗒声。一种几乎是无声的噪声,就像那些跳舞者几乎不动的动作。

噪声和忧郁的动作。

我看到了火,骑士说。

他想看到火。他看见的是她说过的烧黑变平的山顶。山变成了坟墓,躺在它的垃圾堆里。他看见了它一会儿,当然接着他会忘掉它:可怕的未来。海湾没有鱼,也没有游泳的孩子;没有烟云的山顶成了荒凉的熔渣堆。这个美好的世界发生了什么,骑士大喊道,手朝桌上的蜡烛猛挥过去,仿佛要用意志力将它重新点亮。

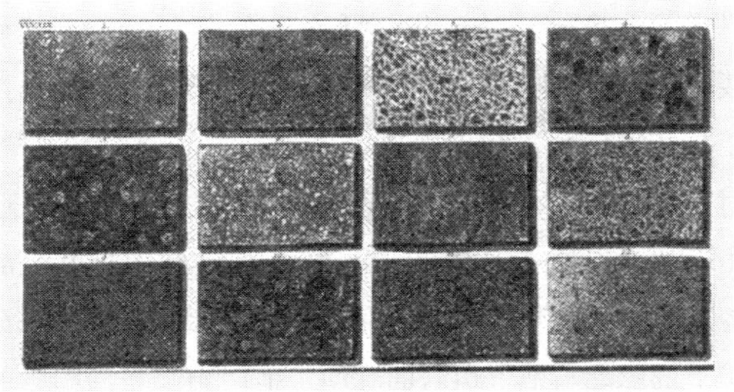

五

萨德侯爵[1]把意大利描写成——他一七七六年在那里，见过骑士，后者正打算又一次休假——“世界上最美的国家，住着世界上最落后的民族”。这位游历过很多地方的外国人高高兴兴的，他来来往往，带着各种印象，这些印象转变成判断，最后又变成对往事的怀念。但是，每个国家都惹人爱，每个民族也一样。每一种变体、每一种生物身上都有其可爱之处！

·

骑士第一次休假四年后，他和凯瑟琳回到英国，差不多又待了一年的时间。他的职位无足轻重，这一点变得越来越显而易见，国务大臣们在忙于对付美国殖民地的叛乱、对抗法国，尽管如此，他对学问和提高鉴赏力所做出的贡献获得了空前的称赞。他已成为一种象征，就如同他摆好姿势、让乔舒亚·雷诺兹爵士[2]画像时佩戴的巴思勋章上的星和红缎带一样；人们根据他的种种激情的标志就能认出他来。肖像画上，骑士坐在一扇打开的窗边，远处的维苏威火山冒着丝丝缕缕的白烟，在他穿了白袜匀称的小腿上面的膝盖上，摊着他的一本关于花瓶收藏的书。

有时候，在集会，或者和查尔斯一起在拍卖会，或者在剧院，他会想到火山。他会想知道就在此时此刻，火山翻腾不息的内部是什么样子。他想象着他脸颊上的热，他靴子底下颤动的地面，拼命爬上山后他脖子上的脉动与地下熔岩的脉动。他回想起布满卵石的海湾的风景，以及城市拉长的弧线形海岸。在聚会上，也会谈起这个话题。他人在这里，火山在那里，这让人感觉妙极了。维苏威火山决不可能出现在英国，在英国，是有灾难发生（奇冷的冬天，冰封的泰晤士河），却没有一种灾难的气势，能够像君王一样，对整个场面发号施令。

他在哪里？对，这里。在伦敦。有朋友要探访，有画作要购买，还有他带回来的花瓶要出售，要在皇家学院宣读一篇研究最近火山爆发的论文，到温莎出席活动，和他的亲戚共进早餐，去几次凯瑟琳在威尔士的庄园。几乎什么都没有变。他回来没有带来什么变化，不过凯瑟琳哮喘得更厉害了。他的朋友似乎都习惯了他不在的状态。没有人发现他晒黑了、变瘦了、充满朝气的外表值得谈论一番。他们祝贺他有令人羡慕的环境，在阳光下，能够待在人人都想去探访的地方。这对亲爱的凯瑟琳是多么有益啊。他已成为一个移居国外者。他重要，因为他在那儿。骑士的朋友都责备他，他们仍然认为他

---

① 萨德侯爵（Marquis de Sade，1740—1814），法国贵族，著有一系列色情书籍和哲学著作。

② 乔舒亚·雷诺兹爵士（Sir Joshua Reynolds，1723—1793），英国18世纪后期最负盛名的历史肖像画家、艺术评论家，英国皇家美术学院创办人。

鲁莽。把那个传说中的土地上的珍宝挖出来,带回来给我们,但是,别冒太多的风险去研究火山。要记住老普林尼的命运。这一切让他觉得不像是回家休假,倒更像是一次走亲访友。

·

他回来一年了。查尔斯来信说那一年凯瑟琳的庄园会有很高的一笔收入,并向他报告了最近的收获:收集到一小批珍稀宝石和圣甲虫形宝石。他的朋友沃波尔来信说一直计划来看他的,现在却无法成行了。一封寄往伦敦或从伦敦寄来的信,路上要花一个月的时间。

骑士声称每天上午要花三到四小时写信——用英语、法语和意大利语写。有写给他在伦敦的上司的快信,信中有对当地舞台上主要演员尖酸刻薄的描述;内容更坦白的信则用密码写成。一封正常的信——写给查尔斯,比如说,或者沃波尔,或者他的朋友皇家学会会长约瑟夫·班克斯——是一封长信,可能涉及许多话题。王宫里在发生什么值得注意的事情("政治在这里正处于低谷时期"),死城的挖掘现状,凯瑟琳病恹恹的身体状况,贵族和侨民间新的绯闻对象,最近一次去卡普里岛或者去阿马尔菲海岸一个村庄的心旷神怡,他已经获得的"漂亮的"、"真正优雅的"或者"稀奇的"物品,还有那座火山("一种娱乐和教益的储备")。正如他在一封致帕默斯顿勋爵[1]的信里所说的那样,在这些地方,多情的缠缠绵绵可是专职工作。他自己则以不同的方式忙忙碌碌,心想他这样来安排闲暇对凯

① 帕默斯顿勋爵(Henry John Temple Palmerston,1784—1865),英国外交大臣,首相,实行保守政策和炮舰外交。

瑟琳而言是多么讨厌呵，而且，他研究博物学、古玩和火山，就完全逍遥自在了。他谈论的话题还有那座山古怪的样子，一次验证富兰克林某项试验的电的试验，在他目前在波西利波租的一个避暑小别墅边一个岩石池里抓到的一些奇异的鱼类当中，他发现的一种新海胆，他和年轻的国王一起宰杀的野猪和鹿的数量，他小心翼翼故意输给国王的台球游戏的盘数。鼓励写信的信。打探小道消息，提供小道消息。信里说：我也一样。根本没什么可抱怨的。我正开心着呢。这个地方没有改变我，我依然有着同样的、在家养成的种种优越感，我没有入乡随俗。

有时，感觉像流放，有时又感觉在家里。这里的一切都是如此的平静。那不勒斯一如既往地风景如画。有钱阶层忙的事情主要就是自娱自乐。国王是最奢华的自我娱乐者，骑士则属于最折衷的。

他写推荐信……为一个从歌剧院职位上退下来的音乐家写，为一个谋求教会有利可图职位的牧师写，为因受丰富多样题材的吸引而聚集到这座城市来的德国和英国的画家写，为一个画作经纪人写，为一个一头姜黄色头发的爱尔兰青年男高音写，他只有十五岁，身无分文，但才华出众（他将来会蜚声国际）：骑士一贯是捐助者。他做了安排，让人把一对刚生下的爱尔兰猎犬运送给国王。从极不情愿的首相那里，他为十五位没有受到邀请因而极其愤慨的英国侨民巧妙地拿到不可能拿到的宫廷假面舞会的入场券。

他飞快地写信，一行行字歪歪斜斜，字母很大，基本上不用什么标点符号；即使是他誊清的信上照样有墨渍和划掉的字——他没有洁癖。但和许多童年时代就忧郁的人一样，他很自律。一次努力，或者一件受托之事，只要能够纳入他博大的责任心、精心计划和仁爱之心之中，他是决计不会拒绝的。

任何一周都会出现几十个希望得到某种帮助或赞助或捐助的请求，包括由那不勒斯王室统治的另一半、更加异乎寻常的另一半王国所提出的许许多多的要求。一位西西里岛伯爵请求骑士帮助他恢复他在锡拉库扎①的考古研究会会长的任职，他声称是有人在巴勒莫②密谋后把他从这个职位上赶下来的。也是这位伯爵，曾经是骑士费劲想得到的几件画作的中间人，画作中就有他珍爱的“柯勒乔”（尚未售出！），它们出自几家新近经济上拮据的西西里贵族的收藏。有些请求帮助的人提要求时，甜言蜜语说要为他提供信息作为礼物，或者许诺更加明确的礼物。卡塔尼亚③一位大人为了请骑士帮他谋到皇室山④大主教之职，告诉他埃特纳火山两层岩层之间有一层黏土层这一信息。巴勒莫一位大教堂教士曾经陪骑士爬过一次埃特纳火山，寄给他一份西西里古文物研究报告，一些他收集的海洋化石标本，一本过去十二年间编的关于宝石的索引，两块埃特纳火山岩和一块玛瑙，目的是要求骑士帮他得到教会的升职。

骑士也有助人实现理想的名声，大家都知道他是这样的一个人：你可以把一种激情、一个兴趣和一次生动的事件描述给他听，他帮你保管着。一个住在卡塔尼亚的法国人写信给他描述了埃特纳火山最近一次喷发的情形。蒙特卡西诺⑤的一个修道士通知他说他准备寄他一本那不勒斯方言词典。一个人，如果他身体棒、吃饭香，认为自

---

① 锡拉库扎（Syracuse），意大利港市。

② 巴勒莫（Palermo），西西里首府。

③ 卡塔尼亚（Catania），西西里岛东岸城市。

④ 皇室山（Monreale），在西西里岛上。

⑤ 蒙特卡西诺（Monte Cassino），意大利中部著名的修道院，位于罗马和那不勒斯之间，在卡西诺附近海拔502米的丘陵地带。

己对“一切”都感兴趣，那么，他会收到陌生人给他寄来的大量信件。

人们给他寄诗作还有火山灰标本；主动卖给他画作、铜头盔、花瓶、骨灰瓮。意大利一些公共图书馆馆长来函，感谢他赠送的他就自己花瓶藏品出版的四卷书，或者他的大开本两卷本关于火山的信札，里面有他培养的一个当地的艺术家兼被保护人所作的整页整页精美的插图——或者索要几本这些作品。伯明翰一个纸型盒制造商来函称赞骑士让他和乔赛亚·韦奇伍德①得到他收藏的古花瓶的设计图案，它们现在用在了他的盒子上流传到四面八方（他希望因此促成订单），也用在了韦奇伍德的伊特鲁里亚陶器上，并大大地提高了当代人的品位。他的引人赞美的东西和他的好善乐施禀赋将他与许多领域联系起来。锡耶纳②的意大利学院主动授予他荣誉会员称号，同样的称号来自柏林博物学研究爱好者协会（信是用法语写的），协会会长还请骑士送一些火山岩给他们收藏。莱切③的一个年轻人写信给骑士，请求他为他遭到强暴的妹妹讨回公道，并表示愿意施魔法增加牛奶的产量。他的一个罗马代理写信给他，说骑士刚买下的三件雕塑——一座酒神浅浮雕、一尊小的大理石半人半羊农牧神和丘比特的头——修复一下估计得花一百五十斯库多④。维罗纳⑤的维罗纳岩石学学会寄来一份出版的化石鱼著作的内容介绍，要求骑士订

---

① 乔赛亚·韦奇伍德（Josiah Wedgewood，1730—1795），英国陶艺家。1769 年，韦奇伍德兴建了一座新工厂，命名为“伊特鲁里亚”。他设计并制造米黄色陶器、黑瓷器和碧玉火石器等行销世界各地，1782 年，发明高温计，翌年成为皇家学会会员。

② 锡耶纳（Siena），意大利中部城市。

③ 莱切（Lecce），意大利一座小城，有“意大利的雅典”的美称。

④ 斯库多（scudo），16—19 世纪意大利流通的金、银币。

⑤ 维罗纳（Verona），意大利北部城市。

阅。罗马的一个全权公使代表安哈尔特-德绍[①]亲王,请骑士帮忙弄到在过去的二十年间由皇家赫库兰尼姆学会出版的关于在赫库兰尼姆古城发现的珍本。雷西纳[②]有个人通知骑士说,他准备送他一些火山灰标本,博纳[③]的一名葡萄酒商在信中彬彬有礼地询问,他什么时候才能收到十八个月前运到骑士那里的一百箱香贝坦红葡萄酒[④]的款项。新泽西州帕特森一位丝绸制造商去年拜访过骑士,如其所许诺的那样,寄了一份关于那不勒斯丝绸厂运用耐酸铝来固着染色的方法的报告。当地一个提供情报的人写信来,叙述法国人乘着那不勒斯三桅小帆船,在这个区域运输走私物品。另一个提供情报的探子则在信中叙述了卡拉布里亚[⑤]土匪头子提托·格雷科的发迹史和死亡。那不勒斯有个人送他一个护身符来挡住凶眼[⑥]。波西塔诺有个人就有凶眼,他的邻居每天晚上把动物下水堆在他家门前,他写信来请求得到保护。

•

骑士记忆力惊人。他极少做笔记。全都在他脑子里:钱、数目、物品……丰富得惊人。他列出他需要的书单,寄给巴黎和伦敦的书

---

① 德意志境内的一个公国,存在于 1382 年至 1863 年,其统治者的头衔是安哈尔特-德绍亲王。

② 雷西纳(Resina),即 Ercolano,意大利的埃尔科拉诺。

③ 博纳(Beaune),位于勃艮第葡萄园种植区的中心,不但盛产葡萄酒,而且是一座艺术城市。

④ 勃艮第酒的一种。

⑤ 卡拉布里亚(Calabria),意大利一个行政区,位于意大利西南部。

⑥ 指有些人具有目视他人而使之遭殃的能力。

商。他和古董商还有艺术承办商通信。他和作品修复人、包装商、运输人及保险公司讨价还价。钱总是个让人心烦意乱的东西，正如对收藏家而言钱又必须如此一样：既是价值的衡量标准，又是价值的伪造者。

对画作代理人，还有在多次给查尔斯的信里，他都抱怨他想买的东西——画——在涨价；花瓶更是如此。上涨，部分原因是他收藏它们。这使它们增值。

收藏者（或者引领时尚者……不过引领时尚者通常就是收藏者）糟透了的天数：领先一步，等到旁人赶上来时，则又因为价格原因，而无法竞争得到他们最早关注的东西。（也许，到最后这些东西也不那么值得拥有了，因为现在对它感兴趣的人太多。）

他——一般都是个男性——碰到某种未被充分认可的、被忽略、被遗忘的东西。称之为发现是太过头了；可以称之为认出。（带着一种发现的力量、喜悦。）他开始收藏它，或者写它的事，或者两件事都做。因为这些改变人们对它看法的种种努力，很多人现在发现此前没人注意、没人喜欢的东西是有趣的或者令人钦羡的东西。其他人开始收藏它。它变得更昂贵了。等等。

•

柯勒乔的艺术。维纳斯的腹股沟。你能够真正拥有——哪怕只是拥有一小会儿。骑士曾经买过的最著名的东西，是公元前一世纪罗马的一只多层套色且加浮雕的宝石玻璃花瓶，他只拥有了一年。（然后他就以两倍的价格卖给了波特兰的老公爵夫人。）没关系。有这么多的物品。没有一样收藏品有那么重要。根本就不存在一夫一妻的收藏者。视觉是一种男女乱交感觉。贪婪的凝视总想得到更多。

·

你认出它时的那种兴奋。但你什么都不说。你不想让现在的主人意识到它对你的价值;你不想抬高价格,或者让他决定干脆就不卖了。于是你保持冷静,你察看其他物品,你往前走,或者你走出去,说你还会回来。你整个表现出有点感兴趣,但不是非常感兴趣;好奇,是的,甚至受到了诱惑;但没有受迷惑、着了魔。不准备就因为你必须得到它,就要付比开价更多的钱。

所以说,收藏者是个伪君子,他的快乐总会和焦虑掺杂在一起。因为总是有更多的东西。或者更好的东西。你必须得到它,因为这是朝着令你的收藏理想圆满而迈出的一步。但是,这种每个收藏者都渴望的理想的圆满却是一个虚妄的目标。

一套完整的东西不是收藏者渴望的完整。某个已故著名画家的全部作品最后可能、却又不大可能会在某个人的宫殿里、地窖里或游艇里。(全部油画? 得意洋洋的获得者,你就能肯定不会还有一幅吗?)但是,即便你能确定你得到了全部作品,全部得到它的满足感最后照样会不可避免地消退。完整的收藏就是死的收藏。它没有后代。收全之后,你每年对它的爱就会少一点。用不了多久,你就会想卖掉它,捐掉它,接着开始新的追逐。

伟大的收藏品是海量,不是完整。不完整:受渴望完整的欲念驱使。总还差一件。即使你拥有了全部——不管是什么东西——接下来,也许你又想要有更好的一册(一本、一版);如果是批量生产的东西(陶器、书籍,人工制品),就另外来个备份吧,万一你拥有的丢了、被盗了、打碎了或者损坏了呢。一个备份。一种复制品收藏。

伟大的私人收藏是一种不断刺激、过分刺激的物质浓缩。不仅因为总能往里面添加，而且因为它已经太多了。收藏者的需要就是要过多、过度、过量。

太多了——对我来说却正好。一个人，如果他犹豫不决，如果他问，我需要这个吗？这个真的必要吗？那么，他就不是收藏者。收藏总比需要多。

•

骑士在一楼，在第一个接待室的后面，在那里，来办事的人等着引起他的注意：在他的书房里。

房间看上去又挤又乱。桌上放着古赤陶和凹雕；陈列柜里是火山岩标本、浮雕宝石、花瓶；墙上到处都挂满了画作，包括一幅被认为是出自利奥纳多之手的作品，以及本埠艺术家画的维苏威火山在喷发的水粉画。窗边的望远镜正对着海湾。屋飞檐一面墙的上方有则镂金格言：*La mia patria è dove mi trovo bene*①，听上去调子是傲慢的。骑士在这里度过他一天的大部分时光，他太喜爱他的珍宝了。它们的形状，他写道，简单、美丽、各不相同，简直无法形容。

•

骑士在他的地下宝藏室，他的“杂物间”。

---

① 意大利语，意为“我的祖国是我感觉舒服的地方”。

这里能找到废弃的花瓶、多余的画作、混杂堆放着的石棺、枝形大烛台，以及多次修复过的古董半身雕像。除了被认为不值得展示的次品外，骑士还在这里保存了国王及其顾问们听说落在外人之手会感觉不悦的一些古玩。尽管每个来访的尊贵客人都会被带去参观骑士书房里的物品，但很少会被带到地下储藏室看一看。每个收藏者都是潜在的（如果不是真的）贼。

·

你不可能拥有一切，有人说过，你把它们放哪儿呢？一个非常现代的笑话：人们也许现在可以讲了，现在的世界拥挤不堪，空间在缩小，地球的各种力量都在逐渐增强。这样的话在骑士生活的年代不可能讲的。

事实上，你可以拥有很多。这取决于你的胃口，而非你的储藏条件。这有赖于你忘我的程度，也有赖于你真正感觉有多不舒服的程度。

·

骑士在顶楼的西南边建了座瞭望台，他在里面。圆形房间一半由阳台围着，站在阳台的窗边，不用转头，蓝天、大地和海湾一览无余。整个欧洲哪个大城市的中心，都没有可以与之相比的景色：骑士是多么的幸运啊！他已经使尽收眼底的美景成倍地增加——安顿在美景中央，仿佛在悬崖上。或者在“暗箱室”①里。房间的另一半骑士用一面面镜子覆盖住，落日时分，这些镜子里反射出对面影影绰绰

① 指顶部装有旋转反光镜可使室内人欣赏外景的圆形小建筑。

的卡普里岛，入夜，月光倒映在海湾斑驳的水面上，有时，满月仿佛就从火山口升上来一般。

骑士坐在他长长的铺着锦缎的椅子上，座位环绕着有镜子的这半边房间，他往后靠在垫子上，看一本书，抬起头。他感觉是多么的舒畅！他还可能有什么要惦记的呢？这是我的祖国。

·

骑士坐在他三楼的起居室里。他注视着灰色的烟柱缭绕上升、愈来愈粗，在天空的衬映下匀称地铺展。夜幕降临，他注视着通红的一团云向上升腾。凯瑟琳在附近一个房间里弹小型拨弦古钢琴。厚厚的熔岩流变宽了。

·

骑士和巴尔托洛梅奥·普莫在山坡上。就和他一个人；就两个人。骑士和一个比他年轻的人，这是骑士一贯的行事方式——不过由于巴尔托洛梅奥是个仆人，他就没有必要那么慈爱了。因为这个男孩非常安静，也不是像通常那样的低三下四，所以，骑士就由他走在前面带路。被人领着、并不总是清楚下面要干什么，这是件愉快的事情。就他们俩，遵循着天性的民主作风。有旁人在的时候，普莫就要回到自己角色，站回到不公平链上他所在的位置。

王后的兄弟约瑟夫大公来访，骑士带王室成员一行上山观看新的喷发。这次出行为了确保他们舒适，派了好几百仆人跟着，尽管如此，他们再怎么悉心照顾，随着他们越来越靠近，根本就阻止不了空气变得越来越热。国王开始烦躁,叫人把他的轿子放下。

我多热啊,他吼道。

预料之中的事情,王后说,朝她兄弟投去恼火而会意的一瞥。

哦,我夫人多冷呵,国王大笑着说。话里没有同情。他突然朝边上的轿子倾过身去。大兄弟,摸摸看我淌的汗,国王尖叫道,同时已经拉过他那大感惊讶的舅子的一只手,放到他衬衫里面。这一荒唐的亲昵动作马上让这位奥地利大公开上了下流玩笑。过了一会儿,他认为那个独眼男仆太过莽撞,竟然让一根棒落在他头上断了。(小心又小心的巴尔托洛梅奥只不过是一直在叫喊,说他们待在他们待的地方不安全。)骑士当时正在扫视火山喷出来的浮岩堆,无法去保护他。

骑士不是民主党人。但是,他的冷冰冰的心对某种正义观并不是不敏感。他不可能做出他祖父做出的那种事情。据说,他祖父在伦敦附近一个酒店喝醉后把一个服务生的头打破,而且离席时都尚未意识到自己所干的事情。狂怒的酒店老板一直跟到他的房间,说:“大人,你知道你打死了那个男仆吗?”骑士的先人结结巴巴地说:“把他记在我账上。”

•

骑士在他书房,给帕默斯顿勋爵写一封快信,信写到一半,他从桌上抬起头来。

它到了。凯瑟琳在门口说。

它?亲爱的,肯定不是一个“它”。他们答应给我一个“他”的。

他轻轻地把信放到吸墨纸下面,站起身来。

它在哪儿?

她笑了。在盒子里,她说。

嗯,我们得去把他放出来。

他还在那只大板条箱里,非常黑,你都看不出他长什么样,眼睛很亮,在抓耳挠腮。箱子臭气熏天。文森佐这个胖总管站在附近,一副自视甚高的样子,用手帕捂住鼻子,另外两个小侍从也在搔痒。

仆人们肯定都担心你要开始收集动物了,凯瑟琳说道。

附近已经有足够多的野生动物了,骑士答道。我打算只再加一种。对张大嘴看着的彼得罗和格格笑的安德烈亚说:嗯,我们别再把这个可怜的家伙关在里面了。

安德烈亚拿起几件工具,上前一步。

你还在等什么? 胆子大点! 他不会伤害你。

阁下,他在盯着我看! 我不喜欢他看我的样子。

他当然在看你。他想知道你是哪种动物。

男仆睁大了眼睛惊恐地站着。汗从他上唇冒出来。骑士在他头上轻轻地拍了一巴掌,操起铁撬棍和锤子,开始亲自动手打开箱子。

皮毛光亮的黑印度猴厉声大叫一声,就从掉下的木板缝中快速爬了出来,纵身一跳,落在骑士的肩膀上。仆人们一个个向后退去,在胸口画着十字。

你们看啊。看他多友好啊。

猴子一只爪子放在骑士的假发上,轻轻叫了一声。他拍拍假发,然后察看一下自己的黑手掌,绷紧、松开。骑士伸手想把他从肩上拉下来,但是猴子动作比他还快,已经跳到地板上了。骑士叫人去拿根绳子来。他吩咐人把猴子放在地下大储藏室里住,用绳子拴起来,但要让他感觉舒服。说完,他回到书房。他写完了给帕默斯顿勋爵的快信,查阅了他从伦敦书商那里买来的几卷关于猴子的书中的一卷,即关于日常饮食的那一章，然后开始给查尔斯写一封信。一小时之后凯瑟琳来叫他去吃饭的时候，骑士吩咐说也要喂猴子吃东西了。给它来一碗米饭和一碗山羊奶，奶里加点水稀释一下，再加点糖弄甜一点，他很权威地说。

午后，他下到地下储藏室去看新来的需要他照管的猴子。在墙角高高的窗子的正下方，一块空间已经腾了出来，垫草已经铺好，两只碗空空的。猴子猛地朝骑士冲过来，但被链子扣住了。我说的是一根绳子，骑士心想。一根绳子就够了。猴子把链子拉得咔嗒咔嗒直响，并发出刺耳的“呜呜呜呜”的叫声，他差不多叫了十分钟，几乎都没有停下来喘口气。最后，他躺了下来，直喘气，筋疲力尽了。骑士朝他走过去，蹲下去摸摸他的头，捋捋猴膀子上的长毛，手指一直摸过猴的肚子和腿。猴子来回摆动着身子，轻轻地发出咕噜声，抚摸停下时，它抓住骑士的大拇指，拉到他的肚子上。骑士解开链子，站起身来，等着看猴要做什么。猴瞧瞧骑士，又环顾一下大房间，还有大量的物品。骑士警惕地站着，防止猴子跳到他身上来。猴似乎十分睿智地朝他的新主人点点头，然后一跃而上，跳到一尊很大的古董，西塞罗①的半身雕像上（事实上，正如骑士所知道的那样，这是件十七世纪的复制品），并开始舔他的大理石鬈发。骑士大笑起来。

•

骑士在他书房，写完另一封给查尔斯的信。猴子蜷曲在一尊密

① 马库斯·图留斯·西塞罗（Marcus Tulius Cicero，公元前106—公元前43），古罗马著名政治家、哲学家、演说家。

涅瓦[①]雕像的脚边，在打瞌睡或假装打瞌睡。和本地猴一样，穿一件无袖品红色夹克，光着毛茸茸的屁股和长而粗的尾巴——非常自在。骑士私人王国里最小的公民。关于猴子到后的情况，骑士加了简短的附言：我已经无法和一只东印度猴分开，这个不到一岁大、迷人而机灵的动物成为我娱乐与观察的新源泉。

在骑士生活的年代，自然界的鉴赏家们喜欢指出猴与人类之间的种种契合之处，并公开承认他们自己对此大为惊讶。但是，比起人类来，猴更是社会动物。单独一只猴子无法表达猴子的本性。一只猴独处就是一种流放——阵阵的情绪低落增加了它天生的机灵。一只没有同伴的猴擅长滑稽地模仿人类。

杰克，骑士继续对查尔斯描述，杰克，我现在这样喊他，浅棕色的颌毛衬映着，那张聪明的脸显得非常黑。谈到智力的话题，他对通信者更是详尽叙述；对他们的智力他很敬重。杰克他比我命中要在这里陪伴的大多数人都聪明，骑士在一封致沃波尔的信中写道。他动作更高雅，他举止更讲究。

•

骑士在他用早餐的房间里。边上一张桌子上摆放着浮雕宝石、凹雕、从火山口收获的火山岩碎片和浮石，以及一个他刚买的新花瓶。杰克和他在一起。一个月不到，这只猴已经变得极其驯服好管，骑士一叫他，他就会来，在早餐桌他边上的一张椅子上坐下，自己动

① 密涅瓦（Minerva），司智慧、艺术、发明和武艺的女神，相当于希腊神话中的雅典娜。

手，动作优雅地从骑士的盘子里拿一只鸡蛋或一块鱼。他喝流质的通常方式——他喜欢咖啡、巧克力饮料、茶、柠檬汁——是把他黑乎乎多毛的手爪浸到杯中，然后舔它们。但遇到特别渴的时候，他会用双手捧起杯子喝，就像他的主人那样。骑士吃的东西中，他特别喜欢吃橘子、无花果、鱼，以及所有甜品。晚上，有时会给他一杯黑樱桃酒，或者地产维苏威葡萄酒。骑士几乎滴酒不沾，但他喜欢看着客人看着杰克先浸后舔，再浸再舔。他喝得有点醉，就像一个孩子喝酒后一样，这个瘦巴巴的孩子长着颌毛，有点儿闹腾，然后突然间，尴尬地倒头就睡着了。

杰克在贝壳、纽扣和花朵当中发现了丰富的宝藏，可以盯着看、玩弄。他的动作惊人的敏捷。他会极仔细地剥去葡萄的皮，放下，看着，叹口气，然后啪的一声扔进嘴里。他的运动项目是捉虫子。他在石屋的缝隙中找蜘蛛，能够单手抓住苍蝇。他注视着骑士拉大提琴，又大又圆的眼睛盯着那把乐器，于是，每周的音乐聚会期间，骑士就开始让他坐在前排。但在大多数情况下，他听音乐时——他显然喜欢音乐——他就咬指甲；或许音乐也让他紧张。他哈欠连天，他摸自己的生殖器，他在尾巴上捉虱子。有时候，他只是走来走去，要不就是坐着盯视骑士。可能是他厌烦了。骑士从来都不厌烦。

这只猴子有一种非常可爱的、信任人的脾性。他会抓住骑士的一只手，和他一起散步，与此同时，自己的另一只手还撑在地上。骑士为了顺应他的需要，只得稍稍弯腰。他不喜欢改变他目前的状况，他又不想领养一个小孩来取代。他对待猴子时，开始增加一点点小作弄，一点点残忍，让他日子清苦一点。在他喝的奶里加盐，往他头上轻轻地打一巴掌。呜—呜—呜—呜，骑士大清早去看他的时候，猴子呜咽道。杰克捉住骑士的手。骑士把他甩开了。

一天早上，骑士去地下储藏室的时候，猴子的草垫上是空的。他咬断了绳子。他藏起来了。骑士生气了，把自己关在书房里，不出来。仆人们找遍了大宅的每个房间，一边找一边骂骂咧咧的。到第三个晚上，他们才在酒窖里找到了他，边上是一本咬得无法补救的皮拉内西论壁炉架的皮封面对开本著作。亚历山德罗上前用绳子套住了他，猴子号叫着，还咬他的手。有人去叫来骑士。杰克畏缩在那里，但还是让骑士把他拎起来。猴用力拽骑士的假发，骑士把他抱得更紧。杰克好像是退隐了几天，要重新考虑一下他自己的天性，现在重新出来的时候更像猴子了，狡猾、吵闹、淫秽、顽皮。骑士不想要一个假的孩子。他要一个假的被保护对象，一个小丑……可怜的杰克爱他爱得很凄苦，只好顺了他的心愿。现在，他的训练、他对骑士的真正的用处可以开始了。

客人们关注骑士的藏品时，他教杰克模仿那个上眼皮肿大而下垂的鉴赏家的盯视，检验一下他的本领。客人们抬起头来，看见骑士的宠物猴拿着一个放大镜在研究一只花瓶，或者带着疑惑的目光在翻一本书，或者爪子在翻弄着一块浮雕宝石，并把它对着光线。很有价值。是的。肯定没错。是的，我明白。很有趣。

对有人来说只是玻璃，杰克会迷着眼看，抬起头来，抓抓头，然后又仔细看起来。

这是件赝品吗？

赝品！

赝品！！

接着杰克会露出一脸的怜悯，把东西放下。（如果猴子会笑，他也许就笑了。）仔细看吧。你再怎么细心也不为过。

骑士的客人朝猴子笑。骑士对自己笑。

他让猴子折磨仆人，甚至折磨凯瑟琳。凯瑟琳不愿意有太多的兴趣爱好把她和丈夫分开，所以，就假装也和猴子很亲。杰克似乎总能凭直觉推测凯瑟琳什么时候要从一个房间出来去盥洗间，于是就会冲过去，跟着她，迅速把眼睛贴在锁眼上。杰克很起劲地在凯瑟琳面前自慰；骑士带他外出垂钓时，他又老是去抓小侍从加埃塔诺的鸡巴。他这种有点猥亵的滑稽动作逗乐了他的主人。甚至有一次他碰翻了一只花瓶，骑士都没真生气（当然，这种花瓶并不是最值钱的，修补之后，没有人会看出来有什么不同）。杰克成为他生活的一个小注脚：凡事都是虚空，凡事都是虚空。①

•

这个世界好像是由假象的同心圆构成的。骑士和杰克一起在轴心旋转。社会动物园里，一切都预料得到。他不会再获得一次外交委派了。他清楚他的生活会如何继续下去，直到尽头：平静、有趣、不为激情所动。只有火山会带来惊奇。

一七六六年，一七六七年，一七七七年……一七七九年。火山喷发一次比一次厉害。每喷发一次，人们就更清楚灾难的前景。这一次比以往任何一次都厉害。他在波蒂奇附近的乡村别墅的门窗在铰链上直晃。杰克紧张地四处乱跳，躲到桌子底下，或者扑到骑士的大腿上。凯瑟琳差不多和仆人一样讨厌猴子，却假装关心他的小命，关注他的一惊一乍。给他喝了一些鸦片酊。凯瑟琳又继续弹大键琴。

---

① 见《旧约·传道书》第1章第2节："传道者说，虚空的虚空，虚空的虚空。凡事都是虚空。"

令人钦佩的凯瑟琳，骑士心想。

从露台上看过去，骑士看到一股股白蒸汽一堆叠一堆地飞升上去，高度和体积是这火山本身的三倍，渐渐地全是滚滚黑烟，完全就像小普林尼描写的火山喷发情形一样：根据蒸汽团带出的泥土的多少，*candida interdum, interdum sordida et maculosa*①。接踵而至的是一场夏季风暴，天气变得酷热难当，几天后，一团红火从火山口喷涌而上。人们晚上可以借着几英里开外朦朦胧胧的火光，在床头看书。骑士在一封致皇家学院的信函中，描述了那些预示着风暴来临的乌云和闪亮的火柱，以及叉状闪电，认为它们美的成分多于令人恐惧的成分。

•

你想象那火山与你心里已经感觉到的一样愤慨、一样想毁灭、一样对感觉能力感到焦虑。萨德在那不勒斯逗留了五个月，就待在当时处于沉寂状态的维苏威火山附近，他离开时，带走的是幻想的恶行，即任何能够在他心里激发起暴力的东西。多年之后在他的《朱丽叶特》里，他会写到这个头号恶魔的一次喷发场面，场景中，她和两个同伴爬到山顶，其中一个讨厌的男子被她立即就推入熊熊燃烧的火坑中，而另一个让她欲火中烧的男人她接下来就在火山口边上和他交媾。

萨德担心会腻烦；他无法想象没有刺激而能有激情。骑士倒不担心感情枯竭。对他而言，火山是思考的一个刺激物。维苏威火山

---

① 意大利语，意为“有时白，有时脏且有污渍”。

尽管喧闹,但它提供了类似他在他的收藏品上体验到的某种东西。寂静之岛。

•

一七七九年五月。在熔融岩石橙色光照耀下的维苏威火山坡上。他一动不动地站着,他的浅灰色眼睛睁得大大的。地球在他脚下颤抖。他能感觉到他的眼睫毛和眉毛在随着燃烧的空气的上升而动。他们不可能再往更高处爬了。

危险不在地上,而在那致命的、无法忍受的空气中。他们被滚滚浓烟和正朝他们背上落下的岩石推下山时,他们脚步稳健,斜方向奔跑,逃离熔岩流,顶着风,以免为浓烟吞没。突然之间,风向变了,滚烫的硫磺喷射到他们脸上。让人睁不开眼睛、令人窒息的浓烟在他们身边飞旋,切断了他们下山的路。

左边,一个裂口。右边,熔岩流。他惊恐万状,寻找着巴尔托洛梅奥,后者已经消失在烟之中。小侍从哪里去了?在那儿,跑错方向了,大叫着示意他跟上。走这边!

但是,颗粒状橙色的熔岩大面积地、可怕地流淌开来,至少有六十英尺宽,挡住了去路。

走这边,巴尔托洛梅奥指着另一边喊道。骑士的衣服开始烧起来。烟令他的呼吸艰难痛苦,灼烧着他的眼睛。他们面前是一条火龙。我不会哭出来的,他自言自语。这么说,这就是死亡了。

过来!巴尔托洛梅奥大喊。

我过不去,骑士呻吟着说,小侍从朝熔岩猛冲过来的时候,他的感觉开始模糊。令人窒息的烟,小侍从的叫喊——他已经深深地沉浸在自己的世界里。巴尔托洛梅奥轻轻地踩在熔岩边沿,开始跨过来。耶稣在水面上走①都不会让他的门徒更为惊愕。小侍从没有陷入熔液表面。骑士跟在后面。就仿佛走在肉上。只要人在上面不停地移动,熔岩的表皮就会支撑得住人的重量。没过一会儿,他们已经越过艰险;在远远的对面,又刮起一阵逆风,吹散种种难闻的气味。骑士察看自己被烧焦的靴子,又打量了一下巴尔托洛梅奥,只见他正用一只脏拳头擦自己那只好眼睛。这只好眼睛好像刀枪不入。骑士和他的独眼巨人,圣杯国王和他的愚者——也许并非刀枪不入,不过是安全的。和他在一起,安全。

•

一七七九年八月,星期六,六点。巨大的震荡,如果不是更糟糕的话,肯定已经撼动了骑士山脚下别墅的地基。但是,他在城里的家中,在观察室安全地注视着火山往空中喷发出火红的流石。一小时之后,一柱火流开始上升,很快就达到一个令人惊愕的高度,有山的两倍高,一根一万英尺高的火柱,色彩斑驳,缕缕黑烟,一道道"之"形闪电划过。太阳看不见了。乌云压顶,笼罩着那不勒斯。一家家剧院关门了,一座座教堂开门了,一列列队伍排起来了,人们聚集在点了蜡烛的街道,跪在圣亚努阿里乌斯②神龛前。在大教堂,红衣主教高高托起一小瓶圣人之血让所有人看,接着开始用双手焐热它。它

① 见《马可福音》第6章第45—56节。

② 圣亚努阿里乌斯(Saint Januarius 272?—305?),意大利贝尼文托主教,那不勒斯主保圣人,305年殉教。

值得近距离仰视，骑士说——他指的是那座山，而非这个奇迹剧。他打发巴尔托洛梅奥去过，骑马沿着炽热的街道，来到夜间的乡下，穿过漆黑的道路，经过枯萎、无叶的树林和烧焦了藤蔓的田野，朝燃烧着的山走去。

喷发突然就停止了，除了维苏威火山上那炽热的一堆堆熔渣和高处山坡上的小熔岩流，一片漆黑。

一小时后，满月升起的时候，骑士到达下面山坡的一个村落。山坡已经半埋在黑色火山岩烬与火山灰下面，因为高温而皱缩了。月亮升得更高了。黑漆漆、坑坑洼洼、层层剥落的村子一片苍白——着上了月色。

骑士下马，把马朝巴尔托洛梅奥牵过去以后，看见月光下的条条小路满是微光闪烁的灰烬和肮脏的岩石。重达百磅的石头砸在村子里；几乎没有房屋烧毁，但是，他看见的每扇窗子都破了，一些屋顶也塌了下来。手持火把、头上脏兮兮的人和他走在一起，急切地讲述着他们的故事。不错，他们是待在屋子里的，他们有什么选择呢？有些人头顶着枕头、桌子、椅子，或者酒桶盖子出去，可他们被迫折回，被石头砸伤了，要不就是外面的热浪、灰尘和硫磺让他们感到窒息。他听到了令人恐怖的事。然后，有人带他去看一家人，他们过早地在前一天就寻找避难处，却诡秘地死了。（“阁下，没有人叫他们去地窖，也没有人叫他们待在那里！”）在通向地窖低矮的入口处，有个村民手持火把走在前面，照亮了一幅非艺术的活人画①。母亲、父亲、九个孩子、几个堂表兄妹，还有一对祖父母：他们全部都背靠土墙笔直地坐着、目光盯着正前方。他们的衣服原封不动。他们的脸并不扭

---

① 原指由活人扮演的静态画面。此处指这些活人都成了死人。

曲——所以,他们不可能是窒息而死的。他们的外表完全和平常一样,除了头发,看上去没有生命的头发上积了厚厚的白灰,因为农民不戴假发,这让他们看上去像雕像一般。

骑士心想,搞清楚他们是怎么死的,会很有意思的。火山深处地下一次强烈的震动?一种致命的火山毒气迅速的弥漫?在他身后,那个小侍从,年轻的巴尔托洛梅奥语气肯定地讲出了他的想法。大人,他们是给吓死的。

六

十月下旬，圣杯侍从到了。当然，除了他还能是谁。骑士没有猜到来的会是谁，因此，对自己十分恼火。

其实，威廉·贝克福特是骑士的亲戚，远房表弟，他当时二十岁，是个大富豪，已经是一本薄薄的、口吻讽刺的虚构传记的作者，一个好争的收藏者和鉴赏家，固执、自怜、不知餍足地渴望着各种美景、诱惑和珍宝。“大旅行”走马观花（仅仅两个月前他才离开英国）以最快的速度把他带到了最南站，把他抛到了骑士的好客之滨，当时正好碰上热风——南欧大风（密史脱拉风[1]、焚风、西罗科风[2]、屈拉蒙塔那风[3]）中的一种；就像例假快来的前几天一样，这些大风也用来解释焦躁不安、神经衰弱症和情感脆弱：一种季节性的集体经前综合征。气氛紧张。狗悲号着在又脏又陡的街上四处觅食。女人把新生儿丢弃在教堂门口。威廉四肢舒展躺在铺了锦缎的长沙发椅上，眼睛明亮，筋疲力尽，心情激动地梦想着更多的异国情调，他说，这肯定不是全部。给我看更多的。更多。更多。

骑士在这个年轻亲戚的身上看到了自己的影子，这种人真是难得一遇，他在漫长生命的进程中，一刻都不会感到无聊。他给他看他的收藏品、他的战利品和他自赠的遗产。（他几乎忘不了这孩子是，或者很快就会是英国的首富。）陈列柜里满是神奇之物。墙上挂了三四排画作，多为十七世纪意大利的作品。我的伊特鲁里亚花瓶，骑士说。棒极了，威廉说。我收藏的火山岩的样品。梦寐以求的东西啊，威廉说。这是我的达·芬奇作品，骑士说。真的是，威廉说。这个年轻人的评论很有见地，有鉴赏力。双方都萌生了对对方真正的好感。但是，骑士并不需要一个新的（更有派头，也更挑剔的）外甥。是凯瑟琳需要，凯瑟琳谦卑而充满激情地张开双臂，来拥抱一个知己和假想儿子。

他们马上就感觉到了互相间的欣赏。他告诉了她。她告诉了他。他们陶醉于他们之间所有的相似之处——一个英俊、臀部丰满的青年，一头鬈发、手指甲被啃咬过；另一个是四十二岁的瘦弱妇人，一对大眼睛，看东西时稍稍眯着。他们不属于一代人，有过极为不同的生活。然而，他们有着如此多相同的趣味，相同的失望。他们从讲故事开始，一直到说知心话，每人都诉说起自己的悲伤和向往。威廉年轻些，又是个男人，所以，他认为他有权先讲。

他讲到他的内心生活，充满了（他现在这样对她说）模糊的渴望。他描述他在家、在芳特山的生活，他在房间里闷闷不乐地来回踱步，看让他哭泣的书籍，对自己极不满意，满脑子傻乎乎的梦想（他计划

---

① 密史脱拉风（mistral），地中海北岸一种干冷西北或北风。

② 西罗科风（sirocco），欧洲南部的一种带沙尘间或带雨的热风。

③ 屈拉蒙塔那风（tramontana），从阿尔卑斯山和西地中海向南或西南狂吹的干冷北风。

决不放弃这些梦想，不管他变得多老），为他母亲、他的家庭教师和他身边所有人的愚蠢大发雷霆。

你看过一本叫《少年维特之烦恼》的书吗？我认为句句都才华横溢。

这是一场凯瑟琳必须通过的测试。

看过，她说。我也爱看这本书。

事情迅速发生了，情况经常会是这样。有个某某人，你在聚会上或者听音乐会时不时碰到的一个熟人，从来也想不起的。接着某天，一扇门飞快地打开了，你跌入一个深不见底的坑里。你既惊讶，又充满感激，问道：这个深藏不露的人会是我仅仅以为……只是一个……？是的。

我想单独和你在一起。我，我亲爱的，和你在一起。

从他在波蒂奇附近的别墅的书房里，骑士看见他们肩并肩、默默地在露台上徘徊。从露台，他看见他们在爬满桃金娘植物和藤蔓的凉亭里漫步。从走廊上，他看见他们一起坐在钢琴前面。或者，凯瑟琳弹琴，威廉懒洋洋地斜坐在一张小三脚桌边的长靠椅上，匆匆地翻阅骑士的书籍。骑士感到高兴，凯瑟琳竟然有了个她自己的人了，一个喜欢她而不是喜欢骑士的人。

他们并不像凯瑟琳和骑士所做的那样，只是在一起弹弹琴。他们一起即兴演奏，互相比试，弹出最富表现力的音乐、最令人心碎的渐弱乐节。

凯瑟琳承认她私下里作曲。她从未为任何人弹过她的“小乐章”。威廉恳求她为他弹奏。第一乐章是小步舞曲，伴有一种飞速欢快的旋律。其他——他对小步舞曲的欣赏赋予她勇气——则具有一种更自由的形式，一种更庄重的特征：舒缓、探询，带着长长的哀怨的和弦。

威廉宣称他一直以来都想作曲,但知道他缺乏创作的热情。她告诉他,他太年轻了,还不了解这一切。

不——他摇摇头——我的强项只是梦想,但是——他抬起头来——这不是奉承。凯瑟琳,你是了不起的音乐家。我从来都没有听见过任何人像你这样感受音乐。

我为莫扎特演奏时,她说,我坐下去的时候人都在颤抖。他父亲注意到了,我看见他在注意。

我干什么都抖,威廉说。

双方都觉得对方(终于!)理解自己了。威廉认为,像他这样一个男人是注定要被所有人误解的。现在好了,有这么个天使般的妇人完全理解他。凯瑟琳也许会错误地以为,她在从男人的自尊自大中逃脱出来。

他送她礼物,以献殷勤。一种超越地域偏见的关系。他已经找到一个聪明、有教养、有格调、令人欢欣鼓舞、年龄比他大的妇人:每个年轻人都需要一个权威。而她,处在她认为不再可能的年龄段,生活中有了个新男人:每个女人都需要,或以为她需要,一个护花使者。

从一开始,凯瑟琳就从心底里不喜欢这整个王室——这个中产阶级的贵妇人比十足的显贵骑士还要来得挑剔。她丈夫认为凯瑟琳喜欢深居简出,对此很宽容,并因此越发敬重她。凯瑟琳偏爱隐士的生活,骑士在给查尔斯的一封信里喜欢这样夸张,而他呢,则不得不经常和国王一起外出。他们的结合是有意要证明,在大多数成对组合——手足、夫妻、老板秘书——角色分配方面,他们是与众不同的。你离群索居,我就会爱交际;你健谈,我简洁;你胖我就瘦;你吟诗,我就修摩托车。和威廉在一起,凯瑟琳体会到那种更难得的一对一形式，其中的两个人虽然不同，却声称尽量相像。

她想做让他高兴的事情，他也想做让她高兴的事情。他们欣赏同样的音乐和诗歌，并为它们所感动；他们反感同样的东西（宰杀动物，粗俗的言谈，贵族沙龙和可笑的王宫里的阴谋诡计）。

骑士的生活中很多时间不得已地要被宰杀动物、粗俗的言谈、沙龙和宫廷里的阴谋所占用，所以，他很高兴凯瑟琳有个人可以说说话，能够感同身受。而且还必须是个男士——奇怪得很，凯瑟琳似乎不太喜欢同性陪伴——而喜欢一个比她小好多的男人陪，这样的话，她便能慈母般地对待他了；还有，理想的话，他是其他男人的情人，这样，骑士就不用担心他会有什么出格的举动了。

没有嫉妒，没有，只有赞许，骑士看到，由这个小伙子陪伴，凯瑟琳看上去几乎像年轻人，也开心些了。

他们俩一直坐在看得见那不勒斯城和海湾的露台上。六点时分，他们回到屋里，来到窗子朝着维苏威火山的房间。凯瑟琳最喜欢的女仆端上茶来。光线柔和、黯淡。蜡烛点亮了。仆人们的忙乱闹哄、知了的尖叫他们都不闻不问。如果火山发出声音，他们照样也是听而不闻。

长时间的沉默后，凯瑟琳朝钢琴走过去。威廉聆听着，双眼湿润。

请唱吧，她说。你有一副优美的嗓音。

你不愿意和我二重唱吗？

哦，她笑了。我不唱。我不喜欢唱，我从来都不能……

什么，亲爱的凯瑟琳？

骑士晚上回来，脚上穿着靴子，身上沾着血污，一身的汗，刚陪国王宰杀动物回来，看见他们俩一起坐在钢琴前，温柔地笑，他们的眼睛闪闪发光。但是我也敏感，他想。现在，我倒扮演起一个不懂的角色了。

•

威廉轻快的男高音缭绕直至最后一个音符，然后渐渐消失。钢琴声渐渐听不见，这是这台乐器表现力的精髓。

凯瑟琳，威廉呢喃。

她朝他转过脸，点点头。

从来都没有人像你这样懂我，他说。你这个天使。你这个珍贵的女人。假如我能留在这里，在你慈爱的影响下，我一定会彻底痊愈的。

不，凯瑟琳说。你必须回到英国，去尽你应尽的义务。我并不怀疑你会克服这些弱点，它们是你极度敏感的产物，而你的敏感又是因为你心太软。这些情感就像是发一场烧热度总要退掉一样。

我不想回家，他说，多么希望自己敢去抓住她的手。她此刻看上去多么美丽！凯瑟琳，我想待在这儿，和你在一起。

威廉觉得他在遭受一种精神折磨，痛苦极了，表现为对模糊的、具有异国情调东西的无穷大的胃口。对他来讲是多么受用呵。现在发生的情况是他不被允许拥抱他想拥抱的。大多数焦躁是性焦躁。他生命中的爱人在他们相遇时才十一岁，威廉一直追求、爱抚了他四年，结果某天早上他们在那个男孩的床上被人发现。考特尼子爵禁止威廉去他家，并威胁说如果他胆敢再靠近他儿子，他就告他，威廉便跨过英吉利海峡，一路向南而去。

他寻求过更古老的国度的庇护。但是，不管这些国度的差异多大，它们都无法满足他这个躁动不安的性放逐者。没有地方足够原始，没有地方足够异质。（直到后来——在回忆中，在讲述中。）在南方的北部，他又一次出了同样的丑闻，他又一次不得已逃离：狂热地爱上一个威尼斯贵族家庭十五岁大的儿子；又是迅捷被勃然大怒的父亲发现，将他赶出城去，扔下半岛的陡坡道——走进那不勒斯摄人魂魄的美景和那不勒斯的懒散之中，走进凯瑟琳孤独的心中。

·

她感觉有力些了，有精神些了，而且（正如骑士所注意到的）看上去漂亮些了。在她的慈爱的影响下，他在进步。他们已经找到一个避风港，最强大的独处形式：一种自愿的社交放逐。双方都渴望单独和对方在一起。

当然，他们并非真的单独在一起。正如对于一个比任何贵族都要富有的人来说也是相称的，威廉出游不可能不带上他的家庭教师、秘书、私人医生、一个总管家、一个厨师、一个面包师、一个画家（画下他希望记住的风景）、三个贴身男仆、一个小侍从，等等等等。凯瑟琳和骑士在城里的宅第、在波蒂奇王宫附近的别墅，以及在卡塞塔拥有五十个房间的狩猎屋有一大批随从。到处都有仆人，这样什么事情都办得成，但是，仆人不能算，就像能剧①中那些走上舞台整一整某个角色厚重的戏服，或布置一下道具的黑衣人。

是的，他们俩是单独在一起。

这一关系，具有干某种非法事情的刺激，是在骑士面前进行的，而且得到他的准许。尽管不是谈婚论嫁，但仍旧是件风流韵事。让

---

① 能剧（Noh），从日本神道教礼节演变而来的日本传统面具歌舞剧，一种结合了舞蹈、戏剧、音乐和诗歌的舞台美学表演，在日本传统艺术中占有举足轻重的地位。

他们放任自我爱上对方的是,他们不能称心如意地爱上别人。的确,凯瑟琳凄凄惨惨地爱着骑士经历了二十二年的婚姻生活、威廉一次又一次劳而无果的对密切监管的懵懂少年无法遏制的激情,这一切让他们相爱了,根本不用为此去担心,也无须为此做什么事情。

爱着却不能承认,他们便只好对爱进行泛论。威廉沉思自语,还有什么比这更残酷、同时又更甜蜜的呢。心里满满的却又不能说出来,便只能憧憬和歌唱——你知道这种感觉的,凯瑟琳,我知道你有这种感觉。否则,你不可能这么懂我感觉到却必须对所有人都隐瞒的东西。

爱总是一种牺牲,凯瑟琳说,她知道她在讲什么。但是爱的人,她又补充说,要比让自己被爱的人处境好。

我憎恨不开心,威廉说。

唉,凯瑟琳叹了口气,想起她自己长期不愉快,还无权认为自己不愉快,尽管如此,她对骑士娶了她仍然心存感激。她认为自己相貌平平——也因这种想法所暴露出的虚荣而鄙视自己——她对自己风度翩翩的丈夫怀有一种丑小鸭的敬重,她发现丈夫长长的鹰钩鼻、细细的腿,简明扼要的言语,目不转睛的凝视,这一切让他是如此有吸引力。每次只要他离家超过一天时间,她就会想他;每次他进房间朝她走来,她仍会觉得两腿发软,她爱看他的身影。

你不评价评价我么?威廉低声抱怨。

你已经对自己做出评价,亲爱的孩子。你只需在你追求的这条更美好的道路上继续走下去。你的坦诚、你的感觉的灵敏,我们演奏的音乐,这一切都告诉我你的心是纯洁的。

彼此表达两人本质上的纯洁无邪,不管他们的生活多么不同,也不管他的生活是多么的不纯洁。

威廉,抵挡住一种温柔、不道德的激情的诱惑!她这么说这个年轻人对他同性的爱，同性恋不可能不激发起凯瑟琳那随时都能表达不满的才能。这事并不让骑士感到震惊，他是沃波尔和格雷的朋友，是那个给自己改名为达卡维尔男爵的吊儿郎当的学者的资助人（达氏编了几卷论骑士的花瓶的书）：即使在当时，收藏家和鉴赏家——尤其是收藏古玩的——圈子里，都有特别多的男人是同性恋。骑士为自己感到自豪，因为他没有这种粗俗的性偏执取向，但认为这一嗜好是一种缺陷，会将其老手暴露在不方便的社交场合，有的时候，天哪，还会有危险。杰出的温克尔曼①十二年前可怕地死在的里雅斯特一家名声不好的旅馆里，他把带回罗马的一些宝物拿给一个年纪轻轻的骗子看，结果被他刺死。谁都不会忘记这件事。威廉当心啊！要也要和你同阶层的男孩在一起。

•

他们俩都是不适应环境的人，爱他们不能拥有的东西。而且他们是同盟。她保护他；他让她感到被对方需要。他们以这样意气相投的方式互相需要。如果认为他们是情侣，那对他们俩来说是多么开心的事情啊。那意味着他被认为能够成为女人的情人，也意味着她仍然有魅力。两人都是勇敢的人，能够不顾一切。这种关系，最终发展到上床是罕见的，它是异性恋浪漫之爱的经典形式之一。没有完婚，有升华。一个秘密的两人世界，他们总是情绪高涨，兴奋，也因为是同谋而感到脸红。

他们的声音变得更深沉了，充满了停顿。他们的手并排放在琴

① 温克尔曼（J. J. Winckelmann，1717—1768），德国艺术史家、考古学家。

键上，她的脸歪向他的脸，朝着他的脸倾过去。内心的笑意，气喘吁吁，斯卡拉蒂①、舒伯特和海顿作品中打动人心的美。不管那火山的阵阵发作。不为任何风景分心。

她演奏时，他能看见音乐。它是一条弧线，从她轻轻拍打的脚上急剧上升，从她的身体中流过，从她的手中流淌而出。她身子前倾，一缕未施香粉的头发散落在额头，她那略显丰腴的手臂弯曲着，仿佛要去拥抱琴键，她那因情绪影响而光彩照人的脸庞，她的双唇张开，为着那无声的浅唱低吟。

情人会看出凯瑟琳弹琴时的种种表情，别的人肯定也会觉出她不经意间表现出的她和情人在一起有着怎样的行为举止。做鬼脸、皱眉、叹息、点头，快乐地微笑——她连续演奏了几个八度音，纵情在欢愉之中。就在此刻，当威廉把她非常清楚地视为一个性感动物的时候，他受到她强烈的吸引，受到强烈的震慑，深受感动。他想，她完全没有意识到音乐对她意味着什么，对她又产生了怎样的影响。

有时候，凯瑟琳说，我感觉音乐整个地占领了我，使我达到了完全忘我的境界，这时候，我的意志和我的意图不复存在。音乐如此深地穿透了我的心灵，只有它为我的行动指引方向。

是的，威廉说，我也感觉到这一点了。

他们已经到达一种琴瑟和谐的完美境地，到了这种境地，他们看见的一切似乎都是他们的关系的一个隐喻。有一次远足去赫库兰尼姆，他们一起惊叹米斯特里别墅②里壁画中所画的那些想象出来的

---

① 亚历山德罗·斯卡拉蒂（Alessandro Scarlatti，1659—1725），意大利作曲家，那不勒斯乐派歌剧的创始人。

② 此处作者有误。米斯特里别墅应该在庞贝。

建筑——它们肯定是想象出来的,凯瑟琳!——那些细长的柱子根本不是用来支撑而只是勾勒出精美的空间:建筑独立的元素只为自身、为光、为装饰而存在。

我也会这样造的,威廉说。

在库米城女先知西比尔洞洞口,他们感觉与整个古代世界融为一体了。

在阿维尔努斯①,他们站在被淹没的火山口阴冷的湖水边上;在古代,人们以为这是阴府入口处,从这里,维吉尔②让埃涅阿斯下到阴府。

还记得女先知对埃涅阿斯提出的警告吗? *Facilis descensus Averno*,威廉极其刚健有力地说道,同时痴情地朝凯瑟琳投去一瞥。*Sed revocare ... hoc opus, hic labor est*③。

是的,亲爱的孩子,是的。你千万别优哉游哉混日子。

我可以用维吉尔来证明下地狱容易。但要回来……哦,凯瑟琳,有你,有你的理解……就不麻烦,不辛苦。

与当地的种种享乐相比,他们在一起很快乐,再也用不着感觉更好了。另一出歌剧在圣卡洛的首演,剧情是从一个摩尔人的闺房中

---

① 阿维尔努斯(Avernus),意大利南部那不勒斯附近湖泊,传说是阴府入口处。

② 维吉尔(Virgil,公元前70—公元前19),古罗马诗人,作品有《牧歌》、《农事诗》,代表作为《埃涅阿斯纪》,其诗作对欧洲文艺复兴和古典主义文学产生巨大影响。

③ 威廉这里的朗诵不完整。埃涅阿斯向女先知西比尔寻求帮助时,后者完整的回答是四行:*facilis descensus Averno; / noctes atque dies patet atri ianua Ditis; / sed revocare gradum superasque evadere ad auras, / hoc opus, hic labor est.* 大意为:下到阿维尔努斯去是容易的,黝黑的冥界的大门是昼夜敞开的。但是你要走回头路,逃回到人间来,这可困难,这是费力的。(维吉尔《埃涅阿斯纪》,杨周翰译,译林出版社,1999年,第143页。)

救出一个未婚妻,其间,阉人歌手卡法雷利令他们落泪。我听到过的最糟的音乐和最美的歌唱,威廉低语。你注意到他是如何持续他们二重唱的连唱了吗?我注意到了,我注意到了,她说。不可能有更美的声音了。

凯瑟琳对感官享受以及对这座城市的美敏感起来,她看到这个,是通过威廉的反应而折射过来的。此前,她一直把它挡在外面,她对喧闹的宫殿、懒惰的贵族、异教的宗教、骇人听闻的暴力和贫穷极其排斥。和威廉在一起,她允许自己注意从街道上穿行的引起性欲的生动行为。在威廉那充满欲望的盯视的熏陶下,她也让自己的瞥视停留在一个赤裸着上身的年轻铁匠那成熟的嘴唇和长长的黑睫毛上。有生以来第一次,在自己已经年老色衰,已经老得不再能勾引人的时候,她在年轻男子的美貌面前激动得不能自持。

还有那金光。还有那些风景。那些石榴树。还有,我的上帝,那些木槿!

在层层叠叠的历史下面,一切都显示爱情。根据当地民间传说,那不勒斯许多遗址都起源于一个不幸的爱情故事。这些地方曾经是这些男男女女,因为不幸或者受挫的爱情,变形成为人们今天看到的东西。就连这座火山也是如此。维苏威火山曾经是一个小伙子,他看到了一个钻石般可爱的仙女。她触动了他的心灵,让他无心他顾。他呼吸越来越急促,猛地扑向她。仙女为他的殷勤所灼,遂跳进海里,变成今天所称的卡普里岛。看见这一切,维苏威疯了。他阴森得可怕,他的叹息之火蔓延开来,他一点点地变成一座山。现在,他就和他永远触摸不到的爱人一样一动也不能动,他继续喷火,使那不勒斯城颤抖。这个年轻人没有得到他渴望的东西,这座无助的城市是多么遗憾啊!卡普里岛躺在水里,维苏威火山尽收眼底,这座山还在燃烧、燃烧、燃烧……

·

他们也许说过,我们彼此多么相亲相爱啊。(有多少自爱伪装成无私的爱出现呵!)

双方开始锻炼她的、他的忍耐:她有她的行事方式,他有危险的想法。但是,她比他更谨慎,因为他要离开(他年轻,他又是个男人),但她不可能。因为它必须结束。当然是女人失去:这个青年男子离开,会再一次在肉体上而且多情地爱上什么人。他是她最终的爱。

他一月份离开时,悲痛极了。他哭了。她,无疑比他更伤心,没有流泪。他们拥抱。

我必将为你的来信而活着,他说。

·

离开你之后,我就迷失在梦里,他在第一封信里说。他告诉她他有多么思念她,他描述一幕幕意味深长的场景,让他联想起……他自己。每个地方都把他抛进苦思与遐想之中,成为他自己的心灵(及其动力)、他自己浮想联翩的一种写照。他的字写得龙飞凤舞——凯瑟琳发现极难辨认——而且他也是一个描述起来滔滔不绝的人。

威廉不管身在何处,他的心总在别处。人在米塞努姆,心里想着老普林尼。在西比尔洞口,他又想着维吉尔。或者只是伴着无法形容的感觉。不屈不挠地大量引用书本上的东西,急切地把每个现实中的情景变成一个梦或幻想,在他的一封封信里仿佛倒不怎么令人陶醉了。无疑,这是因为她不再是他的幻想的共同创作者而只是它们的接收者了。

她一切都指望自己:坚强性格的标志。(大键琴演奏得像她这样超一流的,她从不以为这有多么了不起。)但是,她尽力不从别人那里指望获得很多的东西,免得因失望而堕落。她从威廉身上不指望得到任何东西。她就是威廉……或者他是她。爱一个人就要容忍他的不完美,而这些不完美你决不允许自身存在。假使当初她想到他反应的自我中心特征需要得到保护,她很可能就会激发他的青春活力,或者干脆就撩拨他的欲念了。

就像一场梦,他会这么讲他刚刚看见的东西。我做梦,梦中,我回到了过去。我继续前行,每走一步都在沉思。我躺一小时注视着平滑的水面。有人把我从幻想中唤醒的话,我便感到心烦意乱。

他描述他朝圣之旅的每一站。每到一处,他都获得灵感,意欲在那里隐居,沉湎于骄奢淫逸之中。无论他去哪里,总有那么一刻他会问:我在哪里?

还有,凯瑟琳,凯瑟琳,我没忘记。你在哪里?

他们的亲密,这仿佛也像一场梦。

多年后,威廉谈及凯瑟琳的音乐创作时说,我以前常常出神地听她演奏。情不自禁地,我从来都没有被别的演奏者这样打动过。你无法想象她演奏得有多么优美——仅仅指她演奏别人的音乐,正如他激发她去弹琴时他所指的那样。他说,就仿佛她把自己整个身心都投入音乐一样,其效果是一个纯洁、未被玷污的心灵的显现。艺术与人合而为一。她是一个生活在那不勒斯宫廷里的纯洁的天使,出淤泥而不染,威廉这样回忆。因为当时赞美一个女性无一例外总是称她为天使或圣人,所以,威廉担心他的话听上去表达的只不过是普通的敬意。你得先清楚宫廷是什么样子，他写道，才能完全明白。我从未见过哪个人的心如此超凡脱俗。

他在这个半岛一路快速北上的整个行程中，包括毫无意义的威尼斯一站（再次为那个柯尔纳罗男孩叹息），威廉继续给凯瑟琳写信，引发出他只能与她分享的狂野而匪夷所思的种种想象，并宣称假使他有足够的精神力量——我毫不在乎世人是否认为我心血来潮！——他一定会改变他去英国的决定，立马原路重返那不勒斯。再和凯瑟琳相伴度过几个月，和她一起迎接春天的到来，在波西利波他们最喜欢的悬崖下为她朗读，听她弹奏音乐，没有什么比这让他更幸福的了。

从瑞士的来信中，他谈他一直在创作的曲子。

你在书里有没有读到一种潜伏在崇山峻岭裂缝中的地精？我刚才用大键琴弹奏的陌生、奇异的曲子正是我想象的小精灵和小矮人会和着翩翩起舞的音乐——欢快且活泼——神秘莫测且隐蔽在地下。亲爱的凯瑟琳，除了我们自己，几乎没有人耳朵灵敏到听得见黑暗时分从岩石丛中发出的低语声。

再说一次：亲爱的凯瑟琳，放弃在波蒂奇伴你左右度过春天、去踏访卡拉布里亚区的野生灌木丛的希望，我是多么的难过。我所有的祈祷都是回到你身边，整小时整小时不间断地听你诉说，我最大的焦虑是我们得有一段时间不能相见。我绝对不可能指望还能遇到一个人这么完全懂我。一直给我写信吧，假如你可怜你的最感激的和最爱的——

越过阿尔卑斯山，他告诉她，他感觉这里的空气比他呼吸过的任何空气都更为纯净、更为透明。他向她描述他长途跋涉穿过无数山谷，这些山谷四周全是岩石，开着芳香馥郁花儿的植物。他也向她描述他心中的旅程,在这些旅程中,他从一块岩石冲向另一块岩石,在它们的尖顶上建造皮拉内西风格的城堡。他还告诉她,他无时无刻不在想她。只有你能想象得到我在一个清新、寒冷的夜晚所怀有的认真的想法,他写道,这时候每一颗星星都清澈可见。还有:我多么希望你能听见风在对我低语什么。我听见宇宙最最奇怪的东西,我的耳朵里全是空中的会话。多少声音被吹过这些奇异大山的冷风传给了我。我想你,这时候总是夏天。

那不勒斯的冬天变得不合季节的寒冷。凯瑟琳的健康状况每况愈下。她的医生,一个多年前在那不勒斯定居的苏格兰老人,皮肤粗糙(她想到威廉光滑的脸颊),几乎每天都驾车出门来看她。我病得这么厉害了吗,她说。只有十英里的路程,我喜欢锻炼,他笑着回答道。他温柔的一瞥让她感觉不舒服。

现在,我在巴黎,威廉写道。我惬意的隐居结束了。英国等着我。可是,哦,凯瑟琳,我担心,在这个世界上,我不再适合做任何事情了,除了创作富有异国情调的曲子,造塔,设计花园,收藏日本古玩,还有想象中国之行或月球之旅。

那不勒斯下了三十年来的第一场雪。

那不勒斯离英国固然远,但离杰克的家乡印度更远。骑士揪心地注意到猴子病了。杰克不再四处活蹦乱跳,而是拖着身子从桌子移到椅子上,从半身像再到花瓶边。骑士喊他的时候,他慢慢地抬起头来。从他的小胸脯处传出沙沙的喘息声。骑士心想是不是贮藏室太冷了。他本来想吩咐瓦莱里奥把杰克搬到上面一层去住,但他把这事儿给忘了。他也会想起他这个小模仿搭档。他心里已经开始不去想他了。让他分心的事情比平常还多。

是国王外出猎杀野猪的时候了。骑士把他家的核心——凯瑟琳、必不可少的乐器和精选的书籍，以及已经缩减到三十四名的仆人——都搬到卡塞塔的住处，这里刮的风更冷。为了不让杰克遭受更为严酷的高山气候的侵袭，他被留在城里，由年轻的加埃塔诺照料，他们吩咐他别让猴子走出他的视线一步。国王召集骑士在亚平宁山麓狩猎一周。哦，我习惯他不在家，凯瑟琳对隔天来看她一次的德拉蒙德医生说。还有：我不希望我丈夫为我担心。

她要他也别为杰克担心。如何让他对不可避免之事的发生做好心理准备呢？因为她也忧心忡忡地想到了这一层，甚至这一层。一个星期天，消息传来，杰克那天早上没有醒过来。骑士转过身去，好长时间一声不吭。他重新扣上猎装，转过身来。地面还冻住吗，他问。回答传来：不了。骑士叹息一声，下令把猴子埋在花园里。

他似乎不是太伤心，她因此松了口气，却发现她自己为这个外国小动物的命运而感到悲痛，他对骑士忠心耿耿。她记得他坐在那里，形状像个高音谱号，毛茸茸的尾巴清清爽爽地卷放在屁股下面。

威廉从英国来信了，说他已经开始写一本新书，而且快完稿了。该书叙述了他的旅行和他所有的幻想，以及想象的与地神们的偶遇。但是，他怕她万一担心，便赶紧让她放心，说尽管书里充满了她有远见的话音，但是，不会提及她。他会对他们在一起产生的所有想法负全部责任，以保护她不受世人恶意与嫉妒的伤害。没有人会批评她，或者涉及她。她在他生命中的角色将永远是个秘密，一个神圣的谜。他会代表他们俩来面对世人。

确实如此。

她感到自己成了泡影。但至少某种代表他们俩的东西将会存在。

他宣称他已经让人印刷了五百册。接着他信里说，他又考虑了一下,下令除了留下五十册,其他的书全部销毁。她是受到了保护,而他没有。落到了不该落到的人的手里,这本书就会遭到误解。他不想使自己成为笑柄。

但它将永远属于你,凯瑟琳,他写道。

她不想感到被抛弃,但她还是有了这种感觉。

他给她写信,说他又在看他的——不,是他们的——最喜欢的书。

凯瑟琳,凯瑟琳,你记得《少年维特之烦恼》开头那一段吗?就是男主人公说了"被人误解是我这样的男人的命运"之后的那段,他在那段回忆起他青年时代的朋友。你当然记得。但我还是忍不住要把它抄录下来,它如此完美地表达了我的感觉。"我对自己说:你要去寻找这个世界上根本找不到的东西,你真是个傻瓜。但她曾是我的,我感觉到她的心,她伟大的灵魂,在她面前,我仿佛比真实的我更丰富,因为我能达到那种程度。仁慈的上帝啊,我灵魂里是否还剩下一种力量我没有运用过?我能否在她面前表露所有美妙的情感啊?我的心带着这些情感拥抱大自然。我们的关系难道不是最敏锐的才智与最微妙的情感永恒缠绵的产物吗?其变化形式,无论有多么复杂,全都带着天才的印记。而现在呢?——唉,她大我的几年岁月把她在我前面带进了坟墓。我永远不会忘记她——既不会忘记她坚定的意志,也不会忘记她神圣的坚韧。"

哦,凯瑟琳心想,他这是在要我的命啊。这一想法却没有像本应该的那样让她感到震惊。

骑士打猎回来了,脸色红润,躁动不安。第二天早晨用早餐的时候,看着凯瑟琳苍白的布满皱纹的脸——她看上去是多么的筋疲力尽哦,而他一如既往地精力充沛,他因为运动而周身酸痛,感觉灵敏而记忆力好，伴随着风声、呼喊声、刺鼻的味儿和他的马在他两腿之间拼命奔驰——他恨她变老，恨她总是大门不出、二门不迈，恨她看上去像现在这么虚弱。恨她悲悲戚戚——嗯，他以为他明白。而且，出于嫉妒，他身不由己地残酷。

亲爱的，我可不可以提醒你，我们俩都很伤心。

她没有回答。

你失去了我年轻的表弟。但是我失去了杰克。

威廉又来信了，他信中抱怨说凯瑟琳没有回他上一封和上上一封信。别抛弃我，天使！实情是，她开始临近悲伤的尽头。威廉开始显得遥远了。我感觉到这一切了吗？到此结束了吗？当声音渐渐听不见，当兴奋渐成冷漠，由于时间作祟，兴奋变弱的方式总是出乎意料的。现在已经越来越难以想象威廉在的时候她有过的感觉了。那种强烈的感情好像，好像一场……连她现在也都可能要用“梦”这个词了。

七

症状。呼吸困难，以及心脏周围痛。没有胃口。腹泻，一侧肋部和胸口疼，长期干呕因此肚子里总是空空如也，感觉右臂没劲——这些病痛大都被强忍着。头痛。缺觉。每天早晨枕头上落着灰白头发。呼吸非常困难。（女人的弱点：张家长李家短，全一个德性。男人病倒，出身高贵的女人憔悴。）自卑。焦虑，害怕让丈夫担心。对其他女人无聊的闲言碎语深恶痛绝。对天堂的思索。对普遍寒冷的感觉。

诊断。德拉蒙德医生认为是瘫痪。要不就是维持生命所必需的功能完全衰竭了。她才四十二岁，但是她几十年来一直病恹恹的。

祷告。感谢上帝所有的仁慈，恭恭敬敬地请求宽恕她以前的罪过，恳求宽恕她那不信神的丈夫。更多关于天堂的思索，在天堂里，一切伤害都得到修复。主啊，怜悯吧，责备吧。

信函。致国内的亲朋好友，信写得极其沮丧。我担心我将永远见不到你们了。二月份给她丈夫写信，当时，大家正起劲打猎，骑士常常不在家,这是一封极度屈辱的信:我心爱的人不在的时候,我度过的时光多么无聊乏味,每个景致对我而言多么令人厌倦。他坐的椅子在,我发现他不在,于是我的心突然一阵剧痛,我的双眼可笑地充满了泪水。我们结婚的年头,没有减少我的爱,而是增强了我的爱,程度之深,与我的生命共存,永远不会改变。我努力要克服自己的情感,然而却是枉然。我拼命劝自己,却毫无效果。除了感同身受者,没有人能够了解对爱专一那种凄苦的焦虑。他在面前,每样东西都呈现出不同的面貌,他不在的时候,我感到多么孤单、多么与世隔绝。我在交往的人当中寻找平和,却越发局促不安。天哪,我仅有一种愉悦、一种满足,那就是整个地以他为中心。

音乐。说他不在场,她没有什么兴趣、什么兴趣都没有,那不完全是事实。但是,大键琴演奏的乐声更加哀怨。音乐使人升华,却抹不去心痛。

激情。威廉的离开让她前所未有的脆弱。但是,这种婚姻中才有的激情并不自然。而且:努力克服这样的激情、让她自己心思转移,总是对的。她探访了死城的一些新遗址,参加了在奥地利大使的官邸举行的音乐聚会,还拜访了西西里岛上层的一位女士,她用匕首或毒药杀了十个,不,是十一个人之后,最后被她自己的家人告发,作为一种惩罚,她被关在——很奢侈地关在——那不勒斯附近一座女修道院里。她的年龄在二十三岁左右,凯瑟琳讲给丈夫听。她坐在床上接待了我,绸缎枕头堆在她身后。她拿出蛋白杏仁饼干和其他点心给我吃,很礼貌,也很开心地和我聊天。似乎无法想象像她这样一个温文尔雅的女子竟会干下这样的暴行。她有一张害羞、甚至善良的脸,凯瑟琳惊叹地说——在她居住的这个国家,这个真相不会给哪怕最不动脑子的本国人留下印象,因为随便哪个农民,他都知道常常有挂羊头、卖狗肉的勾当；但凯瑟琳是个北方人，而且有教养，她既非农民，又非贵族，却真正的虔诚，一个表里如一的新教徒。她看上去不像是个杀人犯，凯瑟琳轻声地说。

•

凯瑟琳声音很低地说话，骑士肯定会记得。要听见她说什么，人们有时必须前倾身子。一个亲密的要求？是的。同时，也是她按捺怒火的一个标志。

•

春天来了，一个温暖芬芳的四月。她大部分时间待在床上。威廉的来信欢快而又令人气恼地说着未来。但凯瑟琳明白，她没有未来了，她只能想过去，只能爱过去。

骑士外出一周多时间，到阿普利亚考古。凯瑟琳下不了床，感觉自己一小时比一小时虚弱。四月一个炎热的晚上，她又是一阵哮喘发作，她心想这也许就是结束的开始了吧，病痛时，她便在一封信中寻找宽慰。

凯瑟琳从未害怕过，可她现在怕了。缓慢而艰难的死亡已经让这个哮喘病人反反复复做的被活埋的噩梦产生一种新的急迫感。会起到帮助作用的事情应该是给骑士写张条，要求他在她死后三天不封上棺盖。但是，为了说这个，她上来必须先说她担心再过几天，不，是再过几小时，她就无法给他写信了；然后宣布，她无法表达她对他的爱意和体贴，他，只有他，一直是她所有快乐的源泉，他，是她在人间上帝恩赐中最宝贵的,“人间”这个词,让她从对骑士所怀有的这些奢侈、完全真实的感情转而考虑天国更大的恩赐;他,也体现了她的希望,将来有一天他也许会成为一名信徒。

凯瑟琳并非真认为他哪天会成为虔诚的教徒(他也没有)。她要他信教,因为她自己需要一种高贵、狂想的语言。她希望他承认那个层面的存在,进而也就承认了那种语言的存在,这样,他们便能有共同语言——这样,他们便能完全真正的亲密。

但是,当然,他永远不会知道这种狂想的弥补了。因为所有这些悲观、令人窒息的感情……写到这里,她开始呼吸十分困难,想起她本来准备在这封信中所表达的东西,一封真正诀别的信,除了表白她的爱,她要请求他忘记并宽恕她的过错,为他常常把她一个人撂在家里而开脱,愿上帝保佑他并请求他仁慈地记住她——是的,她希望要求得到某种东西。我死后,直到绝对必要,才盖上棺材。她在信的结尾处提醒他,在他的遗嘱里履行他对她许下的诺言,即在上帝愿意召唤他的时候,他的尸骨要葬在斯莱贝克教堂她的身边;她希望上帝的召唤不会在几十年之后,在这期间——这是一个哮喘病人特别乐意写的令人感到筋疲力尽、气喘吁吁的句子——在这期间,她希望他别孤身一人。愿人间和天国的每个恩赐都围绕着你,愿有人像我这样爱你。我是,你忠实的妻子,等等。

她封上信封,感觉胸口的重量变轻了,睡得也比几周以来安稳些了。

夏天来了,也带来了可怕、闷热难当的高温。凯瑟琳的垂死让骑士感到气愤——是给他添麻烦,在遗弃他。七月份,他们搬出去到维苏威别墅——他们家三个住处中她最喜欢的一个,这时候,他发觉有许多理由一次在一处附近的皇宫逗留几天。德拉蒙德医生每天上午来看她，跟她讲些小道消息让她开心，给她吃点糖果开开胃口，还有，一周一次，用水蛭给她放血。八月初的一天上午，他没有来。下午三点她叫人把没吃的午饭拿走，又派了个男仆去打探。男仆回来报告说，医生没乘马车，而是决定骑他的新马来，结果，在离别墅一英里处，从马背上摔了下来，被抬上担架拉回城里。他伤势严重，男仆告诉她。后来，更重了：背摔断了，肾戳破了。一星期后他就死了。噩耗传来，凯瑟琳最后一次哭泣。

骑士一直坚持认为，凯瑟琳觉得她对这次可怕的事故有点责任，事故是在医生来看她的路上发生的。这一感觉加速了她的死亡。仅仅十二天后，她就去世了。她面对着桃金娘树丛，坐在一张她最喜欢的椅子上看书，一下子昏了过去，被抬进屋里。抬到床上躺下的时候，她睁开眼睛要一张骑士的椭圆形小画像，她把画像正面朝下放在胸口上。她闭上双眼，再也没有睁开，那天晚上她死了。

•

对不太了解她的人，他这样描述道：

我太太，他说，娇小苗条，外表优雅，举止高贵。她浅色的金发，年龄的增长没有让她的头发变白，她双眼灵动，牙齿整齐，笑起来很俏皮。她动作矜持，手势不张扬，她寥寥数语，便能让大家交谈起来，而非听她一人在讲。她体质娇弱，在她的一生中，体弱多病的状况大大地影响了她的心境。有教养，有修养，是个一流的音乐家，她在社交界极受追捧，但她却经常因为健康和自我保护而退避。她给那些认识她的人带去幸福和安慰，所有人都会深切地怀念她。

他缅怀起她的美德、她的才智、她的喜好。事实上，他主要谈他自己。

悲痛把一个人变得非常奇怪，骑士在一封信里对查尔斯说。我比我料想的还要孤寂、还要伤心。

他身上发生了可怕的事情，这是第一次。这个世界是个险恶的地方。你整天在四处奔波，谋生，然后说完就完了，或者一切变得更糟。就前两天在波蒂奇，皇室的一个小侍从打开一个废弃不用的小教堂的门，走进一个火山喷气孔，即所谓的由火山散发出来的一团团冷性毒气，当场倒毙。国王吓坏了，从此几乎不谈别的事情，在本来就已经钉了很多护身符的内衣上又钉上了一些。看看老德拉蒙德骑马出诊时身上发生的事情……不，骑士突然反应过来，那个身上发生可怕之事的人就是他自己。他没有具有魔力的护身符；他有智慧，有品质。

某种可怕的事情。某种需要坚韧面对的事情。他想，我有过幸福的生活。

智者从容面对一切，他知道如何去退让，如何认命，对生活赐予他的快乐心怀感激之情，而在幸福结束的时候（幸福肯定会结束）；他也不怒不怨。

他难道不是一个伟大的收藏家吗？所以，继续沉浸其中，转移注意力，关注别的东西。他从来不知道他对凯瑟琳的感情这么深，不知道他这么需要她。他一直不知道他如此地需要一个人。

收藏者和收藏品管理者常常无需太多的刺激就承认有厌恶人类的情感。他们确认，是的，他们喜欢无生命之物胜过喜欢人。让别人震惊去吧——他们更明白事理。你能够相信物品。它们决不会改变性格。它们魅力永恒。物品，珍稀物品，具有内在价值，而人的价值却是按你自己的需要赋予他们的。收藏赋予自负以激情的特征，这总是有吸引力的，同时，也武装你，去抵御让你极其脆弱的激情。它让那些感觉匮乏的人和讨厌感觉匮乏的人觉得安全一些。以前，他一直不知道凯瑟琳的爱多大程度上也让他感到安全。

他更多地指望他超脱的能力，他将之与他的性情混淆起来。超脱将不足以让他走出悲伤的阴影。需要的是坚忍，这表明一个人真的处于痛苦之中。他没有料到悲痛的重压令他这么呆滞，这么阴郁。凯瑟琳的爱已经被熄灭了，可现在倒仿佛光芒四射。他坐在凯瑟琳的床边，把他的照片从她紧紧抓住的手里拉出来的时候，他没有落泪，后来他又把它还给她，在棺材盖上之前把它放在里面的时候，他也没有落泪。尽管他没有哭，但他的头发（突然白了许多）、他的皮肤（更干燥、皱纹更多了）替他说了，代表他表达了悲痛之情。但是，他无法知道怎么去责备自己。他已尽全力爱了，而且一直比传统做法更为忠实。骑士一直长于自我宽恕。

他坐在面对桃金娘树丛的凉亭架下面，那天凯瑟琳就是坐在这儿昏过去、被抬回屋里的。这是她和威廉经常坐的地方。一个密密而复杂的蜘蛛网结在凉亭架顶上一个眼睛般的缺口上。他心不在焉地看了它一会儿，然后才想到去找蜘蛛，最后发现它一动不动地悬挂在最外面的细丝上。他叫人搬来梯子，爬了上去，拉掉了蛛网。

他的信显示出一种挥之不去的、无法克服的忧郁。沉重、倦怠、懒散——写下这些词有多么地无趣啊——渐渐成为我的命运。骑士不喜欢去感觉太多，但是，感觉明显地衰弱，这让他颇为惊慌。他希望继续感觉不太多，也不太少（就像他希望既不年轻，也不老一样）。他希望不变。但他已经变了。你现在都会不认得我了，他在信里对查尔斯说道。我天性活跃、精力充沛、接受力强，对什么都感兴趣，可是，近来，我对许多曾经让我感到愉悦的东西变得无动于衷了。这不是对你无动于衷，亲爱的查尔斯，也不是对另外哪个人，而是一种全方位的无动于衷。他抬起钢笔，对他写的话考虑一下。

我相信，漠然不是我不可逃脱的状态，他继续写道，试图让调子乐观些。

他原来打算把他论火山的那本书，加上更多的插图，再出一版。这个计划放弃了，他告诉查尔斯；他现在还是倦怠得提不起劲来。关于最近一次去罗马看画作，他写道：忧郁也尾随我来到这里。我新近获得的藏品几乎没有给我带来愉悦。他向查尔斯描述他的一件藏品，是十七世纪塔斯卡尼一个名气不大的画家的一幅画，让人想起人生的短暂。其画意关乎感官享受，技巧令人称赞。他木然地注视着花与镜子设计独特的角度，注视着注视自己的年轻女子那粉嫩的肉体。生平第一次，添新的藏品未能给他带来愉悦。

他敏捷、结实的身体允许他和以前一样不费劲地骑马、游泳、钓鱼、打猎、爬山。但是，在他和他看的任何东西之间，好像都蒙着一层纱，对一切都越来越没有感觉。有一天夜里，只带着加埃塔诺和彼得罗出去钓了一会儿鱼，他看到这两个仆人用他们难懂的方言闲聊着，嘴一拱一拱的，好像词语需要用嘴巴推出去似的。黑夜里，黑暗的海湾里其他船只来来往往，发出的回声，听上去像是动物的叫声。

是的，他身体还是那么健壮。他注意到，是各感官功能、对事物感兴趣的能力的一种衰老。他觉得他的注视变得呆滞了，听觉和味觉不那么灵敏了。他认为这是因为他在衰老。这种对一切都失去兴趣的现象，他解释说，有无数种原因——他在此承认凯瑟琳的死是其中的一个原因——但也许主要是岁月的流逝。他努力去接受这一能力的衰退。

正如他对那个女先知说过的那样，他从未感觉年轻过。但是，凯瑟琳死的时候，他感觉，突然之间，老了。他现在五十二岁。埃夫罗西娜告诉他他还得活多少年的？他曾经亲手摸的牌，然后把牌打出去的。他想知道他究竟会如何度过这接下来漫长的二十一年时光。

•

无人陪伴。形单影只。沉溺于自己的情绪之中。

在那里发现薄雾和蒸汽。然后是一点一点显现往昔的气愤与渴念。接下来是一大片空白。你想起你所做的、充满热情做的事情——大量的行动、计划。所有的精力都已经耗尽。做任何事都很费力。

过量的，他对过量的嗜好。现在够了。

•

凯瑟琳去世几个月后，参观卡拉布里亚地震留下的废墟，看着废墟中挖出的僵硬、满是灰尘的遗体，看着抽搐的五官和爪子一样乱抓的手——心情抑郁的人每每喜欢窥阴——然后看到一个还活着的小孩被救上来，她被埋在一座倒塌的房子下面八天，她的拳头贴着自己右边的脸，把脸颊上挤压出了一个洞。

来吧，让我看更多的恐怖的东西吧。我不会退缩。

•

一瞬间，就一瞬间，他认为自己是个疯子，装扮成神志清楚之人的疯子。他已经多少次登上这座山？四十次？五十次？还是一百次？

气喘吁吁，宽大的帽子为他瘦削的脸遮挡太阳，他停顿片刻，抬头看看火山锥。从火山山顶——远在城市、海湾及其岛屿上面。

他高高在上，俯视。人成了圆点。远离了同情的职责、认同的职责：距离之游戏。

以前，任何东西都认可他。我知道，所以我存在。我收藏，所以我存在。我对一切都感兴趣，所以，我存在。看看我知道的一切，看看我感兴趣的一切，看看我保存和转手的一切。我构建了我自己的遗产。

那些东西曾攻击过他。它们说，你不存在。

那座山说，你不存在。

神父们说，火山是地狱之口。

不！这些怪物，火山或"喷火的山"，根本不是地狱的标志或预兆，而是火和水蒸气的安全阀；没有这些安全阀，火和水蒸气会更加频繁地肆虐破坏。

他在环绕着火山锥的火口壕中跪下，手掌放在满是尘土的碎石上，然后肚子朝下，四肢伸展，趴在风吹不到的地方，把脸贴着地面。静悄悄的。静意味着死亡。密集、污浊、微黄的光也一样，还有从裂缝往上飘浮的硫磺的味道、堆积的岩石、火山碎屑和干草，在靛蓝灰色的天空停留的云朵，以及平静的海。一切都意味着死亡。

我们乐观地来看。这座山是所有形式的大规模死亡的标志：洪水、大火（正如那位大诗人后来要说的那样，sterminator Vesevo①），但

① 意为：维苏威伟大的终结者。

也是幸存的标志、人类坚忍不拔的标志。就这个例子而言，胡作非为的自然也通过杀戮、让人恐惧的历史来创造文化，制造手工制品，在这样的灾难中，有许多东西可以去欣赏。

地下是连绵的熔渣和一块块晶莹透亮的矿产，布满化石的岩石，以及正在变得透明的色彩黯淡的黑曜石，在这些的下面，是更多的包围着熔融岩石核心的惰性地层，因为火山每喷发一次，都使地面变形更厉害，使地层更多，变得更厚。沿着山坡下去，在倾斜、突出的岩石以及一簇簇黄色的金雀花下面，一路到下面的村庄并一直延伸到海，是重重叠叠更多的一层层人用的物品、手工制品和宝物。庞培和赫库兰尼姆曾被埋葬，现在——时代的一个奇迹——已经被发掘出来。但是近海就是第勒尼安海，它吞没了亚特兰蒂斯王国。总有更多的东西要发掘。

地下有收藏家的宝贝。

地下是死者待的地方，被堆得层层叠叠的。

脸贴在地面上，骑士已经降到万物的矿物层。皇宫和嗜杀、快活的国王不见了，他归入他的收藏的漂亮宝物不见了。他会不会不再喜欢这些玩意儿？会的，就在此时此刻，他不再在乎。

•

骑士愿意在山顶上看到那种具有令人迷途知返作用的一览无余和优美的景色，人常常会这样。但是，他所能想到的全部就是爬得更高。他想象着在一帮侍从的陪同下，乘着新近由法国人发明的稀奇之物，即气球飞上天；哦不，只要带上小普莫就行了；能够鸟瞰维苏威火山，从上面观察到火山越来越小。不费气力地升高、往上、再往上，直到升入纯净的天空这个安全之所——那个寒冷的天堂。

或者，他也会喜欢幻想出一个关于过去的玄虚的景象，就如同威廉让凯瑟琳听得津津有味的那种。但是，心里想起的全都是灾难。比如，公元七十九年大喷发的全景。那可怕的声音，日本金松状的云团，太阳消失，山体开裂，吐出火焰和有毒的蒸汽。落下鼠灰色的灰烬、褐色的烂泥。还有庞培和赫库兰尼姆居民的惊恐万状。

像离我们更近的两次屠城，一座被屠之城要比另一座城市在全世界的名气大得多。（正如一个爱打趣的人所言，长崎的宣传员太糟糕。）那就让他选择在庞培城，看着死亡之雨落下，也许尽管还来得及逃命的时候却不愿意逃，因为即使在那一刻儿，他依然是某种勇敢的收藏家。他怎么可能不带上他的宝贝就离开呢？所以，也许就在他所在的街道，接着是他的双膝，消失在灰烬下面时，会是他想起《埃涅阿斯纪》里的诗行，发掘者们发现有人在他家房子的墙上写了：*Conticuere omn*……[①]呼吸十分困难了，他没能活着把这句话写完。

像是在一场梦里（就像垂死者一样），他跃出这座死城，试图成为一个观察者。为何不成为这次喷发最著名的观察者，以及受害者呢？因为假如，他听任这明摆着的情况发生，他便能把自己想象成真正的老普林尼，假如他能感觉到劲风吹在绕着米塞努姆岬的这个海军上将的船头，假如他能和普林尼待在一起直到最后，这时候，他的肺因为哮喘而极其衰弱（哦，凯瑟琳！），他死于致命的烟雾……但是骑士不像他年轻的表弟，很难让他想象除了他自己他还能是别的什么人，他表弟总把自己想象成别人（四十岁的时候，他还要祝贺自己永远年轻）。

---

① 意为：一切悄然倒下……

那一晚，他睡在火山坡上。

如果他做梦，他就梦想未来——跳过他剩下的未来（他知道这个未来既没有多大意思，又无幸福可言），跳到接近他自己死亡的未来。思考未来，骑士就在窥探他自己不存在的状态。连这座山都会消亡。还有这海湾，也会——不过骑士无法想象这个。他无法想象海湾被污染，海洋生命死亡。他看见过大自然带来的危害，却无法想象自然界也处于危险之中。他无法想象有多少死亡在悄悄地等着这个自然界：什么会发生在这轻轻拂过的空气身上，发生在碧绿的水上，游泳者在水中嬉戏、骑士雇来的男孩们潜入水中采集海洋标本。如果孩子们现在跃入海湾，皮肤会从其骨头上滑落。

骑士时代的人有更高的废墟标准。他们认为值得指出，世界并不像鸡蛋一样光滑。被侵蚀了的海岸线向刚刚形成的海延伸，干旱地区表面龟裂，形成一块块的表面；还有天然的堆积物：山脉。斑斑点点、肮脏不堪、坑坑洼洼——是的，和伊甸园或者最早的地球相比，这个世界就是一个巨大的废墟。那时人们不知废墟为何物！

•

他等着吹来一股清新的风。一切都变得停滞了，像熔岩流一样。

他朝洞里看看，就像所有的洞一样，这个洞说：跳啊。骑士回想起在凯瑟琳父亲去世后带她来埃特纳火山；当时，埃特纳全面喷发，他们在较低的山坡处一个隐士（总会有隐士）的小木屋里停留，隐士坚持要复述那个跳入沸腾的火山口以检验他是否永生不朽的古代哲学家的传奇故事。想必，他不是。

·

他在等着灾难的发生。这是深度忧郁的堕落,其中的无助感弥漫开去,把旁人也包含进来,这样很可能会想象(因此也希望)一场更大规模灾难的发生。

不祥的隆隆声,游客和骑士都欢迎。每个游客都希望火山喷发,“做点什么。”他们想得到自己那份启示。在两次喷发之间待在那不勒斯,其间这座火山似乎不活动了,这肯定会有点让人感到失望。

·

这是一个开始仔细考量所有的道德责任的时代,这是我们所谓的现代的开始。一个人如果只要按一下按钮,就能导致地球另一面一名满清官吏的死亡(很聪明挑了个离开那么远的人),而不会对自己产生任何后果,那么,他还能抵挡这种诱惑吗?

人能够做出最重大的行动,如果这些行动让人感觉无足轻重。

生的意愿与死的意愿之间的分界线多么细弱啊。精力充沛与麻木倦怠之间的隔膜又是多么纤弱啊。如果自杀弄得很容易,多少人会屈服于自杀的诱惑啊。来个……一个洞,一个真正深的洞,你把它挖在一个公共场所,让大家使用,如何?比如说,在曼哈顿第七十街和第五街的街角。弗利克美术馆[1]就在这个位置。(要不另找一个

---

① 弗利克美术馆(the Frick collection),纽约曼哈顿一座私立美术馆,位于第五街北侧,以及七十街和七十一街之间。

更加贫穷些的地方？）洞边竖块牌子，写上：**下午四时——下午八时/周一、三、五/准许自杀**。就这样。一块牌子。嗯，那肯定有人会跳下去，而这些人之前几乎都没有想过要自杀。任何坑都是一个深渊，如果合适地标示出的话。下班回家，出门买包好烟，绕道去取洗好的衣服，目光扫过人行道去找那条肯定是被风从你肩上吹落的红丝巾，你记得那个牌子，你往下看，你很快地吸口气，慢慢地呼出，然后你说——就像恩培多克勒①在埃特纳火山说的那样——为什么不。

---

① 恩培多克勒（Empedocles，约公元前495—约公元前435），古希腊唯物主义哲学家、诗人。

第二部

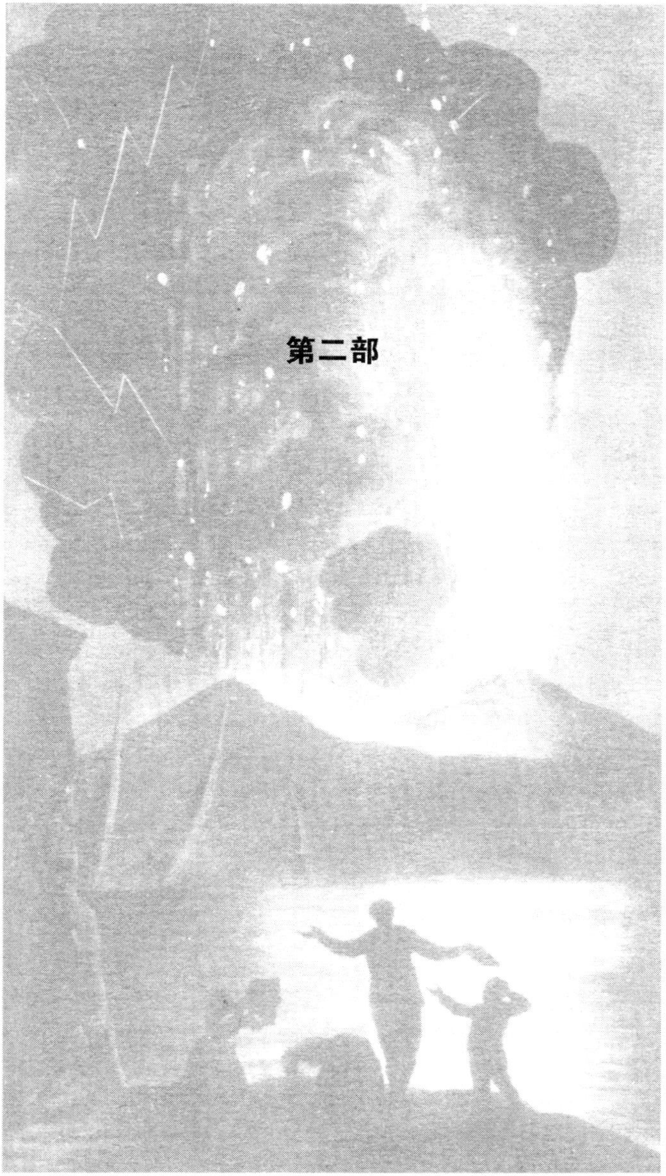

一

没有什么比得上长期忧郁后，快乐到来时的那种精神振奋了。但是，快乐得以到来之前，它必须对倦怠的心进行围攻。让我进去，它喵喵地叫，它大声吼叫。心必须被强行攻破。

四年之后，快乐来了。首先，凯瑟琳的死毫无疑问被骑士调整得很好的新陈代谢所吸收消化了。他又请了一次假，把遗体送回威尔士安葬。这里没有人安慰得了他。凯瑟琳的死把他带到一种他并不喜欢的濒临崩溃的境地——即想他自己。他使出了他常使的补救对策，即想世界。利用他通常的公务和消遣以外的时间，他忙着去浏览了在多石的卡拉布里亚新近发掘出的一些东西（凯瑟琳不在了）。从那里，他应邀去了附近一个村庄过节，纪念葛斯马和迪米安[1]这两位圣人，高潮是教堂的礼拜仪式，宣布一件一英尺长、人称“大拇指”的物品为圣物，不孕妇女对此物极其尊敬，够了！骑士风尘仆仆、兴高采烈地回到那不勒斯。骑士给一个致力于研究古玩（凯瑟琳死了）的学会递交了一篇论文，报告古代阳物崇拜的印迹打着基督教的幌子依然存在这一饶有趣味的发现，这就为证明天主教与异教之间的相似提供了新证据；回忆挖掘中发现的女性、男性生殖器雕像的流行；推测所有宗教的秘密都是对生命力——四大要素[2]、性能量——的崇拜，十字架本身很可能就是个程式化的阳物图。死了！随着凯瑟琳的逝去，他没有理由控制自己的怀疑和亵渎了。

一切都变了，又什么都没变。他不承认他需要人陪。但是，当他的朋友、被保护人画家托马斯·琼斯即将永久返回英国，交出他租住的房子时，骑士款待了他几个月，经常上午来到为琼斯安排当画室用的房间。他看着他在他精致的橄榄木画架上的单色小画布上画满在他看来似乎是对空洞的思考：屋顶的一角，或对面楼房一排顶层的窗子。

真有趣——但是琼斯肯定有他的理由。一切都和骑士的状况很协调。

但是，你在画什么呢，骑士礼貌地问道。我不懂这个题材。

恍恍惚惚的一些瞬间，似乎什么都有可能，又非一切都有意义。

外交部同意他第三次回国休假的批函六月份到了，他便启航回国。凯瑟琳的遗体放在船上，在他船舱里，有只被认为是奥古斯都皇帝统治初期造的罗马浮雕花瓶，是市面上已经交易了几十年的最珍稀的一件古玩之一，他是去年在罗马买下的，现在要带回英国出售。这是经他手最值钱的藏品。

骑士第一眼看到这只花瓶，就感到激情涌动。它是两个世纪前在古罗马南疆从当时一座新发掘的皇家陵墓里挖掘出来的，无论是

---

① 葛斯马和迪米安(Cosmas, Damian)，这对孪生兄弟是殉道圣人。

② 古代西方哲学中认为土、风、水、火是构成一切物质的四大要素。

当时还是现在，它都被视为现存的最为精致的古罗马宝石玻璃制品。没有什么能比中间雕刻的、慵懒地斜躺在卧榻上的西蒂斯[①]更可爱了。他把花瓶从罗马带回之后，心里常常想着它。盯着它怎么看他都不会感到厌倦，也从不厌倦于把它高高举起，看看底色的真色度，除非对着光否则无法将之与黑色区别开来的一种深蓝色，从不厌倦用指尖抚摸雕刻在乳白色玻璃上的浅浮雕人物。天哪，这可不是他爱得起的宝贝。尽管凯瑟琳在遗嘱里写明一切都留给他，没有任何附加条件，但是，他总是需要更多的钱。花瓶太有名了，他不奢望收藏。骑士以一个很合适的价格买下，一千英镑，他很希望大赚一笔。

他把花瓶存放在伦敦，又接待了一些前来吊唁的亲朋好友之后，就把那口棺材护送到威尔士的庄园，这庄园现在在所有权上和事实上都是他的了，又冒着小雨和查尔斯一起看着棺材下葬，把查尔斯送走，然后在屋子里消磨了几个星期。时值盛夏。雨水给凯瑟琳故居的土地注入了绿色的生机。他每天都在庄园散步，有时更远，走到外面的乡间，他的口袋里常常装满了小李子，坐上一会儿，凝视大海。悲悼随之带来明显的倦怠。悲痛的念想，对凯瑟琳美好的回忆，与自怜交织在一起。安息吧，凯瑟琳安息吧，可怜的凯瑟琳。我们所有的人都安息吧。他头顶上的绿叶在沙沙作响。将来有一天这太阳及其温和的阳光会在他腐烂的尸体上灿烂闪耀；这一块——有一刻儿他走进了阴凉的墓地——墓碑上将来有一天也会刻上他的名字。

甚至在他抵达之前，伦敦的收藏界已经为他的罗马花瓶轰动起来了。据查尔斯说，那位上了年纪的、任性的波特兰公爵遗孀对他的宝贝垂涎三尺，使得他只好赶回伦敦。他开价两千英镑。公爵遗孀

① 西蒂斯（Thetis），希腊神话中海神涅柔斯的一个女儿。

退缩了。她说她要考虑一下。过了一两个月;骑士知道不能去坚持。他竭尽全力让自己开开心心,便去看了她的私人博物馆,藏品只有珊瑚枝、一盒盒色彩斑斓的蝴蝶、宝石般的贝壳、昆虫化石、猛犸象骨骼(被认为是罗马象的骨头)、天文学著作珍本对开本、古董大奖章和饰扣,以及伊特鲁里亚花瓶。这批不比当时众多收藏品稀奇多少的物品(它主要的奇怪之处是收藏者是个女人),但是,按照骑士的品位来判断,无疑是太随心所欲了。公爵夫人的儿子,已经人到中年,很在意他的继承权,他劝她别以在当时算是惊人的高价买下这只花瓶。可这下,公爵夫人开始真的想买下它了。

骑士较少时间花在宫廷里,更多时间是和查尔斯在一起,并且接受一个活泼可爱的姑娘的恭维和悉心照顾。三年前,查尔斯已经开始和她同居,现在,她在查尔斯的授意下,叫骑士普林尼舅舅,在他脸上可爱地吻一下。她高个儿、丰腴,一头赤褐色头发,蓝眼睛,丰满的嘴,骑士心想,如果她的下巴不那么小的话,她的头,可以与某些古典雕像美人相媲美。他已经从他外甥那里知道了她的身世:她是一个村子里铁匠的女儿,十四岁那年来伦敦当小女仆,结果被主人家的儿子诱奸,很快又找了更不可靠的工作,包括在一个扬言能治愈阳痿的医生的诊所,半裸着摆造型当"健康仙女",被带到一个准男爵的乡村庄园,在她怀孕之后,准男爵就把她赶了出去,她的小女儿当时寄养在乡下,绝望中,这个姑娘找到她的密友求助,他就是……查尔斯。她的救星大她十六岁,他对她年方十九就已经经历了这么多的事情并不感到惊奇。像她这样的女人应该尽全力往上爬,然后很快就枯竭。所以说,她没有什么特别的,除了她肉体上的魅力。但是,她又有特别之处。查尔斯希望做到公平。他也想吹嘘。只要想一想,查尔斯说。她真的很有天赋,查尔斯说。我已经教她看书写字,现在,她整本整本地看自我提高的书籍,她酷爱看书,而且过目不忘。骑士注意到她记得每句在她面前说过的话。尽管她讲话粗俗,笑声爽朗,但是,她不吭声的时候,像是变了个人。骑士看她注意观察、留心,她水灵灵的两眼注意观察。她对画作的判断相当内行,查尔斯接着说,也应该如此,因为她和我一起生活有三年时间了,而且我们的朋友罗姆尼对她很着迷。他已经用她当模特儿画了几十幅画了,根本不想用别的模特,除非我不愿把我的小妞借给他。这倒提醒了骑士,他必须再安排时间坐下来,让罗姆尼画,因为他还想要一幅他自己的肖像画。

公爵遗孀还价一千六百英镑。骑士不让步。

他在王宫里花的时间并不多,谋求高位,或者希望被派往马德里、维也纳或者巴黎的这些想法早已抛开了。身边没有了凯瑟琳,他感觉老多了。他坐下来被人画肖像。他告诉自己是回去的时候了。他也对别人说。

一千八百英镑,公爵遗孀气愤地说。成交。他购买了一些物品,包括罗姆尼把查尔斯的姑娘当作酒神巴克斯的女祭司所作的画,把它们一起带回那不勒斯。

他回来了,又回到他的生活中,首先是行使处理一大堆积压下来的权利与义务,一次次展示健康快乐——他仍然擅长于让自己忙忙碌碌。他明白,人必须接受新的挑战来战胜麻木冷淡。他承揽了一个巨大的工程,一个得花费几年时间的工程:在卡塞塔王宫园林内规划出五十英亩的英式花园。他继续收藏,继续登山,继续编目。他变得更擅长就在国王的考古学家们的眼皮底下,从庞培和赫库兰尼姆古城的出土文物中拿走奇珍异宝。在这个国家,只要你知道贿赂谁,什么事都做得成。

几个熟人的英国遗孀似乎在想方设法消除他的孤独，她们和蔼可亲、热爱画作，一个在他离开的前夜在伦敦，另一个则在罗马，返程途中他在罗马停留了几周，主要是为了和那里他最喜欢的画作经纪人拜雷斯先生商议事情。这位罗马太太诱惑了他。她富有，身体非常健康，而且弹得一手好竖琴。他怀着某种喜悦，对查尔斯叙述了她的魅力，心里明白这会让他亲爱的外甥多么忐忑不安，查尔斯正指望成为他这个无嗣的舅舅的继承人呢。确实，这位太太已经过了生儿育女的年龄。然而，她比骑士要小十岁，她还是有可能比他后死。但是骑士很快就把理性婚姻的想法抛到一边去了。即使是如此高贵优雅、如此内敛的女士照样预示着他的一系列习惯在某种程度上的彻底改变，意味着重新调整。骑士最想要的是平静安逸。他本来就希望是个单身汉……他要鳏居，直到生命的尽头。

意识当中，他最不想要的是任何变化。他的境遇已经够好了。但是，他的下身胀痛。幻想赶不走。内火没有完全浇灭。于是，今天，他失去理智地允许她来。这个天真无邪的姑娘——她是无邪，骑士看得出来，尽管她有那么多的经历——到这里来，和她母亲一同来。因为查尔斯的眼睛盯在一个有钱的女继承人身上（一个勋爵的次子要干什么？），他必须认真从事。也就是说，他再也不能被他的爱情牵着鼻子走了。也就是说，他必须残酷对待一个女人了。但是，尽管已经决定蹬掉这个姑娘，他还是不忍心告诉她，进一步想，他想知道他新近鳏居的舅舅是否不喜欢她的陪伴。舅舅接手外甥的情妇？骑士明白查尔斯不仅仅是在为自己卸掉一个包袱，让他舅舅替他还债；他还在希望阻止一种可能，即他舅舅也许会决定娶个新妻子以安慰他的晚年。也许他很快就会发现自己不再是他舅舅的继承人了。但是，假如他舅舅非常喜欢这个姑娘（显然没人会娶她），查尔斯就笃定了。聪明的查尔斯。

她和母亲三月份在一个年长的苏格兰画家——骑士的一个朋友——的陪同下离开伦敦;这位朋友准备回罗马,答应由他护送这两个女人过来。瓦莱里奥被派往罗马接她们,下面的行程由他带她们回来。骑士正在用早餐,看书报,这时候,他听到大门打开了。他走到窗前朝下看,只见那辆旅行马车驶进了庭院,男仆和小侍从们迎了上去。从车夫边上的座位上下车后,瓦莱里奥向那个年轻女人伸出一只手,后者身子轻巧地踩到了地面上;然后,他又扶壮硕的年龄大些的女人从马车上下来。他们穿过庭院,朝右边红色的大理石楼梯走过来,几个女仆伸手去轻拂这个女孩满是灰尘的黄衣服,她扭捏了一下,微笑着,抚摸那些伸出的手,很开心地看到她产生的效应。骑士所注意到的是顶帽子,一顶蓝色的大帽子,在鹅卵石上闪动的光线上移动。

突然之间,他想起了杰克,思念起他来。他又回到早餐桌前面。就让她等着吧。一个书商也在等着呢。他喝完可可,然后朝小会客室走去,他已经吩咐人告诉女孩和她母亲在那里等着。

穿过加斯帕罗为他开着的门,他看见她们坐在角落里低声说着话。那个老妇先看见他,急忙站了起来。那姑娘正拿着帽子放在大腿上,她站起来的时候转身把帽子放在她身后的座位上。这个身体的均衡①和随后的转身让他的身体一阵震颤,仿佛他的心骤然间沉落到肚子里似的。他不记得她有这么美。惊人的美。去年,他肯定见过她的美貌的,从那时起,他就以图像的形式拥有了这个美人,罗姆尼作品中的酒神巴克斯的女祭司就挂在通往他书房的门厅,他天

---

① 均衡(contrapposto),意大利语,原指雕塑和绘画中以对立方式表现出人体各部分之间的对应,即构图的均衡,如左臂与右腿分别伸向不同方向。

天都能看到。但她比画要漂亮得多。

他深深地又是开心地叹了口气，然后穿过了房间，姑娘羞答答地向他行了个屈膝礼，她母亲原本也准备行礼的，却笨拙地一个踉跄。他还了礼。他吩咐斯特凡诺领卡多根太太看一下他给她们的二楼后面的两个房间。姑娘冲动地倾过身子，在他的脸颊上轻轻吻了一下。他一惊之下，向后退去，好像被挠了一下似的。

长途旅行后她一定累得筋疲力尽了，他对她说。

她太开心了，她告诉他。今天是她的生日，她告诉他。她发现这座城市太美了。她抓住他一只手，她令他的手变得滚烫，把他拉到外面的露台上。确实，太美了——他又一次得以看到这一点——沐浴在曚昽的阳光下，红色的屋顶仿佛在翻滚，花园、桑树、柠檬树、高高翘起的仙人掌，还有瘦瘦高高的棕榈树。

舅舅，那是什么？她指着那座山及其越来越红的一缕轻烟，惊叫起来。马上又会有喷发吗？

你怕吗？他说。

老天爷，不怕，我想看呐！她喊道。我什么都想看。它这么……美妙，她微笑着说，很高兴找到这样一个文雅的词语。

她年轻，依然陶醉在活力四射的狂喜之中，这触动了他。他了解她的长处——她对查尔斯所表现出的毫无尊严的忠诚，可查尔斯已经活动了几乎一年，说服他舅舅同意接纳她。她的激情真令人钦羡，查尔斯信里对骑士说。她已经钦羡你了，查尔斯说。骑士心想，他也许喜欢以比其他男人更淡然的方式对待她。他会给她栖身之处——也许把这两个女人安置在三楼四个前面的房间会更好些——然后领着这个姑娘看令人赞叹的美景。

你想把她调教成什么样就把她调教成什么样，查尔斯说过。这块材料，我能保证，是好的。

但是，一开始，他没有找到老师的感觉。此刻他只想看她。他还无法控制她的美在他内心煽起的激情。他这么快就宠她，是否标志着他老了？因为他老了。他的生命结束了。把这个美人加进他的收藏之中？不。他会稍稍打磨一下。然后就送她回家。查尔斯真是个卑鄙小人。

于是，在接下来的几周时间里，骑士敷衍着、拖延着，无法相信他又有了一次机会，生命重新迸发。这样的青春活力与他何干？尽管他知道她是给他来占有的（或者他是这样认为的），他害怕自己出洋相，他同时又真为她的轻信所触动。她还真信查尔斯过几个月就会过来接她走。可话又说回来，假如他不接受投怀送抱，那他才是个傻瓜呢，没有大惊小怪，也没有多愁善感。这个姑娘当然懂。她肯定习惯了男人和他们的恶毒的做法——把她从一个男人手里转到另一个男人手里。她爱查尔斯，这是真的。但是，她一定在期待着他主动的进攻。可怜的埃玛。缺德的查尔斯。于是，他把瘦骨嶙峋的手放在她手上。

她的断然拒绝、她的眼泪、她的哭泣让他苦恼——查尔斯不是保证说是个温顺的女孩的吗——但同时也给他留下了深刻印象。根据男人判断女人的老办法，她拒绝了他，他对她的尊重因此增加了。不过，她似乎真的喜欢和他在一起，不只是出于对他的敬仰。而且求知心切。当然还有，开心。他派给她一辆马车供她专用。他领着她参观这个地区的奇观——她那性情温和而相貌平平的母亲总是侍奉左右。他带她去卡普里岛，他们一起游览了提比略①别墅阴郁的废墟；

① 提比略（Tiberius，公元14—37），古罗马皇帝，长期从事征战，军功显赫，56岁继岳父奥古斯特帝位，因渐趋暴虐，引起普遍不满，在卡普里岛为近卫军长官所杀。

掠夺成性的考古学家们才在一代人[①]前把镶有大理石的精美的地板盗走。还去了火山的硫气孔,他们在那里漫步在灼人的、满是硫磺的平地上。去了死城,在那里,他们注视一组组下沉的房屋。还去了维苏威火山,一天凌晨,他们四点就乘着满月的月色,坐了辆马车出发的,马车把他们送到雷西纳,托洛和几头骡子在那儿等到他们之后,把他们带到离火山顶三英里处熔岩蔓延的地方。他看着她看。他看得出,他指给她看的任何东西,她都着迷得不行;她不停地问他问题。她似乎只想让他高兴;如果有时他和她一起站在露台上欣赏日落,她泪流满面,那倒可以理解,她远离家乡,他的那个恶棍外甥本来真该告诉她真相的,她非常年轻,查尔斯说了什么?(对她的年龄他一直支支吾吾。)她现在肯定二十三岁。骑士五十六,正是老普林尼殁于有毒烟雾的年龄,这让他比这个乡村维纳斯约大三十三岁。

•

事实上,他们的年龄相差三十六岁。她四月份到那不勒斯的那天二十一岁。

哦查尔斯那天你一只[②]朝我笑还流[③]在家里还对我好现在我离得这么远。她第一封信中说。

查尔斯秋天要跟过来的。他对她讲过。她每隔几天就给他写信。气温升高了,跳蚤和虱子成倍地增加。她努力在骑士面前显得

---

① 一代,约指20至30年。

② 应该是“一直”。埃玛没有文化,所以在她写给查尔斯的信里,有不少错别字。此处稍作处理。

③ 应该是“留”,原因同上。

开心点，他赠送给她好多礼物，其中主要的是他亲自陪她。

他吃早饭午饭晚饭老是在我边上盯着我的脸看，她向查尔斯报告。我不能动手或腿或脚，除了按照他认为是优雅和合适的样子动。屋子里有两个画家画我但不如罗姆尼好。我戴着你给我的蓝帽子。他给了我一条驼毛披肩和一件漂亮长裙，值二十五几尼[①]和他妻子的一些个小玩意儿。他对我说我是一件杰出的艺术品看到他爱我我难过。

她写给查尔斯的信变得越来越绝望无助、越来越痛苦。她告诉她亲爱的查尔斯，查尔斯，她属于他，她将只属于他，没有人能取代他。她告诉他她看见的所有壮观的景象，这些她更希望和他一起去看。她恳求他给她写信；就像他答应的那样，来那不勒斯。或者派人带她回到他的身旁。

两个月后来了一封信。

亲爱的查尔斯，她回信说，哦，我的心全碎了。查尔斯查尔斯你怎么能这样冷漠狠心劝我和他上床呢。你舅舅！哦糟糕透顶——但是我不会不我不会恼火。如果我和你在一块儿，我要杀了你和我自己。除了回家到你身边，什么都不会做。如果不可能这样，我就会回伦敦，什么坏事都干，一直干到我死，让我的命运成为对年轻女人的一个警告，让她们人别两好[②]。因为你让我爱上你——你让我变好——现在你抛弃我了，某种粗暴的结局将结束我们的联系如果必须结束的话。她这样结尾：对我薄情对你没多大好处，你不知道我在这里有多大的能量。只是我决不做他的情妇——如果你在我面前我

---

① 英国旧金币，值一镑一先令。

② 应该是“太好”（too good），埃玛写成 two good 了，too 和 two 发音相同。

就会让他娶我。愿上帝永远保佑你。

信是八月一日写的。她继续写,继续恳求,继续说再见,又抵挡骑士挡了五个月的时间。到了十二月,她通知查尔斯她决心已定要随遇而安。我决定要理智点,她写道。我是个漂亮女人,一个人不能同时指望什么都是。

•

无法形容……

无法形容她的美,骑士说;无法形容她让我多幸福。

无法形容我多想你,查尔斯,这个姑娘写道。无法形容我有多生气。

关于火山,喷发,骑士重新以此为乐了:无法形容喷发而出的火红的石头构成的火树银花的美丽,远远超过了让人惊奇的烟火,骑士写道,他接着进行了一番比较,但没有一个比得上他看到的场面。因为,如同任何激情澎湃的东西一样,火山身上集结了许多矛盾性。娱乐和启示。物质呈现所有四大要素的一个循环过程:始于烟,然后是火,再然后是流淌的熔岩,终于火山岩,世上最硬的岩石。

关于这个女孩,骑士会经常对自己、对别人说:她长得像……她就像……她能扮……不仅仅像。是体现。她的美是那种他非常喜爱的在画布上、在雕像上、在花瓶上见到的美。她就是手执弓箭的维纳斯,她就是斜倚着等待她的新郎的西蒂斯。在他看来,似乎什么都没有某些物品和画像——即一个从未真正存在过,或者不再存在的美人的反映,不,应该说是纪念——那么美。现在,他意识到,画像不仅是美的记录,而且是美的先驱、先行者。现实分裂成无数的画像,画像在一个人的心里燃烧，因为它们全都在讲述一个美人的故事。

骑士拥有美女和野兽。

因为他贷给查尔斯一大笔钱，所以人们肯定要说，他外甥把这个女孩卖给了他。他们爱怎么想就怎么想吧。如果说，住在离家这么远的一个地方，住在这座落后与纵欲之都还有一个好处，那就是他想做什么就能做什么。

乘着马车在基艾亚①的落日余晖中兜风，他把她介绍给当地的社交界，在某个星期天，又把她介绍给国王和王后。他不能带她去宫殿，但是在外面，在户外，可以把她介绍给任何人。所有真正爱美的人都被她征服了，这一点他看得出来。街上的普通百姓、乞丐和洗衣妇也一样，他们视她为天使。他带她在伊斯基亚②亮相时，一些农民在她面前跪下，一个走进屋子的神甫画着十字，宣称她是因特别使命派到他们中间来的。骑士安排给她的那些女仆前来求她祷告时替她们祷告一下，因为，她们说，她像圣母马利亚。一看见马头上饰有人造花、深红色的流苏和羽毛，她就高兴得直拍手。马车夫郑重其事地倾过身体，拔下一根羽毛，递给她。人们一见到她就笑逐颜开。她无忧无虑，开开心心。谁要是不喜欢她，谁就是个该死的势利鬼。谁在她面前能不赞美她、不高兴呢？

尽管她年轻，又没有出身和教育方面的优势，但是，她天生就有一种权威。卡多根太太几乎被她吓倒了，对待她更像是对待女主人而不是女儿。人们可能以为这个喜欢喝酒、不喜欢抛头露面、朴素的乡下女人是女孩的远亲，带过来免费充当看护和陪伴。他们每次出

---

① 基艾亚（Chiaia），那不勒斯 30 个区之一。

② 伊斯基亚（Ischia），那不勒斯海湾最大的岛屿。

门，她母亲总是陪着他们，这让他内心更加由衷地珍爱这份他感觉的兴奋。日常的愉悦变得充满悬念，并得到了延伸和强化。在七月清晨刺眼的阳光下，他们策马沿着松树覆盖的山路，来到他在波西利波的日间小别墅，坐在有大幅橙色的帘子遮挡的露台上，等着白天的高温退去，海风轻轻地吹着，帘子鼓起飘动着。他很高兴地看着她品尝冰镇水果、高度维苏威葡萄酒；她走下岩石凿出的台阶去洗海水浴的时候，他依旧坐在露台的阴凉处，看她站在齐胸深的水里，先是勇敢地泼打着两只手臂，接着又用湿手捧住自己的颈背，好长一会儿保持这一可爱的姿势。这时，一些男孩子躲在岩石后面偷看她，她母亲和两个女仆手里拿着浴袍和毛巾在不远处等着。她爱不爱他没关系，他真的是非常非常爱她，爱看她。

他从不厌倦于对她情绪的变化、从一种样子变成另外一种样子、她的外表的多变和丰富进行分门别类。她时而性感撩人，时而处子般腼腆；时而端庄成熟，几乎是一副主妇的派头；时而又像个烦躁不安的少女，等着源源不断地收到礼物。她试戴一顶女帽，系一根腰带，或者试穿他为她设计的衣服，一边真挚地大笑，一边自我夸奖的时候，是多么迷人啊！

我的头要不要像这样转过来？她问骑士请到家里来为她画肖像的年轻的德国画家。

或者这样？

她就像一名女演员一样，已经习惯当她走进房间时对人产生效果。这包括她走路的姿态，她回眸时所把握的精准的缓慢程度，以及她一手托腮的方式……就是这样。美的权威性。

什么样的美？

不是线条的，需要去掉身上的赘肉的那种美：轮廓的、骨感的、侧影的、一头丝滑的头发的、娇小玲珑的鼻孔开启的美。(这种美在青春刚刚绽放的时候必须注意节食,要凭意志力让它瘦。)这是源于对自我、对社会等级信心的美。这表明:我生来不是为了讨好别人。我生来是要别人来讨好我的。

不是那种美,那种美源于特权、源于意志、源于手段……而是几乎一样有权威的美:那种人的美,他必须为争得一席之地而去打拼,决不认为什么是理所当然之事。是关涉体积,愿意是肉感,除了肉感别无选择的美。(最后发胖。)用开启的丰满的嘴唇轻抚自己、逗引他人来触摸的美。慷慨的美,倾向爱慕者的美。我能改变,是的,因为我想取悦你。

她的美,属于第二种,既天真又至尊,不需要完善,不需要雕琢。然而,她来这里以来,似乎已经变得,如果可能,更加可爱了,随着与某种感官的、湿润的东西的协调,她的美绽放了,在一种与英国阳光迥然不同的阳光下,她的美在空中大放异彩,耀眼夺目。也许,她需要这样的新环境、这些新的欣赏模式;需要受苦,甚至(她为查尔斯哭泣,她真的爱他);需要她从未享受过的奢侈;需要成为一个大收藏家公开展示出来的那件令人自豪的藏品,而非某个谨小慎微、紧张不安的半吊子艺术家藏在伦敦某郊区的小家碧玉,在温顺地为他沏着茶。

•

你怎么对待美?你赞美它,你表扬它,你美化它(或者试图美化它),你展示它;或者你掩藏它。

你会不会拥有某件极为漂亮的东西但不想给别人看呢?这有可能。如果你害怕他们嫉妒,如果你担心某人会来把它拿走。从博物馆盗画的人,或从教堂里偷中世纪手稿的人都必须将东西藏好。但这个贼肯定会感到非常凄苦。展示美，表达美，呈现美——然后听到别人赞美、应和你的赞美，这似乎是人之常情。

你笑了。是的。她相当出色。

出色？她岂止是出色？

没有异口同声的赞美，没有那种交头接耳的议论，没有声声叹息，没有窃窃私语，那么，美还是什么？

但是，对美——你落入其中的美——是什么，谁比骑士更了解呢？我受伤了，我被击倒了。我倒下，用你的嘴把我吻个遍。

•

美必须被展示。美能够被教会如何最好地自我展示。

她的完美和他的幸福并不意味着他不想提高她。骑士的官邸里从早到晚都挤满了家庭教师。她有教唱歌的老师、绘画老师、意大利语老师、钢琴教师。她天生就是个学生，很快，她就能讲一口流利的意大利语——说得比骑士还好，他都住在这里二十多年了——所以，他加了法语课，他法语讲得好，尽管带有英国人的拖腔。她很快掌握了法语，口音还没那么重，这说明她的听觉非常灵敏。骑士则亲自给她上“西班牙的雨”①课程，以使她讲母语时口音更加规范，还老是批

① “西班牙的雨大部分下在平原上”（The rain … in Spain … stays mainly in the … plain），英语绕口令，用于练习英语发音技巧。后被美国歌舞片《窈窕淑女》（*My Fair Lady*，1964）改编成歌曲，流传一时。《窈窕淑女》描述一位饱学的教授（希金斯）如何把一个凡胎俗骨、举止粗俗的女子（伊莉莎）培养成一位举止得体、高贵典雅的淑女。剧中有许多歌曲，如希金斯用来训练伊莉莎的这首曲子。该曲充分发挥了语音的音乐性和戏剧性，是全剧中最精彩的片断。

评她孩子气的拼写。

她的英语还是无可救药,不管他多么严格地教她,她总要漏发一连串的 h 音,总是发出幼稚的短而尖的叫声。她学得会新技能,比如法语和意大利语;学得会新艺术,如唱歌和绘画,而这些她以前从未学过。她可以在粗俗方面达到极致,却无法离开粗俗的最底层。她无法在她自己的脚上走过。

她曾经认为自己是弃妇。她曾经被不断转手。她一路迅速向前。她周围的女人都是她的同龄人,出身名门,一个比一个懒散。她不是走,是冲。她天生聪慧,这又增加了由她支配的能量。她要求上更多的课:她希望天一亮一切就安排得满满的。八点……九点……十点,等等,一天能塞满多少事情就塞满多少事情。骑士问她累不累。

她狂笑起来,接着又用手捂住丰满的嘴。

累!

骑士给她增加了植物学和地质学课程。她现在有一个舞蹈老师。她学钢琴,弹得还算过得去。不过她唱起歌来像个天使。阉人歌手阿普里莱受雇给她上高级歌唱课程,一天三节课,他说他还从未听到过这么自然的嗓音,这样的说辞骑士并不认为是粗鄙的奉承话,而完全是事实。早晨他在处理信件的时候,非常喜欢听见她那轻盈欢快的装饰音。她不在学语言或者音乐的时候,就在他书房里吃饭。她告诉骑士她喜欢斯特恩①和伏尔泰,希望以此来让他高兴,她做到了。

在骑士组织的聚会上,她兴奋得脸蛋红扑扑的,一展歌喉,歌声

---

① 斯特恩(Laurence Sterne,1713—1768),英国小说家,主要作品有《项狄传》、《感伤旅行》等,前者全书无情节,写法奇特怪诞,被认为是小说的意识流手法的先驱。

响彻上空，一直传到屋后的火炬和男仆那里。她渴望去参加宫廷舞会。尽管她陪同骑士去任何地方，但她还未能为宫廷所接纳。不过，她经常在户外遇见国王带着他那帮游手好闲和愚蠢的随从。他拉起她的手，吻她的手指。连王后都对她笑了。大家都对她赞不绝口。在圣卡洛，她和骑士并排坐在他丝绸装饰的包厢里。

她自称哈特太太。

她再也不知道自己是谁，但她知道自己在上升。她看得出来骑士有多爱她。她感觉到自己的掌控力。技巧像鸟儿一样飞进来，停留在她脑子里。她喝酒，她放声大笑。她忙乱、兴奋。到了晚上，她给骑士暖身子，他棱角分明的头枕在她丰满的酥胸上，他的膝盖滑到她两腿之间。

•

和众多传奇美人一样，她也不在她爱上的人身上寻找美。（一个真正的大美人总有足够两个人的美。）她以前并未因为查尔斯自鸣得意的漂亮外表而多爱他一点，现在，她也不因为骑士是个胸口凹陷的老头就少爱他一些。

她非常急切地要得到骑士的认可，所以，她就从查尔斯以前给她的《战胜脾气》这本有关女性自控手册中选出一些段落，朗读给他听。她认识书的作者海利先生①。他是罗姆尼的一个朋友。他曾经鼓励

---

① 确有其人，即威廉·海利（William Hayley，1745—1820），英国诗人威廉·柯珀的朋友，《战胜脾气》（*The Triumphs of Temper*）是一首长诗和诗人的其他作品的结集。

过她。我在战胜我的坏脾气，她对骑士说。我已经变得讲道理了。你会看到的。我可爱的宝贝，骑士说。

是她的目光追随着他的样子吗？不像凯瑟琳温顺的目光；不会眼巴巴地要人注意，希望吸引回应的目光来注视她——而是那种调皮的、热烈的、把他吸引到她的注视之中的目光。

她享受快乐的才能，她的不挑剔，她极好的健康状态，都让他喜欢。他再也不想容忍一个女人的虚弱、一个女人的满腹牢骚了。

她把海利先生的诗放在她床边的显著位置。诗中，女主人公塞丽娜总是镇定、和蔼，乐于助人，不为指责或困难所困扰。一句话，宁静。骑士就希望她这样——当然不是所有时候，否则，她就会乏味、不诱人、没有魅力，而是每当他违背她的意愿或是让她感到失望的时候。他离开她的时候，她不去抱怨，因为他现在必须离开她，他就是不想也不行，他必须和国王一起去打猎或者打台球。一月份，国王打猎的欲望最旺盛的时候，骑士就带她一起出去，来到卡塞塔的乡间小屋，凯瑟琳当年在此孤独地度过了一个又一个星期。这是一次考验，她非常顺利地通过了。在他不得不离开去陪国王时，她给他写短信，讲她为了让他开心自己多么用功，讲他让她多么幸福。他梦里都想着她丰满的大腿。

即使是她的瑕疵对他而言都非常可爱：她往后缩的小下巴，从平纱细布衣服袖口露出来的肘关节上的红湿疹，她肚子上的妊娠纹，她那有时变成狂笑的大笑。这意味着他真的爱她。

他的激情公然蔑视大家对激情的认识：因为它是由怀疑、分离、威胁、克制、挫败所激发（其实，是让它活跃）的；与占有、安全感不相容的。但是，占有并不贬低任何东西。骑士是色迷心窍。他此前不知道他是这么火急火燎地渴望被拥抱。

出于习惯，出于爱，也因为无法忌恨，她继续写信给查尔斯——讲述她取得的一系列胜利。我有一套俯瞰海湾的四居室还有我自己的马车和我自己的男仆和仆人还有为我定制的衣服。宫廷里所有的太太门①都赞美我的头发。我在一个音乐聚会上唱了两首严肃的歌还唱了两首滑稽的歌，他们对我说我的嗓音和一个阉人歌手一样美妙动听。他们非常热烈地鼓掌。人们听到我唱，都哭了。你舅舅真爱我我也爱他，我惟一的心思就是让他开心。每天傍晚我们都在公园里散步。我们也总是去听歌剧，还带过一些外国人去看佩斯托的古希腊神殿……除了代表成双成对的“我们”（比如“我们认为多利安柱子太沉重不优雅”这样的句子），还有表示一个地方的“我们”（比如“我们可能很快要有一次大喷发了，我希望我们可能”）。看到骑士老是想着这座山，她也便接受了它，还即兴地谈及二十三年前他刚到不久的那次火山喷发（“它非常难忘但不太可怕”），仿佛当时她也在场似的。你舅舅笑我，她写信给查尔斯说，说现在对这座山的了解，我和他有一拼了。

她在取代火山的位置。

她在成为具有国际声誉的当地的奇迹，就像那座火山一样。俄国大使斯卡夫隆斯基伯爵肯定以为她的美貌值得在给他的女皇的快信中描述一番，因为凯瑟琳女皇已经要求送一幅这个女孩的画像到圣彼得堡。

骑士怎么可能不珍爱她呢？

他开始信任她。想想所有她受过的罪，真是可怕。一件物品并不因为曾经为不那么配的拥有者所占有就受到了玷污。重要的是，

① 此处女主人公将 lady 的复数 ladies 写成了 ladys，故译为“门”而非“们”。

它现在已经有了归宿,已经锁进最值得拥有它的人的收藏品之中了。

·

同情同情那些价值连城的物品吧,它们的命运是人人要得到就能得到,一如玩具。安全地收藏在某个私人大收藏家手里,或为博物馆收藏,照样无法幸免于下面这样的复制品掠夺。

骑士作为艺术品经销商以大手笔卖出的那件著名的藏品遭遇的就是这样的命运。波特兰公爵老遗孀接手他那诱人而精美的古罗马浮雕宝石花瓶一年之后就死了,花瓶传到她儿子第三代公爵手上,他把花瓶租借给了乔赛亚·韦奇伍德——骑士在提升大众品位的伟大工程中的那个脑子活络的同伙——一段时间。于是,用光滑、黑色的粗陶,制作了这个深蓝色玻璃花瓶约二十个复制品——产业制陶工人和声称喜爱简化形式的人会视之为他的杰作了。韦奇伍德甚至都未去尝试让复制品与原件的颜色或光泽相配,而且,因为简化而损害了原来高贵的外形。花瓶的把手向里倾而非跟随身体的曲线,瓶肩弄得更圆,瓶颈缩短了。也许,骑士认为这种有点矮胖的复制品可以接受,他早已不再抵制这种为了扩大其收藏品影响而采取的崭新的商业途径,那是贵族们通常的做法。但是,韦奇伍德商行在接下来的那个世纪成千上万地批量生产这个花瓶的复制品的时候,他肯定就会大惊失色了。橄榄绿、黄色、浅桃红、淡紫色、淡紫蓝色、灰色,黑色和褐色的波特兰花瓶;各种型号的波特兰花瓶,包括大、中、小各种尺寸。人人都能拥有,而且有可能拥有一只波特兰花瓶——无论怎样都想要:这是公司的计划。花瓶可大,可小,要什么颜色有什么颜色。花瓶成了一种概念、一种对其本身的贡品。

到了这个份上，谁还会真喜欢波特兰花瓶呢？

最有价值的占有物总是占有物本身。她现在就是他的最有价值的占有物。一个有价值的物品赋予其主人以价值。一个收藏家很乐于为人所知，主要是知道他是——历经千辛万苦——所收藏的物品的拥有者。

•

因此，老男人收藏年轻女郎；不可能是相反。收藏既是社交活动，又是盗版活动。女人被哺育成人，并非要去感觉能胜任收藏（有别于大规模的获得）所需要的探索、竞拍和出价高于别人，或因此获得什么满足。大收藏家不是女人，如同笑话讲得好的不是女人一样。收藏，一如讲笑话，意味着属于这样一个世界，即已经造好的物品在其中流通、竞争、传播的世界。它假定在这样一个世界里拥有肯定的、完全的会员资格。在这样的世界里，和许多其他世界一样，女人被培养成龙套或者配角。去争相获得认可——而非其他。

•

你给我讲个笑话。我喜欢你讲的笑话。它让我笑得肚子都痛，笑得我眼睛里全是眼泪。这么妙趣横生，这么微妙。相当深刻，甚至。所有这一切都在一个笑话里。我必须讲给别人听。

来了一个别的什么人，我要讲你的笑话。我是指那个笑话。当然，它不是你的。某个人讲给你听的。现在，我要把它讲给别的人听，如果我记得住的话。在我忘掉之前，我要与某个人分享，看看他是否有我那样的反应(狂笑,点头赞赏,笑出了点眼泪),但是,为了当投球手而非接球手,我千万不能把笑话讲砸了。我得像你那样讲,至少讲得一样好。我得坐到笑话的方向盘后面,好好地开,不能猛地换挡,也不能开进沟里去。

我一个女人,非常担心能否听懂这个笑话,再准确地讲给别人听,如果我是个男人,就不这样担心了。(你,当然,是个男人。)我上来可以先表示歉意,并解释说,尽管我并不擅长记笑话而且几乎从来都不讲笑话,但是,我还是无法控制地要讲这个笑话。接下来,我就紧张地开始了,努力准确地回忆你讲这个笑话的方式。我模仿你的语调。你强调的我就强调,你停顿处我就停顿。

我讲完了,当然,讲得不是那么好,不像你讲得那么好。听我讲的人咧嘴笑了,大笑,叹气。但是,我拿不准我讲这个笑话得到的乐趣是不是和你从中得到的一样多。我在做某种不是自然而然落到我头上的事情,那只是对一种技巧的模仿。我喜欢妙趣横生的言谈,我擅长表达——我的说话方式。可是笑话从来不是我的长项。如果这个笑话你听过了,这个就要与人分享他最近听来的笑话的人说,那就叫我打住。他想别人肯定也在讲这个笑话,他是对的:笑话会循环。

笑话就是这种不受个人情感影响的占有物。没有任何人的签名。它讲给我听——但不是你想出来的;它由我保管一下,我又讲给别人听,让它一直传下去。它说的不是我们哪个人。它不是说你,也不是说我。它有其自己的生命。

说到了好笑处——像啪的一声,像一声大笑、一个喷嚏;像一次性高潮;像一声小爆炸,一次外溢。它讲,我在这里。我清楚地知道怎样欣赏这个笑话。我非常开心地,也完全能够给别人讲这个笑话。我喜欢让人开心。我喜欢炫耀。我喜欢被别人欣赏。我喜欢感觉自己有能力。我喜欢躲在我这张脸后面,开着这辆小车,很快开到它的目的地——然后下车。我在这个世界上,这个世界有许多东西不是我,但我欣赏。

讲下去。

二

戏剧性场面。他们背对我们，我们看见他们在看什么、在向什么喝彩、在互相指指点点什么，他们指的时候，一只手臂向上伸出去。这是当时看到远处某个令人惊叹的景象时作出的典型的反应方式。一片废墟；一轮明月从云端升起；山上缕缕烟雾扩散开去。

他们步履艰难地爬上山坡前，从远处就已经惊叹不已——好像身临悬崖一样，他们在此每走一步，两眼都得仔细看好脚下的尖石，免得被绊倒，现在，在最后攀登后，他们到达山顶，他们已经到了围着火山锥宽阔的火口壕，在这里的平地上，他们又往上看——他们可以打手势，表示那儿——其实就在这儿，近得十分危险了。一阵石子和灰烬下雨般落在他们身上。火山锥正在喷涌出黑烟。一块火红的岩石就在几码外落下——当心你的手臂！但是，他们心思集中在一个景致上，至少那个诗人是这样。又是一景。他爬这么高不是为了继续向上看。他想要朝下看，朝里面看。

看到啦，它要停了。诗人拿出他的时钟。你躲到那边去，峭壁后面。我倒要看看这个怪物能作多长时间的怪。这个受伤的怪物，它就像一只受了伤的怪物的喘息，每喘一次，需要大约十二分钟，他的手表向他显示，在此期间，落下的石子也少些了；在一次间歇中，诗人向他那胆小的画家朋友建议说，他们也许能让他们的向导飞快地拉他们上山顶很快地朝火山口里看一眼。

还真这么做了，他们站在那张大嘴的唇边，诗人后来要这样写。一阵轻风吹走了烟雾，汩汩声和喷溅都停止了，但是，从上千个缝隙里升腾而起的蒸汽薄纱般笼罩住火山口的内部，只偶尔间歇性地让人看上一眼有裂缝的岩石墙。这情景，他写道，既无教益，又不爽快。

接着，这个怪物又喘了一次，从里面传来一声巨大的雷鸣般的吼声——不，从火山锅形陷坑的深处升腾起灼热的蒸汽和灰尘构成的云团——不，从最有力的轰炸处，数以百计的石头，大大小小的，被一下子高高地抛向天空——

向导们猛拽他们的衣服。其中的一个是骑士推荐给诗人的独眼男孩，他催促他们奔向一块巨石，他们得以躲在后面。这里太吵了，都无法好好欣赏下面一望无际的海湾和远处的那座城市，其轮廓就像是从空中倾斜拍摄的一个圆形剧场，也像一张巨大的椅子，你会产生一种印象，放眼望去，一切尽收眼底。画家大喊一声，我现在要下山。诗人蜷缩在巨石背后，想表现自己的勇敢，在脑子里再多记几个画面，又过了一会儿后，他也小心翼翼地撤了。

这是歌德和他的画家朋友蒂施拜因①三次上这座山的第一次。

① 蒂施拜因（Johann Heinrich Wilhelm Tischbein，1751—1829），约翰·海因利希·威廉姆·蒂施拜因，德国画家，1789—1799 年任那不勒斯美术学院院长。与歌德友谊甚笃，作有《歌德在坎伯尼亚》（1786—1788，藏法兰克福）。

诗人已过了他的第一春,但他当时三十七岁,身强力壮,他已经尽职勇敢地面对这条喷火龙。如果这位英国老骑士能定期来,那他也能。这是每个体魄健壮的绅士来这里旅游时所做的事情。但是,诗人并不像骑士那样认为这座火山很美。他在山上感到既冷又热,还累,不舒服,还有点害怕。这似乎全都有点傻乎乎的。人们看不到那些没有长远目标的、爱找乐子的当地人费力爬上这座离开他们的乐土几英里远的可怕的山头。肯定没错,这是一项外国人来做的运动。在外国人当中,尤其是英国人。呵呵,这些英国人。如此斯文,又如此粗野。假使他们不存在,没有谁会把他们创造出来的。这么古怪,这么浅薄,这么矜持。不过,他们倒很自得其乐啊。

一个人必须努力学会开开心心和他们待在一起。

诗人是傍晚到的。在另一位侨居那不勒斯的德国画家的陪同下,他和他的朋友已经受到了骑士的接待,骑士也带他们看了他几个客厅里的珍宝。一面面墙上挂着油画、水粉画和素描,一张张桌子上高高地堆放着浮雕宝石和花瓶,一个个橱柜里塞满了地质珍品。其中似乎缺乏条理或章法;这是这些德国客人首先就注意到的。而这造成了某种令人不愉快的印象,不只是丰富,而是无序或混乱的印象。但是,如果你看仔细了(每个收藏者都渴望这样细看),正如蒂施拜因多年后要回忆的那样,你便能发现这个集中展现其趣味者的敏感性和感官性。那一面面墙,他谈及骑士的墙,披露出他的内心生活情状。

接下来,诗人,就诗人一个人,被邀请到骑士的地下储藏室参观。(这一参观的特权只由最尊贵的客人专享。)诗人什么都要讲给他的画家朋友听,说他看见了另外一种丰富,他惊呆了。地下室里有一整座小教堂啊。他从哪里弄来的?画家摇摇头,抬头看看天。诗人见到两个装饰华丽的青铜枝形大烛台，他知道这肯定是来自庞培城的发掘物。还有许多平常之物。楼上的藏品是骑士的种种幻想——一个理想的世界——的一张示意图。地下室则是骑士收藏的无底洞、鸡肋，因为每个收藏者很快都会走到这么一步，即他不仅收藏他想要的东西，而且收藏他并不真想要却又害怕错过的东西，因为说不定哪一天他会想要它，拿它当宝贝。他禁不住把这些藏品给我看，诗人心想，即使是那些他不该给我看的。

当然，展示自己的所有物也许像是炫耀，但是，话又说回来，收藏者并不发明或者制作这些东西，他不过是它们的谦卑的仆人而已。他展示它们并非是自我表扬，他谦恭地拿出来是为了别人的钦佩。如果一个收藏者的藏品是他自己制造的，或者即使是遗产，那都的确会像是炫耀。但是，建立一种收藏，这种创造自己的遗产的急切的活动，便免除了收藏者保持缄默的必要。对于收藏者而言，炫耀收藏不是不礼貌的行为。确实，收藏者，就像骗子一样，除非他把秘密公开，除非他表明自己是什么人或者已决定做什么样的人，否则，他便不存在。除非他展示他的激情。

•

人们告诉诗人，说骑士得到、然后又爱上了一个美得足以成为一尊希腊雕像的年轻女郎，已经开始以一个男人、比她大、富有、出身高贵（所有这一切他爱的人都不是）的保护人的方式来提高她、教育她，已成为一个反过来的皮格马利翁，把他的美人变成一尊雕像；更精准地说，成了一个有一张来回票的皮格马利翁，因为他能把她变成一尊雕像，然后又能随心所欲地把她变回一个女人。

与骑士的趣味保持一致，这几晚，她身穿古装，一袭宽松的白衣，束了根腰带，一头赤褐色，有人说是栗色的头发，随意地披散在背上，或者用个梳篦往上一挽。她同意开始一场表演的时候，据一种描述称，一个上了年纪、壮硕的女人就会给她拿来两三条羊绒披肩，这个女人是某类女管家，也可能是一个寡居的姑妈；当然不只是个仆人，因为她获许坐在边上观看。女仆会拿来一只瓮、一只香盒、一只高脚酒杯、一把七弦琴、一面铃鼓和一柄短剑。有了这几件道具，她就在光线变暗的客厅中央落座。等到骑士手举一根细蜡烛走过来的时候，演出已经开始了。

她头上披了一条长长的披肩，足以拖到地面，把她整个地罩住。这样藏在里面，她用别的披肩把自己裹起来，开始里里外外地调整（衣饰、肌肉张力、情绪），这样便能让她出来时成了另一个人，而不是她自己。要做到这一点——这可不像是戴个面具那样简单——你必须能自如地运用自己的身体。要做到这一点，你必须有兴奋起来的天赋。她飘起来、她落下去、她站稳——她把脸上的汗擦去的时候，心怦怦直跳。突然做几次鬼脸，绷紧肌腱，握紧双手，头飞快地后仰或侧向一边，猛地吸一口气——

接着，她突然提起披肩，把它整个扔到一边，要不就提起一半，让其成为她现在已经成为的那个协调而有生命的雕像的一部分服饰。

她会保持这一姿势，时间正好够大家看懂，然后又把自己遮盖起来。然后，她又迅速扔掉那条长披肩，展现另一个人物，以不同的方式披着一条条披肩——她知道一百种披披肩的方式，一种姿势接着一种，至少有十到十二种，几乎没有停顿。

•

骑士最初叫她在一个高高的、用丝绒衬里的箱子里摆姿势，箱子的一面敞开着，接下来是在一个巨大的镀金框架里。但是，他不久就看到，她的艺术才能完全能够表达这些模仿。她的整个生命都准备好了要成为骑士的活雕像画廊。

十四岁，刚到伦敦，她便一直梦想成为女演员，就像她晚上看到从特鲁里街[①]剧院后门神气十足走出来的一个个光彩照人的人物一样。十五岁，在一名新潮的性治疗师导演下，上演活人造型中略加遮挡衣着暴露的人物，她学会了一动不动地站着，浅浅地呼吸，她的面部肌肉绷着毫无表情——表达未察觉到附近，在格雷厄姆医生的监督下正在圣床[②]上发生的性交。到了十七岁那年，作为当时一位杰出肖像画家最喜欢的模特儿，她学会了创造性地思考情绪、思考如何来表达这些情绪，然后长时间地保持这些情绪的表达。画家讲，她常常让他感到吃惊，并赋予他构思其题材的灵感；她实际上是个合作者，而不是一个被动的模特儿。为骑士，她摆出她自己的造型——一系列的造型，一个古代神话与文学图像瞬间的真人幻灯秀。

•

这是个特别精细的活儿。首先必须选材。骑士会打开他的书

---

① 特鲁里街(Drury Lane)，伦敦西区街名，曾以剧场集中而著称。

② 当代美国著名作家欧文·华莱士创作的一部畅销书《圣床》，被誉为“以文学形式反映性医学并取得成功的杰作”。

籍，把书中整页整页的插图给这个年轻女子看，或者带她去看他藏品中的一幅画或一座雕像。他们会讨论古代的故事。她总想把它们全都演绎出来。然后，一旦她拥有了这个题材，具有挑战性的环节就出现了——找到准确的瞬间，呈现意义的瞬间，总结一个人物、一个故事、一种情感的精华的瞬间。这是画家们应该做出的同样艰难的选择。正如狄德罗[①]所写下的那样："画家只有一种瞬间；他不能记录两个不同的瞬间，正如他不能记录两个分开的动作一样。"

•

阐明那种激情。但是别动。别……动。这不是舞蹈，你不是一个定格的伊莎多拉·邓肯[②]的原型，尽管你也赤着脚，穿着古希腊的服装、四肢放松、头发随意散开。阐明那种激情。但是就像一座雕像一样。

你可以斜倚——对，就这样。或者抓住某个东西。不，再高一点。头向左转。对，你可以好像在跳舞。好像。纹丝不动。就像这样。不。我想她不会跪下去。左脚再自在些。懒散一点。不笑。眼睛半阖。对，就这样。

---

① 狄德罗（Denis Diderot，1713—1784），法国思想家，写有多种小说、戏剧及文艺理论著作。

② 伊莎多拉·邓肯（Isadora Duncan，1878—1927），美国舞蹈家，现代舞蹈先驱。她所创作的现代舞尽管是由希腊古典艺术发展而来，却鼓励舞者按自己的情感自然地舞蹈，而不必拘于古典芭蕾舞形式。

·

人人都说她表演非常出色、准确到位。但是,更为出色的是她从一个姿势切换到另一个姿势的迅速。变化,但不用过渡。从悲伤到喜悦,从喜悦到恐怖。从受难到幸福,从幸福到恐惧。能够从一种情感不费力地、瞬间就转到另一种情感,这似乎是女性的基本天赋。男人多么希望女人这样,也是男人看不起女人的地方。一分钟前还是如此这般,转眼间又那样了。当然。女人全都是这样。

原则上,每种人物和情感都表演了。但是,仙女们和缪斯女神们,朱丽叶们和米兰达们都远少于被遗弃者和受苦受难者。丧子的母亲们——她表演的尼俄伯①;因一种不能容忍的伤害而被迫杀害孩子的母亲——她演的美狄亚②。被自己的父亲拖向祭坛的少女们——这是她演的伊菲琴尼亚③。思念抛弃了自己的情人的女人——这时候她就是阿里阿德涅④。或者在遭遗弃后绝望中欲自戕的女人——她表演的狄多⑤;或者为了弥补因被强奸而遭受的耻辱——扮演的露易斯⑥。这些是最能引起赞美的姿势。

---

① 尼俄伯(Niobe),希腊神话中因丧子而悲伤度日的妇女。

② 美狄亚(Medea),希腊神话中的美狄亚爱上一个外邦人杰森,抛却公主地位,帮助丈夫窃走国宝金羊毛,并与他私奔;后被遗弃,愤而杀死两个亲生儿女,乘太阳神的华车远飏,留下一无所有的负心丈夫。

③ 伊菲琴尼亚(Iphigenia),希腊神话中阿伽门农之女,险被其父供神而牺牲。

④ 阿里阿德涅(Ariadne),希腊神话中克里特王弥诺斯的女儿,曾帮助意中人摆脱困境,并随之逃离克里特,却被遗弃在纳克索斯岛。

⑤ 狄多(Dido),罗马神话中迦太基女王和缔造者,爱上了遭遇海难的埃涅阿斯,并在遭他遗弃后自杀。

⑥ 见莎士比亚创作的诗歌《露易斯受辱记》(*The Rape of Lucrece*)。

诗人见到她的时候，她到那不勒斯才一年的时间，才刚刚开始在骑士的聚会上表演。她的情人已释放出一种惊人的才能，这种才能她会应用多年，并将一直受到赞赏，就连她的最刻薄的诋毁者也是如此。她的表演天赋似乎一开始就与其美貌不分秋毫。但是，她的美更像天赋，即使是在令人沮丧的情形下，照样有信心永葆它。因为等到容颜褪去的时候，她仍然感觉是个美人——能够展示出来并获得欣赏。即使变重了，她仍然感觉轻。

她不想成为受害者。她不是受害者。

她不再想念查尔斯。她认命了，她胜利了。她知道自己再也不会体验充满激情的爱了，她也不再抱这种希望了。但是，她真心诚意地喜欢骑士，很安逸地忠实于他。她知道如何让人快活，做希望她做的事情。过去查尔斯在床上表现得相当冷淡、相当勉强，也没让她觉得被人嫌弃。而她发现骑士原来比他外甥还色情，这让她醒悟，在性事方面掌控一个人会是怎样的情形。现在，她感觉像一个女人（这比是一个女孩安全）——像许多女人一样，她们统统具有不可抗拒的魅力。她的表达能力，她那无法满足的要与人交往的欲望，在这种模仿性的古老情感的表演上找到了最大的宣泄口。

•

人们当时把古代当作现在的一个样板，一组楷模。过去是个小世界，因为离我们非常遥远而变得更小。它只有人们熟悉的名称（神祇、受过大苦大难者，英雄和女英雄）代表熟悉的德行（坚贞、高贵、勇敢、优雅），体现一个无可争辩的美的理念，既包括女性美又包括男性美，以及一种强有力的、不可怕的耽于声色——因为神秘、破碎、已经褪色。

人们希望得到教诲。当时,知识是时尚的——而没文化则不符合时尚。因为骑士的被保护人摆的每个姿势都是出自古代神话、戏剧或历史中的一个人物,所以,看她将他们所谓的“姿势”一一摆完,等于是参加一次测验。

她散开头发,她从蹲坐姿势站起来,她高高举起双臂祈求,她把高脚酒杯砸向地板,她跪下、用刀对准自己的胸口……

倒吸一口冷气。观众中传来低语声。开始有人鼓掌,而此时,某个没有认出这个人物的人由边上一个客人低声指点。掌声更响了。然后是喊叫:“好极了,阿里阿德涅!”

或者喊:“好极了,依菲琴尼亚!”

骑士站在近旁,既是舞台监督,又是特权观众,严肃地点着头。如果他认为笑是得体的,他就会笑。老人紧张得一动不动,他的老态和单薄与她的青春活力和丰腴的身体形成了鲜明的对照。看着这一切,诗人笑了。

•

重要的时刻!诗人操着他那生硬的法语说。这就是伟大的艺术必须提供的。最富仁爱、最独特、最动人的时刻,哈特夫人,我向您表示敬意。

谢谢您,她说。

您的艺术非比寻常,诗人一本正经地说。让我感兴趣的是您是怎么做到这么快地从一个姿势转向另一个姿势的。

它就这么来了,她说。

但是当然，他笑着说。我明白。艺术的功能就是隐藏展示这一艺术时的困难。

它就这么来了，年轻女郎说，脸变红了。毫无疑问，他并非真的要她解释她是怎么做到的。

您是怎么做的，诗人问道。您想象中能看见您扮演的人物吗？

我想是的，她说。是的。

她的头发看上去是湿的。诗人想知道拥抱她的话会是一种什么样的感觉。她不是他喜欢的一类女人。吸引他的女人要么是更为伶牙俐齿，要么就是更加恭顺、没这么活跃。她的天资令她极度兴奋。因为她的表演无疑是杰出的。正如大家都会心地说的那样，她不仅是一件艺术品，她本人就是一名艺术家。作为艺术家的模特儿？为什么不行？但是天才就另当别论了。幸福亦然。他再一次想到骑士有多么幸运。他幸福，因为他不想要比他已有的更多的东西。

出现长时间令人不自在的沉默。这个傲慢的德国人盯视她的时候，年轻女子毫不畏缩。

您想喝点葡萄酒吗？

等会儿，诗人说。我不习惯这么热。

是的，年轻女子感叹道。热。非常热。

艺术重在激发想象，诗人对她说。她同意。而且，为了追求设计真正的富丽堂皇，有时候，艺术家有必要脱离世俗、严格的历史真相。她在冒汗。然后，她告诉诗人她看过他的《维特》，喜欢这本小说喜欢得发疯，她为可怜的绿蒂感到非常难过，绿蒂肯定为自己毫无恶意地在这个过分多愁善感的年轻人身上激发出那种致命的激情而感到极其内疚。

您不为这个过分多愁善感的年轻人感到难过吗？

哦,她说,是的。但……但我更为绿蒂感到难过。她在努力做正确的事情。她没有恶意。

我为我的男主人公感到难过,诗人说。至少我难过过。那一切现在离我都非常遥远了。我写的时候才二十四岁。我已不是那时的我了。

这个年轻女人才二十二岁,她无法想象站在她面前的这名男子曾经像她自己这么年轻。他当时肯定和查尔斯差不多大。男人身上发生的事真是奇怪。他们不在乎年轻不年轻。

这是真人真事吗?她礼貌地问。

人人都问这个问题,诗人说。事实上,人人都问是不是我的故事。我承认,里面的确有我的影子——但是,正如您看见的,我还活着。

我相信,你的朋友都很高兴,年轻女人说。

我觉得维特的死是我的重生,诗人一本正经地说。

哦。

诗人总是——以后还会——处于重生的过程之中。天才的定义?

她见骑士走过来,这让她大大松了口气。我正在祝贺哈特夫人的表演生动活泼,诗人说。

毫无疑问,才华横溢的骑士和这位沉闷庄重的客人旗鼓相当,这两个男人会聊,她可以看。

但是,结果却证明,骑士与诗人之间的对话并不比骑士的被保护人与诗人之间的对话成功多少。他们俩都不太欣赏对方。

骑士从未看过那部众所周知、催人泪下的小说,讲的是那个自大狂失恋后开枪自杀;他想他也不会喜欢这故事。所幸他这位声名显赫的客人不仅是欧洲大陆最著名的作家之一、德国一个小公国的重臣，而且在科学方面兴趣广泛，特别是在植物学、地质学和鱼类学方面。所以，他们就谈植物、石头和鱼。

诗人开始展开谈他的植物变态理论。有一些年头了，我一直在仔细研究许多种类的叶子、雌蕊，还有雄蕊，这一研究促使我假设一种模式，据此得以培育出无穷多的植物，所有这些植物都能存在，而且许多已经存在。漫步这儿的海岸区，我产生了一个新的想法。你可以说我受到了启发。我深信的确存在这种原植物。我离开那不勒斯的时候，一定要去西西里，有人告诉我，那地方是植物学家的天堂，在那里，我有希望发现一种植物种类。等等等等。

诗人一讲完，骑士就说，我在卡塞塔的宫殿庭园里打造一个英国花园，总是急于采集植物。卡塞塔确实可以和凡尔赛相媲美，但我已经说服了国王和王后陛下，在花园这件事上，他们其实没有必要追随法国时尚。听了我的建议，他们已经请了最著名的英国风格景观园艺师，这个花园等到建成时会拥有最让人赏心悦目、品种繁多的植物群。

骑士是多么令人失望啊。诗人把话题转到意大利。

我完全被意大利改变了，他说。去年离开魏玛的那个人和到达那不勒斯、现在你看到的站在你面前的人，已不是同一个人了。

是的，骑士说道。他对自我改变（诗人最喜欢的话题）的兴趣并不大于他对植物学或地质学理论，尽管他了解园林和火山。是的，我猜想，意大利是世界上最美丽的国家。确实，没有哪座城市比那不勒斯更美的了。请允许我荣幸地领着您从我的观察台一睹美景。

美，诗人鄙视地想。这个英国人真是个头脑简单的享乐主义者。仿佛世界除了美一无所有似的！面前这个人无法深入研究他感兴趣的事情。只是个业余爱好者，如果当时业余艺术爱好者不是赞辞的话，他倒会这样称他的。

改变，骑士一声叹息。面前是个无法认真对待他自己的人。他想，诗人无疑夸大了他被意大利之旅改变的程度，对自我改变的这种过分关注是一种相当专横的自我主义行为。

他们俩都对。但诗人的种种信念对我们而言更有价值；他的虚荣心更可宽恕；他的优越感更加……优越。对天才，正如对美——一切，几乎一切，都是可以原谅的。

三十年后，歌德在他的《意大利之旅》中，会说到他在骑士的聚会上度过了愉快的时光。他没有讲真话。当时，他太年轻，太躁动不安，根本没有好好享受一番。但他从那天晚上的谈话中没有学到任何东西，所以很介意——因为他觉得自己没有获得足够的精神滋养，也没有得到足够的欣赏。我一心要提高自己，诗人在给朋友们的信里写道。快乐，是的——那也是。我获得快乐，这加速并增强了我的感觉能力。他感觉自己比起这些人来要优越好多。他是多么优越啊。

在这些故事中，多半是一尊雕像有了生命，这座雕像是个女人——常常是一个维纳斯，她从底座上走了下来，以拥抱回报一个热情男子。要不就是一个母亲，不过她可能会留在壁龛里。圣母马利亚和女圣人的雕像并不变得可以走动；只有富有同情心的目光、一张温软的嘴和一只纤细的手会移动——对跪拜的恳求者讲话或示意，给予安慰或保护。很少会有一座女性的雕像活过来是为了报仇的。但是雕像如果是男人，那么，他的目的几乎总是要作恶或报复作恶者。一尊有了生命的男人雕像——其当代版就是一台有人的外形、然后被赋予生命的机器——开始大开杀戒。他实为一尊雕像的性质赋予他专一的武士品质，让他永远不会改变目标、不可阻挡、根本不受慈悲的种种诱惑的影响。

这是个宴会。世故的人们穿着气派和暴露的衣服正开开心心地玩着，这样的气氛是这些铁杆社交聚会常客最能尽兴之所——这有点既像是在妓院，又像是在沙龙，却没有了两者的费劲或风险。食物，耐嚼的也好，鲜嫩的也好，都非常丰盛；葡萄酒和香槟价格昂贵；光线柔和、悦目；音乐，还有桌上花儿的芳香，环绕着、弥漫着；打着情骂着俏，两厢情愿的和不情愿的（“我们只是玩玩，”那个准唐璜说，因为有个人注意到他死乞白赖地纠缠着某个女人于是上前阻止）；仆人众多，满脸堆笑，希望多拿小费。椅子柔软舒服，客人们非常享受坐着的感觉。所有五官都有款待。欢声笑语油嘴滑舌大献殷勤和真正性趣。音乐抚慰着也刺激着。这一次，愉悦之神在获得他们应得的享受。

接着进来了这个客人，不同性质的光临，他来这里根本不是为了寻欢作乐。他来是为了砸场子，把那个最大的寻欢作乐者拖下地狱。你在墓地一个大理石陵墓顶上曾经见过他。陶醉于自信之中，同时发现自己在这个公墓不免有些紧张，所以，你就跟你的密友开个玩笑。接着，你跟他“嗨”了一声。你邀请他来参加这个聚会。这是个病态的玩笑。现在，他来了。他是灰色的，也许有胡须，声音非常低沉，步态笨重，像有关节炎，不是因为他年龄大了，而是因为他是石头做的；他的关节走起路来不能弯。一个庞大的花岗岩做的严父。他来做判断，一个你认为过了时的，或不适合你的判断。不，你不能为寻欢作乐而活着。不，不。

他伸出手，谅你也不敢握他的手。地在脚下隆隆作响，聚会的房间地板裂开，火焰开始往上冒——

也许你正在做梦,然后你就醒了。或者,也许,你正以一种更现代的方式体验这一情形。

他进来了,这个石头客人。但是,他不准备杀死你,他很可能更年轻,甚至就是年轻人。他来不是为了报仇,他甚至认为他本来是想参加一个聚会(他不能总是一块碑啊),忍不住想开心一下。但是,他又禁不住成为他自己,这意味着进一步发展他更高的理念,更好的标准。他这个石头客人提醒这些个生活方式的寻欢作乐者,还有另外一种更认真的体验方式。而这当然会妨碍他们的种种欢乐。

你确实邀请了他,但是,现在你希望你没有邀请他,如果你不采取一些必要的预防措施,他就会毁了这个聚会。

见了几位你的客人之后,他开始对这个晚会不抱什么希望了。也许太快了。但是,这类事情他已经习惯于快刀斩乱麻。他觉得你们的聚会没那么好玩。他不掩饰自己的感觉——瞎搀和。他待在房间的角落里。也许,他看看那些书,或者拨弄拨弄艺术品。他和聚会没有产生共鸣。聚会和他也没产生共鸣。他心里有太多的想法。厌倦了,所以,他自问为什么要来呢。他此刻的回答是:当时他好奇。他喜欢体验他自己的优越性。他自己的不同。他看自己的表。他的每个手势都是一个责备。

你,作为其中一位客人——或者,更恰当一点,作为主人——对这个阴沉着脸的人并不在乎。你想方设法地去吸引他。他不为所动。他说声对不起,就去找喝的。(他是在闷闷不乐,还是准备公开指责你呢?)他又回来了,啜饮着一杯水。你转过身去和其他人采取一致行动。你们嘲弄他——他容易受人嘲弄。真是个假正经。真是个自我主义者。真傲慢。难道他就不知道怎么玩得开心点啊。

轻松点,石头客人!

跟他讲什么，他都继续抵触，就是要摆明他不开心。他又无法真正引起你的注意。你穿梭在一个个来宾之间。聚会毕竟不是两人间的密谈。一场聚会就应当把与会者拢到一起，要掩盖他们之间的差异。他要揭示这些差异，那就不礼貌了。他难道不知道使人文明的虚伪做法吗?

你们俩不可能都对。事实是如果他对，那你就错。你的生活就会以浅薄的面目显露出来，你的标准是机会主义的。

他要劫持你的精神。你不让。你对自己说轻松娱乐是一种高尚的追求。而且，聚会也是一种理想的世界。

迟早他都要离开。他和你握手。这很扫兴。你身体往后退。音乐又一次响得更高。真让人感到宽慰。你喜欢你的生活。你不准备改变。他妄自尊大、盛气凌人、毫无幽默感、举止挑衅、屈尊俯就。一个自我主义的魔鬼。天哪，他也是真材实料啊。

•

另一次来访期间，诗人请骑士为他推荐一个那不勒斯的火山岩经销商，他是想随身带回去一系列合适的标本。

旅游即购物。旅游即劫掠。来此地者离开时没人不带走某种收藏品。那不勒斯把每个人都变成了业余收藏家。它甚至让萨德侯爵成了一名收藏家，萨德侯爵为了逃避法国的追捕，于十一年前化名逃到这里——尽管他的假身份被法国全权公使揭穿，他不得不接受以其真名、那已经臭名昭著的名字，上了那不勒斯法庭。五个月之后，萨德离开这座城返回法国的时候，他先运走了满满两大箱子的古玩。

动身去西西里之前，诗人又参观了几次波蒂奇的皇家博物馆，他宣称这个博物馆是所有古玩收藏品的全部。他访问了帕埃斯图姆[①],公开表示自己很烦那些粗矮的多利安式柱子。(等到他从西西里回来,第二次再去的时候,他就能够欣赏它们了。)不过,他没有回访庞培和赫库兰尼姆,他刚到不久曾走马观花看过,不喜欢。还不如去看防波堤里螃蟹爬动呢。活的东西是一样令人开心的好东西啊!他写道。还不如在卡塞塔骑士颇引以为豪的花园里散散步,看看玫瑰花丛和樟树呢。我是植物的朋友,他写道。我爱玫瑰。他感觉一股健康与自我认可之浪涌遍全身。能够继续对生命所有形式的方方面面进行些许研究,我是多么高兴啊。死神见鬼去吧——这座可怕的山,这些城市,其拥挤不堪的住房似乎预示它们将变成坟墓。

他往回给他在魏玛的国王和朋友写信。我继续看。我总在研究。又及:你们会认不出我了。我几乎都认不出自己来了。这就是我来意大利的原因,也是我不得不放下我的职责的原因。他已经完成了他的《伊菲格涅亚》[②]的定稿,还给一直未完成的《浮士德》增加了两场,因为他在罗马逗留期间在性方面受到了启示。他对植物和帕拉第奥建筑进行了多次观察。为了抵制对失去的古典往昔怀旧的诱惑,他记录下街头平民百姓生动的行为举止。他的画画得有进步。他对自己并不感到失望。这一多产是他的幸福的又一个标志。

不过多欣赏,这是重要的。人一旦决意出去闯世界、与这个世界近距离互动,他写信给他的一个朋友说,那就得小心翼翼,别在恍惚之间被这个世界席卷而走。甚或疯掉。

---

① 帕埃斯图姆(Paestum),意大利坎帕尼亚大区的城镇,位于奇伦托地区北部,那不勒斯东南85公里萨莱诺省靠近海岸的地方,系古希腊建筑遗址,希腊人在公元前6世纪修建了这座城市。

② 即《伊菲格涅亚在陶里斯》(1786),歌德在意大利完成的剧本。

他在为回去作准备。那不勒斯是为那些仅仅生活的人而存在的,他写道——脑子里想到骑士。尽管那不勒斯美丽又辉煌,但是,一个人当然不能在此定居。但是,我期望着记住它,他写道。对这样景色的记忆能尽情享受一生一世。

只要上面有诗人写的字,每一张纸片人们都收藏起来。他的声名已经让他迅速成为一件文物——为其仰慕者所收藏。这位大诗人对秩序和认真的渴望使他生活得如同一名公共官员,一位廷臣,他已经是一名不朽者了。他是在公开地表演,他本身就是一件艺术品。他每讲一句话,都感觉到永恒的回声。每种体验都成为他的教育、他的自我完善的一部分。在这样幸福、这样雄心勃勃构想出来的生活中,什么都不可能出错。

我们所认同的让我们变得懒散,而反对意见却让我们多产。诗人的词语。智慧的词语。一种骑士无法企及的智慧和幸福的标志,他也永远都不会惦记。

·

一切事情都应当得到理解,任何事情都可以改变——这是现代观点。即使是炼金术士的工程现在似乎也是可行的。骑士并不比过去更努力去理解。收藏家的冲动并不鼓励理解的欲望或者改变的欲望。收藏是一种形式的合并。收藏家是在确认。他是在添加。他在学习。他在记录。

骑士委托当地一名德国画家绘制一套十二种姿态的画作。题为《那不勒斯逼真写生集》。但是,骑士觉得,它们根本就没有传达出这些表演的撩人之处。

他还委托了一个人去记录并画下这座山的各种姿态与状况。

尽管骑士非常勤勉，但是，他几乎不可能做一个全天候的观察者。迄今为止有些年头了，也即从一七七九年的那场大爆发开始，他就雇用了来自热那亚的一名细心的隐修神父每天记录他所看见的一切，神父不用仆人，一人住在山脚附近。这个名叫皮亚焦的神父从未离开他隐修的地方——对隐士而言山是一种诱惑——黎明时分就起身进行观察，白天在固定间隔的时间，观察几次，有规律得就像祈祷一样。从他小屋的窗口看出去视野非常好。关于山的情况，他已经认认真真清清楚楚地记满了四本日志，并用铅笔以线条流畅的笔触画下了熔岩流下、展开和蔓延的情景，以及火山口烟袅袅升腾而起的各种形态。

这些笔记和图画有许多是重复的。怎么可能不重复呢？谁又能改变这座山？骑士特别喜欢神父讲给他听的一个故事：一位来自布拉格的自然哲学家四十年前来到王宫，当时波旁的查尔斯——现任国王的父亲——还在位，他带来了一个周密计划，要拯救维苏威火山周围的村庄，使它们摆脱笼罩在头上的危险。他的博学多才——他称之为采矿、冶金，以及炼金术——已经让他在布拉格实验室研究了多年的火山。在那里，他已经设计了他的解决方法。根据计划，他要将这座山的高度削低到只有海拔一千英尺，然后从其淤塞的山顶上开凿一条窄窄的沟，一直往下通向海边，这样火山下次再喷发时，大火的残留物就会聚集，直接流到海里。

考虑到这个任务的重要性，他需要的人力不算多，这个布拉格人指出。陛下，给我两万九千人，他说，三年之后，这个恶魔就会被斩首。

这个布拉格人是否又只是个江湖骗子？有这可能。不管怎么说，是否应该允许他试一试？国王喜欢大胆的计划，便与大臣们磋商。大臣们被这个计划吓呆了。改变这座山的形状，他们声称，会是一种冒渎行为。红衣主教在大教堂宣读了一份咒语。

因为这是个新时代，有着新思想、新机器——人们在发现新的方式去夷平、去塑造定形——所以，这个工程最近又被当地一名工程师提出来，这并不让人感到惊讶，他有更加可靠的技术支持，他呈上他画的图样，请求国王和王后审查。王后自认为是开明的资助人，她意识到需要在政治和制造业领域进行明智而审慎的改革，便把提案传下去，让主管大臣和当地的博学之士们研究。打消那种冒渎的顾虑，她指示他们；只考虑可行性。

答复反馈过来了：是的，方案可行。古代人没有任何我们这样高级的现代化工具可以使用，他们不也造得比人们认为可能的更高、更精确吗？何况削平比建高容易。如果由好多万名劳工组成的一台人工机器能够竖起那座奇观——吉萨大金字塔，那么，由一个有远见的统治者统帅的类似的人力物力的调动运筹和服从指挥，则同样能实现另一个奇观——降低维苏威火山的高度。但是，改变形状，降低高度，都不会改变山的性质。阻止不了一次喷发，也不会使挖沟更容易。危险的不是山，而是山底下很深处的东西。

但是，这个可以做成，王后暴躁地说。是的，可以做成。我们如果这样决定的话，就一定要做。尽管离古老的地中海的神王非常遥远，但这些开明的专制君主仍然主张凭一个神圣的指令所赋予的绝对权力去统治。事实上，他们的权威已经不断被嘲笑和文明所逐渐削弱。事实上，他们根本就不再拥有任何像绝对权力的这种东西。

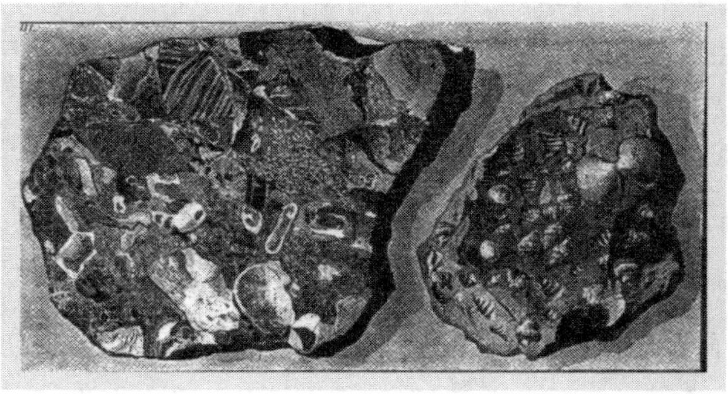

三

那年冬天整个半岛出奇的冷,从威尼斯一直到那不勒斯都一样。威尼斯湖面冰封,人都能从上面走过,甚至像一幅荷兰画作上所画的那样在上面溜冰。而那不勒斯的冬天比七年前要了可怜的杰克小命的那个冬天还要寒冷。铺满火山岩的街道上的雪好几个星期都没化掉,山上也是积雪覆盖。落下的冰粒和灼热的灰具有同样的摧毁性。果园和花园毁了,城里好几万最穷苦、体弱不耐冻者也在此期间丧生,他们甚至无片瓦抵御寒风。在住所防护得严严实实的人当中,这个季节空前的严酷引起了一种恐惧的情绪。毫无疑问,这些异常现象不仅仅是大自然的真相。它们还是即将发生的一场灾难的标志、等同物和前兆。

•

像风,像风暴,像火灾,像地震,像泥石流,像洪水,像树在倒下,洪流在轰鸣，浮冰在断裂，像海啸，像沉船，像爆炸，像被掀掉的盖子，像吞噬的火焰，像四处蔓延的枯萎病，像黑云压城的天空，像在断裂的桥，像在张开口的洞。像喷发的火山。

肯定不只是人的行为：选择，屈服，勇敢面对，撒谎，理解，做对事，受骗，坚持始终如一，有远见，鲁莽，残酷，搞错，有创新，害怕……

·

那年春天，维苏威火山依然非常活跃，吸引了更多的游客来到这座城市对这座山赞叹不已，为它画素描，可能的话就登上山，这也使得描绘火山各种状态的画作有了越来越大的需求，技艺娴熟的画家和当地画商便加快了制作的步伐，来满足这样的需求。七月下旬的时候，消息传开，巴士底狱被攻占，于是，作为这片静谧风景终极标志的火山，其形象的需求骤减。现在，人人都渴望有一张维苏威火山喷发的画。的确，有那么一段日子，几乎没有人画火山不画它喷发的。对革命党人和欧洲各国吓坏了的统治阶级来说，似乎没有任何其他画面比火山喷发的画面更适合于描绘法国正在发生的情形了——强烈的震动，底下的动荡，致命的力量之波涛蹂躏并永远改变了地貌。

像维苏威火山一样，法国革命也是一种现象。但是，火山喷发是反复发生的事情。法国革命被认为是史无前例的，而维苏威则喷发了好长时间，现在还在喷发，将来还会喷发：这是大自然的连续性与重复性。将历史的影响力当作一种自然力能够给人以安慰，也会令人困惑。它表明，尽管这也许仅仅是个开始，革命时代的开始，但是，它也会过去。

骑士和他认识的那些人似乎没有受到直接的威胁。从数据上看，大多数灾难都发生在别处，我们想象那些灾难不断袭来时的困境的能力是有限的。暂时，我们是安全的，还有，正如他们所说的那样，生活（通常是指特权阶层的生活）在继续。我们是安全的，尽管以后一切都可能不一样了。

热爱火山，就是要将这场革命放在其位置上来思考。带着对灾难的记忆生活，生活在废墟之上——那不勒斯，或者今天的柏林——就会感到安慰，一个人是能够幸免于任何灾难的，即使是最大的灾难。

•

骑士心爱的人一直都在给查尔斯写信，从未停过。她写信给他，恳求他，责备他，谴责他，威胁他，试图唤起他的怜悯之心。三年后，她写得几乎同样频繁。如果查尔斯不是她的情人，那么，他必须做她的朋友。她忠贞的天赋极高，所以，旁人不喜欢她或者厌烦她的时候，她明白的几率极小。同时，她天生很容易就开开心心，所以，她无法想象查尔斯会不欢迎她的信，会不乐意了解她在做的事情，或者他亲爱的舅舅在做的事情；对他舅舅，她在竭尽全力让他开心（这不正是查尔斯所希望的吗?），而反过来，他舅舅对她也很好，宽宏大量。

信里，她说到陪着骑士爬上那座山，说到她从来都没有见过这么壮观的场面，当然，她同情月亮，火山喷发时的光令月光显得似乎是黯淡和苍白的（她的怜悯之情很容易就涌动起来）；她也说到和他一同去庞培城看出土文物，她在那儿为好多个世纪前死去的人悲悼。凯瑟琳当年想都不愿想去爬维苏威火山，或者随她丈夫一行一起来对那两座死城发思古之情，她可一点都不喜欢（尽管她和威廉去游览过）；与凯瑟琳不同，她乐于做任何事情，任何骑士提议的事情，而且似乎有着使不完的劲儿。如果她能够,如果他允许,她本来一定会脚蹬靴子,包裹在严严实实的毛皮衣服里,欢天喜地地和骑士一起去猎杀野猪的(她是个优秀的骑手,这他不知道)。她本来也会注视着国王站在齐腰深的血淋淋的动物内脏中间,尽管她根本不喜欢偷窥,但是,她会想出某种法子去欣赏那种恐怖的场景——亲临体验一次规模不太大的那种野蛮行为(尽管在查尔斯之前她的情人,即她女儿的父亲,教会她骑马的那个人,曾经是个宰杀动物的乡绅),或者进入她从书本上学的情形之中。

真令人惊讶,是的。有一次我看见……我是说,它像,它像,它像,像……荷马,她也许会大声说。这也不全错。

她将自己的角色扩大到成为他的同伴、一个在受训的女士,此时骑士充满爱意地注视她。她学什么都很快。这就是她得以生存下来的途径,也是她的取胜之道。

她是在,他心想,接受他的印迹,如同黏土接受雕塑家拇指的印迹一样。她愉快而熟练地适应新环境。他要适应她的地方很少。在她面前,他不得不克制自己喜欢讽刺几句的天性。没错,她人聪明,但在这一点上,她跟不上他。由于性情和阶层的缘故,她对讽刺不敏感。她的性情中其实没有一丁点忧郁,而这恰恰是讽刺的对立面;她天生不会说话曲里拐弯还因此洋洋得意自以为是。当地人怪异、没有教养,而侨居国外的英国绅士发现自己不得不(即使是他自己的选择)在他们当中生活,讽刺便是常见的反应了。爱讽刺人是显示自己的优越感,同时实际上又没有缺乏教养到表现出愤慨或者被冒犯的一种方式。这个年轻女人在她被冒犯的时候,看不出有什么理由不表现出来;或者不愤慨,她就经常愤慨——从来不是因为伤害了她(对这些伤害,她非常宽容,要不就是很容易就平静下来),而是因为别人受了伤害或者怠慢。

如果她有一种势利的反应，她只能直接表达出来。哦天哪他们这是多么的粗俗，她会在晚间外出回来时感叹——骑士什么地方都带她去，人人都欢迎她去。没人有你这么好，这么英明，这么有吸引力，她对骑士说。

没人，骑士心想，像她这样多才多艺。

作为一个女人，她已经变为，像骑士一样，又一个第一流的调解者。她的活动范围是通常女人需求的范围：关注情感、关注病痛。另一种才能也展示出来：迅速猜出别人在想什么、感觉什么、需要什么；别人要的东西，为他们自己要的东西，希望她成为什么样的人。也许，她是自我中心的，但她最明显的情感是赞叹、忠诚、同情……而不是一个自恋狂的那些激情。任何人情感上的痛苦都让她落泪。看到街头一个小孩子的葬礼她会哭；聚会上，她遇到一个年轻的美国丝绸商，他被家族企业派到国外以便走出被一个女人抛弃的阴影，她得知秘密，也哭了。任何人身体上的痛苦都让她去想她能为此做点什么。她亲自调制了一种威尔士民间药方，来医治瓦莱里奥的头痛。任何人只要缄默不语，她都会设法让这个沉默寡言的人开口说话。她想方设法跟骑士的向导，那个独眼的年轻人讲话。唉，他可怜的一只眼！

•

一七九〇年，漂流国外的伊丽莎白·维热-勒布伦[1]在罗马度过

---

[1] 伊丽莎白·维热-勒布伦（Elisabeth Vigée-Lebrun，1775—1842），法国著名画家，历史上最成功的女画家之一，作品多为肖像画。

了巴士底狱被攻占后的第一年，接着，她来到那不勒斯，准备长住，因此，不可避免引见给这座城市里本国和外国画家的那位最重要的资助人，而资助人的伴侣碰巧又是一个年轻姑娘，她一直是当时最有名的画家用的模特儿之一。维热-勒布伦不失时机地请求骑士从她这里定购一幅他这个被画得很多的尤物的肖像画，骑士爽快地答应了，同意付一大笔钱。他已经拥有了十几张她的肖像画。他再多也不嫌多。很可能他想都没想一个事实，即这是少数几位专业画家当中一位女画家画的她的第一幅肖像画。

因为骑士的伴侣仍然是个模特儿，还不是一个表现的对象，要解决的问题是她要表现来自神话、文学或古代历史中的哪个人物。并非一点恶意不带，维热-勒布伦决定把她画成阿里阿德涅。时间选在完全有违于阿里阿德涅的意愿，她被特修斯①随意地留在纳克索斯岛以后。尽管肯定是刚被留下不久，但是阿里阿德涅看上去一点都不绝望。就在洞穴的前景中，一袭白色宽松的长裙，她一头浓密的赤褐色头发瀑布般从肩上飘落下来，遮挡住她的一部分衣服、她的腹部，一直披到她圆乎乎的膝盖上，她坐在一块豹皮地毯上，人倚在一块岩石上，一只手装饰性地托着脸颊，另一只手端着一只黄铜高脚酒杯。她背对入口，脸朝洞穴里面，仿佛她睁大双眼，空洞而坦率与之对视的观众和照亮她的脸、胸部及其裸露双臂的亮光都来自洞穴的深处。她身后是一望无际的大海，在远处的地平线上，有一条小船。这条船可能由特修斯驾驶，这个英雄的命是她救的，他允诺带她回他的祖国，然后娶她，可他却中途将她抛弃，把她留在这座荒岛上死去。

① 特修斯是雅典王子。

是的，那肯定是她恋人的船——干出这种卑鄙的懦夫行为[1]后刚扬起风帆。那不可能是狄俄尼索斯的船，这个狂欢的酒神会救她出去，让她成为他的妻子，这样就为她提供了一种命运，比她曾以为她能够拥有的最好的命运还要绚丽辉煌。狄俄尼索斯不是凡人，他不需要乘船来。他只要飞进来。但也许他已经飞进来了，洞后面的就是他，正在准备向阿里阿德涅求爱，她已经忘了特修斯，特修斯还几乎没有从她视野中消失（而且，摆脱了她，尽管他松了口气，却觉得有点悔恨自责，就像一个自认为是绅士的无赖会变得悔恨自责一样），她已经喝下神赐给她的酒，以便更加毫不伤感（忘掉特修斯！可我已经……），更加手脚灵活，期待着他们的拥抱。

或者，在洞的深处正受到诱奸的就是那个旁观者，正如现实中那个女人诱奸每一个人，对谁都展示她灿烂、令人愉快、引人注意的微笑一样。但不是画中那种直接挑逗的微笑。她比那要更审慎，更急于去取悦人，也少一些自信。在所有以她为对象的肖像画中，她从未公然地被画成妓女。这是一个凭其聪明才智在上层社会幸存下来的独立女性对另一个处于同样危险博弈中的女人令人不悦的描绘。但是，尽管这幅肖像是放肆无礼的，它却是一幅成功的作品。画家了解她的主顾。她肯定已断定（热恋中的）骑士和这个（天真而虚荣的）年轻女子不会像别人也许会理解这幅画那样来理解它，而只会视之为对她征服一切的美貌所作的又一次赞赏。

在她自认为适合扮演的众多角色和人物当中，表演那些命运与她自己的幸福命运截然不同的女性，比如阿里阿德涅和美狄亚，为一个外国情人牺牲了一切——往昔、家庭、社会地位——然后又遭到背

---

① 特修斯乘阿里阿德涅在纳克索斯岛洞中酣睡时悄然离开了她。

叛的公主，让她感到一种特别的愉悦。她认为她们不是受害者，而是极富表达力的人：在她们刻骨铭心的情感中，她们不顾一切、全心全意地坚守着那一份感情，她们成为令人动容、英勇的人物。

她精心设计一个个姿势，不断完善演技方法。骑士再也没有必要托着一支细蜡烛，站在旁边。两根粗蜡烛放在屏风后面的两侧，照亮了她。有时她也用人和实物做道具。某某伯爵夫人，另一位从巴黎骇人事件中逃出来的避难者，她已经在那不勒斯住了下来，离法国王后的姐姐统治的宫廷不远，她在等待这些不敬神的革命党人就地受到惩罚，等待他们崇敬的路易十六和玛丽·安托瓦内特陛下完全恢复神赐予他们的权力——这个伯爵夫人有个女儿，七八岁大，脸色苍白但人很聪明，和骑士伴侣已经四年多没见的女儿差不多大（按照骑士的指令，她女儿每年一小笔伙食费现在由查尔斯从威尔士庄园的总收入中支付），她设想，伯爵夫人的女儿像她女儿，她女儿（可怜的弃婴！）现在看上去肯定就是这模样。她想念起女儿就会掉眼泪，于是表演时把伯爵夫人的女儿也融入其中。有天晚上，当着骑士客人的面，她和这个孩子演了三场活人画。这些活人画像频闪闪光灯一样连续呈现，因为她现在再也不需要在一种姿势转换到另一种姿势时遮挡自己所带来的那种哪怕是片刻的停顿了。

第一个表现对象是遭蹂躏的萨宾妇女，情感是恐怖，场景是抓捕一名在逃的罗马年轻女子，该女子把她的孩子紧紧地抱在怀里，徒劳地试图逃跑。她为了这个表现对象，对那个胆小、信赖她的孩子做了辅导准备，把骑士书里的图片给她看。但是，接下来的两个表现对象都是即兴表演。她一下子把孩子朝地板推过去，把两只小手臂往上拉，合拢双手祷告起来，向后退一步，抓住她的头发，然后把短剑顶住她的喉咙。掌声响起，还有叫喊声“好啊，美狄亚！”。然后她双腿跪下，用她的整个身体护住那个吓呆了快昏厥过去的孩子，她的身体为一种无声、凝固的啜泣所扭曲，因此获得了“尼俄伯万岁！”这样神圣化的喝彩。

这已经超越了表演，骑士心想，他和客人们在一起观看。她非同寻常的想象力、同情心，还有那些她不可能了解的情感，让他又一次大吃一惊。他陶醉于阵阵“好啊，好啊”的喝彩声中，仿佛那是对他本人的赞赏。她是个多么了不起的人啊。

·

这是革命时代的开始，这是夸张年代的开始。

这个年轻女子正在成为他希望她成为的一切。骑士突然想到，他也许可以考虑一下迄今为止都是无法想象的事情，成为她希望他成为的人——当然，她很有雅量，从来都不提这件事。

在他的人生之秋，能拥有这个可爱、又爱他的人儿，夫复何求？

看看她是怎样赢得所有人的交口称赞的。

一个小型聚会，只有五十个宾客，专为某某公爵举办的。骑士的妻子坐在长桌的一边主持聚会。她身穿一件古希腊人穿的长袍，是骑士为她定制的，照着他一只花瓶上特洛伊的海伦穿的那件袍子的样子做的。她在穿的时候，卡多根太太不让他进去看。等到她出来，他简直无法自制。她看上去一如既往的美丽——人们还能更多地形容吗？

她右边坐着脸色红润、喷了香水的某某王子，当地一名臭名昭著的登徒子；左边坐的是某某伯爵，当地一个臭名昭著的令人讨厌的人。她有一种令人叹服的取悦他人的才能，她一会儿把可爱的脸蛋低向一个人，一会儿又低向另一个。她反诱惑那个诱惑者，办法是对他讲他妻子的十足魅力，她言辞巧妙，态度热情，甚至他都开始充满爱意地想起那个被他几乎忽略的女人，同时，越发对他身边这位宴会伙伴的机敏而非其雪白的胸脯感兴趣了。她更为轻而易举就把那个讨厌蛋也迷住了，她听他唠叨他最近去巴黎期间在社交场合取得的每一次成功，讲他怎么遇上一位名叫丹东的律师和一位名叫马拉的记者，而且，尽管在这里讲有些欠考虑，但他发现革命党人并非是他原以为的食人魔鬼和想成为弑君者的人，而是有常识的人，他们只想进行若干急需的改革，比如在一个君主立宪制下能够进行的那种改革。是的，她说。是的，我明白。接下来呢？你说什么？哦。多么聪明的回答。

她放声大笑，端起杯子，先向一个，又向另一个致意。骑士听她的声音，为她脸上的光彩而感到满足。她不时看看他，接受他表示赞许的点头。不管她和别人在一起有多忙——没有人有她那样热心倾听——他感觉她始终意识到他的存在，而且热切地把注意力集中在他的身上，好像要说：我做这一切都是为了你，这样你就会为我感到自豪。一个皮格马利翁要得还能比这个更多吗？

现在，那个伯爵在纠缠他左边的那个女人，某某公主，讲他对法国骚乱的看法：那些革命者根本就不是什么鲁莽之人，他们会悬崖勒马，你会看到的，他们没有兴趣把这个国家搞成一片混乱，也不想破坏法国与其他欧洲列强之间的关系，等等，等等；公主还在含含糊糊表示同意时，她左边的那个男人，某某爵士，一直在听伯爵讲的话，刚刚弄明白他这些话的意思，性急地打断他，越过公主的头，事实上是在她头顶上，说着话，仿佛她不存在似的，就像一个男人被另外一个男人刚说的话激发起了兴趣时常常做的那样，他谴责伯爵是个该死的共和党人、一个颠覆分子,他说话时把葡萄酒泼了出来,弄得整个桌子上的人都不再讲话,骑士马上和蔼地劝大家心平气和,骑士的妻子则真诚地表示赞同某某爵士就法国局势的危险所作的评论(与某某伯爵说的正好相反),但是,话语亲切、毫无恶意,所以,烦人的伯爵没有觉得自己被背叛;确实,人人都感觉骑士那精神抖擞、年轻可爱的伴侣在这个伤脑筋的话题上是同意他的观点的。她的社交手腕是如此战无不胜——尽管,不,即使是因为,有其抹不去的粗俗的痕迹,着了魔的骑士这样想到。她热心,她大度。她的微笑仿佛就是夏季,他无法置身其外。关于该死的法国事件的喧嚣议论渐渐平息的时候,他朝她送去他那文雅、一本正经的微笑,她便立即报以微笑,脸颊绯红,为得到他的肯定而自豪,她朝他端起那杯红葡萄酒,给他一个飞吻,把酒一饮而尽,那样子很可爱,不过也得承认,不算优雅。

对的人做了错事,那也是对事。他下过结论(无需喝酒,他高兴得满脸通红),对他而言,她是对得明显,对得令人惊讶,对得不可穷尽。

她此刻已回到某某王子身边逗他开心,他对法国发生的事件毫无主张,正郁闷着呢,而她明确地答应过,要给他讲一件四年前她和她宝贝母亲刚到那不勒斯时发生的事情,当时她还只是个小女孩,如其所言,在她亲爱的朋友和保护者握住她的手之前,她还不通人情世故,当然心里很清楚她已经立即爱上了这个城市——那件可怕的具有戏剧性的事情发生在她到了几星期以后。

不过你不会信的,她说。

什么,亲爱的哈特太太,坐在她对面的一个来访的英国女士问。

十八个杀人犯住在院子里——

多少个?

十八个！

接着，她告诉他们，一帮土匪是如何被官兵追击，他们破门而入，进了院子，抓住了两个仆人，一个年轻的马夫和一个小侍从，小侍从是家庭乐师之一，他们扬言要割断人质的喉管，他们躲在院子东翼负隅顽抗；她又讲到那些士兵如何想冲过来捉拿他们，但是骑士不允许他们进来，希望避免引起不可避免的残杀，尤其关切地要去营救马夫和小提琴手，他们俩被捆住手脚，扔在墙角，还有他们如何在那里安营扎寨整整一个星期——

一个星期？

是！他们在那里生火、唱歌、大呼小叫、喝酒，互相之间还干种种龌龊的事情，天哪，她还不得不从一扇窗子亲眼看见，因为他们——她和她宝贝母亲、骑士，整个一大家子人——也都成了囚徒，都不能离开大宅，当然，他们有足够吃的、喝的，她照样能上课，骑士有书看，有书房待，但是，他们还是常常站在窗口，朝下面看那十八个凶手，这帮人开始互相争吵，当然，因为阵阵恶臭，他们必须紧闭窗户——你们想象得出哪来的臭味，她多余地补了一句——因为亲爱的、仁慈的骑士坚持一天两次朝院子里放下去食物，早上一次、晚上一次，一方面是希望赢得他们的信任，另一方面则是因为他不能让才十五岁的可怜的卢尔和小提琴手佛朗哥挨饿，还要忍受混在一起的难闻的味道，吵吵嚷嚷的杀人犯疯狂的喊叫以及他们唱的下流歌曲，还有驻扎在院子外面的士兵发出的吵闹声，他们除了喝酒、吵架，无所事事，这种情况一直持续到第六天——是第六天吗，她朝骑士看过去，请他帮忙提供事件中这一最不生动的细节，这样也就承认这也是他的故事了，承认他们俩一起经历了这次可怕的冒险；他殷勤地笑答，事实上，是第七天；啊，是第七天，她洋洋得意地叫了一声——在第七天，骑士成功地说服了这帮杀人犯中那个留了胡子的头目交出了两个人质（他们已经吓得脸色煞白，浑身都爬满了虱子），毫发未损，因为他们的形势无望，最后他们也只好投降，所以，假如他们现在不投降，到头来只会是死路一条，作为英国大使，他答应他们去和士兵们讲，告诉他们别揍他们，然后，他也会去向国王替他们求情，如果他们放弃抵抗，就让国王尽可能地开恩。于是，她最后说，他们投降了。

我相信这帮畜生全都被枪毙了，桌子对面的一位女士说。他们罪该如此。

没有全部被处决，骑士说。国王心好，经常做出仁慈的举动，尤其对下层民众。

多么令人震惊的故事啊，有个人说。

全是真人真事，她大声喊道。

是这样，骑士思忖，除了一点：这是四分之一个世纪之前发生在他身上的事儿，发生在他和凯瑟琳身上，当时他刚抵达该城就职不久，饥荒几乎还未过去，还处在一种接近无政府主义状态：这是他对这个姑娘讲的一件事儿，而她现在把它当成发生在她身上的事儿来讲。当然，尽管听她讲的时候，听她天花乱坠加以渲染的时候，他感到尴尬，但是，他从未冲动地去打断她、更正她，说，不对，那事儿发生时，你没有和我一起在这里。你甚至都还没出生呢。等到她一讲完，尴尬没有了，随之而来的是一种焦虑，担心她编造的故事会被饭桌上某个人揭穿，他可能模模糊糊会想起以前听说过这件事，好久好久以前发生的这件事，这样，她就会丢脸，而他，她的保护者和情人，就会跟着出洋相。好在，在听得见的范围里，似乎没有人熟悉这个故事，他的焦虑减轻了，他所感觉到的是一阵大失所望的痛苦，因为他已发现他的宝贝儿是个粗俗的吹牛大王、一个说谎者。这种感觉一闪而过，为一种非常不同的、更富同情的感觉所替代；因为这时，他非常恐慌，为她的判断力担心起来，心想，这是不是意味着她常常混淆她听来的故事和她自己的亲身经历。接着，他感到恼火，又有点儿伤心，觉得她撒谎证明她不成熟，不，是她缺乏安全感，假如她盗用了他的故事，那是因为她觉得她自己生活中没有那么多有趣的事情可讲，至少没有可以用来在一般的社交场合讲。最后，他既不觉得尴尬，也不感到焦虑、失望、恐慌、恼火、伤心了……而是感动，非常感动，充满欢乐地感动，因为她这样表明她完全感觉她是他很大的一部分，以至于完全将她自己这个可爱的人交由他来照顾和监护，结果，她再也搞不清楚她在哪里停下，他又从哪里开始。这仿佛是一场爱的举动。

·

像阿里阿德涅一样，骑士的伴侣也要有一种比她原先认为可能的更为辉煌的命运。维热-勒布伦知道她是对的，但不知道对成那样——当然，这并不使那幅肖像画背后的动机善良一些。

千万别相信艺术家。他们总是表里不一——即使是最循规蹈矩的也一样，他们生为弄臣。维热-勒布伦奉承骑士，从他那里得到了很多好处，从当地其他名流那里订到了许多肖像画业务，社交上大获成功，这在极大的程度上要归功于他的资助和殷勤款待。她频频到城里他们家造访，七八月份又经常应邀加入一小队人马一行，驾车出门，来到波西利波的三居室海滨别墅；骑士和他的伴侣在这里度过一天当中最热的时辰，到了傍晚第一阵微风吹来的时候才回家去。她奉承这位头号美人，后者一如既往地轻信旁人的话，把这个画家当朋友。千万别相信艺术家。

但是，也千万别相信资助人。第二年，骑士启程回英国，开始了他的新生活——从他和凯瑟琳二十七年前到达那不勒斯算起，这次是骑士第四次回国休假。这次，他新获得的收藏品行情艰难；他的各种花销在增加；他没有真正的宝物可卖；只是一些“修补的”（即这里补一块，那里补一处的）雕像，各种各样的盔甲、枝形大烛台、阳物护身符、出处存疑的硬币，以及两幅被认为是拉斐尔和圭尔奇诺①的画。骑士的物品里还有一样东西。好像是在波西利波小屋里度过的一个炎热的夏日午后，维热-勒布伦一时兴起，便在一扇门上用炭画了两张人头像素描。这个艺术家的天才之作。骑士看不出有什么理由不把这个作品拿回去变钱，正如多年后她在自己的回忆录里要抱怨的那样——因为他派人把门的表面锯下来，带回英国出售。

•

骑士准备好了做不可思议的丑事。骑士委婉提及有可能会结婚的时候，他在宫廷的义弟的微笑充其量不过是一种默许；他知道，卡多根太太的女儿是决不可能以他的妻子的身份出现在英国宫廷的。然而，离开那不勒斯之前，他和王后有单独晤面的一刻，王后让他放心，在两西西里王国②的宫廷里，一旦她成为合法妻子，接受这个迷人的年轻夫人不会有任何障碍，王后本人已经十分喜欢她；所以，没有理由不让她，还有他本人，幸福。

---

① 圭尔奇诺（Guercino，1591—1666），意大利画家。

② 两西西里王国（Two Sicilies），1130 年西西里和那不勒斯合并所建立的王国，1861 年并入意大利。

查尔斯尽管使出浑身解数却还是没结成婚(永远都不会结婚了),他当然能够明白。至于那些亲戚朋友,可能会在背后嘲笑一个老人(他六十一岁),把自己的姓给了一个出身最为低贱、声名狼藉的美人——让他们见鬼去吧。他长期以来一直都是个理性的酒色之徒。太长了。

凯瑟琳,完全理解他的凯瑟琳,要是现在还活着,还会认得出他来吗?认不出了。

一开始,除了查尔斯,他跟谁都没讲他的打算,尽管在他的姐妹、大哥和他所有的朋友之间已经得出结论,说这场灾难是不可避免了。他们待在一家旅馆。卡多根太太则出门走亲戚去了。接着,他、查尔斯和这个年轻女子去威尔士,他和庄园管家商量事情,并翻看了账目。她则带着母亲般的挂念盯着查尔斯看,每天都给凯瑟琳的墓献花。他们待到第三个星期,她恳求离开他们,去看她在曼彻斯特的女儿,她已经多年没见她了。她向骑士要了一些钱,给抚养女孩的那户人家,还要了其他几笔小钱,给她出生的村子里的一个堂兄和生病的叔叔婶婶,这些钱让她母亲转交。她跟亲戚一直有联系,还从那不勒斯给他们赠寄礼物;骑士很通情达理,不会想到拒绝她,尽管他手头有些拮据。这样,她就去了……见了女儿就哭,心疼她,等到得离开她的时候,又哭了一阵儿。她梦想着把这个孩子带回那不勒斯;没有什么事比这个更让她开心的了。但是,她不敢向骑士提这种要求,尽管他不可能拒绝她提出的任何要求;她知道那样会让他觉得尴尬(没有人会信她以前结过婚),而且她也知道,假如孩子到了那里,她会越来越多地爱她,可能就会不那么爱骑士了。她人很精明的,非常清楚她和他能成功地走到这一步,取决于他能得到她全心全意的关注。

所以,这个孩子必须,此前也是,舍弃掉。

为此,这个年轻女人永远都没有原谅自己;也许,也永远没有原谅骑士。

时值夏季,他们回到伦敦。骑士决定拿出整整一周的时间拜访年老体弱的沃波尔,他担心这也许是最后一次见面了,他还决定带他的伴侣参观一下他朋友煞费苦心供人消遣的伪中世纪城堡,草莓山,她看见彩绘的窗子和黯淡的宗教之光狂喜不已;在这样的光线里,她很受触动,兴致勃勃地为赞美他们的主人而表演了帕伊谢洛的《妮娜》中悲伤的一段。回到城里,一封写给这个年轻女人的信在等着他们,信里聘请她到伦敦歌剧院演出,年薪两千英镑。告诉加利尼,你已经一生有约了,骑士微笑着说,他很开心地听见自己说出这种迷人的昏话。

他们在伦敦逗留期间,参加了为骑士举办的皇家学会和迪莱坦蒂学会的聚会,当然,骑士也无法不去一些画作拍卖会看看。这个年轻女人则去见见她的老朋友罗姆尼先生,告诉他她在那不勒斯快乐的生活。罗姆尼认真地听着,她讲话的时候,他画她;他要让她再当一次模特儿,乘她的身份还允许的时候,这次画一幅贞德。她滔滔不绝地讲着,请他代问海利先生好,告诉他,他关于自控的书一直是她的床头读物,她真的变得安详了,看她现在,她真是个淑女了,她能讲意大利语和法语,能演唱,人人都喜欢她,那不勒斯国王和她调情,捏她的手,但他没有恶意,但是王后,哦,王后,她是个了不起的女性,是个如此了不起的母亲,刚刚生下她的第十四个孩子,当然,其中几个已经夭折——唉,国王不会不招惹她,她说,他是个男人,所以,他没有太多的自控力,他还随心所欲地在卡塞塔宫廷的庭院里和皇家丝绸厂雇用的年轻农妇胡来,她们被说成是他秘密的小妾——这位可爱的王后已经成为她自己一个真正的朋友——她从宫殿后面的楼梯上来，她当然还不能受到正式接待，因为，她结结巴巴地说，直到，她更正了她自己——她的意思是她和王后已经成了真正的朋友，她过着幸福的生活，她只是有点为查尔斯难过，他没能娶到那位女继承人，还是孑然一身，男人单身不好，尽管查尔斯仍旧保留了他在议会的席位，宝石收藏和骑士庄园的管理可以让他忙碌着，因为眼下他肯定存在钱方面的困难，所以，她准备请骑士给他一个礼物或贷一小笔款给他帮他摆脱困境，也许能——

罗姆尼，正忙着画她一头色泽闪亮、赤褐色的长发，抬起头来看。他开始对她讲他去年的巴黎之行，他在那儿遇到了一位名叫大卫的道德高尚的画家，大卫把自己的艺术用来为这场革命服务（他，罗姆尼，最近画了一幅托马斯·潘恩[①]先生的肖像，此人是这场革命的一个同情者），因为相信她比较谨慎，他不得不向他的老朋友承认，革命者及其思想给他留下了深刻的印象。比如，罗姆尼解释道，这场革命希望遗产可以分割、离婚成为可能，认为蓄奴制是非法的，任何头脑正常的人都会认为所有改革早就该进行了。这个年轻女人马上表示赞同，如果对正义而言，它有的全部就是慷慨的话，她一直都是正义的。的确，为什么长子应该继承所有遗产（迫使像查尔斯还有骑士这样非长子的儿子一辈子要为钱所困），为什么不能使对方幸福的夫妻不能和另外一个人合法地结婚而使他们自己幸福呢，是的，还有什么比蓄奴制更可怕的呢：她听说过蓄奴制种种可怕的情形，比如在牙买加，这种令人发指的买卖让骑士的一个表弟——牙买加大部分糖料

---

① 托马斯·潘恩（Thomas Paine，1737—1809），美国独立战争时期的政治家，发表《常识》、《人的权利》、《理性时代》等。

种植园的所有者——成为英国首富。所有这一切改革，她都情不自禁地同意。除了革命者思想的正义性，正如罗姆尼向她解释的那样（她从未听人这样来描述它们），他谈及革命，谈及将会烧毁旧社会的枯木干柴、摧枯拉朽的自由火焰时的热情让她热血沸腾——热情总是让她感到欢欣鼓舞——罗姆尼说的一切都是如此令人信服、如此美妙动听，似乎毫无疑问，假设骑士的爱人待在伦敦，那么，她也会成为一个秘密的革命同情者，至少是同情一阵子。

九月，她开始坐着让罗姆尼画一幅名为《大使夫人》的正式肖像画——第一次以她自己的身份画，终于不再是个模特儿而是自我。背景是黯淡、喷发的维苏威——代表那不勒斯，她的未婚夫是此地的全权公使；同时也代表骑士。为了使这幅肖像有效，在她坐下来开始画的第三天，在圣玛丽洛堡专用小教堂举行了一场婚礼，骑士的五个亲友和卡多根太太参加了。查尔斯到的时候，脸色比平时苍白，他在教堂的第三排坐下。他母亲，也即骑士最喜欢的妹妹，拒绝到场。这不是为英国而结的婚——骑士躲不开那些居高临下的笑脸——而是为他在那不勒斯的另一次生命、第二次生命，即他还剩下的生命（还有十二年，假如他相信那个女算命师的预言）而结的婚。这个头号美人向来是喜爱让人高兴，而且她认为一般她也能够让人高兴，即使是她都无法骗自己相信骑士的亲戚赞成这场婚姻，不管她能让他多幸福。惟一一个似乎喜欢她的亲戚是骑士曾告诉过她的那个大富豪表弟，人非常古怪，因为他的种种怪癖（骑士答应另找时间描述），他家族里的其他人对他本人都竭力回避，宫廷也不欢迎他；因此，骑士解释道，尽管他以前一直非常爱慕他亲爱的凯瑟琳，也许他是他们这场婚姻的一个很自然的支持者——极少的支持者之一。因为他还是有几个朋友，比如沃波尔，还有他这个年轻的表弟，他们知道为了幸福而挑战传统意味着什么，不会认为骑士追求和她在一起的幸福是一桩什么见不得人的丑事。

在婚礼后的招待中，这个几乎不比她本人大、尤为风度翩翩的年轻表弟抓住她的双手，看着她的眼睛——他一头漂亮的鬈发、嘴巴丰满——用他高高的、奇怪的嗓音说，他高兴地听到她让骑士幸福，还说在这样的生活中，追梦是重要的。骑士的新娘礼貌而有点胆小地说，她希望骑士的表弟会想去重访那不勒斯，在那里，她能荣幸地款待他并且逐渐地了解他。当然，她也向查尔斯发出了邀请，不过倒是真心的邀请，他知道她何时会再见到他。她恶作剧地说，现在，你可以遵守诺言来那不勒斯了。

第二天，就在他们离开的前夜，她要求骑士的几个朋友答应去看他们。回去让她激动不已。当年她第一次出国，被送到一个遥远的国度去拜访她情人的舅舅，当时还是个天真少女，尽管已经遭到背叛（她不知情），而现在，身为女人，她拥有女人能够拥有的一切：受人尊重的丈夫、生活、世界。这前后竟然是同一个人，似乎有点奇怪。哦，请来看看啊！

他们一渡过英吉利海峡，那些伦敦的感觉大多消失了：让所有人都融入她的幸福、她的春风得意之中的意愿——还有罗姆尼先生在她心中激发起来的、刚刚流露出的亲共和的同情都消失了，因为他们在巴黎逗留期间，出乎她的意料，她很荣幸地被带去见了玛丽·安托瓦内特王后，并受王后委托，带一封信交给她在王宫的姐姐。骑士的妻子全方位马上重新回到君主制的主张上，虔诚地把这封信带回呈交她的王后。

·

一七九三年。他们回来一年了。他过得心花怒放。

并不是他以前不幸福。并不是他以前几乎一直不幸福。但是,骑士获得满足一直有赖于他能够与自己、与他的种种激情保持恰当的距离。他的幸福一直有一种自我意识视角,要在山顶获得,对一个场景在一幅内容丰富的画中种种慎重的对照,从一个很高的角度观察,其中,一些人在播种耕作,另一些人在把丰收的谷物运到市场上去出售,还有一些人在村里的广场上快喝醉了,孩子们在玩耍,恋人们在互相爱抚……

他当然了解幸福!但是他的幸福是由众多很小的成分构成的,就像一幅马赛克镶嵌画像一般,你要往后站才能看出那是一张脸。现在,他可以想站多近就站多近,既能看见那些细小的碎片,又能看见大大的令人销魂的脸。他的趣味没变,他仍然喜欢阅读、垂钓、演奏大提琴、登山、研究海洋标本,与人进行学术对话,看漂亮女人,获得新画——世界是个幸福的舞台。但是,现在,舞台中央有个人了,统领着舞台。他的心上人一如既往地爱意绵绵——她温润的身体靠着他,她在成熟。而且,她对一切都感兴趣。她陪他一起去看帕埃斯图姆新出土的文物(她一直完全同意他对尼普顿神庙的野蛮而原始的多利安式柱子的贬损),她在研究植物学,这样,对卡塞塔英国花园的竣工,她就能帮他提出建议了;她热爱宫廷生活,她似乎对他收藏的花瓶和岩石非常着迷。他只要对什么东西伸手指指,这东西就是他的了。

他心存感激地体会着满足。不可避免的是,他收藏的热情开始有一些减弱。让他着迷的再也不是四处搜寻收藏物,而是拥有所带来的纯粹的快乐。看看他拥有的物品,拿出来给别人看,并看见他们显露出来的羡慕和嫉妒,让他从中得到同样多的快乐。但是,他对增添藏品的需求不再那么急迫。现在,是经济利益而非欲望驱使他去继续获得新的画作、花瓶、铜器、装饰品。收藏欲会被幸福——足够强烈、足够肉欲的幸福——削弱下来,骑士很幸福,就是那样的幸福。

关于这对新婚夫妇的种种说法传回到英国。人们说,骑士还是那么多情,他太太照样还是那么粗俗,完全是一个吧台女招待的讲话腔调和行为举止,大声嚷嚷、骂骂咧咧、咯咯傻笑。几乎无人屈尊补上一句,说她似乎心肠特别好。他们简直不可能结成一对——女的是一个被改造、被包养的姘妇,男的是毫无愧意、一把年纪的贵族,他举止讲究,欣赏的范围无限地扩展——同时,多亏了这个南方环境种种独特的要求和大家的认可,他们成了非常成功的一对。她已成为一个没有丧失情妇的殷勤周到和种种魅力的妻子。她帮他,并不只是作为一个妻子(或不只是像凯瑟琳所做的那样),而是作为一个合作者。她的才智与他相当。因为他总得花大量时间和国王在一起,现在呢,她花大量时间和王后在一起。他们的任务是对称的:他要成为国王宠爱的第一人,而她希望成为王后眼里的第一。

骑士必须跟上国王的消遣。她必须和王后一起担起责任。王后中等智力,这使她比她丈夫聪明许多。除了一般的职责、烦心的事和娱乐,她还要操心没完没了的孩子一个个出生的事情,多少还要了解政治现实。骑士的妻子十分擅长于吸收信息并跟人热络起来,所以,很快就成为一个理想的知己女友。她和王后每天有书信往还。徜徉在那个时代她通晓的多种语言的海洋中，这位生于奥地利的王后写信不用德语、意大利语或英语，而是用她那拼写很差的法语。她的落款是夏洛特。每天除了写信，还有几次拜访。

那不勒斯秘密的雅各宾派同情者在他们中伤这对皇家夫妇的描绘中又加进了一条，攻击王后和骑士的妻子是情人。这一罪名遭到一帮好色的势利鬼的竭力否认，他们无法想象骑士的妻子和一个年届四十、相貌极其平庸、身体因生了十四个孩子而备受摧残的女人发生肉体关系——这一否认的理由和指责一样，都是陈词滥调。（王后有实权，一个掌权女人，像男性一样受到敬畏，常常被谴责成一个荡妇。法国一场更大规模的反保王党运动特别攻击她妹妹乱伦、搞同性恋。）这个指控不实。骑士的妻子热情奔放、多愁善感，但这种性情很少沦落到色情的地步。但是，她确实非常需要女人的爱和友谊——确实，她更喜欢女人而非男人的陪伴。和女人在一起，她爱解开着纽扣，就像在炎热的午后，她和五六个女仆在她的卧室时她会做的那样，聊天、试穿她的衣服，喝上一两杯，倾听她们伤心的恋爱故事，炫耀最近参加的一场舞会，或者最近从巴黎得到的一顶插了白羽毛的帽子。身边围了敬慕她的女仆，还有一辈子都要留在她身边的母亲，她感觉这是她最像个女人的时刻。她们的东拉西扯让她平静。接着，一首歌，她就会让她们安静下来，屏息静气，让她们眼里闪起泪光——她的双眼也会这样。

•

一七九三年秋。王后，她亲爱的夏洛特，不禁想象出这一幕。

一个被判死刑的女人的画面。在押送她到这个、这个、这个……

机器，这个新式机器的囚车里，她的双手被松松地反绑，头发剪短了，要让她的颈背露出来。一个烈士的画像。她一身白衣：一件简简单单的衣服，粗糙的长统袜，头戴一顶无形难看的女帽。她一脸倦容，显得老态，憔悴不堪。她过去辉煌的惟一痕迹是她凛然而挺直的身姿。

她眨了眨眼。两眼刺痛，因为她被关在监狱里多月了。囚车轮子一路咔嗒作响，颠簸向前。街道上出奇的安静。阳光灿烂。囚车到了，她爬上十级粗糙的木头台阶。她的牧师在那里低声祈祷，两眼盯着他的十字架，泪流满面。一个声音，另外一个人的声音在说：陛下，不会痛的。似乎是那个戴头巾的男人说的。她转过头去，不看那个梯子样的结构；它大约十四英尺高，带有斧状刀刃，上面因为沾了血而锈迹斑斑；她感觉自己的肩膀两边都在被人往下摁，迫使她倾过身去，不，是趴下，她的腹部和双腿靠在木板上，就这样趴着。有人抓住她的肩膀，把她往前拖一点，这样她的喉咙就抵在一个木枷底部的凹槽里，然后，那上半部分合下来就压在她的颈背上。她感觉有根皮带在抽紧她的腰，另一根则固定住她两条小腿，把她绑在木板上。她的头在那只咖啡色的编织篮上方，血往她脸上涌过去。她抵抗着往下拽的头的重量，昂起头来从断头台看出去，下面人头攒动；她抬起头来，以减轻木板边沿触及她锁骨时的疼痛，木枷卡住她的咽喉，令她窒息，这开始阻碍她呼吸；她看见一双大泥靴朝她大踏步走过来，听到暴动的人群吼声更高，然后安静下来；这时有某种奇怪的嘎吱声：什么东西在上升，越升越高、越升越高；阳光更加灿烂，所以，她闭上眼睛；那声音，仍然越来越响，停止——

不！

王后在床上翻了个身，哼了一声，就醒了，拉开床帷，站起来。有好几个星期了，她只能断断续续睡着，在等巴黎的消息。因为法国的局势越来越糟，他们现在任凭英国人摆布——英国现在是惟一一个国家，足够强大并且愿意抵抗革命潮流。停泊在海湾已经五天的英国海军指挥官——纳尔逊上校，已经取得一次对法作战的大胜利，极大地鼓舞了英国人的士气；但王后基本上不信任动用军事手段。尽管主动提供一笔赎金的建议遭到拒绝，她还是敢于怀抱希望。杀死一个国王已经不可思议。杀死他们的国王应该让他们感到满足了。他们想从一个外国人，一个女人那里得到什么；他们肯定不会处决她年轻的妹妹的。

不会，不可能……

玛丽·安托瓦内特已被处决的消息传来，宫廷上下惊慌失措。王后撤到波蒂奇，到了她最喜欢的王宫。大家担心她会疯掉。她拒不见她的孩子（她刚刚第十五次生产）；她拒绝洗澡或者换衣服。她愤怒、绝望地嚎叫，她那群四十个说德语的女仆跟着她齐吼。连国王都为他妻子的悲伤所触动，尽管他安慰起她来运气欠佳，因为每次想温柔一些，他总是被激发起性欲，想爬到她身上去。她丈夫的拥抱是王后最不想要的东西。她痉挛性地呕吐。医生要给她放血。骑士的妻子每天都待在宫廷里，陪着王后一起尖叫、一起哭泣，帮她洗头，给她唱歌。只有她的歌声才能让王后镇定下来。音乐有治疗作用。当年国王的祖父，菲利普五世，坠入忧郁的深渊时，那个世纪上半叶最美妙的歌喉，即被称为法里内利的卡洛·布罗斯基[①]的歌喉带来了宽慰。在马德里的波旁王朝宫廷——他领着一笔丰厚的薪俸留在那里九年——这个创造奇迹的阉人歌手出现之前，恍恍惚惚的君王不

① 卡洛·布罗斯基（Carlo Broschi，1705—1782），著名阉人歌手。

吃、不喝、不换衣服,也不理朝政。在长达九年的时间里,法里内利每天晚上都会在午夜准点来到国王的寝宫,反复唱同样的四首歌曲,歌与歌之间穿插优雅的会话,直到清晨五点。菲利普五世这才吃喝,让仆人为他洗漱刮脸,批阅大臣们给他呈上的文件。

同样,骑士的妻子也以其优美的歌喉,使王后平静下来。日复一日,她来到宫殿,陪王后坐在一间光线昏暗的房间里,每天晚上很晚才红着眼睛回到骑士身边。我从来没有看到过这么可怜的事情,她说。这个可爱的女人无比的悲伤。

她天生总能设身处地地为别人着想,因此,她几乎和王后一样的悲伤。但是,王后哭一阵歇一阵,变得安静些的时候,骑士的妻子也一样。

王后回到城里,坐在国家议会的席位上。

她是个女人,王后说。只是个女人。

(陛下!)

但是我会报仇。

(两西西里王国这种弱小王国怎么能惩罚强大的法国呢?)

上帝会惩罚法国,英国人会帮上帝,我们会帮英国人,王后说。

(你的意思是说英国人会帮我们,首相说。)

对,王后说。我们的朋友们。

于是他们——他——这样做了。

•

骑士那迷宫般闭塞的地方一直与外界翻天覆地的事件相隔离,因而享受到了莫大的好处,可也正在被拖进当时人们误认为的真实世界之中，这是个由法国的威胁明确界定的世界。正如他这个本身爱挑剔的旁观者一样。

一个自称为“自由平等同盟会”的俱乐部开始秘密集会，起草王国维新的计划，俱乐部很快分成两个俱乐部，一个赞成君主立宪制，另一个决定完全赞同共和制。有个人不够警觉，于是暗杀国王的计划暴露，也可能是编造的。在被捕的人当中，有法官、教授、文人、医生，还有王国里最老的贵族家庭的子孙，他们当中有九人被重判入狱，三人被处决。王后怨恨地夸耀那不勒斯司法极其仁慈，以此与法国的残杀形成对照。革命的熔岩在流，恐怖统治[①]刚刚要达到高潮——在一七九四年六月，自然与历史音和律谐，维苏威以骑士从未见过的强烈程度喷发了。这是一六三一年以来最糟，或者是最好的喷发，会被认为是这座火山差不多两千年的近代史上的第三大喷发。

毕竟，火山不需要人们以恩赐的态度去把它归入陈腐的类别范畴，比如壮观、有趣和美。这是恐怖——变黑的白天和血染的夜晚。在傍晚的天空中，火焰轰然大范围向侧边、向上冲出，仿佛要逃离那道细细的、斜着流淌下去的橙色熔岩。漆黑的海变成了红色，月亮成了血橙色。整个晚上，那道细长的往下流淌的熔岩越流越宽。在昏暗的黎明短暂的间隙，一股股漆黑的烟在散开、上升，顶端变得非常浓密，成了高入云端的烟囱，冒着烟与火，渐渐地变得越来越像柱状，先是围着柱状物形成一个个凸出的烟圈，接着，又飘散开去将它们吞没。到了正午时分，天空暗了下来，太阳成了为黑云所覆盖的月亮。

① 恐怖统治（the Reign of Terror），指法国资产阶级革命高潮时期从 1793 年 10 月至 1794 年 7 月实行的雅各宾专政。

但是那翻滚的海湾仍旧血红一片。

远处一片无声无息。

等到一种更加漠然的光亮扫过天空，那通常的远景恢复的时候，让骑士最最惊讶的事情发生了。那情景宛如一棵枝繁叶茂的百年老树从树干中间劈开而倾倒，令人痛心。山不会像大树那样在飓风中被刮倒，但是，山体可以严重损毁。那个在自己院子里惊愕不已的房东太太得承认，尽管这种速度的风也许已经足够吹断树了，但树本身已经有麻烦了，她指着倒下的树干暴露在外的内部结构，那是一种令人厌恶的、为白蚁所蛀的、一碰即碎的褐色物，就像她一样，喜爱形状美观的火山的人也不得不想到，火山内里拥壁的不结实不可避免地要引发这种有失尊严的事。喷发的力量降低了火山的九分之一的高度，山顶被削平了。骑士的妻子可怜火山，哭了起来，现在的火山已经变丑。骑士差不多怀有同样的心情，他表示，发现这座山样子变了。这只是天意——同时，他觉得这为他在喷发一减弱就立即登山提供了一个新的理由。

托洛，你在吗？

在，大人。

我想去看看。

好的，大人。

六月底，在此时已经留了胡子的巴尔托洛梅奥·普莫的陪同下，六十四岁的骑士爬到了山顶，这座山变化惊人，他爬了三十年了。火山锥不见了。现在取而代之的是一个巨大、边缘不整的火山口。

我想站得再近一点。

好的，大人。

但是，地面滚烫，灼热透过他厚底的靴子，火山喷出的硫磺和硫酸等毒气令他窒息。

托洛，你在吗？

在，大人。

我们下去吧？

好的，大人。

他应该感到害怕，但他没有。火山有权喷发。火山的摧毁使命在他心里激发出一种满足，一种越来越大的满足，这一满足他自己会发现难以承认。

但是，对这个收藏名贵物品的大收藏家来说，还有什么比也一直在收藏摧毁之本，一座火山，更合适的呢？收藏者具有一种分裂意识。没有人更为自然地与社会里保存与保留的种种力量结盟了。然而，每个收藏者又都是理想毁灭的帮凶。因为，收藏激情的过度本身使收藏者也成为自我鄙视者。每一种收藏者激情里都包含了对其自我废除的幻想。一方面，作为收藏家，他有必要理想化，另一方面，在漂亮物品与那辉煌过去的战利品的爱好者灵魂中，一切又都是卑下、唯物，两者的差距悬殊令他筋疲力尽，所以，他也许盼望一场大火把一切烧个精光。

也许，每个收藏者都梦想过有一场洗劫来卸下其收藏的重负——把一切化为灰烬，或者埋葬在熔岩下面。毁灭不过是最有力的剥夺形式。收藏者也许对他的生活失望至极，他都希望剥夺自己的生命，就像讲述那个书痴隐居学者的小说中所描述的那样，传说他收藏了两万五千册必需的、不可替代的书籍（那个梦想，那个完美的图书馆),他最后跳进他用他至爱的藏书生成的大火之中。但是,万一这样一个愤怒的收藏者从大火中或类似的狂怒中逃生,他极有可能希望开始新一轮的收藏。

四

他常被描述成小个子。他当然矮，比骑士和他年轻的妻子要矮好多，而且瘦，头大大的，有点方，脸晒成了棕褐色，十分引人注目，浓眉，眼睑厚实，挺括的鼻子下面人中很深，嘴唇丰满，大嘴巴里已经掉了好几颗牙。他们第一次见到他的时候，他还没打过什么大仗。但是，他的目光，那种饥渴的目光显示有能力全心全意专注于一件事情，一种注定会名扬天下的目光。注意他啊，骑士说——比他年轻的人有没有前途，骑士可是说了算的专家——他会成为英国有史以来最勇敢的英雄。骑士猛然发现其实并没有多大了不起。明星总是明星，即使在合适的量身之作找到之前，甚至是好的角色再也找不到以后，也都一样。三十五岁的上校无疑是颗明星——正如骑士的妻子一样。

她尽管天生就情感外露，却没看出这一点来。没错，他的抵达令人激动，和骑士一起站在观察室的窗前，看着他指挥的配有六十四门大炮的双层战舰"阿伽门农"号，在可恶的法国对英国宣战仅仅七个月后就壮观地开进海湾，真是令人激动。他短暂的停留一直令人难忘——主要是因为她扮演的角色。他带来了胡德勋爵给骑士的急件。需要那不勒斯军队增援结成联盟保卫土伦①，以抵御行进中的共和党军队；在土伦，一支保王党派系夺取了政权；是她为他调到了六千兵力，而当时，骑士从闻风丧胆的国王及其谋士处既得不到肯定的答复，又得不到否定的答复，她通过女人走的通道——后楼梯——得到派兵批准的，她带着请求书，来到国家议会权力最大的发言人的寝宫，王后与外界隔离，正躺着，快生第十六个王子或公主了，她得到王后的支持。他应邀到王宫用膳，荣幸地坐在国王的右侧，骑士的妻子则坐在他的右侧，把他的想法翻译过来，与国王交流关于法国的威胁，又把国王讲的一个冗长的轶事译给他听：国王曾猎杀了一头大野猪，最后发现它有三个睾丸。她给他留下了深刻印象，为此，她感到满意。他的来访持续了五天时间。这之后，又来了许多其他贵客。她并没有单单留意他。

他离开了。时势造就了他。这个时代需要全力以赴者，他们胸怀荒谬的雄心壮志，身材矮小，一晚上所需睡眠不超过四小时。在各种气候的影响下，在颠簸的海上，在摇晃行驶的船上，他奋勇杀敌。现在，他已经打了多次胜仗。战争让他失去了身体的一些部分②。装有七十四门大炮的"船长"号，接着又是一艘装有七十四门大炮的战舰，"特修斯"号，成为他的岛屿，他的王国，他的交通工具和他的舞台。五年过去了。他成了一名英雄，那不勒斯统治者心目中那个英

---

① 土伦(Toulon)，法国一座军港城市，位于法国东南部地中海沿岸。

② 纳尔逊1794年参加欧洲第一次反法联盟对法战争，在夺取科西嘉岛的战斗中，右眼负伤失明；1797年7月，在夺占对克鲁斯的战斗中败北，失去右臂。

雄，那不勒斯的统治者生活在对这个全力以赴的小个子的恐惧之中，他已经接管了一场四分五裂的革命，并将其能量转移到一场似乎是不可战胜的战役中，拥护法国征服欧洲以及推翻所有旧的君主制。他将拯救我们，只有他能拯救我们，王后说。国王同意。代表英国势力范围的这位英国公使只能同意。在过去的两年里，他和这个年轻的上校，现在已经是海军上将，有过多次书信往还，骑士信中讲述了他为了把懦弱的那不勒斯争取过来加入英国的事业之中而作的努力。骑士的妻子也一直在给他写信。她爱赞美，面前就有一个真正值得赞美的人。她需要定期有点儿高兴事。她越来越需要。

在地中海这个战争之湖飘掠，他简洁地告诉他们，他受的吓人的伤越来越多。

一切都是简单的、物质的、痛苦的、令人赞颂的。世界由四种元素构成——陆地和水，火力和把人隔开的空气。在他觊觎指挥的许多在战斗编队行列中的战舰中，每一艘都有着响当当的名字、光荣的历史，历经血汗的洗礼，他目前的战舰是装有七十四门大炮的“先锋”号，船上有六百多名官兵。他尽可能不待在他那间布置奢华的海军上将指挥室里。他不分昼夜地在甲板上来回走动。他总能荣幸看见日出日落。他的视野没有任何阻挡。在水上，你总是在动着，即使你自己不动。鸟儿在上面飞过，就像小风筝一样，垂直的云彩构成的画布舒展，倾斜，卷起，绕轴般旋转，在风中弯成拱形，把战舰拽入这种天气之中；移动总是进入这种天气之中。光的循环，职责循环——他全都监管。他极其疲倦的时候，就站在后甲板上，一动不动，让别人看得到他。他相信，看到他站在那里有一种魔力——他已经见过这一魔力在官兵身上发挥作用，不仅仅是在仗打得正酣时——他相信这也让敌人感到害怕。确实是的。

年轻海军上将的战舰在尼罗河摧毁了法国舰队的消息传到那不勒斯,王后大叫,报仇了。太好了太好了太好了我亲爱的夫人我开心极了,她写信给她的好朋友,英国大使夫人,后者听到这个消息,他胜利的这个令人欢欣鼓舞的消息时,晕了过去。我侧身倒了下去,受伤了,但这算什么,她写信给海军上将。如果因此上色①,我会觉得光荣——不,我可不愿在见到尼罗河的胜利者并且拥抱他之前就上色②。

·

这位英雄飞快地进入他们的生活。

一七九八年九月二十二日。率领一队挂着标帜、给人深刻印象的船只组成的小舰队,顶着午时阳光,前来迎接"先锋"号的是皇家大型游艇,由那不勒斯海军上将卡拉乔洛驾驶,遮阳篷下是国王、王后和他们的几个孩子,一条载着宫廷教堂乐师的游艇紧随其后。挂着英国旗的那条游艇上是骑士及其夫人,一袭蓝色和金色这种波旁王朝色彩的华服:一件镶金蕾丝蓝色的连衣裙,饰有金锚的海军蓝披肩,戴了金锚耳环。皇家乐队调准了《统治吧,不列颠尼亚!》③的曲调,骑士想着歌词,在微笑。

你所拥有的一切皆臣服于你;

---

① 应该是"丧生"(die),埃玛误写成了 dye(上色)。

② 同上。

③ 英国皇家海军军歌,同时也是英国第二国歌。

每一个它环绕的海岸皆属于你。

紧随其后的是大约五百条三桅小帆船、驳船、游艇和渔船，它们摇摇晃晃，碰碰撞撞，船上满载大声呼唤、拼命招手的人。皇家成员和骑士及其妻子开始上船时，他们向国王大声欢呼，英雄取下他戴的绿色眼罩，放进口袋里。

我们的解放者，国王说。拯救者和保护者，王后说。哦，骑士的妻子看见他时叫道，他憔悴，不断地咳嗽，他的头发施了粉，但太长，他空洞的右手袖子用别针别在他的军装的胸口，那只盲眼上方是一道红伤口，这个位置他在尼罗河战役中被一颗葡萄弹的碎片击中。哦！她随即靠着他倒了下去。

她倒在我怀里，这是个非常动人的场面，英雄在给他妻子的一封长信里描述了他受到的隆重的接待：海湾停满了欢迎他的船只，旗帜飘扬，礼炮齐鸣，圣埃尔莫堡防御墙上的加农炮在城市上空发出轰隆声，他上岸时，身穿天鹅绒、镶有饰边的衣服的人群发出欢呼声，一阵又一阵传到他的耳旁，并跟随着他走过一条条街道。他不戴眼罩时，太阳光刺痛他那只眼睛，而那不勒斯阳光灿烂。不过，幸福的夜晚来到了，放起了绚丽灿烂的烟火，最后英国国旗和他名字的首字母划过天空，在一片漆黑的广场上人们堆起了篝火、跳起了舞。下层民众对我的欢迎真的非常感人。骑士的官邸亮灯三千，举行盛宴，海军上将卡拉乔洛亲自出席表示敬意，他很开心，一直坚持到宴会结束。

他的右臂痛，紧挨着他右肩的那只幻肢①开始发作，他受到阵阵咳嗽的折磨，他发烧。他一直强忍着，他讨厌抱怨。他一直都瘦小，

① 指截肢后依然感到肢体存在的幻肢。

但他刚毅。他知道如何去忍受难以忍受的东西。生病就像是一个浪涛。你必须坚持住,它就会过去的。即使是截肢的疼痛,连一口朗姆酒都没喝,加上因为医生的不称职而带来的额外的疼痛,就和残肢化脓三个月一样,就连这个也不过是一个浪涛而已。

像摇动痛苦之舟的浪涛一样——那只小船把英雄划离他决没有机会打的那场仗。他下船时是一名右手英雄,挥剑指挥水陆两路夜袭西班牙要塞;他右肘被葡萄弹击中,他仰面倒下,不省人事,他的手下焦急万分,调转载着他的那只船,朝海湾驶去,希望在他失血过多而死去之前到达那艘旗舰。他苏醒过来,撕扯着他肩膀附近的止血带,这时候,他们正经过他的一只快艇,快艇被水下击中,正在下沉,他坚持要停下来,救出幸存者——更多的浪涛打来,又过了一小时他们才到达黑乎乎的"特修斯"号,正摇晃着抛锚。他朝本来要扶他的人大发雷霆,放开我!我还有双腿,还有一个膀子!他把一根绳子绕在左臂上,把自己拖上船,叫来医生截掉右臂,从上面一点,就从止血带那里截下,半小时后,他就站了起来,严厉而沉着地向他的旗舰舰长发布命令了。

现在他是个左手英雄了。

比起上个月在尼罗河战役中装有八十门大炮的"霹雳"号舰长来,他的勇敢又算得了什么,前者被英国排射炮弹击中,失去了两只膀子和一条腿。这位杜皮伊特-朔尔斯舰长①不准别人把自己抬下去,他叫人从厨房拿来一桶糠,命令把他没在里面,一直没到锁骨,继续指挥进攻,又长达两小时,一直到血流光,人失去了知觉。他伸在那桶被血染红了的糠外面的脑袋说的最后的话是恳请他的官兵把战

① 全名为亚伯·杜皮伊特-朔尔斯(Abel Dupetit Thouars),法国海军名将。

舰沉没而不投降。这才是个英勇的人！英雄赞叹道——他的英雄世界为英勇，以及极大痛苦的英勇承受力留着一个巨大的、必要的位置。

同时，也为胆怯留有位置："霹雳"号的船员看到他们舰长的头再也不会说出什么，两天后，就把战舰开到射程之外，向英国胜利者投降了。但是，让自己的敌人成为懦夫，这难道不正是一个英雄的目标吗？

英雄是要坚忍克己的。英雄对他渴望荣耀这一点也是不隐瞒的。一个牧师的儿子，不苟言笑，九岁就死了妈，他十二岁就参加了海军，满脑子装着来自书本的高尚榜样；他喜欢引用莎士比亚，把自己看成豪斯伯[1]：英勇、鲁莽、热心肠，不过结局不是那么悲惨……因此，羡慕荣誉。他不认为自己轻信、虚荣。他钦佩勇猛、坚定、慷慨、坦率。他想证明自己。他不想令自己失望。他意在成为一名英雄。他希望值得赞扬，他希望获得勋章，被人记住，青史留名。他想象自己以半身肖像，以基座上，甚至是广场上一根高高的柱子顶上的一尊塑像而出现在历史画册中。

他曾经希望自己个子能更高些，但他喜欢自己身着军装。他在英国有个妻子，一个他出于爱而娶的寡妇，对她，他认为自己是忠诚的，上一次见她是在一年前他被送回家，以便从那马虎进行的截肢手术中康复。他欣赏她高贵的性格和她衣着打扮方面的品位，他认为她同意做他的妻子让他很荣耀。他把他的继子乔赛亚——范妮和她第一任丈夫生的惟一的孩子——带着出海，每周都给她写信，告诉她这个年轻人所取得的进步和存在的不足之处。他不再指望有自己的

① 莎士比亚《亨利四世》中的人物哈里·豪斯伯（Harry Hotspur）。

孩子了。他的声名会确保他的名字流传下去，他的丰功伟绩会是他的后代。

截肢才两天，他就开始训练自己用左手快速写出可以辨认的字了，当然，他发现很难不一直注视着那个新动物，他的左手背——它让他觉得就好像是别人在写他的信和急件。

他不想去感觉虚弱，迄今为止，他还从未感觉到过虚弱，甚至在船上也一样，医生按照他的指令做的时候，他也没此感觉。也许他从未觉得虚弱，那是因为没有哪个人真正安慰过他，或者把他视为一个受苦之人。他还是个孩子的时候就宣布他不要被看作一个孩子，他强壮，没人该为他担心，他在那里是要为他们担心的；从此以后，他父亲、兄弟姐妹、他妻子便都信了他的话。人们希望相信他；这是成为明星的一部分。

他向骑士及其妻子表示他希望住在旅馆里。他们不会同意这种事情。他被安排在这个英国全权公使公馆中最好的、楼上套房的床上。他恳求骑士的妻子别为他忙碌。他所需要的一切就是独自待一会儿，他会康复的。巨大的房子被布置成意大利式的，比同样规格的英国公馆的仆人多，这种情况在一个落后的国家是可以想见的，但是，很多护理的事情她坚持事必躬亲，她母亲帮帮忙。他刚刚被放到床上就晕了过去，一醒过来，便听见卡多根太太的乡下嗓音，看见她那种乡下的行事做派。呃，好啦，别怕，我不会弄痛你，让我抬起你的肩膀……他记得他妻子每天给他处理伤口时向后退缩的样子，记得她看到通红通红溃疡的残肢时惊吓的样子。与此同时，骑士的妻子把一扇扇窗子完全打开，向他描述海湾、卡普里岛还有远处冒着烟的那座山的美轮美奂的景色，他知道，骑士对这座山特别感兴趣。她跟他讲宫廷里的是非恩怨。她给他唱歌。她抚摸他。她给他剪左手指甲，用牛奶清洗他那可怜的受了伤的额头。她前倾身子为他洗梳头发时，她腋窝的味道就和橘子味儿一样，甚至更香甜，像百合花；他还从不知道一个女人身上能散发出这样的味道。他一直闭着眼睛，用鼻孔吸入这味儿。

她似乎非常钦佩他，他对此很享受。

和所有人一样，他知道她的故事：堕落女人，收容进了骑士的保护伞，成了一个无可挑剔的妻子。但是，她有一种热情和率直，这在宫廷王室决不可能找到。有时，她问些问题，而有教养的女士是决不会问这样的问题的。比如，她问他做了什么梦，这是个相当无礼的问题，可他喜欢。问题在于他什么梦也没做，做了也根本记不住，只是些模糊记忆——关于交战、喧哗声还有流血和恐惧。有一个梦他最近做了好几次：他梦见自己双臂齐全。他会在战斗打得正酣时站在甲板上，沉着冷静，右手握着小望远镜放在一只眼前面，朝哈代舰长招着左手；这一幕逼真极了，与打仗时的情况一模一样，也完全可以就这样画下来，除了一点，因为已经再也不可能这样了（他不记得他的眼睛是不是也恢复了），他知道这肯定是个梦，他会努力使自己醒着。但他不能讲这个梦。它听起来会像是恳求同情。

他试着编织一些梦。对一个英雄来说合适的梦。我梦见，他说，我在爬一个大楼梯。要不就是：我梦见，他说，我站在一座宫殿的阳台上。要不就是，由于担心这些梦听上去虚荣心太强：我梦见自己独自一人，在山谷，在一大片全是花的田野上徘徊。还有……（讲下去！）……我梦见策马奔腾，我梦见我在越过薄雾笼罩的湖面，我梦见自己在出席一场盛大宴会——不，这听起来太无趣了。

一个人到底梦见什么？难道他忘记怎样和一个漂亮女人交流了吗？讨厌！该死！他都不如一头野兽。他长期以来考虑的都是地图还有战术还有加农炮的准备就绪还有天气还有地平线和战线，有时也想到在里窝那[1]的那个女人，还总是想到拿破仑，现在想他右臂的疼痛，这条失去的手臂，可怕的疼痛。

尽管累了，还有点发烧，但他愿意再努力一下。

我梦见我在一家剧院——不。我正梦见我进了一座城堡并发现一间密室——不对。我现在记得，是的，我是在悬崖上，下面是滔滔的洪水——不对。我骑在海豚背上横渡大海，听见一个声音在喊我，是美人鱼的声音——不对。我梦见，我梦见——

她肯定猜出来他在编造，为了让她开心。他不会认为这些梦令人相信；它们听上去像一幅幅图画。他不介意编这些梦。他只希望编得更好些。他在寻求一种充满诗意的方式……

·

讲述过去，或者描绘过去时，不说真话、不全说真话，有时是可以接受的。有时是必要的。

根据当时的历史题材画作的标准，画家必须保留人物更高的真实，而不是诉求字面的，即低等的真实。画伟人，画家必须努力描绘的是人物的伟大。所以，举个例子，拉斐尔之所以受到赞扬，是因为把门徒[2]从身体到举止都画成高贵的模样，而非他根据《圣经》经文所猜测的那般猥琐且笨拙。“据说亚历山大五短身材；一个画家不应该这么去再现他，”乔舒亚·雷诺兹爵士宣称。伟人没有猥琐或者粗俗的外表，不会是残废或者瘸腿，也不是斜眼，或者有个大肥鼻子，或

① 里窝那(Leghorn)，即 Livorno，意大利西部港市。
② 即《十二门徒》。

者一头难看的假发——如果他有，那么，这些也都不是其精华部分。人物之精华才是画家应该展示的地方。

我们喜欢强调英雄的平凡。精英人物似乎是非民主的。我们感觉受到呼唤伟大所造成的压迫。我们认为对荣誉或完美感兴趣是一种精神不健康的标志，并下结论说，取得巨大成就者，他们被称为过度成功人士，将他们过于雄心勃勃归因于养育中的一个缺陷（不是管得太少，就是管得太多）。我们想要钦佩，但认为我们有权不被吓倒。我们不喜欢感觉在一种理想面前低人一等。所以，离理想远点，离精英远点。只有健康的理想才获得承认——那些人人都可以追求的，或者自在地想象自己拥有的理想。

•

一条美人鱼！

什么，亲爱的长官？

他肯定是睡着了一会儿了。她温柔地看着他。

有点儿尴尬，他低语，我刚才跟你讲完了吗？

讲完了，她说，您当时在一座皇家城堡里，国王和王后正在为您举行一场盛大宴会，过几天如果您身体好了，我们想要为您举行这么一场盛大宴会，庆祝您的生日，并表达这个衰退却美好的国家对因您的勇敢而振奋起来并获得拯救所怀有的永远的感谢。

我当然身体很好，他说，还想试着站起来，可一声呻吟，又昏倒在床上。

她爱看他睡觉，左手放在大腿间，像个孩子似的。他看上去显得瘦小而且脆弱。她忍住了小腹的疼痛，她很高兴她能说“我们”——我和我丈夫，我和王后：我们感觉，我们钦佩，我们关心，我们感谢不尽，我们会向您表明我们多么感激。她做到了。

一周后是英雄的生日，这一天，骑士的官邸似乎前所未有地富丽堂皇、灯火通明，在英雄生日这一天，这座官邸变成了一座庆祝他辉煌胜利的圣地。

就像他儿时的一个白日梦，人人都在喊他的名字，向他致敬，人们一次又一次提议为他这个保王大业的救星干杯，他举起了酒杯。正如他想象的那样——只不过他是用左臂把杯子端起，他的右臂疼痛，有烧灼感，他仍然有点发烧，他还感到有些恶心，也许是因为酒的缘故。他一般是非常节制的。

他高兴地看见了女士们的笑靥和华服，骑士的妻子身穿蓝绸长袍，魅力四射，他还看见了那些五颜六色的礼品；尤其是他看见他的名字、他名字的首字母、他的脸——在枝状大烛台上、花瓶上、大奖章上、胸针上、浮雕宝石上、饰带上——他脸转向哪儿，哪儿就越来越多。在过去的这几个星期，他的主人让当地的陶器厂忙着加工生产。他还有他们还有英国侨民还有停泊在海湾他舰队的军官吃饭的盘子、高脚酒杯上都印刻了他名字的首字母。八十位客人饭后去了舞厅，加入骑士和他妻子邀请来参加舞会并用晚餐的另外两千宾客，饰有他大名的丝带和圆形小徽章被分发给每个人。他每样拿了八份，悄悄地塞进他的右袖口，准备回去送给范妮和他父亲，还有他的一些兄弟姐妹，让他们看看他获得了怎样的荣耀。

您好吗，亲爱的长官，骑士的妻子挽着他的手臂朝舞厅走去时，低声问道。

非常好，非常好。

他觉得非常眩晕。

巨大的房间中央，吊灯灯罩下，竖着某个由英国国旗和他自己的蓝色军旗覆盖着的高高的东西。有那么一刻儿，他产生了一种荒唐的幻想，以为这是“先锋”号的一根桅杆。他朝它走近，这时，骑士的妻子还挽着他的手臂。他真想他能在上面靠一会儿。

别靠在上面，她说。似乎她能猜出他的心思。这是个让人惊奇的东西，您知道，但它不太稳固。我们可不想让它倒下！

然后，她离开他，到了骑士身边，骑士站在那些乐师边上。舞会即将开始，他想知道他怎么办才好。他不想让人看见他坐在那里。但是，舞会又还没有开始，因为乐师们已经演奏起《天佑吾王》，骑士的妻子上前一步唱了起来。她的歌喉是多么美妙啊！她仿佛赋予那耳熟能详、鼓舞人心的歌词新的活力，然后，是的，他听见了他的名字，千真万确。“名人录里第一人，”她在唱。

　　让我们为他歌唱；
让我们将他的美名远扬，
英国国土的荣耀，
他让尼罗河两岸回荡——
　　天佑吾王！

偌大的舞厅里几千人开始鼓掌欢呼，他脸红了，她一遍又一遍唱着这首新歌，邀请所有人和她一起唱，他们齐声唱着他的名字、赞美他。接着，她和骑士朝他走过来，她从吊灯灯罩下面桅杆样的东西上扯下罩在上面的旗帜，露出一根柱子，上面刻有那个征服者的“我来我见我征服”①的名言以及尼罗河战役中的舰长的名字。这时候，喧

① 恺撒大帝的名言。

闹声平息下来，他的战友，几乎全都在场，走上前去，紧紧抓住他的一只胳膊，为他们能有在他手下服役的特殊荣幸而恭恭敬敬地再次表达他们的谢意。骑士站在柱子边致简短的欢迎辞，把他比成亚历山大大帝，欢迎辞快结束时，骑士的妻子插话，大声说道应当为他塑一尊纯金的雕像，放置在伦敦中心，国内那些人如果明白他们应该多么感谢他的话，就应该这么做——他感到自己身上罩着光环。接着，其他许多人簇拥到他周围，对他微笑，还有些人抚摸他，就像这里的人现在会做的那样，大家笑啊笑啊。哦，要是他父亲和范妮能见到他这一刻，该多好啊！

他转过身朝骑士致答谢辞，感谢这一盛大的庆祝活动。您令我深感荣幸，他这样开场。

是我们感到荣幸，骑士说，这时候，是他挽住了英雄的手臂。

接着，乐师们开始演奏，英雄朝骑士的妻子走过去，以为她期望他在四对方阵舞中当她的舞伴。不，不，不是要跳舞，她必须明白，而是试图表达他的谢意。

骑士以自己的方式沉迷于这位年轻的海军上将，一如他妻子以她的方式一样，他开心地站在一旁看着。这个时刻是多么辉煌啊，恰似月蚀之后。所有漆黑的东西现在似乎都绚烂多彩、光芒四射。他担心也许很快他就不得不丢弃他的房子和里边所有漂亮、动人的物品，他的房子——现在是英雄正式的住处——面向未来，也拥抱过去。

•

他曾想过，他在国外的乐园在陷落。那年的头几个月里，因为国际反法联盟似乎在瓦解，所以，那不勒斯在屈从于法国的意志。面临的第一个屈辱是不得不接受加拉先生就任新大使，正是此人宣判了路易十六的死刑。接着就是颇有影响的反法首相被赶下台，取而代之的是个亲法的首相。与此同时，拿破仑的军队长驱直入，而这位年轻的英国海军上将还在地中海游弋，无望地寻找着机会与法国舰队交战。

骑士不恐慌，恐慌可不是他的性格。话虽如此，法国军队已经控制了教皇之都，假如他们开始从教皇之都一路挺进半岛，某天早晨他就会得知他们已到了那片燃烧的土地[①]的那一边，正沿海岸上行。他和妻子以及他们所有的英国客人（总是有客人）仍然有时间逃离；这个他不担心。但是，他真担心他的财物的安全。宝贝东西也总难保护——偷盗、火灾、水灾、丢失、处理不当、仆人和雇员们的疏忽、阳光的杀伤，以及战争，对骑士而言，战争主要意味着故意破坏文物、抢掠、没收。

每个收藏者都受到所有会带来灾难的难料之事的威胁。这意味着每件藏品——其本身就是一座岛——都需要一座岛。蔚为大观的收藏品每每会激发出有关储藏和妥善保管方面的气势恢宏的想法。佛罗里达南部有个不知疲倦的收藏家乘坐美国最后一列私人火车，踏上他的购买之旅，他在热那亚得到了一个巨大的城堡来存放他数量巨大的装饰品；一九四九年中国国民党把中国大地上当时所有可以携带的艺术杰作（丝绸画、小型雕塑、玉器、青铜、瓷器和书法作品）包在稻草和棉花里，打包带到台湾，把它们放在一座大博物馆边上从一座山中挖空的地道和地下室里，专设地方陈列他们的这些战利品极少的一部分。大部分储藏地都不必设计得这样奇怪，或者搞得像堡垒似的才安全。但是，藏品存放在一个让人感觉不安全的地方，就是一个永远的焦虑之源。收藏之乐受到丢失之幽灵的侵扰。

---

① 指那不勒斯周围，维苏威火山经常喷发。

也许没必要逃离那不勒斯。谁知道呢?但是如果有必要,那么,积累了三十年的藏品可不是容易打包、装箱、运走的。(一生漂泊的犹太人成不了大收藏家,除了能成为大集邮家。很少有什么大藏品能背在人背上的。)骑士觉得,在纸上详细记下他的收藏,做个——第一次——完整的清单,是明智的。

这绝对不是他的第一份清单:收藏者是积习难改的列清单者,所有喜欢列清单的人其实都是或将会是收藏者。

收藏是一种永不餍足的欲望,一种对物品所怀有的唐璜式的征服欲,其中,每一次新的斩获都激发出一种新的精神膨胀,并产生那种记分、记数额外的愉悦。假设某处没有某人一个汇总达一千零三个[①]的总账目(如果有个总管来不断更新则尤佳),那么,征服的容量与不倦就会失去它的一些意义和滋味,余暇时对这一分类账目的美滋滋的思考会抵消性欲旺盛者必须要经历、又奋力与之抗争的欲望的耗尽。但是,对于物质与精神占有的精力旺盛之辈来讲,开列清单可是一项更属精神层面上的事业。

清单本身即一种收藏,一种升华了的收藏。一个人并非一定要真正拥有物品。知道即拥有(对那些手头不够阔绰的人来讲,这是件幸事)。以这一形式——清单的形式——来对它们进行思考,便已经是一种认领、一种占有:列出清单就是对它们进行估价,把它们分出等级,就是宣称它们值得记住、值得渴望拥有。

你喜欢的:你最喜欢的五种花、五种香料、五部影片、五款车、五首诗、五家宾馆、五个名字、五种狗、五项发明、五个罗马皇帝、五部长篇小说、五名男演员、五家餐馆、五幅画、五种宝石、五座城市、五个朋

① 唐璜曾吹嘘在西班牙被他诱奸的少女达到 1 003 个。

友、五座博物馆、五名网球手……就五种。或者十种……或者一百种。因为,无论你原先定下什么数目,中途,你总会非常希望你有一个更大的数目供你摆布。你全然忘记你有那么多你喜欢的东西。

你已做的:你与之上床的每一个人,你到过的每一个州,你到过的国家,你住过的房子或公寓,你上过的学校,你有过的车,你养过的宠物,你有过的工作,你看过的莎剧……

世上有的:莫扎特二十部歌剧名,或英国国王和王后的名字,或五十个美国州府名……即使是开列这类清单也是欲望的一种表达:渴望知道、渴望看到它们排列好、渴望记住。

你真正拥有的:你所有的CD、你的瓶装酒、你的初版本书刊、你拍卖购下的老照片——这样的清单充其量不过是认可了占有欲,除非,就像骑士的情况这样,你购置的物品处于危险之中。

他要知道他有什么,既然他可能丢失它们。他要永远拥有,至少以清单的形式拥有。

对骑士而言,这是个营救使命。但是,尽管这一动机令人不快,他还是相当期待这一任务的来临。看看他收集的每件物品,把这些物品按照某种顺序摆放好,确定他的每件藏品的种类、数量、优点,还有,对了,阙如的状况:这会是一种愉悦,也是一种辛劳,给人快感的辛劳,这件事他不会委托家里的任何人代劳。

从通向下面楼梯的大厅开始,他从一个房间走到另一个房间,从一个楼层下到另一个楼层,从一个记忆转到另一个记忆(全在那里),后面跟着他的两个英国秘书——奥利弗和史密斯,他们记下他大声说出的任何话;加埃塔诺拿着一根细蜡烛和一把卷尺也跟在后面,跟在后面的还有一个小侍从,端着一张凳子。他还从未以这样混乱的方式来看他的房子,像个陌生人可能采取的方式——一个卑躬屈膝的保管员、一名沉默寡言的财产估价员，或者是觊觎艺术珍品的外国暴君的一名恃强凌弱的全权大使。他印象深刻。他花了近一周的时间才列好清单；因为他磨磨蹭蹭、昏昏沉沉的。接下来，他回到书房，花了一整天时间把清单整理出来。日期是一七九八年七月十四日，两个月前，是用他那随意不过还能辨认的笔迹记在手写本上，写了好多页，然后用淡红的皮革作封面装订好，放进书桌抽屉锁好——除了他收集的火山矿石、鱼骨架和别的自然奇观，其他的都记录在这里了：两百多幅画，包括拉斐尔、提香①、委罗内塞②、卡纳莱托③、鲁本斯④、伦勃朗⑤、凡戴克⑥、夏尔丹⑦、普桑⑧的作品，很多都是喷发中的维苏威火山的水粉画，他拥有的他妻子的十四幅肖像画，花瓶、雕像、浮雕宝石，一直到地下储藏室里的最后一只枝形大烛台、石棺和玛瑙灯，略去了那些一眼就会看出是从皇家发掘物中非法获得的收

---

① 维切里奥·提香（Vecellio Titian，1490—1576），意大利文艺复兴时期威尼斯派画家。

② 保罗·委罗内塞（Paolo Veronese，约1528—1588），意大利画家，出生名保罗·卡里雅利（Paolo Caliari），在威尼斯应约作了许多画，包括总督府的壁画；尤以画色彩华美的宴会场景著称，如《迦拿的婚宴》（1562）。

③ 卡纳莱托（Canaletto，1697—1768），意大利画家，出生名乔瓦尼·安东尼奥·卡纳莱（Giovanni Antonio Canale），因画威尼斯节日和风景画而闻名。

④ 彼得·保罗·鲁本斯（Peter Paul Rubens，1577—1640），佛兰德斯画家，北巴洛克绘画艺术最杰出的代表，以画肖像画和神话题材的画而著称，画中以性感裸体女性为特色，例如，《维纳斯和阿多尼斯》（约1635）。

⑤ 伦勃朗（Rembrandt，1606—1669），荷兰画家。

⑥ 凡戴克（Van Dyck，1599—1641），佛兰德斯画家，以英国宫廷贵族肖像画著称，奠定了200多年英格兰肖像画基础。

⑦ 让-巴蒂斯·西蒙·夏尔丹（Jean-Baptiste-Siméon Chardin，1699—1779），法国画家，静物画大师。

⑧ 尼可拉·普桑（Nicolas Poussin，1594—1665），法国巴洛克画家，被视为法国古典主义的主要代表和宏伟画法大师，其作品主题包括《圣经》场景，如《金牛的崇拜》（约1635），古典神话，如《亚卡第亚的牧人》（约1655）以及历史风景。

藏品。

这就是这个夏天的氛围,那不勒斯在等着法国人冲下半岛,骑士幸运地能够早早地预料到他已经熟悉的特权生活的结束(这不是庞培,也不是赫库兰尼姆),他列了个清单,开始考虑如何将他最最珍贵的财产运走。

他那无可匹敌的朋友赢得了对法舰队的伟大胜利,所以,危险已经转向,这无疑是对两年前法国入侵意大利的遏制的开始——在他生日的当晚,他们在这里为此庆祝。骑士做出了安排,要把他藏品的一大部分送回英国:他收集的第二批古花瓶,比他第一次回国探亲时带回去卖给不列颠博物馆的要大很多,也精致很多。他的代理商和仆人在极其小心翼翼地把这些花瓶打包,过几天就会装箱,装上停泊在港口的英国军需船。如果就因为法国占领的威胁减弱了或者(甚至更糟)共和党人暴动平息了,便取消这样的安排,那会是愚蠢的做法。让这些花瓶到英国出售,他已经决定。我需要这些钱。钱,总是一种需要。那是收藏循环的基础——因为收藏是个循环,不是一种进展。其勇敢出现在循环的最低点,此时物品抛出去了,收藏者又得从头再来。他憧憬着新一轮花瓶收藏的快乐,甚至比这批收藏还要多,以此来自我安慰。

他盼望重新开始。

•

骑士下到了码头,监督着把他的一箱箱宝贝装上“巨人”号。英雄仍旧躺在床上,但感觉有力些了。他在写信时,卡多根太太给他端来了汤,骑士的妻子坐着陪他。在给他兄弟——和他们的父亲一样,他也是个教区牧师的信中，他讲述他打的一场场胜仗，并表示了忧虑，担心他的为国效劳被忽略。尽管会有嫉妒，但荣誉必须给我，他写道。（他在希望因尼罗河胜仗而受封子爵。）他给范妮的信甚至更为直白地吹嘘了。就像骑士的妻子，这么多年来一直给查尔斯写信，并在信中直接重复她听到的对她的表扬，英雄也向他妻子一字不落地重复人们对他的赞语。人人都赞美我。连法国人都尊敬我。他们很相似，伤残的英雄和充满活力的女主人——他们俩身上都有一种孩子般的东西，骑士注意到了，并受到触动。

人们在街上跟着我，呼喊我的名字。他现在不再卧床，是骑士的妻子陪他去王宫与国王和大臣们会谈，陪他去港口，那里需要他亲自去解决他的士兵和狡诈的那不勒斯人之间的争端；我为我们伟大的客人做全程发译①，她写信给查尔斯说。她坚持不懈地同情理解他的种种兴趣和他的世界。她和他所有的军官交朋友，并且把他们的担心告诉他们那令人敬畏但心烦意乱的海军上将，以引起他的关注。她这个热切的学习者现在又多了一个身份，不知疲倦的母亲般的角色，她帮那些年轻的海军候补少尉写信给他们远在英国的心上人，她试着教乔赛亚跳加伏特舞。乔赛亚告诉她，是他在船上把救命的止血带绕在他继父的臂膀上的，闻此她倾过去吻了男孩的双手。她给英雄的妻子寄送礼物，并附诗歌颂他的赫赫战功；消息传来，他只被授予男爵这个最低爵位，尽管有两千英镑年薪，她匆忙给范妮写了封信，对英国海军部的忘恩负义表示愤慨。

骑士也写信给英国外交部，抗议对英雄的不重视。他们最喜欢单独在一起。一天晚上，在大客厅里——这里挂了骑士拥有的四十

---

① 出于前面所提的同样的原因，骑士夫人将翻译（interpreting）写成了 enterprating。

幅画——他们上演了日常家庭的一幕。骑士为英雄演奏大提琴,他妻子唱歌。在某一刻,骑士努力想平息英雄因国王的优柔寡断而引起的恼怒,而骑士的妻子则怀着一种深深的幸福感看着。你无法指望这样的人会改变,骑士说。只有上帝才能让他们明白面前的灾难,英雄大声说道,他的左手不停地打着手势,当他变得更加激动时,他右臂的残肢明显地在那个空袖子的顶头抽动。她深情地注视着骑士,后者在继续含蓄地讲述国王令人惋惜的智能缺陷。她专注地盯着英雄,她的热情包裹着他,带着一种颇具疗效的温暖。接着,他们仨漫步到露台上,眺望维苏威火山,最近这座山一直出奇的平静。有时,骑士走中间,他们一边一个,就像他的两个成长中的孩子,他们完全就是他孩子的年龄。有时,她走在中间,(比她矮的)英雄走在她左边——她能感觉到他那靠着她身体的失去的手臂的热度——(比她高的)骑士走她右边。骑士继续给英雄讲些当地关于这座山的种种迷信说法。

·

英雄应该长什么样?国王呢?美人呢?

这位英雄,这个国王,这位美人,他们全都没有雷诺兹会认为的合适的外表。这个英雄看上去不像个英雄;这个国王看上去或者说行为举止从未像个国王;这位美人,天哪,不再是美人。说白了:英雄残疾了,牙掉了,疲惫不堪、形销骨立,小个子一个;国王大腹便便,一脸疱疹,大鼻子;这位美人,因为喝酒而变粗壮,现在人高马大,三十三岁的她看上去已不再年轻。只有骑士(贵族、朝臣、学者、有品位的人)符合理想的标准。他高个儿,修长,五官端正,浑身完整无缺;尽管在历史题材画宇宙中四个未来公民里他年龄最大,但他是身体状况最佳的一个。

当然,这跟他们没关系。有趣的是,那个时代期望绘画表现一个理想的外表,尽管我们远离那个时代,我们声称发现丑陋与生理缺陷的存在会令人心存仁慈,但是,在身体变形与不再年轻的人互相之间还多情浪漫,在他们(如我们所说,愚蠢地)理想化的时候,我们认为还是值得解释一番的。

•

他们三人组合似乎非常自然。骑士的生活里有了个新的年轻人,与其说是外甥,还不如说是儿子。他妻子有了个可以钦佩的人,她以前从来没有这么钦佩过哪个人。英雄也有了他从来没有过的这样的朋友;优雅的老骑士的赞美让他真心愉悦,他那年轻的妻子的热情和关注让他激动得难以自持。除了越来越深厚的友谊让他们兴高采烈之外,他们还一致认为他们是一出伟大的历史剧中的演员;把英国,还有欧洲,从法国的征服、从共和制中拯救出来。

英雄感觉恢复得很好了,准备回到海上。有快件和信要写,给在英国的大臣和有头有脸的朋友写,给地中海的其他英国海军中校写。要与那不勒斯大臣会面,与国王两口子会面,还要和已被罢免但仍有势力的反法首相会面。波旁政府永远都在开会,讨论是否勇敢地面对法国人,骑士则极力主张他们派遣军队去罗马,英雄急于希望那不勒斯参与到这场冲突当中,由此而成为英国的一个公开盟友(即成为英国的军事基地),他对这一计划的支持颇具影响力。一旦这一判断失当的远征获得批准,那么,就要检阅部队,所有这一切都是在一种爱国主义的情感氛围，一种自视甚高、挫败、焦虑和对舞台上大多数本地演员不加掩饰的蔑视这种感觉中进行……正如一个星球帝国的代表在一个有着极其腐败和好逸恶劳传统的遥远的南方总督辖地一路挣扎时总感觉到的那样，在这么一个地方，他们在试图极力主张军事价值和抵抗敌对的超级大国的必要性。

他的上司传话来，期望他和他的海军中队前往马耳他。从一次无果的国家议会会议回来，他写信给圣文森特伯爵，说他几乎都等不下去了，他要马上启航，离开这个充满小提琴手、诗人、妓女和恶棍的国家。但他不想离开骑士和他的妻子。

经过三周的逐渐康复和极度崇拜后，十月中旬，“巨人”号带着骑士的花瓶驶往英国后几天，英雄也启航驶往马耳他，寻找时机与敌方进行新的交战。国王因为知道他会率领军队在多石的罗马中部他的王宫里待一阵子，便先来卡塞塔打猎。骑士也搬到了卡塞塔，走之前吩咐可以开始将他的画作打包了——只是以防万一，只是以防万一。他妻子在那座大宅子里，每天给英雄写信，告诉他多么想念他。晚上，骑士在外面打了一天猎，目睹了一天的血腥回来，在信上加上附言。

每天猎杀动物无数令国王兴致高涨，他在盼望着一身俊美戎装，率领军队，一马当先。王后的精神一点点消耗后，部分聪明才智尚存，她开始怀疑这次远征是否明智。是骑士的妻子，正如她在给英雄的信里所写的那样，说服王后别灰心丧气的。她明确地指出马上进攻是为上策：王后、她丈夫还有她的孩子们被带向断头台，让她记得因为没有勇敢地抵抗到最后一刻，把她的家人、她的宗教信仰和她的祖国从杀害她妹妹和法国王族的贪婪之辈的手上拯救出来而蒙受的永久耻辱。你因该[1]看见我了,骑士的妻子写道。我站了起来,像你那样伸出左臂,发表了一场精彩的演讲,亲爱的王后哭了,说我是对的。她经常坦率地说到他失去的手臂,因为英雄不是那种人,希望你绝口不提什么截肢或者伤残:一个眼睛瞎了的女人告诉你你看上去很棒,她夸你穿的红衣服,一个独臂男人大声说昨晚他听歌剧的时候不停地鼓掌。英雄每天晚上回到他的舰长室,给他两个朋友写信,一封封信里,他也说到他失去的手臂。我要写的信很多,要有两个手臂才写得完,他说。写信常让我疲倦。但除了再次见到你们俩这种无上的幸福,每天我除了指望写信给你们的快乐,别的什么都不指望。他感谢骑士的妻子鼓舞了王后的士气。他一再说他是多么想念他们俩,多么感谢他们的友谊,他的感激之情难以言表,他们给了他超过他应该得到的荣耀——似乎以前就没有人对他好过——和他们一起生活后,了解了他们的爱,结果,弄得他不想和任何其他人在一起了,和他们分开,现在这个世界似乎是个荒原,他最大的愿望就是回来,再也不离开他们。我也爱卡多根太太,他加上一句。

•

英雄又病了,需要人护理,所以,三周后,他回到卡塞塔他朋友的身边。从那里,英雄和骑士的妻子各自给他妻子写信。她写信谈英雄的健康状况,并给她寄更多的诗和更多的礼物。他则在每周一信中,告诉妻子说,除了她本人和他父亲,他把骑士及其妻子看作是这个世界上他所拥有的最亲爱的朋友,我住在这里就像是这家中的儿

---

① 应该是“should”(应该),骑士夫人写成了 shood。

子。骑士对我好极了,对我讲解许多有趣的科学问题,他妻子是女性的荣耀。我从未在哪个国家见过能与她媲美的女人。

又过了两星期,大家都得回那不勒斯了;一支由三万两千名毫无作战经验的士兵组成的部队从那不勒斯北上向罗马进军,队伍由一名不称职的奥地利将军指挥,国王是有名无实的统帅,在应征士兵中包括骑士的独眼向导——巴尔托洛梅奥·普莫。骑士和他的妻子与欢送英雄的人群一起走下码头,英雄要率领另外四千官兵攻下中立的里窝那,切断罗马和占领了北半岛大部分地区的法军之间的通讯联系。

英雄不无担忧地注意到,骑士看上去相当虚弱,背也弓了起来,他妻子脸色苍白,显然是在努力表现得非常勇敢的样子。尽快回到我们身边,骑士说。头戴更多的桂冠,他妻子说。

几小时前,她给了他一封短信,但让他答应上了"先锋"号才打开来看。他吻了一下短信,把它放在胸口。

一条小船要把他带到他的旗舰上,上了小船过了一会儿,他便打开了短信。

纸上是她可爱的笔迹:一连串对他安全的祝愿、他们永恒友谊的声明、感激之情的表白。但他变得越来越贪。他想要更多的——某种更多的东西。她会不会对他说她爱他?但她一直都告诉他,她,她和她的好骑士是多么地爱他。再多一些。他的士兵划着船,把他送往"先锋"号的时候,他热切地翻到最后一页,把他已看过的、被浪花溅湿的几页纸紧紧夹在双膝之间。再多一些。啊,写在下面呢。

在里窝那别上岸鬼混。亲爱的朋友,如果我说那座城里他们没有让您舒服的东西,您可得原谅我。

他眨眨眼睛。这么说,结婚这么多年他惟一一次荒唐的行为,她也听说了;他知道这件事传得沸沸扬扬。四年前和"船长"号在里窝那,他遇到一个迷人的女人。这个女人嫁给了一个冷酷且对妻子不闻不问的丈夫,一个海军军官。他可怜她,然后就喜欢上了她,认为他会爱上她——爱她五个星期。

他笑了。如果他亲爱的朋友吃醋了,那么,他知道她爱上他了。

•

一群傻瓜！一群傻瓜！他一直就是个傻瓜,骑士没有想到过。尽管骑士是第一个相信波旁政府能够建立一支军队并上阵作战,足以迎战法国,但是,他还是不习惯责备他自己。

英雄已经尽责了,他把他的部队部署在里窝那,他在此三天都很纯洁。但是,英雄怎么可能想到法国竟会允许罗马被那不勒斯人攻陷?

两年前和法国签订了一个和平条约(闹剧！羞辱！耻辱！王后勃然大怒),两西西里王国正式成为中立国,国王及其顾问——精明地,他们以为——没有对法国宣战。这次远征,他们宣称,不是针对法国。它只是对来自罗马民众——受着九个月前雅各宾狂热分子强加给他们的共和政府的折磨——呼吁恢复法律与秩序的兄弟式的反应。二月份以来占领了罗马并在其支持下宣布罗马共和国成立的那名法国将军谨慎地把他的兵力撤到城外几英里处。那不勒斯军队不费一枪一炮占领罗马之后,国王威风凛凛地进了罗马城,他认为场面就应该这么壮观,到了他的住所——发尔尼斯府邸,下诏令,让被共和党人驱逐出去的教皇回来,然后开始享受起来。两周后,法国对两西西里王国宣战,法国军队开始掉头向城里挺进。

国王听见法军转回消息的当晚,他便脱下他在王宫里穿的王袍,换上一件非常不合身的、比他肥胖的体型小好几个尺码的平民衣服,就这样乔装打扮回了家。那场耻辱的惨败——那不勒斯对罗马的占领——仅仅又持续了一个星期。英雄预言,如果进军罗马失利,那么,那不勒斯便败了。他的预言是正确的。

大多数那不勒斯官兵在国王之后、队伍整齐的南下法军到达之前,就垂头丧气地回了家,这时,骑士派人去找普莫。他一直为他担心。他小兵一个,是不是完成任务后还活着,还是脑袋挨了一枪,倒在了战壕的什么地方了?话传回来说他的向导还没有回来。骑士听了与其说是沮丧,还不如说是不相信。难以想象托洛,他幸运的托洛,竟然没有像他对付过那么多危险那样,知道如何对付这次危险,可其他在发生的事情正是他害怕的事情。

国王在诅咒、哀叹,在胸口画十字。王后一反她颇具见地的常态,最近变得几乎和她丈夫一样迷信,正在小纸片上写出祈祷文,写完就塞进胸衣,要不就吞下肚子。她对身边所有人声称,只有那不勒斯军队会在数量超过敌方、达到六比一的情况下逃脱,她一直都清楚,懒懒散散的那不勒斯军队决不可能守住罗马。每天早晨墙上都贴了反王室的标语:法国人在打过来,以及,为了得到他们的保护,那种他们给予罗马爱国者的保护,雅各宾支持者在露面。国王极其忠实的臣民——城里的穷人——刷出共和党标语,并在王宫前的大广场上集合,要求辟谣,有谣传说王室成员将即刻逃往巴勒莫。他们根本不在乎他们的外国王后,但是,他们要他们敬爱的国王留下来,他必须向他们承诺他会留下来。出来,现身,乞丐国王!国王只好出现在阳台上,王后在他身边,以向群众表示他们仍然在——他会留下来与法军作战、保护他们——而王后遥望广场,仿佛看到断头台在原先为“世外桃源”①的地方竖了起来，赶紧眨眨眼睛回到现实。人人都盼望英雄能来拯救，他必须立刻带他们撤离。是死，是活，都在英雄的掌控之中。

·

除了骑士的妻子，王后不会同意把王冠和她的钻石，以及近七百桶金条和金币（约合两千万英镑）交托给任何人。这些物品在夜间运到英国全权大使的宅邸，重新打包，加盖英国海军大印，然后送往港口，装上英雄的旗舰。是骑士的妻子发现并探明一条已被人遗忘的地道，从皇宫通向附近一个小海港，凭借这条地下通道，其余可以携带的皇家财产，包括卡塞塔和那不勒斯宫殿里最名贵的画作和其他贵重物品，以及波蒂奇博物馆中最重要的藏品，还有王室的服装和亚麻织品，统统都装入衣箱、货柜、保险箱，由英国水兵背上停在海湾的商船；每件货物上都附了王后的一张条子。

骑士的妻子，精力旺盛、敢作敢为，穿梭在王后和自己的家之间；在家里，她和母亲监督着将衣服、亚麻制品和药品分门别类——女人就该知道如何打包，而骑士则吩咐把文化类物品装箱：他的信札和文件、乐器和乐谱、地图和书籍。能够从包装活中腾出来的仆人则带着骑士的妻子手写的条子，来到所有英国侨民家，让他们开始打包装箱，准备好在接到通知的当天就离开。

骑士回到了书房看书，努力不去想他周围正在发生的事情——书籍的主要用途之一。

① “世外桃源”（the cuccagna），一意大利著名餐厅。

幸运的是，两个月前，他便运走了所有的花瓶，三百四十七幅画作也大多包装好了。整个意大利收藏界都生活在拿破仑这个欲壑难填的艺术劫掠者的恐怖之中，他威逼他征服的一座座城市上缴画作和其他艺术品作为战争税。帕尔马①、摩德纳②、米兰和威尼斯各摊派上缴二十幅精选出来的杰作；教皇下令奉上梵蒂冈的一百件宝藏，全都是为这个过去的七月在法国首都举行的"意大利收集之科学与艺术物品捷报录"入城仪式而准备的，这是在骑士列好他的清单两周之后举行的，当时，装着包括梵蒂冈的《拉奥孔雕像》和圣马可教堂四匹鎏金铜马在内的无价之宝的长长队列走过巴黎的林荫大道，以正式的形式呈交给内务大臣，然后运往卢浮宫。

他的画作法国人一幅也不会得到。但是，他收藏的火山矿石、他的雕像、铜器和其他古玩怎么办？只有一些他能随身带。到末了，做一个收藏家是怎样的一种负担啊！

他有时候梦见他站在一场大火中，动弹不得，迟疑不决，不知道吩咐仆人救哪些物品。现在，损失之梦成真了。但是，逃离战火总比陷于火山喷发要好，一旦碰上火山喷发，他就只好身穿睡衣就冲上大街，一样东西也不拿，否则，想要带出来一些物品的话就会为流淌下来的熔岩所困。他能带许多物品。但带不了全部。而每一件都是他的宝贝。

•

人们感到气愤——英雄认为把他的船开到海湾更远处，在那不

---

① 帕尔马(Parma)，意大利北部城市。
② 摩德纳(Modena)，意大利北部城市。

勒斯枪炮的射程之外，这会审慎些，他们现在停泊在此，在汹涌的波涛中上下颠簸。在十二月二十一日这个又冷又下着雨的晚上，他率领三艘驳船靠了岸。到了王宫，通过那条秘密地道，把国王、王后、孩子们，包括他们的长子、他的妻子、新生儿和奶妈、御医、王室牧师、猎场看守主、十八个侍从侍女一干人带到海港，领着他们爬过岩石，蹚过浪涛汹涌的海水，来到“先锋”号。骑士和他妻子还有岳母，为了不让人知道他们逃离，那天晚上还去参加了在土耳其大使官邸举办的一个招待会，他们从那里悄悄溜出来，步行到港口。在那里，他们登上他们自己的驳船，那些挑出来陪他们的下人看到他们终于松了口气，尖叫着欢迎他们。料想得到，骑士的英国秘书似乎也和那不勒斯人一样过度紧张：管家、两个厨师、两个马夫、三个男仆，以及几个侍候骑士妻子的女仆。法蒂玛，她的新宠——一个漂亮的科普特[①]黑人，尼罗河战役中获得的一个贞洁的战利品，英雄把她送给了骑士妻子——看到女主人时，马上啜泣起来。另一条驳船载了两西西里王国的两位前首相、奥地利大使、俄国大使，以及他们的家眷和仆人，跟着他们驶入刮起的大风之中。

英雄希望第二天清晨出发：因为海神尼普顿的三叉戟[②]在戳进他脉搏怦怦直跳的残肢，一场风暴即将来临。但是，国王不允许“先锋”号起锚，要等他的七十只猎犬从卡塞塔带过来，上了等着开往巴勒莫的另一只英国船才行。国王甚至都不愿意把他的猎犬委托给一艘那不勒斯船，他站在“先锋”号甲板上，兴奋地和骑士聊着他们要在

---

① 科普特（Copt），7 世纪伊斯兰教传入埃及后古埃及人中仍保持科普特教信仰者的后裔。

② 三叉戟是海神所持的神器。

西西里打松鸡,这时,海军上将卡拉乔洛则在"桑尼塔"号甲板上来回踱步,忍受着他最后的耻辱。王室不仅选择由英国海军上将送他们,而且他们的财产连一箱都没有委托给那艘那不勒斯旗舰。最后,在第二天傍晚,"先锋"号才获准冒险离开海湾,驶入浩淼的大海。"先锋"号是跟随而非率领一支小舰队,它包括英雄的舰队中的另外两艘战舰;"桑尼塔"号以及另一艘那不勒斯战舰,它的大多数士兵已经弃船而去,现在由英国士兵操纵;此外,还有一艘葡萄牙军舰;几艘商船,上面有两名红衣主教、许多那不勒斯贵族家庭、所有的英国侨民和法国侨民,其中许多是从法国革命中逃离的贵族,还有大量的仆人,以及骑士及其随从的大多数财物。

在王后坚持要随她一起走的所有那么多的箱子里,她没有想到放床上用品。骑士的妻子注意到后,马上把她的让了出来,卡多根太太为国王铺好床,他就睡了。骑士的妻子握着王后的一只手,两人坐在一只旅行皮箱上,里面有王室储存的六万达克特①。她最小的孩子,六岁大的卡洛·阿尔贝托,躺在船舱角落里的垫子上睡着了,看上去不太正常,在喘气、叹息。离开王后之前,骑士的妻子抹掉了他的眼屎,把他苍白、黏糊糊的脸擦干。年龄大些的王室子弟在外面倾斜的甲板上,英国海上劳工在船上紧张而忙乱地来回奔忙,准备抵抗风暴的袭击,这帮子弟跟在他们身后,还挡在道上。他们着迷于这些水兵脸上、脖子上、二头肌和前臂的刺青以及未治愈的坏血病溃疡。

到了第二天早上,风暴变得非常猛烈,船的每一次颠簸似乎都更为剧烈。浪涛猛烈冲击船身。空中的帆被呼呼地刮起。船身的栎木裂了,在嘎吱作响。水兵互相咒骂。成人乘客在做着人们以为自己

① 达克特(ducat),旧时在欧洲许多国家通用的金币或银币名。

要死了的时候多半会做的喧闹的事情——祷告、哭泣、开玩笑、双唇紧闭地坐着。英雄仍然在甲板上，他宣称在他的航海岁月里，他还从未见过如此凶猛的风暴。骑士的妻子拿着毛巾、端着盆，从一个船舱跑到另一个船舱，帮助生病的乘客。骑士待在他们的卧舱里，吐到胃里什么都没有为止。他想从一个瓶子里喝口水，但发现他的手在发抖。

•

对盲人来讲，发生的每一件事都是突如其来的。对受到惊吓的人来讲，每件事情都来得太快。

他们是来找你的，要带你去行刑队、绞刑架、火刑柱、电椅、毒气室。你必须站起来；但你站不起来。你的身体充满了恐惧，沉重得动弹不得。你希望自己能站起来，带着尊严从他们中间走出你囚室打开的门；但你做不到。于是，他们只好把你拖走。

要不就是，它即将来到，是要降临在你，你们还有其他人身上的；铃已经打过，或者警报已经拉响（空袭、飓风、滔滔的洪水），你已经藏身在这一囚室般的地方，尽可能地远离危险，同时也远离那些受过专门训练应付紧急情况的人，不挡他们的道。但是，你并不觉得更安全；你觉得被困住了。没地方可逃，即使有，你的四肢也因为恐惧而极其沉重，你几乎动弹不了。这和你从床上移到椅子上、从椅子上移到地板上的沉重是不同的。你在怕得或冷得瑟瑟发抖；你根本就无法做任何事情，除了竭力做到不要更加害怕，如果你一直一动不动，你就假装这就是你决定了要做的事情。

骑士不能确定对这场风暴他最介意的是什么。也许是不得不挤在这昏暗不明、狭窄、发出叮叮当当碰撞声的船舱里——世上最小的船舱。也许是他湿漉漉的衣服和寒冷；天非常冷。也许是嘈杂声：木板震动时以及船底撞击时木板发出的嘎吱声，还有那可怕的开裂声，很可能是一根桅杆断了；那爆炸声，肯定是上桅帆被刮成了碎片；还有风暴的呼啸声，以及人们刺耳的哭喊声。不，应该是令人作呕的味道。所有的舷窗和舱口都紧闭着。这艘船比一个草地网球场稍宽一点，长度是它的两倍，六百多船员之外又增加了五十名左右的乘客，整个船上仅有四个厕所，全都不能使用。他想吸进些寒冷、刺骨、纯净的空气，但是，冲进他鼻孔的却是恶臭的肠子里的气味。

如果他在外面，他就能见到并勇敢地面对；船提起来、向前颠簸，然后在两堵高墙般的黑浪之间往后掉下去。他怕死吗？怕，怕这样死去。如果他颤抖的双腿能够走过打滑的过道，那么，到甲板上去会好一些。他已走出船舱想找他妻子，沿着浸没在几英寸的寒冷的海水、粪便和呕吐物中，晃荡的又窄又倾斜的走廊慢慢走着，然后右拐。这时，他举着的蜡烛灭掉了。他怕迷路。他渴望他的阿里阿德涅来安慰他——朝他抛个线团。但他不是特修斯，不，他是困在迷宫里的弥诺陶洛斯[①]。不是英雄，而是怪兽。

他扶住黏滑的墙和粗糙的导绳让自己站稳，回到他那极小的船舱。那蜡烛灯还点着。他关门的当口，船猛地倾斜到一边，令人作呕，他被甩得撞到墙上。他滑倒在地，抓住床架，靠在上面，这个惊吓，还有他胸骨上的刺痛让他直喘气。灯摇曳着。他猛烈地晃过来

---

① 弥诺陶洛斯(Minotaur)，牛头人身怪兽，被弥诺斯王之孙弥诺斯(Miros)禁闭在克里特岛的迷宫里，每年要吃雅典送来的童男童女各 7 人，后被雅典王特修斯杀死。

荡过去。每件家具都被甩到地上，但他没有。他闭上双眼。

女算命师曾说什么来着？呼吸。

处方：你伤心时，你独处时，没有别人来时，那么，你可以召唤神灵来陪伴你。他睁开眼。埃夫罗西娜·普莫现在就和他一起坐在这个船舱里，关切地点着头。托洛也在，所以，他在从罗马撤退途中被一名法国士兵砍死的说法是不真实的。托洛正托着他的脚踝，让他保持平稳，不让他跌倒。埃夫罗西娜在抚摸他的额头。

别怕，大人。

我不怕，他心想。我是受到了羞辱。

他已多年没见埃夫罗西娜了。她应该年纪很大了，但她看上去比他多年前第一次见她的时候还要年轻。他心想这怎么可能呢。托洛看上去也很年轻，不是陪他登山陪了二十年的那个半闭着一只眼、留了胡子、肌肉结实的小伙子（甚至他都不那么灵便了），而又是曾经的那个睁着一只乳白色眼睛、瘦弱而敏感的男孩子。

我要死了吗，骑士低声问。

她摇摇头。

但是船要翻了。

埃夫罗西娜告诉过您什么时候。您还有四年时间。

只有四年时间了，他心想。这可不算太长！他知道，他应该感到宽慰。

我不想这样死掉，他郁闷地说。

接下来，他注意到——此前他为什么没有注意到呢？——埃夫罗西娜正拿出一副扑克牌。

大人，我给您看看您的命。

但是，他几乎看不见他抽的牌。他能看见的就是某个上下颠倒的人。是我吗？他心想。这船翻转颠簸的架势，我感觉我仿佛是颠倒的。

是的，是阁下。请注意看这个被绞死的人脸上超然的表情。是的，大人，是您。

骑士，一个双手反绑，头朝下，右踝绑在木绞架上倒挂着的人？

是的，当然是阁下。您已经把自己的头先扔进虚空之中，不过您很镇定——

我不镇定！

您有信念——

我没有信念！

他把这张牌研究了一会儿。但这意味着我要死。

不是这样——接着她叹了口气，这张牌不是您以为的意思。大人，请带着超脱的眼光来看。她忧伤地笑了。大人，不仅您不会被绞死，而且我向您保证您会活着去绞死别人。

但是，他不想听牌的事情。他要埃夫罗西娜分散他的注意力，将这场风暴变成墙上的一幅画，让黑墙变白，还他空间，抬高天花板。

风暴再次猛击船身，他听见从甲板上传来一阵撞击声和叫喊声。又一根桅杆断了？船更厉害地向一边侧倾。船马上就要翻了，他能感觉到。托洛！空中将开始灌满水。托洛！

这个男孩仍然在那里，按摩着他的双脚。

我无法镇定下来，他咕哝了一声。

大人，掏出您的手枪，您就会感到安全些。是托洛的声音。一个男人的忠告。

我的手枪？

托洛给他拿来旅行箱，里面有他总会随身携带的两支手枪，埃夫罗西娜则帮他擦掉额头上的汗。他把枪拿出来。他闭上眼睛。

感觉安全些了吧?

是的。

两个陪他的人就这样离开了他,他一手一把枪,尽管风暴突然转向,狂吹猛刮,但他尽力握紧枪保持平稳。

·

骑士的妻子刚刚离开奥地利大使的船舱,埃斯特哈齐亲王一直在呕吐并做着祷告,就在这时,她吃惊地意识到她已经几个小时没看见骑士了。她沿着极其拥挤的通道,朝他们的船舱走去。

她推开门,看见他端坐在箱子上时,大感欣慰;可她看见他一手举着一支枪,又顿感惊恐。

哦,这是干什么!

咯咯、咯咯、咯咯,他说,声音鬼一般沉闷平板。

什么?

我喉咙口海水的声音,他喊道。

在你的喉咙口?

在船上!在我喉咙口!我感觉船在沉的那一刻儿——他挥舞着两支手枪——我就准备朝自己开枪。

她抓住震颤不已的门框,盯着他,直到他移开目光,不再挥舞手枪。

咯咯、咯咯,他说。

对他的恐惧与痛苦,她充满了怜悯之情。他嘴巴看上去是肿的。但她没有像她在船上安慰那么多其他人那样冲过去安慰他。她第一次不是他的。也就是说,第一次她希望他不是他——一个愁苦的老人,因呕吐而虚弱,因恶臭以及人畜众多、缺乏所有的礼仪秩序而极为不快。

这船不会沉,她说。有我们了不起的朋友掌舵它不会沉。

过来坐我身边,骑士说。

我过一小时回来。王后——

你的衣服弄脏了。

最多一小时我就回来。我保证!

她做到了,那个夜晚,是平安夜,风力减弱了。她对骑士好言相劝让他来到甲板上,观赏美景:利帕里群岛①一座座活火山,斯特龙博利和武尔卡诺,正闪烁着向空中喷发火焰。他们站在一起。咸涩的海风吹打在他们脸上,火山的火焰照亮了星星点缀的天空。

看,看,她低声说道,手臂挽着他。然后,又领着他回到舱内,埃夫罗西娜和托洛还逗留在那里。

她离开骑士让他睡觉,她已决定只要还有哪里需要她,她就不上床睡觉。黎明时分,她回到舱里叫醒骑士,带他来到外面到处散落着碎片的甲板上。海面恢复了平静,火球般冉冉升起的太阳把满帆映成了玫瑰色,那两个前来安慰骑士的鬼魂开始逐渐消失。她给他看一封她今天凌晨四点收到的短信,当时她正在王后的船舱里想方设法再把烦躁不安的卡洛·阿尔贝托哄着。短信是英雄给她的,上面说他希望能荣幸地邀请到骑士、她本人以及卡多根太太中午到海军

---

① 利帕里群岛(Lipari Islands),第勒尼安海中的火山岛群,位于西西里岛北岸近海区,由阿利库迪、斯特龙博利、武尔卡诺、利帕里、萨利纳、菲利库迪和帕纳雷阿 7 个大岛和数个小岛组成。

上将的船舱里和他共享圣诞大餐。多美的一个早晨啊,她说。

宴会在进行之中,筋疲力尽的英雄一口都没吃,感到恶心的骑士试图吃点,那两个女人(卡多根太太只睡了一个小时)在尽兴地吃,就在这时,有人一阵敲门、撞门、打门,打断了他们吃饭。是王后的一个女仆,她哭泣着,恳求骑士的妻子快去王后的船舱。卡多根太太说了声对不起,就跟她女儿去了。她们到的时候,只见王后和一个医生弯着腰看着那个小男孩。看,王后哭着说。他死了![1] 孩子在翻白眼,他在抽搐,两个颤抖的拳头握得紧紧的,大拇指深深地掐入掌心。骑士的妻子把孩子抱在怀里,吻他冰冷的额头。

抽搐是恐惧常见的一个后果,医生说道。等到这个小王子苏醒过来,意识到已经风平浪静……

不,骑士的妻子大声喊道。不!

她摇晃着在变僵硬的孩子,王后则抱怨自己命苦,卡多根太太往他牙齿间塞了块毛巾,擦去他嘴上的白沫。水手的喊叫声告诉他们已经看到巴勒莫了。巴勒莫!随着孩子一次次发作的间隙越来越短,骑士的妻子把他更紧地抱在怀里,摇晃他,和他一起呼吸,仿佛她能够将他的呼吸和她联在一起似的,同时,又哼唱她儿时的英国圣歌。当晚他死在她怀里。

午夜过后不久,"先锋"号就抛锚停泊。一小时之后,困倦哭泣的王后便和她的两个女儿和若干仆人上了一只小船。国王拒绝离开,一直要等到他的西西里臣民在华丽的码头组织了像样的欢迎仪式才下船;他以前从未到访过他的第二首都。

骑士的妻子想陪王后,可她又担心英雄上午要她帮忙当翻译。

---

① 原文为法语。

她筋疲力尽。现在最好睡上一觉。

翌日中午时分，在喧闹而好奇的人群的欢呼声中，在齐发的震耳欲聋的炮声中，国王上了岸。海军上将则站在后甲板上肃穆地看着，两个朋友一边一个。他心情不好。尽管除了那个不幸的王子外他保护的所有人都平安活着，但是，这次感觉不像是他的一次胜利。先行离开那不勒斯的其他战舰和二十条商船——非常不舒服却平安无事地运送了大约两千名难民、国王最宠爱的仆人和猎犬，以及王后的女仆——已经早一步到达。风浪只袭击了他的船，旗舰。三根上桅帆折断了，主桅和帆缆严重损坏。他感觉受到了不必要的连续打击。也许，他只是疲惫不堪而已。骑士的妻子完全清醒，她对自己在紧急情况下的表现感到很满意——她的表现得体，她只想着别人——很高兴地看到保王党人群壮观的场面。她在经历一次冒险行动。她感觉不用负责任。她真希望他们能在船上再多待一会儿。骑士站在他们俩中间——风暴肆虐期间他曾是其中一员的鬼魂三人组，现在被由他、他妻子和他们的朋友组成的真实三人组取而代之。他觉得头晕目眩，好在不干呕了，这让他松了口气，他急不可耐地要再次踏上陆地。他们相互祝贺对方好运。

五

又一场风暴。

“巨人”号军需船装载着两千只珍稀古玩花瓶，十月份离开那不勒斯后，紧张而艰难地穿过地中海，经过交战国的战舰，穿越直布罗陀海峡，进入大西洋，北上伊比利亚，然后是法国海岸，紧靠着欧洲西边突出的狭长部分，奋力向英国前行，在长达两个月的航行快结束时，在锡利群岛的海面上，遇到了一场凶猛无情、变化多端的风暴。“巨人”号颤栗着，摇晃着，承受着积水，断裂、沉没，失事了。当时还来得及救出船上所有的人。甚至还有时间把一只水手们都相信装有珍贵宝物的货箱从船舱拿出来，放到一只救生艇上去——这只货箱不是盖有骑士大印的那种。激浪翻滚，淹过真正的宝物，骑士收集的第二批，也是更多的一批花瓶。

水。火。土。空气。灾难的四种模式。付之一炬的财物不复存在。它们变为……空气。付之火的敌人——水——的财物，没有烧毁掉，不过可能会损坏（如果是渗水的，比如纸，那就会膨胀然后烂掉）。它们仍然存在，可能还是完好无损，却沉没了，在不为人知的地方，拿不到的地方。它们仍然存在，一点点地腐烂，表面附满了海洋生物，随着潮涨潮落而随波逐流，在它们狭小的空间浮浮又沉沉——比埋在地下的命运还要悲惨，因为它们在离地面更深的地方，更加深不可及。地面覆盖住的物品要弄上来不太难，埋在土下或许还会以神秘的方式而保存下来。看看维苏威火山毁灭、然后埋葬的城市。但是，被水淹没……

骑士从他那场风暴中幸存下来，这时他还不知道他的花瓶在他从那不勒斯溃退前几周就已经落入水中了。“先锋”号安全抵达巴勒莫港。这次一路风暴袭击颠簸猛烈，受尽了屈辱，不过，幸存下来让他感到安慰，减轻了他因仓促离开而感到的极度痛苦；因为撤离仓促，除了画作以外，他只能携带精选出的一些珍爱之物。他尽量不去想留在他装潢得金碧辉煌的屋宇里所有那些物品，房子现在无人看护，空等着劫掠者光顾。他想他的马和七辆漂亮的马车，他想凯瑟琳的小型拨弦钢琴、大键琴，还有钢琴。

当然，他无需下结论说他再也不会见到他那些被弃的物品。再也不会在他的维苏威别墅款待客人。再也不会在黎明时分，从卡塞塔的乡间住宅策马出发，循着助猎者与猎犬的叫喊声奔去。再也不会从波西利波的岩石处看美人沐浴了。再也不会站在他的瞭望室的窗前，赞叹那一片海湾和那座他深爱的山。不。不。是吗？不。骑士就像任何灾难鉴赏家一样，对真实的事情缺乏足够的思想准备。

•

于是，他们暂时，只是短暂地，他们要住在巴勒莫：南部之南部。

每种文化均有其南方人——这些人尽可能少干活，宁愿跳舞、喝酒、唱歌、打架斗殴，杀死他们不忠的配偶；他们姿态更为生动活泼，目光更加炯炯有神，服装更加光鲜多彩，交通工具装饰得更加花哨，节奏感很强，还有魅力，魅力，魅力；没有野心，不，是懒、愚昧、迷信、放荡不羁之辈，他们从不守时，显然更穷困（又怎么可能不穷困呢，北方人说）；不过，尽管穷困、肮脏，他们却过着一种令人羡慕的生活——就是说，让整天忙于工作、性情压抑、管理严明的北方人感到羡慕。我们高他们一等，北方人说，明显高一等。我们不逃避自己的职责，我们不习惯撒谎，我们辛勤工作，我们守时，我们记的账目可靠。但是，他们比我们开心。每个国家，包括南方国家，都有其南部：它在赤道以下，但属于北方。河内有西贡，圣保罗有里约热内卢，德里有加尔各答，罗马有那不勒斯，而那不勒斯，对从欧洲腹地延伸而下的这个半岛顶部来讲已经是非洲了，那不勒斯也有巴勒莫，这个月牙形、两西西里王国的第二首都，这里天更加热，人更加野蛮，更加不诚实，风景更加优美。

仿佛要验证这种固定模式一样，他们圣诞节刚过到达棕榈浓荫覆盖的巴勒莫的时候，天就下雪了。在一月份的头几个星期里，他们就住在一栋几乎没有什么家具而且根本没有壁炉的别墅的几个大房间里；一座南方的城市对寒潮来袭从来都没有准备。英雄终日伏案，拼命地写着快信。骑士裹在被子里，瑟瑟发抖，母鸡抱窝似的，还要忍受着无情的腹泻。只有他妻子，从来就闲不住，经常跑出去，主要是陪在王后身旁，看她在王宫安顿好一大家子人。她晚上回来向骑士和他们的朋友报告当地仆人的懒散、王后那可以理解的郁闷，以及国王的不作为，他在忙于在他的第二个首都挑选剧院，化装舞会，还有其他一些乐子。

不管是什么天气，骑士和他妻子，还有他们的朋友都知道他们到了更南部的地带了，因此他们身处更不可靠的人当中，流氓和骗子，更加古怪，也更加蒙昧。随之而来的想法是不去改变他们一贯的生活方式这点很重要。就像清楚自己属于一种更高级的文化的那些人所做的那样，他们也告诫自己：我们千万别放纵自己，千万别把自己的身份降低到……丛林、大街、灌木丛、沼泽、山里、偏僻地区（自己挑去吧）的档次上。因为如果你开始跳起桌舞[①]，摇着扇子，拿起一本书就昏昏欲睡，显示一种节奏感，想什么时候做爱就什么时候做爱——那么，你清楚。南方就已经俘获了你。

•

到了中旬，天气转暖了，骑士租下防波堤附近一座豪宅，租金高得出奇，骑士勉强同意了。宅子是西西里一个有名的古怪的贵族家庭的，即使是按照当地的标准也够古怪的。设想一下，有个王子，他的纹章是个举一面镜子照着个马头人身女人的萨梯[②]！但是，这座豪宅居高临下，视野开阔，屋内墙面覆盖了彩色丝绸，挂了很多表情严肃的先祖肖像；这可以用作临时的英国领馆。不幸的是，对骑士来说，它溢满了阴暗的往昔的味道，所以，他无法也把它弄成一个家：即放置他热衷的物品的博物馆。他们住下几周之后，他从那不勒斯带出来的物品他大多数尚未打开。

到了这里，在这一意想不到且昂贵得令人惊讶的流放中，他们甚

① 桌舞（Table Dance），源自欧美的桌舞，指脱衣舞娘在大桌子上表演的舞蹈。

② 萨梯（satyr），希腊神话中半人半羊的森林之神，性喜嬉戏，好色。

至成为关系更为密切的三人组合。一个人高马大的女人和一个瘦小的男人互相间充满了感情,一个瘦高个男人强烈地爱着他们俩,并因有他们做伴而满心喜悦。尽管有时骑士高兴地看见他的妻子和他们的朋友一同外出,因为他们的勃勃生机让他筋疲力尽,但是,等他们不在长达几个小时,他又盼他们回来。但是,他真的希望他的饭桌上别总是有这么多人。每天晚上,都有相当多的已经和他们一起成为了难民的在那不勒斯的英国侨民一路过来,找到他家。这些为二十、三十、四十、五十个人准备的量大得无法预料的晚餐一直要等到骑士的妻子从桌前站起身来,或者倒下,或者跪下——她不需要什么道具就能一下子摆出这些造型——或者走到钢琴前弹唱才告结束;她已学会一些悲伤而优雅的西西里岛的曲子。对骑士而言,这些个夜晚显得无比漫长,可他几乎又不能拒绝他的同胞来,他们当中没有哪一个住得有他这么好——在整个巴勒莫,只有一家已经人满为患的旅馆达到他们的标准——而且,从这些被困的游客身上榨取的大幅上涨的租金,那可是以前的两倍,乃至三倍。他们遭受的种种不舒适要求骑士把标准提高到他们习惯的档次。从他们的临时住处,乘着租来的马车——收费高得令人不快——到达英国公使那灯火辉煌的住宅时,他们心想:这才是我们的生活方式啊。我们有权这样生活。这样的奢侈,这样的排场,这样的精致,这样的大吃大喝;一定要这样让我们自己开开心心。

晚餐后是骑士的妻子表演,这一个个夜晚通常接下去就是打到深夜的牌局、没完没了的闲聊,以及对当地人放荡的作风所做的高人一等的评论。难民们相互讲述着他们的老掉牙的故事,而并不在乎他们新处境的诸多不便。似乎不应该有任何东西削弱他们寻欢作乐——他们的种种乐子——的能力。他们把自己的抱怨,他们强烈的抱怨留下，写在信里，尤其是写给在英国国内的亲朋好友的信里。不过，信就是这样：说些新鲜事，还要滔滔不绝地说。而社交场合则要说些旧的事情——不出所料的、即兴的、不假思索的——这些事情不会让听的人大吃一惊。（只有野蛮人才会脱口说出自己的感觉。）信件是要说——我坦白，我承认，我得坦率承认。信花好长时间才寄到，这就鼓励收信人希望，在此期间，寄信人的倒霉事已经过去了。

有些人在安排，准备回英国。因为消息是坏的——即情况正是难民所预料的。政府从那不勒斯撤离后两周，法国派兵六千，军队开进了城里，到一月下旬，一小撮开明的贵族和教授搞出了一种自称为帕耳忒诺珀[1]或维苏威共和国的畸形的东西。

大多数难民倾向于认为那不勒斯已经沦陷了。一名外国人，他在一个穷国家享受了美好的生活，大革命前的生活——这样一个侨民，他的特权被取消的时候，他很快就看得出等待整个国家最为可怕的后果。甚至连骑士都已经不情愿地开始考虑退休、回英国的事情了。但是，他想不出自己怎样才能从巴勒莫脱身。尚未想出来。他们高贵的朋友，所有人仰仗的人，不会讲外语，也无法指望他像职业外交家那样，明白宫廷里讲的那套模棱两可的辞令。他们不能离开国王和王后，只要这个国家的命运还处在风雨飘摇之中。他和国王谈过，但是国王——他本来不想这么粗鲁地传话——每次听到来自那不勒斯的新消息要求他不能只想自己开心的事的时候，他便一直是愁眉不展，闷闷不乐。

事实上，每当国王记得要忘记自己的娱乐消遣时，他都怒气冲

---

① 帕耳忒诺珀（Parthenope），希腊神话中，塞壬女妖之一，因其歌声未能迷惑奥德修斯而投海自尽。

冲。假如那不勒斯还保持着中立,这一切就都不会发生了,他对妻子大声咆哮。全是她的错——是因为她偏向英国人;也就是说,偏向骑士的妻子。王后一声不吭地听完国王长篇激烈的言辞,一个女人这样一声不吭,是因为她明白,尽管她比丈夫聪明,但是,她仍然只是个妻子,要屈从于他的心血来潮。她——尽管她对这些人的不信任程度没有降低,尽管他们自诩对王室和教会绝对忠诚——相信,法国占领,以及这个在法国的支持与保护下产生的共和国的闹剧,不可能持续长久。那些有勇无谋的法国士兵,夜间在城里的小巷转悠,人们一个个结果了他们。两个士兵在一家妓院里被附近的一些顾客杀死,一帮人袭击了一个法国兵营,杀了十二名睡梦中的士兵。接下来,王后对骑士的妻子说,来了我们的同盟——梅毒。那个时候,这种恐怖的疾病意大利人称之为法国病,法国人称之为那不勒斯病,它常常很快就能致残或致命,你完全可以放心,它至少能灭掉一千个士兵。

英雄的行动,而非骑士的事情,成了这个家庭关注的主要内容。其他战舰的指挥官来此商谈请教。要组织西西里防守,以防拿破仑万一动了心发动对这座岛的侵略。和他们一起来到巴勒莫的红衣主教鲁福,主动请缨回去领导一次有组织的武装抵抗反对法国的侵占。他提议在他家乡卡拉布里亚沿岸秘密登陆,他在那儿拥有很多大庄园。从他自己的农民当中,他会征招一支队伍——他告诉王后说,只要答应那不勒斯一收复就免税并赋予他们不加限制抢劫大户的权利,那么,他预计可以招募到一万五到两万人。王后对鲁福的计划给予支持,即使她有一点保留,即她根本不信任她的臣民。她更多地指望英国对那不勒斯的封锁,这就会迫使战线已经拉得过长的法军撤退。法国人一走,共和党人在人民正义的怒火面前便会毫无防卫。感谢上帝——王后在胸口画十字——人民已经找到一个合适的目标来出出这口恶气。

到目前为止,法国人最远就到了那不勒斯;他们似乎也不太可能穿越墨西拿海峡。但是,对革命的恐惧已经出现在巴勒莫。尽管尚未听到革命的声音,但同情者的神情已经显现:女人头发更短,男人头发更长。注意看受过教育的阶层中间发型的演变!国王下令,谁头发没搽粉就出现在歌剧院或剧院的包厢里,就把谁驱逐出去。男人头发长过耳朵就得抓去强制理发;他们当中谁写文章或写书将被投入监狱,同时会抄他们的家,以搜查更多他们同情革命的证据。其中一个证据是找到伏尔泰写的一本书,任何一本他写的书,他的书——自一七九一年,他的遗体迁葬到先贤祠并举行了隆重的国葬以来——业已成为雅各宾事业的同义词。

想想真是奇怪,一个温文尔雅的读书人拥有一本伏尔泰的书就要受罚劳役三年,无知无识的国王是怎样的一个粗野之徒啊!骑士躲在他自己的书房里时,仍然感觉到自己对费尔奈圣哲[①]所怀有的无限崇敬;后者如果发现自己成了一名革命与恐怖的守护神,那他一定会吓坏了。伏尔泰对普遍为人接受的观点所做的有趣的嘲笑,谁会料到有朝一日会被视作完全是为了秩序与稳定而推倒合法协议的缘由呢?除了幼稚或愚昧的人,谁还会觉得他们必须把他们书上欣赏的东西付诸实施呢?(他对古罗马手工艺品的热爱令他崇拜朱庇特[②]和密涅瓦了吗?)不幸的是,他那些高贵的那不勒斯朋友就是这样做的。他担心他们要为自己的天真付出沉重的代价。

---

① 即伏尔泰。1760 年,伏尔泰在法国与瑞士边境的费尔奈庄园(Ville de Ferney)定居下来,在此度过了他一生中的最后 20 余年。在此期间,他写下了大量的文学、哲学和政治论著,有哲理小说《老实人》、《天真汉》、哲理诗《自然规律》等,他还将中国元杂剧《赵氏孤儿》改编成《中国孤儿》。

② 罗马神话中的主神,相当于希腊神话中的主神宙斯。

不，看书完全是进入另一个世界，一个不是读者自己的世界，然后神清气爽地回来，准备好心平气和地承受这个世界的种种不公与挫折。阅读是慰藉，是愉悦——不是刺激。骑士在头几个星期他仍旧感觉不舒服期间，做的事情主要就是阅读，包括重读伏尔泰写的一篇论幸福的文章。这是忍受流落他乡的最佳方法：沉浸在书中的异乡。随着他身体好起来，他能够渐渐地回到他所在的现实世界之中。

腹泻和风湿病让他还是不适合加入到国王的行列之中，国王已经搬到一个乡间行宫去打猎。但是，这座城市那种种酸甜的魅力开始唤起他的兴致。那些茶色的宫殿让港口充满了杂合的幻想（拜占庭-摩尔式的杂合，摩尔式-诺曼式的杂合，诺曼式-哥特式的杂合，哥特式-巴洛克的杂合）。佩莱格里诺山那隐约可见的粉红色石灰岩群：你几乎能在每条街的尽头看见山或者海。花园里的夹竹桃、菝葜、龙舌兰、丝兰、竹，还有香蕉树和胡椒树。巴勒莫，他承认，凭其独特之处也许可以与那不勒斯媲美，纵然它远处没有火山在湛蓝、晴朗的天空下冒着烟。（他要是年轻几岁，就能指望去趟埃特纳火山了，只爬过一次，而且还是多年以前的事情了。）他的审美感再度苏醒——随之而来的是确立他为美的获得者的那些积习。作为这个王国最有名的人之一，熟悉——至少是通过通信的方式——这座城市所有的名流和饱学之士，他为各种邀请所包围，邀请他去看、去鉴赏，去购买。收藏者希望激起他的羡慕之心。文物收藏家向他炫耀他们的宝贝。他看，他任凭他们展示，他感觉到自己蠢蠢欲动。但是，他什么都没有购买。这不仅仅是担心囊中羞涩而不出手。根本就没有什么诱惑力，没有什么让他感觉非买不可。

·

收藏者生性挑剔、多疑。收藏者的权威就在于他有能力说：不——不是那个。尽管每个收藏者骨子里都不能免俗就是个囤积者，但是，他的热切必须由他拒绝的力量来制衡。

不，谢谢您。这东西很精美，但不完全是我在寻找的。差不多，但不完全是。这只花瓶的瓶口有道毛细裂缝，这幅画没有这个画家同题材的另一幅好。我想要件早期的作品。我想要件完美无缺的作品。

情人骨子里与收藏者相反。瑕疵或缺损是魅力的一部分。情人从来就不是怀疑者。

这里有个三人组。年龄最大的成员是个大收藏家，晚年变成了一名情人；他收藏的天分已经减弱。一个失意的收藏家，不得已让其藏品离他而去——丢弃一些，另一些被运往遥远的地方（在那里，它们遭遇了这位收藏家非常担心的厄运），剩下的则打包装起来；他眼下的生活中没有藏品，没有精美物品带来的安慰和排遣，它们的价值部分源自它们属于他。他没有兴致再去积累什么。

另外的成员是这么两个人：他们珍爱之物是那些能够显示他们的存在并令其生色的物品，他们是谁、他们关心什么、他们如何受人爱戴的标志物。他积累奖章；她积累美化她的东西，以及能大肆宣扬她爱慕英雄的东西。而骑士对物品有其调谐精良的认识——它们怎么生存、它们如何不可避免地占据它们陈列其中的空间——他发现王子的宫殿洋溢着主人的个性，所以，他就不会去想到摆放自己的宝贝，而骑士的妻子征得他的同意后，立刻在他们新的临时住所，到处摆放出英雄的肖像画、旗帜、战利品，还有瓷器、茶缸，还有为了向尼罗河战役胜利者表示敬意而制作的玻璃器皿，住处就此成为展示英雄荣耀的又一个博物馆。她从来不会觉得空间拥挤。

情人对物品的融入与收藏者是相反的，后者采取的策略是一种满怀激情的谦逊。别看我，收藏者说。我无关紧要。看我的东西。它、它们难道不漂亮吗。

收藏者的世界预示着非他生活其中的其他世界、其他能量、其他领域、其他时代极其巨大的存在。收藏消灭了收藏者那小部分的历史存在。情人与物品的关系消灭了情人世界以外的一切。这个世界。我的世界。我的美，我的光荣，我的名声。

•

一开始，他假装没注意到她盯着他看，接着也盯着她看。盯视就像长长的深呼吸一样，在他们之间传递。

他们准备听凭自己强烈情感的支配，这使他们区别于骑士，同时又让他们俩如此相似，但这并不意味着他们明白他们在感受的东西，或者对此他们该如何行事。骑士直到见了这个年轻女人、娶她为第二任妻子，才知道什么叫激情，他迅速承认他感觉到的东西。然而，骑士对被别人理解不感兴趣。英雄希望被人理解——这对他而言意味着有人称赞他、同情他、鼓励他。而且英雄是个浪漫之人：就是说，他情意绵绵时，表现过度谦卑的能力与他的虚荣心是相匹配的。骑士对他的友谊让他感到非常荣幸，骑士妻子先是友情，然后是爱情（他敢称之为爱情）也让他感到非常荣幸。如果这种品质的人爱我，那么，我就会知道我是值得的。他迷上了这两个人，除了眼下和他们在一起时的兴奋喜悦，他不愿多想别的事情。

骑士的妻子清楚自己的感觉，但她平生第一次不知道怎么办好。她忍不住要眉目传情，这同样是她天性的一部分，正如她有一夫一妻制的天赋①。忠诚是她毫不费力地履行的美德之一，这并非她反对做出努力：她也有着一腔英雄气概。她也不想得罪、羞辱或者伤害骑士。两人都不愿意伤害他们自己所怀有的最最珍爱的想法。英雄是个高尚的人。骑士的妻子是个从良的交际花，她对丈夫真诚的热爱和安详的忠诚证明她已经完全将她以前的身份抛诸身后。英雄希望自己一如既往。她希望自己继续引人注目。

人人都认为他们是情人。事实上，他们甚至还没有吻过对方。

仿佛是靠相互间的默契，他们完全公开、真诚地表达对彼此的仰慕，这样来耗尽对对方的激情。有一次，在为俄国大使举办的聚会上，她俯身吻了他的勋章。他没有脸红。他向每位新来的客人详细讲述其他人都听过的有关她的英勇行为的故事。她为他、为英国的事业所做的一切。在从那不勒斯出发的航程中遭遇风暴，她所表现出的勇敢——整个航程她都没有上床睡觉——她还无私地侍候国王和王后夫妇：她成了他们的奴隶，他说道。说“奴隶”这个词的时候莫名其妙自己就感到异常兴奋。他又重复了一下。她成了他们的奴隶。

圣埃玛，他有时这样称呼她，一脸极其诚挚的表情。完美的样板！他想赞美自己，但是，他赞美起他爱的人来甚至更快。他赞美他的父亲，他还赞美过范妮，他赞美骑士，现在，他又赞美起这个身为骑士妻子的女人。说他爱她胜过爱他平生爱过的任何人，就是说他赞

---

① 指不搞婚外恋。

美她胜过赞美任何人。她是他的宗教。圣埃玛！没人敢笑。但是，避难者越来越焦躁不安。对一路保护他们来到巴勒莫的英雄所怀有的感激之情已经让位于抱怨。他们一筹莫展，而他似乎沉得住气。现在难道不是他重新加入地中海的英国舰队、打赢一场新的战役的时候吗？或者回到那不勒斯从法国人手里收复这座城市并推翻傀儡共和党政府？他为什么逗留不动？

当然，个中原因人人都心知肚明。

无论何时她表演她那套著名的姿势——同样的保留节目，同样的迷人艺术，连她的最苛刻的评论家都仍然认为是令人赞叹的——他必到场，全神贯注地观看，右手袖管颤搐着，丰满的嘴唇上漾出迷人、欢乐而安详的微笑。天哪，真是棒极了，他赞叹道。假使今晚欧洲最佳女演员在我们中间，那么她们能够从你身上学到多少东西啊。

客人们会心地交换着眼色。她现在不只是在扮演克娄巴特拉[1]，她就是克娄巴特拉，在给安东尼下套；她是用魅力迷住了埃涅阿斯的狄多；她是迷惑里纳尔多[2]的阿尔米达——那是人尽皆知的古代历史与史诗中的故事，讲的是，一个命中注定要成大器的男人在去完成他伟大使命的途中作了一次短暂的停留，拜倒在一个魅力难挡的女人的石榴裙下，乐不思归，于是逗留。逗留。再逗留。

女人对男人的影响总要遭到非难、让人害怕，怕这种影响让男人变得温文尔雅、柔情软弱；这意味着女人会对士兵造成一种特别的危

---

① 克娄巴特拉（Cleopatra，公元前69—公元前30），埃及托勒密王朝末代女王（公元前51—公元前30），貌美，有权欲，先为恺撒情妇，后与安东尼结婚，安东尼溃败后又欲勾引屋大维，未遂，以毒蛇自杀。

② 十字军在东征中一度受阻，十字军一名骁将里纳尔多被美丽的阿尔米达迷惑，陶醉于她在“幸运岛”上营造的安乐窝。

险。人们认为一名战士与女人的关系应该是残酷的，至少是冷漠的，这样他才能继续做好战斗的准备，骁勇无比、蓄势待发，与兄弟心连心，将生死置之度外。这样，他才能强大。但是，这个战士确实受了伤，需要时间来康复和得到照料。“先锋”号因遭受风暴袭击而破损严重，所以需要时间来整修。他人在巴勒莫是有用的。尽管身体还没有好到能回到海上，但他一直忙碌着，制订计划派遣一个小舰队，由特鲁布里奇舰长指挥，去封锁那不勒斯港。骑士的妻子在帮他。她爱的是他的光耀。他们一起朝一个伟大的命运挺进，为他。她不是一个怀抱英雄的女人，她也是一个英雄，以她自己的方式。

•

他想取悦于她。她不顾一切地想取悦于他。

雄心和取悦于人的欲望——对一个女人而言，它们是不协调的。如果你取悦于人，你就得到报偿。你越是取悦于人，你得到的报偿就越多。这就是实行一夫一妻制对一个女人而言情况良好的原因。你清楚你得取悦谁。

现在有两个男人，她丈夫和他们的朋友，他们俩骑士的妻子都想取悦。

骑士越来越为钱发愁。无奈之下，他已经向他们的朋友借了几笔钱，他确信，他收藏的大花瓶在伦敦一出手，就可以还掉这些钱；与此同时，他在小心谨慎地出售他从那不勒斯抢救出的古玩中的一些浮雕宝石、宝石、小雕像，以及其他一些较次的宝贝。他妻子有个计划：她准备从赌桌上为他们的日常开销赢得足够的钱。但是，开始时是对某人窘境的又一次介入援助，结果却成了一种爱好。另一种爱好。赌博、酗酒、暴饮暴食——她所有的活动都毫无节制，成了一个个渴望。变本加厉取悦人的欲望让她的个性更强、胃口更大。

骑士知道她干什么在行，在她玩法罗牌、掷骰子赌博到深更半夜，开始期望自己大获全胜时，是看她玩，还是不管她，这种选择折磨着他。他鄙视自身任何求人的事情；在这些晚上，他一般早早就寝。英雄留在她身边，在她耳边低语，她赢的时候，他就眉开眼笑；她输的时候，就给她下注再赌一局。英雄心想，不管是赢是输，她玩得多么精彩啊。假使不是一个招人喜欢的缺点有时候会让她有点糊涂，谁也别想有机会赢她。他已经注意到她喝下第二杯白兰地就有点醉意了。太奇怪了，他想。如果他喝下两杯白兰地，他根本没事的。因为他对喝酒就像他对打牌一样没有兴趣（英雄几乎和骑士一样有节制），他不明白她很快就醉不是她不胜酒力，而是她酗酒越来越厉害的标志。

她是个天才赌手，但有时持续一阵好牌运之后，她还接着赌，拿她赢来的宝贵的钱冒险，目的是把他留在身边。因为她从来都没有糊涂到忘记他令她激动地出现在她身边，或在她身后，或者在房间另一边讲话、打手势；事实上，他完全意识到她在，就像她意识到他在一样。

既然她知道了她现在是多么地想触摸他，那么，她以前对他肆意的触摸倒变成了一种微妙的、补偿性的、令人害羞的刺激了。她停在大楼梯间的底层向当晚的客人道晚安的时候，她恍恍惚惚地触摸着他别在夹克衫上的空袖子，拉掉一个小线头；她看见他右眼——那只盲眼——里有一点点眼屎，真希望能把它抹掉。

他想象着不用手臂的触摸：面对面的时候，他有时感觉到他在朝她倒过去。

她注视他的嘴唇,他在听的时候,双唇微启;他说话时,她有时意识到他说的话她一个字都没听进去。他的脸似乎非常庞大。

他们不面对面,而是肩并肩坐在一起时,试图关注别人要容易些。右边和左边都有了新的变化。右边是英雄有伤残的一边——他那只不能转动的眼睛,他的空袖子。她注意到他总是坐在她的右边,以便显示他完好无损的一边。

这一通常的坐法带来了新的、令人紧张的操控。他在赌桌边坐她边上,意识到她一直在抓挠她的左膝,真希望她别抓了,别在她秀美动人的皮肤上留下抓痕。(她的湿疹又发了,常常发,但他不知道。)他未假思索就朝她倾过身子靠她近些,看她右手抓着的牌,距离近得足够低声和她说话,就她下面叫什么牌出出点子,这——就像他不知怎么猜到的那样——会让她桌子底下一直在抓挠的手停下来。

他们对彼此衣服里的身体是多么留意啊。他们对把他们分开的空间是多么留意啊。

在宴会上,她意识到他的左大腿离她的右大腿不可能超过六——不,是七——英寸远。他们正在享用第四道菜。尽管他设法熟练地用着那套讲究的金制餐具,这套餐具是尼罗河战役后一个仰慕者赠送给他的,是一种刀叉合一(刀片朝右,尖齿朝左)的混合餐具,她还是拿起她自己的刀叉,上身朝他倾过去,离他更近些,为此出于无法忍受的渴望而采取的大胆举动她也付出了代价,她把右腿挪到离他又远了几英寸的地方,挤靠在她自己的左腿上。同时小心翼翼,在帮他切肉的时候自己的肩不要碰到他的肩。

她不是今晚餐桌上惟一一个对一样东西与另一样东西之间的距离感到慌乱的人。

我是不是——他们的一个英国客人正在对她观察到的一个非同

寻常的现象侃侃而谈——我们在座的人当中，我是不是惟一见过这座城市对面的一座形状漂亮的小岛的人啊？这座小岛离那不勒斯不比我们美丽的卡普里岛远多少。

一座岛？

但是，从巴勒莫看不见什么岛啊，另一个客人说。

大家都很肯定地跟我这么说的，奈特小姐一本正经地说道。

你什么时候看见这座……岛的？盘问她的是明托勋爵，驻马耳他的前大使，英雄的一个朋友，他和他们在一起待了几个星期了。

很多时候它都看不见。天空晴朗无云时，我都无法将它辨别出来。

但是，多云的日子你真见过它？

不是多云，明托勋爵，如果你这么说是指多云天气的话。是地平线上有少许薄云的时候。

明托太太大笑起来。你肯定是把看见的一朵云当成一座岛了。

不，它不可能是一朵云。

哦，请问为什么？

因为它的形状总是同样的，很特别。

饭桌上静悄悄的。骑士的妻子希望英雄会加入到谈话中来。

相当符合逻辑，骑士说。讲下去，奈特小姐。

我不知道我讲的是否符合逻辑，她说。但是，我不会否认我亲眼看见的东西。

相当好，骑士说。一定接着讲啊。

我敢说我很执著，她往下说道，接着似乎是犹豫了一下，好像拿不准她内心极其欣赏的那个特征经她的一番描述是否吸引人。

但是，你当时看见一座岛了吗？一座真正的岛？

是的，明托勋爵，她大声说。是的，我当时看见了。因为见过这座岛十多次之后，我画了个素描，并把画拿给我们的一些军官看。他们马上就认出它是利帕里群岛最外围的一座岛，位置在……

武尔卡诺，骑士插了一句。

我认为不是这名字。

斯特龙博利？

不是，我觉得不是。

你能看得远到利帕里群岛，骑士的妻子尖叫起来。哦，我希望我也能看那么远。

为奈特小姐的顽强干杯，英雄说。一个有个性的女人，我在女人身上最钦佩的东西就是个性。

英雄这样夸她，让奈特小姐脸变得通红，骑士的妻子为之动容，手伸过饭桌拍拍她的手。一种感觉的转达，这里面由她激发起的一种赞美却是对另一个人讲，这给了她一次和英雄握手的替代性机会。

从这里不可能看见利帕里群岛的，明托勋爵断言。

饭桌上最重要的男人一会儿攻击她，一会儿又恭维她，奈特小姐似乎茫然失措而进入自我沉默的女性情感之中了。骑士就此抓住机会，主动描述海市蜃楼和其他光学异常现象的科学依据——他一直在看一本相关的书。

奈特小姐说她看见了一座岛，对此我认为我们必须表示认可，他说，他的声音透着权威。明托勋爵本人难道不会说他看见了他自己的脸吗？我的意思，当然，是说有一面镜子帮忙。所以说，奈特小姐看见了巴勒莫湾纹丝不动的水面远处的一座岛，这座岛的倒影，就像投影仪将一个物体的影像投射到平面上一样，只不过利用的是云，从某个角度，而不是靠投影仪的三棱镜或四棱镜。我熟悉的许多画家都发现这种精良的仪器对他们绘画非常有用。

骑士的妻子向在座的指出，她丈夫在所有科学问题上都是个专家。没有哪个人，她坚定地说，懂得比他多。

我不能等到下次有薄云的那一天去看奈特小姐说的影影绰绰的岛，银行家麦金农先生说道。也许，如果浮云位置合适，我们将会看见我们的那不勒斯——

哦，我现在可不想看见我们的那不勒斯，年迈的埃利斯小姐说；她在那里生活了三十年。

也许骑士能看见维苏威火山，英雄开心地说。我敢肯定他想念他的火山了。

骑士的妻子在想，其实她不想要看得远。她想见到的一切就在眼前。

•

怎么可能不是一个而是两个魅力十足的男人都宠爱她呢？难道他们俩对她的粗俗、她谄媚他们的不知羞耻的方式视而不见？

英雄似乎愈加迷恋，骑士更加干瘪和消沉，她则更加闹腾、热衷于抛头露面。在他们以前在那不勒斯的生活中，英国大使夫人不可能考虑给她富有启迪意义的活人雕像剧目加一段舞蹈，更不用说是加上一段性放纵的民间舞了。现在，在巴勒莫，她在客人面前跳起了塔兰台拉舞[1]。对于他们的西西里熟人来讲，她摇铃鼓、跺脚和来回旋转似乎怪异极了。对那不勒斯人也一样。但是，他们的英国客

① 塔兰台拉舞(tarantella)，一种快速旋转舞。

人——从那不勒斯来避难的人和其他来他们家作客的人,比如回英国途中的明托勋爵和赴土耳其就任大使的额尔金[①]勋爵——惊愕不已,他们发觉她的行为举止越来越粗野俗气。

她的衣着打扮:太招摇。她的笑声:甚至更高了。她的唠叨:更加喋喋不休。确实,她做不到人们视为优雅的克制。她不仅天生话多,她还认为她总该说点什么,低调陈述的艺术对她而言如同掩饰自己感情的艺术一样陌生。她成天精心打扮自己,要不就是对她丈夫和他们的朋友讨好谄媚。

当然,英雄同样肆无忌惮地向她献殷勤。本世纪最佳演员。欧洲最伟大的歌手。最最聪明的女人。还有,最无私的人。完人。但是,不管他们在情感流露的强度上是怎样的势均力敌,总是她,一个女人,受到的苛责更多。他们认为她诱惑了他;她不断的谄媚赢得了他的心,使他成了她的奴隶。假使她还是风采不减当年的最有名的美人,就如她早十年那样,那么,英雄对她那可怜兮兮的迷恋似乎还是非常可以理解的。但拜倒在这种人的……脚下?

她的缺点越来越多。但是,她受到的最严厉的苛评是她在被视为一个女人最重要的、与女性最有直接关系的成就——对一个不再年轻的身体的保养与恰当的呵护——上的失败。国外来访的客人说骑士的妻子体重在继续增加;大多数人说她已经容颜老去;有一些人承认她的头还是漂亮的。尽管离浪漫主义者倡导苗条这一近代时尚还要再过几十年,这种倡导使得每个人,男男女女都一样,对不能保持身材苗条而感到内疚;但是,尽管那样,在一个出身名门的人要保

---

① 额尔金勋爵(Lord, Earl of Elgin and Kincardine,1811—1863),英国外交官,曾率军侵华。

持苗条身材这一风尚还并不普遍的时候，她也不会因为变胖而受到宽恕。

很奇怪，被视为粗俗的人也总是被认为缺少自我意识，言下之意就是只要他们本人知道自己的外貌或行为举止，那么，他们立马就会打住：留意自己的遣词造句，变得含蓄和狡猾，去节食。这是势利行为可能有的最友好的形式了，但友好归友好，却同样的令人费解。你可以做个试验，试着去说服一个脾气好、自信、平民出生的成年人改掉常常表现出来的被称为粗俗的习性，试试看——然后看看你会成功到什么程度。（骑士试过，但早已作罢，或者说早就不在意了：他爱她。）所以，大家以为她是不知道她身体的变化。但是，她最喜欢的衣服的缝合处每隔几个月就要放出来一些，这件事情现在消耗了她亲爱的母亲大量的精力，尽管有法蒂玛帮忙；她怎么可能不清楚呢？现在，如果她穿得过多，那完全就是在说：别看我，看我的缎袍、我的戒指、我的饰有流苏的腰带、我插了鸵鸟羽毛的帽子——一种就和收藏家一样的自谦的策略，但效果要差得多。她的诋毁者两样都看。

没有一封寄回英国的信不对她的外表做出某种苛评。无法形容她有多难看。她的块头大得简直畸形，而且体重每天还在增加，明托勋爵写道。我被误导，原来还以为能见到一个不可置疑的身材傲人、魅力四射的尤物呢，埃尔金太太这样写道，但是，天哪，根本不是。她其实是个庞然大物！

关于她容颜已褪的说法很多很多，也夸张极了，一如当年说到她如何如何美一样。好像人们就必须赞美她，忽略她卑微的出身和过去狼藉的名声，因为她美丽动人。就因为她美丽动人。但既然她不再是美的化身，那么，所有压抑住的评判——势利和尖刻——便又出现了。魔咒解除，所有人都加入了鄙视与恶意组成的一场非同寻常的大合唱。

·

某个春日，骑士宣布他安排了一次远足，去一座属于王子的别墅；他们现在住的就是王子在城里的宫殿。

别墅坐落在巴勒莫东面的平原上，本世纪以来，许多其他贵族家庭都一直在那里建造乡村别墅；考虑到英雄那只失明的眼睛特别怕光，他们下午出发，这时候太阳会已经落在他们身后了。骑士的妻子不时地在马车上换位置，以便更好地欣赏郁郁葱葱的橘子和柠檬园。两个男人静静地坐着。英雄玩着他的眼罩，享受着被照顾的感觉；骑士则憧憬着和大家分享快乐，因为他从到西西里的英国游客写的书里收集到一些对这栋别墅的描写。他要讲给大家听，但他知道他现在不能讲得太多，否则，他的同伴们到目的地的时候，即将揭晓的惊奇就给毁掉了。它会是一个多么大的惊奇啊！

没有哪种古怪像南方的古怪。甚至骑士有钱的表弟威廉在英国造的令人惊奇的、大教堂似的乡村隐居胜地在傲慢无礼这一点上，都无法与西西里王子已故的同父异母兄弟建造的别墅相媲美。这个三人组在马车上从远处看到了肉红色和白色石头砌成的两层大楼，但猜不出大宅子里面有什么奇特的东西。他们只有到了两只蹲伏着的七眼无颈怪物把守的大门口，同时看到他们面前一条宽阔的林阴道，路两旁的一个个基座上是更加奇异的怪物，至此，大宅的奇特之处才真相大白。

哦，哦，看哪。

是骑士开始发表评论的时候了。他对他妻子说到，歌德十二年前离开那不勒斯前往西西里的时候,已经见过这栋别墅;比对他们正在经过的一座座雕像(还有更多的,还有更多的)应负责任的王子的去世早一年;他愉快地注意到这个大诗人的反应相当传统:他认为这栋别墅令人恐怖,并猜想它的主人疯了。

那是什么呀?骑士的妻子大叫起来。

他们正乘车快速经过人手马、驼峰是两个女人头的双峰驼、马头鹅、象鼻秃鹫爪手的男人。

已故王子的一些守护神,骑士说。

还有那个!

那个是长着母牛头的男人,骑在一只长着男人头的野猫身上。

我们停车吧,英雄说。

我们会看到比这多得多的东西,骑士说。他指着别墅屋顶边缘探头探脑看他们的有鼓、笛子,还有小提琴的猴子管弦乐队。我们接着看。

男仆侍候着他们下了马车,管家是一个身穿黑色制服的矮胖子,他站在大门口门槛旁迎接他们。

我以前从未见过黑色制服,英雄低声说。

他可能还在为他的主人穿丧服呢,骑士的妻子说。

骑士笑笑。假如你是对的,亲爱的,我不会感到惊讶的。

(变形、开裂的)大门外,一个头戴罗马皇帝桂冠的小矮人跨骑在一只海豚身上。骑士的妻子拍拍矮人的头。里面还多着呢,骑士说,尽管别墅已经被抢盗得厉害。他们随着管家上了一条肮脏的楼梯,走进抬高的一楼,穿过门厅和前厅,经过更多的混合动物和一对对奇怪的塑像。

哦,看哪!

一只双头孔雀骑在一个趴在地上的天使身上。

天哪！

一条长着狗爪的美人鱼和一只雄鹿组合在一起。

再看这个！

骑士的妻子已经停在两个人面前，他们衣着华丽，坐着在打牌，一个是马头女士，另一个是戴着披肩假发和王冠的半狮半鹰头的绅士。

我真想长着马头过上一天，她叫起来。看看那会是什么感觉。

哦，英雄说。我肯定你会是一匹非常漂亮的马。

我倒想看看，你肩上长着这样一个头坐下来玩法罗牌的时候，我们的客人脸上是什么表情，骑士说。你肯定每局都赢。

骑士的妻子用力学了声马嘶，两个男人马上放声大笑起来。

骑士准备加入对前王子的故弄玄虚揶揄一番的行列当中，准备和他妻子及他们的朋友保持一致。但是，他想搞清楚他们的乐趣是不是和他自己的一样富有知识。骑士无论在哪里，都倾向于让自己扮演导师和顾问的角色。在葬礼上，他就会给同去的哀悼者讲解墓碑史。一个人自己的博学会是克服焦虑或者悲伤的一贴多么有效的解药啊。

王子非常喜欢长着某种别的动物的四肢或头的马，还有长着马头的人，这激发起骑士的兴趣，于是乎，他开始讲述关于喀戎①、珀加索斯②和古代神话中其他长着一些多余肢体的马的故事。他认为值

① 喀戎（Chiron），希腊神话里的半人半马的怪物。

② 珀加索斯（Pegasus），希腊神话里的从被割下头的女妖美杜莎的血中跳出的双翼飞马。

得指出，这些突变体全都是半神动物。回想一下阿喀琉斯的博学多智的老师[1]，他就是半人半马。或者那个鹰头马身有翅怪兽，其父亲是狮身鹰首怪兽，母亲则是匹小雌马，在阿里奥斯托[2]的作品中，它是一个爱的象征。

爱。骑士的妻子听到这个字在这栋别墅死一般寂静中回响。她没有说这个字。他们的朋友也没有。

骑士并不是真的在思考爱，但是，爱这个字眼儿似乎是一个绝妙的护身符，足以抵抗王子在别墅及其地面摆满的怪异创造物身上所表达出的强烈的心绪不宁的感觉。

他们的朋友同样在避开关于爱的想法，并壮着胆子对这博学的讨论发表自己微不足道的观点。在埃及，尼罗河战役的胜利者说，有人告诉我，说有座巨大的雕像，是个长着女人的头和胸还有狮子下肢的动物。她蹲在沙里，一定是一道可怕的风景。

是的，是的，我读到过这个！她等待过往的旅行者然后她拦住他们然后她把他们杀死。除了那些能够猜出一个谜语的人，这种人她就放过。

那是另一种残忍的动物，我亲爱的，骑士温柔地说。但是，如果我们就在这儿的这些房间里，就在王子的石头伙伴当中遇到你的狮身人面女怪或者埃及的那个狮身人面女怪，或其他类似的东西，我都不会感到惊讶的。我们要不要找找她啊？

我们要想个谜语问问她，骑士的妻子大声说道。

---

① 即喀戎。

② 阿里奥斯托（Ludovico Ariosto，1474—1533），意大利诗人，代表作为长篇传奇叙事诗《疯狂的奥兰多》。

他们又走进一个客厅,看见更多变形的、搭配丑陋的造型,彼此间高声招呼对方观看;这时,管家尾随其后,心里暗暗责备他们放肆的开心,责备他们对看见的东西总希望表现出高人一等的神情。

一直以来,人类的想象力总是对种种生物不相称结合的怪念头感兴趣,对身体看上去不像身体应该看上去的样子、身体能够忍受人们认为它们无法忍受的磨难感兴趣。画家们有借口的时候,便爱创造出这样的动物来。马戏团和游乐场则展览它们:畸形物、突变物、奇怪的搭配,还有违反其天性阻止其发育的一些动物。骑士也许不熟悉博斯[①]和勃鲁盖尔[②]的地狱题材或圣安东尼遭受的折磨,但是,他见过对那些被称为魔鬼或怪物身体结构组合的不是十分有才华的描述。假如这只是每个角落都存在这些个畸形物的问题,那么,王子巢穴中的所藏物品就不会如此与众不同了。令人更为惊讶的是到处都是稀奇古怪的、吓人的——不,是畸形的——物品。

一盏盏人或动物肢体形状的灯。

一张张由碎砖瓦修建成的桌子,高得根本不能用。

一个个圆柱子和棱锥体,至少有四十个,由不同的陶瓷建成;有根柱子柱底有个夜壶,柱顶一圈小花盆,有个四英尺长的柱身整个由茶壶构成,茶壶的尺寸从柱底到柱顶逐渐变小。

枝形吊灯的多层组成部件垂荡下来,如耳环一般;吊灯由破瓶和破晴雨表的底座、颈部和把手制成。

枝形大烛台,三英尺多高,是由饮料杯、碟子、碗、罐和壶的碎片

---

① 博斯(Hieronymus Bosch,1450—1516),荷兰画家,作品主要为复杂而独具风格的圣像画,代表作有《天堂的乐园》、《圣安东尼受诱惑》等。

② 勃鲁盖尔(Pieter Bruegel, the Younger,1564—1638),佛兰德斯画家,画农村生活和风俗画,尤爱画农村古怪人物、妖精、火等题材。

胡乱拼凑而成,不祥地倾斜着。骑士更仔细地察看了一个枝形大烛台,他惊讶地看到,在一片片随意粘在一起的劣质陶瓷中间有非常精致的瓷片。

那些个花瓶,每只都从其肚子上或底座上吐出一个突变的动物,或是一个装饰性的涡卷。

最后,当对畸形物的印象被一种极大的讥讽的印象所取而代之的时候,骑士开始感觉腻烦了。对畸形之物他是有思想准备的。但是,他发觉,王子的性情是收藏家一个疯狂的变异,对此他毫无思想准备——尽管这个同行收藏家所收藏的东西不是发掘的,也不是购买的,而是制作的,根据他的设计制作的。把贵重瓷器的瓷片和大量的厨房用品拼凑到一起——这难道不是对很多贵族——比如波特兰的公爵夫人——的藏品中发现的物品的民主性的一个嘲讽性回响吗?贵族收藏的这些物品将精美的画作和珊瑚、海边贝壳部分并排放在一起。和所有收藏家一样,王子让他自己周围摆满了藏品,希望客人来访时注意到并对此感到惊奇。物如其人。这些物品给他这个人下了定义。他首先是这些物品的所有者——它们为他代言,宣布他看待世界的方式。它们并不说骑士——他跟所有大收藏家一样——希望借物品来说的话:看看世上所有的美和有趣之物吧。它们说:这个世界疯了。如果你离生活远点,那就会发现它是荒谬的。任何东西都能变成任何别的东西,一切都可能是危险的,一切都可能倒塌、垮掉。一件普通的物品可以由……任何材料制成。任何形状都会变形。物品可能连一般作用都发挥不了。

它们真多啊!三人组跟随着管家从一个房间走到另一个房间的时候,他们对看见的物品做出反应的能力开始在情感的压力下、在那些咄咄逼人的极其丰富的物品面前丧失掉。像任何痴迷的收藏家一样，王子永远也无法获得足够多的他所觊觎的东西。像一个收藏家一样，他生活在一个拥挤的空间里——物品不断聚积，成倍增加。王子想出了一个办法，让它们再成倍增加。

他们曾被带到过那个大厅，有很多房间的天花板、墙、门，甚至锁上都装满了镜子，这大厅是其中的一间。

怪物都在哪儿呀，骑士的妻子说。这里没有怪物。

骑士解释说，已故王子同父异母的兄弟是这个家族目前的一家之主，他不希望看到这栋别墅声名狼藉下去，所以，已经把王子更多的稀奇古怪的东西拿走销毁掉了。

仆人们端上茶来，放在大餐具柜上；餐具柜的面板镶着数百块风格各异的从古镀金框上锯下的碎块。身穿黑制服的管家从他们跨进这个房间开始，变得活跃一些了。

啊，要是你们见过主人活着时这栋别墅的情景就好了，管家突然冒出一句。枝形吊灯灯火通明，房间里全是殿下的朋友在跳舞，好开心啊。

王子举办舞会吗？骑士厉声地问道。听到这个，我感到惊讶。我以为，以他的品位和性情，他会更喜欢幽居独处的。

是的，阁下，管家说。主人宁愿一个人待在别墅。但他妻子有时渴望热闹。

他妻子，骑士的妻子叫起来。他有妻子吗？

他们有孩子吗？英雄问道，他禁不住想，一个幽闭在这样的环境下的孕妇会不会生出个怪胎。

让男人开心的东西主人一样都不缺，管家说。

这一点人们几乎不会想到，骑士心想；他已经开始在细看这个房间了。

我能不能冒昧地向几位阁下建议，管家说，别坐——

别坐？

他手指着。那里。

哦。确实，人们几乎没有什么动机要那样做。不会坐到椅腿高低不一的椅子上，它们这样是要确保没有人能够坐在上面。

也别坐那里，英雄说道，他朝一些做得正常但椅背互相组合在一起的椅子挥挥手臂。非常不友好，你们不同意吗？

还有那里也别坐，管家严肃地继续说，边说边指着三张装饰华丽的漂亮椅子；它们摆放合适，便于坐上面的人能够面对面交流。

为什么不行，骑士的妻子不满地叫道，朝她丈夫转动着眼睛，以熟悉的表达方式传递着夫妻之间的默契。

如果夫人要碰其中一张椅子……

她朝它走过去。

当心，夫人！

她戴着戒指的一只手在铺着天鹅绒垫子的座位上一划而过，突然大笑起来。

怎么啦，英雄问道。

垫子下面有颗钉子！

也许，骑士说，我们别喝茶了，冒个险出门去园子里。是个好天。

主人也会希望你们这样的，管家说。

管家的语气让骑士感到不悦。从他们到达开始，他的语气在骑士听来就有些无礼，而后带着责备的盯视，变成对他不屑的那种姿态（这是难得的一次机会，能细看一个仆人的脸），只有到这时才发现此人一只眼睛是冷酷的蓝色，另一只是很有光泽的褐色——不妨说，与王子设计的杂合物品很协调。

骑士的妻子凭着女性的细心关注，练就了能够看懂丈夫注意力的每个细微变化，立即明白骑士在注意什么。在管家深鞠一躬、朝一扇门后退而去的时候，她低声对英雄说了点什么，英雄笑了，一直等到管家离开，他才说，他如果有一只褐色眼睛和一只蓝色眼睛而这两只眼睛又都能看见东西的话，那么，他会很开心的。骑士的妻子大声说道，如果他有两只颜色不同的眼睛，那他会有多么英俊啊！

我们要不要出去啊，骑士说。

请原谅我要离开你们俩一会儿，英雄说，他的脸色此刻看上去有点苍白。他累了，他经常累。甚至连把眼罩戴在他那只可怜的眼睛上，使其免受西西里强烈阳光的烤炙，似乎都是件费力的事情。

还是请你和我们的朋友待在一起吧，骑士对他妻子说。我一个人出去看看。

然而，离开他们之前，他又忍不住察看了一遍，确定他们把这间他们置身其中的房间的独特性欣赏了个够。

他抬头看看天花板上一块块不规则的烟色镜子玻璃，解释说到处都装了镜子，他认为这是王子的构思中最新颖的地方。我本人曾经想过，他说——然后停住，沮丧地想起他在那不勒斯他的观察台的镜面墙以及一连串失去的记忆。

请注意，他克制住痛苦，继续说，注意这件事做得是多么有技巧。拿来许多面镜子，把它们碎成许许多多的小镜子，每块大小不等，然后巧妙地把它们镶嵌在一起，于是创造出种种无疑是异乎寻常的效果。因为它们互相之间形成了一个小角度，所以，这种效果就像是成倍增加了玻璃镜，这样我们仨在下面走，上面就有三百个我们在走。但是，我发现这种效果的丰富性要优于那种偌大的一个房间一面面大玻璃镜完整无损所带来的单调。

骑士的妻子和英雄认真地、带着敬意地听着。他们俩对骑士所能说的东西真是兴趣盎然。同时，骑士讲的时候，他们看见了对方——他们互相偷看。一个有许多镜子的房间是个可怕的诱惑。天花板上镶嵌着碎镜子的房间更是如此，就像苍蝇的一只眼睛一样有多个小复眼面；在这样的房间里，他们能看见自己成倍增加、叠加、变形——但是，一面面镜子创造出的一个个变形人只会令他们大笑。

骑士离开他们去参观其他一些房间，然后游览花园。他们意识到现在就剩下他们俩了，就如同父亲走了，把孩子们独自留在游乐园一样。他们俩站在那里，一声不吭，胖夫人和独臂矮个子男人，试图只看那一面面镜子，但是，似乎一阵无边无际的幸福、无穷无尽的愉悦将他们包裹起来，因欲望的紧张而疲惫，因幸福而兴高采烈，他们朝对方转过身，接吻（吻啊吻），他们的转身、他们的吻，在天花板上的镜子中纷纷散开，成倍增加。

•

这样的环境意味着离群索居，对普通情感的拒斥，它惟一的浪漫对象就是物品；现在，在此情景，两个相爱已久的人已经听任于最普通也是最强有力的激情的摆布，再也不可能回头了。

对于骑士来说，还有一件事将要暴露。他走开差不多一个小时，时间长得足够让他妻子和他们的朋友尽情享受他们已经释放的能量，而且，这一释放的能量之大让他们都觉得尴尬，所以，他们想去找他。他们发现他坐在花园里一张大理石长凳上，背对着鲜红的木槿和深红的叶子花属植物，它们长得攀爬过了一面顶上有更多怪物的矮墙，听他声音低得奇怪地缓缓描述他在来花园的路上注意到的另一个稀奇古怪的人物:虎背熊腰弓身扛着一只空酒桶的阿特拉斯①。他们很内疚,禁不住想知道,他心情沉重是不是意味着他已经猜到了刚刚发生的事情。但是,有那么一刻儿,骑士根本就没有想他的同伴们。

别墅两边外面都有巨大的楼梯,他从其中一边下去,朝别墅后面走去时,他仍然在想着他们。接着,他看见的某样东西让他迷惑起来,他因此也就把他们抛到了脑后。

是在王子的小教堂里看到的。骑士一迈进阴湿的教堂,才跨出半步,就停住脚步。有什么东西,他感觉到,在他头顶高处动。可能是只蝙蝠——他讨厌蝙蝠。接下来,他意识到这东西太大,而且只是在摆动;有东西从高高的镀金天花板上悬挂下来,他开门进来时带进来的春天的微风惊扰了它。他能够感觉出它现在就在他上面。这是个真人大小的跪着的男子的雕像,没东西让他跪在上面,他在祈祷。随着骑士的眼睛逐渐适应了里边的黑暗,他看见这个人荡在散发着霉味的空中,一根长长的链条拴在他头顶上。这根链条一直往上连接在一个钩子上,钩子则牢牢地钩在一个钉在十字架上的巨大的耶稣的肚脐上,十字架平贴着固定在天花板上。钉在十字架上的耶稣和这个悬吊在空中的祈祷者身上漆的颜色逼真得让人感到恐惧。

亵渎并不能折磨这个热诚的无神论者。但恐惧能,一看见这个吊着的人,看到另一个人脸上那无法慰藉的恐惧表情,向他自身袭来的阵阵恐惧便折磨着他。王子聚积了这些畸人怪物,这并不意味着他疯了。它们所表明的是他一直心存恐惧。

---

① 阿特拉斯(Atlas),希腊神话中的巨神,因参与反叛宙斯而被罚以肩顶天,后化为阿特拉斯山脉。

他比我胆大，骑士逃离小教堂去等他的妻子和他们的朋友来和他会合时心里这么想。王子已把收藏家的好奇心与贪婪推向极致，在这种状态下，对物品的喜爱释放出一种无法控制的娱乐精神。他完全有理由感到恐惧，因而也完全有理由想去嘲笑他的恐惧。在其物品的重压下，他自降身份，他随波逐流，他一头深深地坠落到自己的情感之中，很自然，因为他坠落得足够深，于是他到了地狱。

•

骑士最后从查尔斯那里得知，去年十二月十日，“巨人”号上他的那些花瓶全丢了。他自己在艰难航行的时候，他的收藏品已经葬身海底。要是他们能够抢救出他的几个箱子来，就几个，那该多好啊！因为他得知，水手们决定从船舱里抢救出一只箱子，他们以为里面有宝贝，结果打开时，却发现里面是泡在酒精里的一个英国海军上将，要运回国安葬。该诅咒的遗体，骑士在给查尔斯的信里这样写道。

与一个亲人的死亡相比，东西的消亡会释放出一种更加令人费解的悲痛来。人总是要死的，虽然牢记这一点很困难。不管一个人是带着乏味的谨小慎微生活着，就像骑士现在这样，还是招惹死亡，就像他荣耀的朋友每次去打仗一样，结果必然都是一样。但是，像骑士那些华贵的古玩花瓶这样牢靠、这样古远的东西，尤其是这类东西，它们经过了这么多的世纪而存留下来，它们提供了一种不朽的希望。我们喜欢它们、收藏它们，个中的部分原因就是它们将来有一天会从世上消失这一点不是不可避免的。当这个希望因为意外或者疏忽而破灭时，我们的抗议似乎都毫无意义。我们的悲痛有点儿不够体面。但是，哀悼还是需要做的，它既加大了悲伤，又因此减轻了悲伤。

对于我们无比珍爱之物被毁，我们的第一反应是不相信。为了表示哀痛，你必须超越一种感觉，认为此事不在发生或者没有发生。这能帮助你亲临灾难现场。他目睹了凯瑟琳日渐憔悴，朝她俯过身去等她呼出最后一口气，他看见他不幸的妻子已经不复存在；他哀悼了，他原谅了她先死，结束了悼念。假使他的宝贝是葬身他自家的火海，假使它们是为熔岩——他亲眼看见过熔岩急流直冲过来——所吞噬，那么，他现在就明白该以怎样的一种合适的方式向他心爱的宝贝致哀了；哀悼将会在他因这次不公正的损失而受到无法弥补的伤害之前起作用——然后结束。

任何没有发生在我们眼皮子底下的事情，我们不假思索就得相信。可是，对骑士而言，相信变得越来越罕见。得知他的宝贝数月前就丢了，而且丢在那么遥远的地方，这和得知一个时空相距同样遥远的亲人的死讯没有什么两样。这样的一种死亡烙上了一种疑虑重重的独特的印记。有人某天告诉你，说某人已经去了另一个世界，你原本还时不时地指望要和他重聚的，而他实际上都已经死了多月了；在此期间，你一直在过着自己的日子，没有意识到这种别离已经发生，这就让死亡这一终结成了儿戏。死亡降格为新闻。而新闻总有点不真实——这就是我们能够忍受得了去接收这么多新闻的原因。

骑士为他失去的珍宝而哀悼。但是，失去了这么久之后才开始的哀悼，而且还是在疑虑重重的情况下，这样的哀悼绝不可能体验充分。由于他无法真正哀悼，因此他大为恼怒。他恢复元气的能力，他的承受力，已经经受了严酷的考验，在他到达巴勒莫后那令人沮丧的几周里，以一种前所未有的方式得到了考验。但是，他还是努力做到了让自己振作精神，并以比以前小一些的规模重拾他以前的一些个乐趣。损失宝贝对他是个打击,令他前后判若两人。他这个人原来从未想过他哪天也会倒霉,现在,他感觉自己心里越来越苦。

骑士的世界越来越小。他渴望回到英国,当然,退居英国后也不可能过上平静的生活:他欠他的银行经理们一万五千英镑,他本来指望靠出售他收藏的花瓶所得来偿还一大部分欠款的。(他不得不从一个朋友处借更多的钱;这个朋友的钱比他少多了,却非常慷慨大方。)可是,他觉得,他自己离不开巴勒莫。如果在接下来的几个月里他们的第一首都有机会还给国王和王后,那就值得一等。他在那不勒斯的生活永远都不可能恢复如初了,但至少,那些葬送他的幸福并让他蒙受所有这些损失的人要受到惩罚。

距离背叛了他。时间是他的敌人。他看待时间、看待变化,已经和大多数上了年纪的人一样:他讨厌变化,因为对他而言——对他的身体而言——任何变化都是每况愈下。假如要有变化,那么,他希望变化迅速发生,这样就不会消耗掉太多他剩下的时间了。他迫不及待地要宣泄他的怒火。他密切关注来自那不勒斯的消息,经常和国王王后及其大臣交流意见。他已经完全丧失了外交官耐心的德行,等待时机发展、成熟的德行。他希望所有事情都马上发生,这样他便能自由了,自由地离开这可怕的巴勒莫,回到英国。为什么一切都进展得这么缓慢呢?

对骑士的妻子和英雄而言,这个世界也已经缩小了,只不过是在最令人兴奋的意义上缩小。向着对方。他们目前情状的任何改变都充满了分离的可能性。骑士的妻子慢慢开始喜欢巴勒莫了,不过话又说回来,她是三人组中惟一一个身上具有某种南方特质的人。

什么都别变!

五月,英雄在他们到达巴勒莫五个月后,第一次离开,他率领他的舰队从西西里西端出发，去察看一下他是否能够发觉法国舰队有什么新动向。他让他的朋友们放心，他只会离开一个星期。海面风平浪静。天气好极了。他的右臂残肢处的疼痛并未加剧，因此，他清楚不会起风浪。

他们朋友的这一康复标志让骑士兴高采烈。被认为该对英雄的懒散负责的这个女人看到他康复的这一证明，也是欢呼雀跃。让他开心，她一直在通过这方式让他恢复健康，这也是关键；那样他就能重返战场，为英国赢得更大的荣耀、更大的胜利。尽管如此，她仍然无法忍受他的离去。他们每天鸿雁传书，信件在他们之间的空间里飞速往返。但是，让珍爱之物离开，送到外面的世界去，总免不了有点伤心，哪怕它们几乎不可能丢失。它确认了距离和分离这个事实。对她来说，等到他离开几小时后，她给他写第一封信，她才完全意识到他真的离开了。接下来，尽管她意识到他没走太远，也不会离开太久，但这种意识根本安慰不了她。没错，知道他很快就会拿着这封信看起来，这才是痛苦的。她盯着这封信——这只即将飞向他胸膛的雁。她应该将信交给恭恭敬敬站在客厅门口听候吩咐的容光焕发的上尉，后者就会向西一路驰骋，越过将他们隔开的百余英里，把信交到他手里。但她不想交出，她不想失去这封信；这封信明天就可以和他在一起，而她只能在这里，无法和他在一起；不堪忍受这样一种令人昏乱的失去之感，于是，她一下子大哭起来。突然间，她无法理解时空概念了。为什么不是一切都在此地？为什么一切不是在同时发生？

•

一直以来，骑士都对他娶为妻子的这个女人着迷，对她的才华和魅力着魔，一直都爱她，现在仍然深爱着她；但他不像英雄那样崇拜她。她三十岁以后，他对她的欲望减弱了。他们差不多有两年没有做爱了。骑士不知道她是否很介意。丈夫没有了性欲时，女人常常并不觉得难过。她从未指责过他；至于他呢，他丝毫未减少对她的信任、赞赏和依赖——所有被称为爱的一切——他对她好而获得的愉悦程度也未减弱。但是，他想要的是她的美貌，她那无与伦比的美貌。

她是什么样，英雄就爱她什么样。就是她原原本本的样子。这使得他的爱成为这个曾经的大美人一直想要得到的爱。他认为她高贵典雅。

在外面的世界里，他们俩对他们不那么理想的外表都装上勇敢的门面。在他们爱的世界里，坦诚成为可能。他们有过脆弱敏感的时刻，承认他们对自己身体所感觉到的尴尬。他说他担心她会觉得他的断肢令人生厌。她告诉他，他身上的一处处伤让他在她心里变得更加可亲。她承认，她比他高大得多，这让她觉得尴尬，她希望他不介意，因为为了让他高兴，她愿意做任何事情，因为他应该得到世上最美的女人。他告诉她他把她当自己的妻子。他们俩海誓山盟，发誓永远相爱。一旦离婚或者另一个 d 字母开头的单词[①]（这个单词不能说出口）让他们获得自由，他们就结婚。

英雄以前从来就不知道什么性福。她在他的怀抱里也体验到一种前所未有的幸福。她让他跟她讲他睡过的一个个女人；不是很多。一个男人如果要得到一个能令他赞赏的女人，那他的性生活很可能

---

① 在英语里，离婚（divorce）是 d 字母开头，这另一个 d 字母开头的单词可能是死亡（death），此处指骑士之死。

就比较适度。他甚至比她还要容易嫉妒，无法忍受问她在骑士之前经历过的男人。(她还没有告诉他她有个女儿。)他承认自己嫉妒骑士。他一直害怕失去她。她让他心惊肉跳。

人人都身陷某种欺骗之中。

骑士自己性生活的结束并没有让他对其他人之间的性欲横流麻木不仁，以至于看不懂他妻子和他朋友之间发生的情事。事实上，和所有人一样，他猜想，在游览怪物别墅之前几个月，他们就是情侣了。他一向知道，一个男人娶个小自己三十六岁的美人假如不知道这种事情总有一天是要发生的，那他就得是个傻瓜。在过去几年里，他妻子在性方面受到忽视，他推卸不了责任，但这并不全是他的错，他对自己说。他只能暗自庆幸，因为他妻子此前从未，直到现在，给过他哪怕是一丁点儿嫉妒的理由，也没有让他在公开场合蒙羞；而且，结婚这么多年后，她红杏出墙，爱上的是一个除了她以外他在整个世界上最喜爱的人。

骑士不同于他妻子或他们的朋友，他不是一个喜欢推卸理性重任的人。他对他们的认识相当清醒。欺骗他的是他本人的种种反应。他没有意识到自己嫉妒、怨恨或者蒙羞。既然这样的情感完全是非理智的，那他怎么可能这样呢？他觉得他不该去介意什么。所以，他不介意。可他又介意，因为他知道他妻子感受到一种激情，而这种激情她在他身上从未感受过。这一自我欺骗——超越他的财力和心力而生活的倾向——是骑士耗损了的追求幸福的天分的一部分，是他的不让任何事情——除了最终令人不快的事——把自己弄得垂头丧气的愿望。骑士这种性情的人已经在阻止许多怒气以及恐惧。在消除危险情感方面，他是个专家。

因为他在自己的感情上受到欺骗，所以，他更容易在如何欺骗他人方面判断失误。骑士带着执迷不悟者那有趣的天真，想象着，只要他装着不知道，他就能平息别人的猜测。他相信自己作为一个见过世面、明白事理的人的声誉：如果这样一个丈夫似乎都确信他妻子与另一个男人之间的友情根本没有什么不正当，那么，他们就会相信他的掩饰——在这方面他清楚自己是个行家——而非他们自己的种种怀疑。和统治者生活久了，骑士有着丰富的体验，能够将不光彩的真人真事说成是谣传，能够用否认来遮盖令人不悦的事实真相。这不过是又一次掩饰而已，在这次掩饰中，他装着不知道某个困扰人的真相。他没有想到，他越是否认正在发生的事情，他看上去就越像被人耍的傻子。

骑士不知道旁人已经怎样看他，在他所剩的生命时日中，以及身后人们会怎么看待他：当成一个有名的乌龟。英雄也不知道他在别人眼里已经成了怎样的一个人，也不知道他们会怎么评判他：有几分像阿拉伯的劳伦斯①，无能的本国统治者的自命的拯救者；有几分像马克·安东尼②，断送自己命运的自我毁灭的情夫。

不像骑士，至少他清楚自己的感觉。但是，他难以理解别人对他做出负面评价时的感受。他能理解的负面态度只有忽略和冷淡。有什么人指责他，他一般都是最后一个知道——他已经培养出一种极其强烈的他自认为的正义感——他意识不到他在受到嘲笑、受到怜

---

① 即托马斯·爱德华·劳伦斯(Thomas Edward Lawrence,1888—1935)，他因在阿拉伯大起义(1916—1918)中作为英国联络官的角色而出名，许多阿拉伯人将他视为民间英雄，推动了他们从奥斯曼帝国和欧洲的统治中获得自由的理想。

② 即 Marcus Antonius(公元前 83—公元前 30)，古罗马政治家和军事家，他是恺撒最重要的军队指挥官和管理人员之一。公元前 33 年"后三头"同盟分裂，公元前 30 年马克·安东尼与埃及女王克娄巴特拉相继自杀身亡。

悯;意识不到他的军官和他的部下认为他们爱戴的指挥官已经为一个妖妇所诱惑。他也没有意识到英国海军部的上司对他的所作所为是多么的不悦:批准荒谬的那不勒斯人向罗马进军,调拨人员来帮助王室撤离,延误重新向法国军队的开战,逗留在巴勒莫,优先安排国王和王后重返王位。是判断失误吗?不,是放弃判断,是因为被人们议论纷纷的那个个人原因。

连骑士的妻子也以她的方式自欺,尽管她在三人当中脑子最清楚。她深切体会到骑士的宽容大度,她就不信这件事情找不到解决的办法。他们俩都爱骑士。他爱他们俩。他们为什么就不该永远生活在一起,骑士可以当个好父亲嘛。他们会是与众不同的一家人,可仍然是一家人呀。(英雄在英国的妻子没有进入这个平衡等式。)她甚至希望在经过了和查尔斯,然后和骑士都未能有一儿半女这么多年之后,她能够怀孕。

最近,她做了个梦。梦里,她陪着骑士从一座火山的一侧爬上去,就像以前一样。但这座火山看起来不像是维苏威。不像,那肯定是埃特纳火山。似乎他们已经知道几小时前一次小的喷发就开始了;过了一会儿,骑士建议他们停下来吃点东西休息一下,同时等喷发平息。她脱下被汗水湿透了的衬衫晾干,风吹过她的皮肤真令她心旷神怡;他们吃鸽肉,骑士在户外生火烤的鸽子,鸽子肉肥汁多味美极了。然后,他们继续顺坡而上,他们艰难向上的双脚嘎吱嘎吱地踩过滚烫的火山渣,她开始对他们到了山顶后她会看到的东西感到恐惧起来。火山还在喷发的话,难道不是很危险吗——确实危险,尽管骑士说了些让她放心的话。他们现在到山顶了,火山口张着险恶的大口就在他们面前。骑士叫她待着别动,他自己则再靠近些。他似乎是靠得太近了。她想大喊,告诉他当心点。但是她张开嘴,却根本发不出声，尽管她拼命喊，嗓子都喊痛了。骑士就在火山口的边沿处。他在变成一种黑东西，像烧焦的书页一样。他回头看她，微笑着。接着，在她拼命发出尖叫声时，他纵身跳进火光熊熊的裂口。

她自己拼命从那个可怕的梦境中退出来，一路拳打脚踢，往上冲破睡眠的屋顶，醒在床上，气喘吁吁，大汗淋漓。那样我就成寡妇了。这个梦境栩栩如生。她有种冲动，要穿上衣服，去骑士的房间，确信他好好的好让她自己放心。意识到她是在胡思乱想时，她震动、惊愕、羞愧。这是否表示她希望骑士死？不，不。这事会有解决的办法的。

•

又一个夜晚——深夜，非常晚了。这时，客人们应该散去了，骑士心想，他长时间待在家里，忍受着上了年纪，还有伤心引起的失眠。他有很多事情需要思考，不想思考的事情甚至更多：他损失的宝物、他欠下的债务、他未卜的前途、他脆弱的身体周身隐隐约约的疼痛，还有更加隐隐约约的羞辱感。曾几何时，他的生活有那么多选择，而今再也无法给予他任何可接受的选择了。

他本来已经躺在床上了，一个多小时的时间，一直在找一种舒服的能带给他睡意的姿势。那扇大窗子上映照着棕榈树的侧影，此时他在窗外阳台上，凝视着飘着浓郁香味的天空。月光下云朵低垂，天空明亮，几乎呈粉红色。夜本身增强了他不耐烦的感觉，仿佛时光不再向前，夜仿佛停滞不前。这是纯粹的夜，可能永远是夜。云儿甚至都纹丝不动，动一下也好向他表明夜在消逝。他听见一个人在唱歌，有点跑调，肯定是某个正在哀号的本地人在抱怨爱的痛苦；远处一辆四轮马车车轮辘辘；一只夜出活动的鸟；还有一艘驶过海湾的船上英国水兵唱着圣歌的依稀可闻的声音。然后，一切又归于寂静。

他的怒气让他无法回到床上睡觉。尽管想象那不勒斯被一次火山喷发所吞噬似乎孩子气，但是，骑士迷迷糊糊要睡着时，脑子里有时候不过就是这些个幻想。他要能惩罚那些伤害过他的人，那该有多好啊，他要能找到一个结局来对自己的委屈、损失的感觉作出解释，该有多好啊。然后他就会返回英国。毕竟，他得住在某个地方。他多么地气愤啊。又是多么地沮丧啊。

骑士猜想客人们已经散去，他猜对了。事实上，仆人们已经差不多把大厅收拾干净了。他妻子和他们的朋友已经去了他们各自的住处，后来，凌晨两点的时候，骑士的妻子就睡到英雄的房间里去了。她给他带了一些巴巴里无花果、石榴，还有上面撒了白糖和柠檬皮的西西里蛋糕。她担心他吃得不够，他这么瘦小，而且他睡得又这么少。他们在一起的几小时——一般是凌晨两点到五点，然后她就会回自己的住处——是他们能够单独在一起的惟一的一段时间；她早上可以迟起，但他总是拂晓就起床了。他们也会站在阳台上，呼吸着温暖的空气，空气中飘着月桂树和正在开花的橘子树还有杏树的芳香，欣赏着低垂在一片橙色和粉红色天空中的云朵。但是，对不存在的或丢弃的东西没有渴望。一切都在这儿，圆满了。

她爱给他脱衣服，好像他是个孩子似的。在她所知道的所有男人当中，他的皮肤最漂亮，就像女孩的一样细嫩。她把双唇贴在他手臂上那可怜的烧焦的残肢处。他退缩了一下。她又吻了一下。他叹了口气。她吻他的腹股沟，他大笑起来，把她一把拉上床，进入他们的姿势——他们已经有习惯的姿势。她把头搁他右肩上，他用左臂拥抱着她。他们总是这种姿势躺着：真令人欣慰啊。这是你的地方。

你的身体是我的臂膀。

她轻轻地抚弄他的鬈发，轻轻地把他的头朝她勾过去，这样，他的气息就能呼到她脸上。她触摸他的脸颊，上面有魅力十足的胡须茬。她紧紧地抱着他，她的手指由上而下在他背上游移，乱涂乱写，又用手掌心由下而上地把写的东西抹掉。他们懒洋洋并排躺着，现在开始激情迸发。她一条腿跷到他屁股上，把他和自己紧紧地箍在一起。他呻吟着，进入她的体内。颠鸾倒凤的愉悦开始了：骨盆压下、推进，包裹在肉里的骨头在溶化，绽放成纯粹的坠落，多深啊！摸我这里，她说。我要你的嘴到这儿来。还有这里。再深点。压着、挤着，一开始，她担心她对他强烈的欲望会压得他承受不了；在她看来，他似乎经不起折腾。但他愿意被她征服，他愿意被她的激情淹没。

重量对重量；体液和体液；里面顶着，满满的，外面裹紧。他感觉她要把他吞下去，他愿意活在她体内。

她闭上双眼，尽管她最爱的就是注视着他的脸，在她的脸上面、在她的脸下面；看着他感受她在感受的东西。她能感觉到他在充盈、在溢涌。她从未想到一个男人能像她那样去感觉。她总是希望自己的身体迷失在放浪形骸的痛苦挣扎之中，蜕变成一种纯粹的感受。但是，她知道，那不是男人的感受方式。男人决不会像女人那样忘记自己的身体，因为他要推动他的身体，他身体的一部分，向前，以使爱的行为发生。他把身体的突出部分带进爱的行为之中，然后在它遂愿后收回。这就是男人的行事方式。但她现在知道了，一个男人浑身能够像她那样感觉。一个男人能任由自己呻吟、紧紧依偎，一如他趴在她的身上并刺入她的身体时她所做的一样。他想被她占有，正如她想被他占有一样。她无须假装感觉比实际情况更欣慰；他屈服于她，就像她屈服于他一样。心里丝毫没有对自己取悦于对方又被对方取悦的能力的担忧，怀着同样的宽慰、同样的信任，他们俩踏上了放浪形骸的冒险之旅。他们在肉体享受上不分上下，因为他们在爱中不分上下。

在此期间，外面的世界依然存在：同时还有那无穷无尽的神秘。这件事发生时，那件事也在发生。在此期间，维苏威和埃特纳喷着火冒着烟。三人组的成员准备渐渐入睡了。骑士在他床上，想着他那些淹没的宝贝，想着那座火山，想着他失去的世界。他深爱的妻子和深爱的朋友却纠缠在另一张床上，在欲望满足之极想着对方。他们温柔地亲吻。睡吧，我的爱。睡吧，她又对他说了一声。他说他睡不着，他太幸福了。跟我说说话，他说。我爱听你的声音。她开始机敏而若有所思地说起那不勒斯传来的最新消息：特鲁布里奇舰长的封锁三月下旬就已经开始，却收效很慢；鲁福红衣主教的基督教军队取得令人惊讶的进展，现在兵力都达一万七千人了；还有那什么什么的困难……她还在讲的时候，他睡着了。英雄现在爱睡觉。

六

维泰利奥·斯卡皮亚男爵是个特别残酷的人。五年前,他由王后安排,负责镇压那不勒斯的共和党的对抗行为;好像他在实施惩罚中得到的满足尚不足以证明这一任命,据说他还是她的情人之一(王后身边的人又有哪个不是呢?)。斯卡皮亚满怀热忱地执行着他的任务。他很高兴和王后的观点一致,认为每个贵族都很可能怀有革命同情心;他本人是西西里岛人,只是最近才被封为贵族,他仇恨老的那不勒斯贵族阶层。当然,不仅仅是贵族,还有神学家、化学家、诗人、律师、学者、音乐家、医生,事实上是所有人,包括牧师和修道士,那些拥有两三本以上书的人,也都是嫌疑犯。斯卡皮亚估计,君主制度真正的或潜在的敌人至少有五万人,约占该城人口的十分之一。

这么多?王后大喊起来,她不得不用意大利语对这个粗鲁的男爵讲话。

很可能更多,斯卡皮亚说。陛下,他们每一个人都在监视之下。

遍地都是斯卡皮亚招募的秘密情报人员。一家咖啡馆有可能是秘密的雅各宾党人辩论问题的俱乐部或某种其他用来讨论的场所；最近颁布的法令禁止所有的科学会议和文学集会，也禁止阅读任何国外书刊。一个植物学家的演讲厅有可能是某人用眼神或手势向另一个听众传递革命信号的场所。圣卡洛①的一场演出有可能是炫耀一件鲜红的马甲或者散发秘密印刷的共和党印刷品的场合。一座座监狱迅速关满了该王国最受敬重的——即最富有以及受教育程度最高的——居民。

那是惟一的错误。这惟一的错误是只处决了三十或四十人。死刑有个结果，一个因此终结了那份卷宗的结果。而判入狱有个服刑期。斯卡皮亚手上的大多数卷宗还是悬而未决的。安杰洛蒂侯爵因为拥有两本伏尔泰的书而在桨帆并用的大木船上干了三年苦力（一本禁书判三年，本来应该六年的），此后，他把进行背信弃义活动的地点转移到了罗马；在罗马，他参加了反抗法律、秩序和教会的起义。监禁的种种严酷性极为罕见地具有一种平息的效应。某某公爵的兄弟，服完一个短得多的刑期后（头发上未施粉，判了六个月），出狱时精神失常，回到家里的豪宅，再也没有看到他离开过那里；斯卡皮亚在这家的一个探子——一个男仆——报告说，公爵的兄弟就待在他那层楼里，与世隔绝，下令把一扇扇百叶窗关闭钉死，大部分时间都在写无法理解的诗。罪犯释放了，其他人就得关押起来。宫里的那位葡萄牙夫人——爱勒纳拉·德·芳斯卡·皮明特尔——以前写过一些歌颂王后的十四行诗，把她自己写的一首《自由颂》拿给一个朋

① 即圣卡洛剧院（Teatro di San Carlo）是意大利那不勒斯的一座歌剧院，位于市中心的的里雅斯特与特伦托广场，是欧洲现存最古老的持续使用的歌剧院，被列为世界遗产。

友看了,结果,斯卡皮亚就得以在这刚过去的十月份把她关了起来,要关两年时间。

这些个诗人啊!

去年十二月,王室在那位英国上将的保护下逃离那不勒斯的时候,斯卡皮亚留了下来,负责在王后不在时充当她的耳目。他身穿黑袍,就像律师穿的那种,在城里巡行,观察着王后的预言变成现实。安杰洛蒂侯爵匆匆从罗马赶回来,庆祝那不勒斯合法政府溃逃后随即而来的无政府主义状态。暴民向维卡瑞亚发起强攻,要救出一些臭名昭著的罪犯。不幸的是,这是他以前关押芳斯卡·皮明特尔的监狱,她已然昂首挺胸地出来了,高谈阔论人民的自由、平等和权利。她难道就没有看看无意中来解救她的这帮暴民的脸吗?他们以为自己在为人民说话,这些诗人、教授和开明的贵族。但是,人民的想法跟他们不一样。人民爱国王(他们太无知了,所以不爱王后),他们羡慕宫廷的穷奢极欲和花天酒地与他们自己生活的悲惨和奴役之间的悬殊。像国王和王后一样,他们仇恨有教养的贵族。法国军队正在南下进军半岛,老百姓对国王的离去十分恼火,就怪罪于那些贵族。嗯,他们是对的。让战火烧过来吧。让那不勒斯肃清这帮该死的不满者,连同他们无神论的书籍、法国的思想、科学的奇想和人道主义的改革。斯卡皮亚陶醉在图谋复仇的想象所带来的快意之中。人民是猪,但人民在准备迎接王室政府的归来。他没有必要做所有的工作。人民替他做。

•

斯卡皮亚男爵是个激情特别高涨的人。对人类的激情他懂得很多，特别是当它们导致恶劣行径的时候更是如此。他懂得性快感如何通过贬低和羞辱一个人的欲望对象来获得加强；这是他体验快感的方式。他懂得害怕，对变化的害怕，对陌生的或疑似陌生的、因此是危险的东西的害怕，如何能通过和别人联合起来去骚扰和伤害那些无防备的，而且与他们不同的人，来得到缓解；这是他看见在他周围发生着的事情。对斯卡皮亚而言，激情就是热切，就是侵犯。他无法懂得的是在从热切中撤退而发现幸福、让人自我撤退的一种激情。一如收藏家的那种激情。

启蒙思想在上层社会造就了众多的改变信仰者，尽管如此，更多的是收藏家，可收藏家要接受革命动荡的后果则极为痛苦。他们拥有的财产是投资在旧政权下的，不管他们看过多少本伏尔泰的书籍。革命对收藏家而言不是什么美好时刻。

根据定义，收藏即收藏过去——而发动革命就是要谴责现在被称为过去的东西。过去很沉重，也很辽阔。如果旧秩序垮台令你决定逃离，那你不可能把所有东西都带上——这就是骑士的窘境。如果你不得不留下，你也不可能保护所有的一切。

•

下面是这位男爵看见的情景之一。

一七九九年一月十九日。逃离那不勒斯后三个星期，骑士的一个熟人，也是他的收藏家同行身上正在发生一件恐怖的事情。此君的主要兴趣是绘画、数学、建筑学和地质学，他是王国里最博学也最勤勉的居民之一。他没有其他一些有教养的贵族，比如他兄弟，那种对共和党的同情，而是像大多数收藏家一样，是保守派；确实，这个收藏家特别反感当时的种种新奇之物。他曾打算随国王王后一起逃往巴勒莫。但未获准。待在那不勒斯，有学问的公爵！看看你对不信神的法国人统治的喜欢程度。

公爵认为，正在逼近的法国士兵当然不可能比在街上游荡、大肆掠夺的暴民更可怕；他待在家中闭门不出，他要深思熟虑，要制定一个计划，要宣布一个计划。公爵患了重感冒正在康复之中，在一次一直开到一月十八日深夜的家庭会议上，他主持不力，他本不该那样的。危险的横风打破了通常发表意见的等级体系。公爵的小儿子对他妈妈吼叫。公爵年轻的女儿打断她父亲的讲话。公爵夫人愤怒地反对她丈夫和她德高望重的婆婆的意见。但是，最后决定他们当中谁脱离危险——不，别称之为逃离——时，被破坏的等级体系又恢复了。公爵和他两个儿子撤退——就是这个词儿——撤退到位于苏莲托[①]的别墅待上一阵子——把公爵夫人、他们的女儿、他年迈的母亲，还有出狱时神经错乱的兄弟留在安全的邸宅里。

公爵在参加一个大家指望他到场的贵族会议之后的第二天，他和两个儿子要离开首都。为了保存体力上路，他派了他十九岁的大儿子代他参加会议。年轻人彬彬有礼地坐在会场，听完了贵族们所做的许多演讲，他们重申对流亡在巴勒莫的波旁君主的忠诚，此后，他们达成共识，除了欢迎法国人，他们别无选择；法国人至少会给这座城市恢复一些秩序。一点钟的时候，他穿过奇怪得一个人都没有的大街，回家向他父亲汇报会议精神。他听说，在他离开的四个小时期间，他的叔叔试图在书房上吊，但绳子被及时割断，他已经被扶上床。三个仆人守在房间里，防止他再次自杀。

---

① Sorrento，那不勒斯湾的一个市镇，离那不勒斯不到 20 公里的距离。

儿子被吩咐去把他还穿着睡衣的叔叔带过来一家人一起吃饭。就在他们把他安顿坐在椅子上的时候，总管家带来消息，说一帮暴民已经集合在邸宅大门口，要求见公爵。公爵不听妻子和母亲的劝告，只在秘书陪同下，亲自下楼去和他们谈话。在院子里五十个左右脸晒得黑黑的人当中，他认出了面粉商、他的理发师、托莱多的一个卖水人，还有给他修理过马车的车匠。面粉商似乎是吵得最凶的人，他扬言，公爵在宴请他的雅各宾党朋友，他们是来搅局的。公爵严肃地笑笑。尊敬的来宾，你们误会了。就我和我的家人在吃饭，而且不是什么宴会。

面粉商再次要求进门。不可能，公爵说，转身进去了。一帮人操着棍子、刀子，一起叮叮当当上前一把抓住公爵，推开仆人，冲上楼去。这家人逃上更高一层楼，只有公爵神思恍惚的兄弟还坐在饭桌旁，把一片面包在手里捻碎。兄弟俩被拖下楼，拖出宅邸。派了一些人去守住这家人，与此同时，洗劫开始了。

这帮人从一个房间冲到另一个房间，把墙上的画拽下来，翻箱倒柜，拉开抽屉，把里面的东西倒在地板上。进入美术室，公爵收藏的最好的画作大多挂在这里；进入他的图书室，这里藏有无数珍贵的文件信函和文献资料、精美的珍本和无价的手稿，它们均是由一个声名显赫的祖先，是名红衣主教，在一百五十年之前收集起来的；还有大量的当代著作；冲进他的书房，在这里，他收藏的各种矿石摆放在一排玻璃面的陈列柜里；冲进公爵的化学实验室，这里放着几打机械仪器；冲进他的制表工作室，在这里，学过制表工艺的公爵放下对学问的追求，享受着放松一下。上面几层楼的窗子被猛地打开，画作、雕像、书籍、文件信函、器具和仪器都被扔到了下面的院子里。与此同时，人们把所有贵重的家具、金银器皿和亚麻织物都抬下楼，然后离开了这所豪宅。那些门、窗、阳台栏杆、横梁和楼梯扶手一样样被拆下来装上车运走。

磨了几个小时，塞了好多次钱后，公爵一家才获许离开宅邸，离开前先搜了身，确定他们口袋里没有装任何东西。他们再三恳请让他们带公爵兄弟俩一起走，但被奚落了一通。至少允许我生了病的儿子和我们一起走，老公爵夫人哭求道。不。至少让我跟我父亲说声再见，公爵的小女儿哭道。不行。你们自己难道不是丈夫、父亲、儿子吗？公爵夫人喊道。你们就没有怜悯之心吗？回答第一个问题，是的。第二个问题：没有。

一家人哭哭啼啼，被带出后门，赶到大街上。

整个这段时间，从头到尾，公爵和他身穿睡衣瑟瑟发抖的兄弟都被关在马厩里，有人看管。篝火点燃时，他们俩被押进院子，绑在椅子上，这样他们就能看到。

焚烧持续了整整一个下午。拉斐尔、提香、柯勒乔、乔尔乔内[①]、圭尔奇诺的画作，还有所有其他六十四件画作……统统扔进火里。还有书籍，历史书、游记、科学著作、论艺术以及论制造的书籍；维科[②]全集、伏尔泰全集和达朗贝尔[③]全集……全都扔进火里。扔进了熊熊燃烧的火里，烧不掉的是：他收藏的维苏威岩石——取自火，回

---

① 乔尔乔内（Giorgione，1477—1510），意大利威尼斯画派画家。

② 贾埃姆巴蒂斯塔·维科（Giambattista Vico，1668—1744），意大利哲学家，在《新科学》（1725）中断言人类文明要经历循环发展，包括野蛮阶段、英雄阶段和理性阶段，伴随有相应的变化、语言和政治模式；他的历史主义观影响了后来的哲学家，如马克思。

③ 达朗贝尔（Jean le Rond d'Alembert，1717—1783），法国物理学家、数学家、哲学家，最著名的作品是《数学手册》、《力学原理》；从 1746 年到 1758 年他是狄德罗《百科全书》的主要合作者。

到火里。精致的表、钟摆、罗盘、带铂金镜片的望远镜、显微镜、航海表、气压计、温度计、里程表、测距器、听诊器、液体比重计、酒精比重计、高温计……碎了,熔化了。光线暗淡下来。火继续烧着。夜幕降临了。星星出来了。焚烧还在继续。那个兄弟哭了一会儿,求他们松绑,接着便睡着了。公爵看着,双眼刺痛。他一阵又一阵咳嗽,他一言不发。等到再也没什么可以扔进火堆的时候,这群暴民就围在椅子边上,大声辱骂他们。雅各宾党徒。亲法者。接着,几个人壮着胆子,先把手放在公爵身上,拉掉他的长统袜和鞋子,割断反绑他的绳子,这样他们好脱下他的丝绸外套、西装马甲,摘下他的领结,脱下他的亚麻衬衫。他们拉下他的衣服时,公爵扭动着身子,不是要反抗正在对他做的事情,而是让他们拉得容易些,这样他便能更快地回到他逆来顺受、端端正正、一动不动的姿势,这是他认为符合他尊严的惟一的谴责方式。上身赤裸着,他又昂起头。他还是一言不发。

更大胆,更残酷。放在院子一角的一桶柏油已经滚到火堆附近。一些人把木碗伸到桶里,把滚烫的柏油浇到那个兄弟身上,他大叫一声醒了过来,然后一阵挣扎;头朝后仰过去,好像遭到了枪击。接着,有人朝他开了枪。他们松开他的身体,把身体扔进火中。公爵尖叫起来。

•

在院子大门口,有个人在观看那个场面:他身穿黑袍,头戴漂亮的、施了粉的假发,两边由几个身穿制服的市府士兵护卫着。人群中那些注意到他的人,即使没有认出他来,也都害怕地注视着他。

黑衣人直瞪瞪地看着公爵,不是看他的脸,而是看他的苍白、臃肿的肚子随着他的啜泣而起起伏伏。他的双脚是红的——他两条腿都中弹了——但他依然笔直地坐在椅子上，手臂又被反绑在那儿。

黑衣人和他的卫兵都没有过去干涉。但是，折磨公爵的人住手了。尽管他们好像知道他不会阻止他们，但是，对他们能否继续他们心里没底。人人都怕这个黑衣人——除了理发师；理发师是他的一个探子。

理发师手拿剃刀，走上前，割下公爵的两只耳朵。耳朵从他头上掉下时，他脸的下半部分淌了一摊的血。人群大叫起来，篝火摇曳，黑衣人满意地哼着小调离开了，于是，这样的戏剧性场面得以持续到最后。

•

我离开的时候，你看见的，第二天在港口附近的一个客栈里，斯卡皮亚对他雇用的一个暴徒说。后来发生了什么？他还活着吗？

是的，这人说。是的，我要说的就是这个。当时他在哭喊，血在从他的脸上、头上淌下。

还活着？

是的，大人。但是，你知道汗淌下你的胸膛时的情形——

（此人是个轿夫，这个职业让他对汗的变化无常特别熟悉。）

——你知道，汗淌下胸口的时候，有时候它会积在肚子那块——

（衣着整洁的男爵不知道；但说下去……）

——嗯，你知道怎么回事的，血积到肚子那块，他在设法让它淌下去。

轿夫嘴上停住叙述，来模仿那个动作，他把下巴抵到胸口，噘起嘴，朝他肥胖的腰围上面一个想象的部位吹过去。

吹，他说。你知道。他就是不断地吹。吹气。他就做这件事情。为了让血淌下去。接着，我们的一个人以为他是在施魔法，想把他自己吹得消失掉，于是又朝他开了枪。

于是他死了？

差不多死了。他失血那么多。

还活着？

是的，是的。接着，我们当中更多的人操着刀朝他扑上来。有个人一刀砍在他裤子的前面，割下……你懂的，把它们举起示众。然后我们把他的身体扔进柏油桶，连桶一起扔进火中。

•

这些令人发指的事件消息传到巴勒莫的时候，骑士胆战心惊，变得沉默寡言。他喜欢公爵，羡慕他的收藏品。许多被毁的东西都是不可替代的珍宝。除了那些画作，在公爵的藏书中，还有多产的阿塔纳斯·珂雪几部未出版的著作。还有，骑士回忆起，他的朋友皮拉内西自传的手稿——他担心这部手稿可能没有副本。多大的损失啊。骑士愁眉苦脸。多么可怕的损失啊。

骑士的妻子和英雄数日来除了谈论这件事，别的几乎不谈。从公爵兄弟俩的命运上，他们看到了所有这些无法无天的民众有可能堕落成野蛮暴徒，他们也看到了有必要保护财产的尊严，特权阶级财产的尊严。对此，骑士当然也深信无疑，不过，他也这么认为的时候不像他们那样喋喋不休、那么义愤填膺。尽管收藏根本就不只是一种特殊的、特别脆弱的财产拥有形式，然而，收藏家的苦处很难与人分担,除非是和其他收藏家。地位的脆弱还有肉体的脆弱,骑士已变得差不多认命了。

王后既不愤慨,也不沮丧。王后看她留在那不勒斯的最信任的密使写的关于公爵、公爵兄弟和其他贵族落在那帮暴徒手里的长篇描述的时候,她一直在和她在巴勒莫最信任的密使喝茶。看完斯卡皮亚的信,她把信递给骑士的妻子。我相信这些人完全有理由这样做,[1]王后说。

连骑士的妻子都感到畏惧了。

骑士的妻子不喜欢斯卡皮亚。没人喜欢斯卡皮亚。但是,就像她一贯所为,她努力站在王后的角度看问题。王后跟她亲爱的朋友解释过,她不信任他们离开前任命的皮纳特利摄政王——而且,她很快就能够指出,她是对的,因为几周后皮纳特利就弃城而去。王后也不信任红衣主教鲁福这个卡拉布里亚人,鲁福正准备潜回领导抗法斗争。但她确实信任斯卡皮亚男爵,她对骑士的妻子说道。

你会看到,我亲爱的夫人。我们的斯卡皮亚会忠心耿耿的。[2]

•

杀害公爵和他兄弟后的几天里,暴民们继续洗劫、抢掠贵族的财产,那些自称爱国者的人躲在海滨的蛋堡里避难,晚上,他们从碉堡上的城垛,能看见城外法军营地里的火。尚皮奥内将军的军队开进那不勒斯时,斯卡皮亚藏了起来。平民与法国士兵之间三天刀光剑影的厮杀、三色旗[3]在王宫上空升起以及革命者从堡垒中涌出的时

①② 原文为法语。

③ 指法国国旗。

刻，他无法以一个目击证人的身份向王后描述。

他的藏身之地，是一个主教的房间，主教是他的一个密探，这是个安全的地方。不过，话又说回来，没有一个藏身之处是绝对安全的；他会知道自己是怎么暴露的（恰当的贿赂，恰当的刑讯）。他知道那些革命者肯定在找他。对一些仓促行事的阴谋策划者的死，他难道不要负责任吗？他难道没有迫害过许多现在是共和国领袖的人吗？法官、学者、免职的牧师、数学教授、化学教授——这位法国将军任命的充当临时政府的二十五人就像是斯卡皮亚随时找个借口就把他们投入监狱的那类世界公民和颠覆分子的一份名单一样。但是，他们显然不知道怎么找到他。斯卡皮亚并不感觉到害怕，他感觉他自己尖刻的本性因为主教那讨厌的“我全都知道”和“但我从未指望”，以及，尤其是因为这种他不习惯的限制重重的单身生活而在日渐减弱。他第一次冒险出去，去找个女人，他就肯定自己被认出来了。第二次出去，暴露在一群好奇的人跟前，那帮人正在看一棵栽在前王宫前面的巨松，但他不十分肯定有人认出了他。他和主教又在一起待了几天，然后就回家了，写了一份长长的报告给王后，然后等着被捕。等着。他的敌人似乎过于宽宏大量了，不屑干什么报复的事情。

现在，他在等待时机，而那些自称启蒙的门徒则戴着可笑的松软的红色弗里吉亚帽①，互称公民、演讲、扯下王室的徽章、在全城各广场种上他们的自由之树，并进入委员会，按照法国共和国的模式拟定宪法。他们是在做梦，全都是。他们会明白的。这个仇他一定要报。

① 又称自由之帽，一种无檐锥形软帽，原为古罗马被释放的奴隶所戴，18 世纪法国大革命时期，被用作自由的标志。

你尽管相信好了，善良的人总容易上当。他们向前走，大踏步走在前面，以为有人跟在他们身后，然后他们转过身来……连个鬼影子都没有。暴民散了，去找吃的、喝的，去淫乱，或去打个盹，或大吵一架。暴徒不愿意做高尚的人。暴徒就想打斗，要不就散伙。雅各宾老爷和太太带着他们关于正义和自由的多愁善感的想法——他们以为他们在给予人民他们想要的东西，或者对他们有益的东西。他们极其天真地以为它们就是同一样东西。不是的，对颂扬国家和教会权力的盛况的严厉抨击以及准时的展示，这才是人民所需要的东西。当然，这些教授和开明的贵族以为他们明白人民对大排场的需要，他们正计划搞个节日来庆祝理性女神。理性！那会是一个多么壮观的场面啊！他们真的期望人民会像热爱国王那样热爱理性——不，是大写的理性——吗？他们真的期望人民一下子就喜欢上已经颁布的新历法，上面是意大利版本的法国革命历法的名称？

斯卡皮亚欣喜地注意到，这些个共和党人很快就不得不认识到，这些外来的仪式和命名不足以在愚昧的大众身上激发起忠诚之心。爱勒纳拉·德·芳斯卡·皮明特尔编辑的革命报纸发表了一篇文章，评论该城市著名的每年两次的奇迹剧成功演出对于这场革命的价值，这是最早的现实主义的标志。但是，这样公开的以恩赐的态度对待人民的信念表明，这些个理性的囚徒离掌控人民所需要的那种理解相去甚远。斯卡皮亚这个最聪明的操纵者和固执己见者，他知道一旦你不再谈论信念而开始谈论宗教——甚至更为轻率地谈论起宗教在维持秩序和保持公众士气方面的作用——信念便一文不值，宗教真正的权威也就丧失，不可避免地丧失了。宗教的价值！这是个从不在公开场合提及的秘密。他们多单纯啊！

而且无能。因为让那些迷信的民众感到惊吓或者令他们安慰的那些传统的仪式和当地的征兆并不在共和党人的控制之下。拿液化安瓿[1]中圣人的干血这个奇迹来说吧:共和党人的担心是对的,是为了显示上帝在保护这座城市,保皇主义者大主教会阻止这一奇迹的发生。当然,没有人能够控制维苏威火山,自然的力量与独立适用于各种情况的征兆和至高无上的表现。没错,这座山近来表现不错。共和党人希望人民注意到,即使圣热内罗收回了他的祝福,这座山仍然站在爱国者的一边。维苏威火山自一七九四年以来一直很平静,在人们燃放焰火庆祝宣布共和政体成立的当晚,它温和地冒了些火焰,仿佛在欢庆一样,那个姓芳斯卡的女子这样写道。又是诗人的幻想!但是,人民不是这么好打发的,尽管你总是能让他们感到更加惧怕。没办法让火山喷发一次,多么遗憾呵,斯卡皮亚心想。一次大喷发。现在就喷。

王后对人们的信念的诉求是多么的更得要领啊。她托付给她流亡中的同伴和她的心腹知己——英国大使的妻子——一个任务,即把她设计的虚假的共和国公告的信件散发出去。上面声明:**废除复活节!特此通告禁止敬奉圣母马利亚!七岁时洗礼!婚礼不再是圣典!**英国人要做的就是把它们扔进里窝那的邮筒,寄往那不勒斯,王后对她的朋友说。骑士在他妻子告诉他这个计划时,询问女王是否指望英国人,即他本人,来付邮资。不用,不用,骑士的妻子说,她付,她自掏腰包。我怀疑有多少能寄到,骑士说。哦,王后不在乎是否能全寄到。她说能到一些。确实到了一些;斯卡皮亚看见过它们在人们手上传来传去。他知道,奉承民众、赞扬他们勇敢的公告,不如引起他们的恐惧更令人信服。民众,你们大家看看法国反基督行为者

---

① 安瓿(ampule),即装注射液的小瓶。

能有什么提供给你们啊！对较为富裕的人来说，钱更有效：王后大掏自家腰包给他送钱以使贵族们继续忠诚，不然的话，这帮贵族最后会说他们别无选择，只好与自称的爱国者合作。

他们童话般的革命从一开始就遭到围攻，但是，斯卡皮亚看到，尽管他们明白他们不得不拿起武器，但是，他们绝对不会明白国家暴力的必要角色。尽管他们的宪法诉诸古希腊古罗马的尚武精神，但是，他们毫无头绪，不知道怎样才能组织一支民兵队伍，更不用说组织一支军队了。还有，怎样的警察才是公民警察？这个那不勒斯前秘密警察头子想。根本没有警察。事实上，他们的革命是没有防备的。

•

天哪，斯卡皮亚的预言不幸言中。

一场革命由都市特权阶级成员发起，缺乏来自农村或城市百姓的支持，眼下随着旧政权的溃退而造成的资金的撤出，随着旅游业的萧条带来的收入亏损而变得更加贫困……一场革命由可敬、极其正直的人领导，他们不仅不愿意使用武力来镇压大众的不满，而且根本就没有野心去增强国力……一场革命受到迫在眉睫的入侵的威胁，并且海上已经对都城进行了四面的封锁（加剧了食品短缺），这一海上封锁因为支持流亡政府的反对革命的大帝国而升级了……一场革命由人民所憎恨的占领军保护，而这是些意在征服欧洲大陆的敌方帝国的军队……一场革命受到在农村地区受流亡政府资助，并由一个受人喜爱的逃亡贵族指挥的游击队大暴动的挑战……一场革命被把大量的国外现金资助走私给特权阶层潜在的支持者所颠覆、被流亡政府所设计的假消息运动所颠覆,散布假消息是劝告老百姓相信他们最喜爱的风俗即将被废除……一场革命停滞不前,因为它的领导人都充分认识到经济改革的必要性;这些领导人包括激进派和温和派,他们哪一派都没有战胜对方。一场没有时间解决所有问题的革命。

这样的一场革命没有成功的可能性。它的确是为一场没有成功的可能性而做的经典设计,这一设计配制于那个年代,此后又被多次运用。会作为幼稚之物载入史册。出发点是好的。理想主义的。仓促的。对于一些人来说,这是赋予革命一个好名称的一种革命;对所有其他人来讲,它证实了一点,即一种缺乏压制欲的统治是不可能成功的。

当然,未来会证明这些爱国者是对的。未来会让这些维苏威共和国注定失败的领导人成为英雄、烈士和先驱。但未来是未来。

在这些革命者能有的惟一的国家里,有的是匮乏和种种陌生的混乱。革命者根本没有接手平衡经济。样样都得靠进口,除了丝袜、肥皂、龟壳鼻烟盒、大理石桌子、装饰性家具和套装瓷器人物——该王国主要产品。丝绸厂和陶瓷厂给少数挑选出来的苦力付费;很多人是仆人或工匠;城市大量的人口则习惯于以乞讨、偷窃或为有钱人和游客提供不体面的服务而获得的小费为生。但是国王和王后对整个国库的掠夺已经让这个王国一贫如洗,因此也缩减了各种资助,停止了始于随着一七三四年波旁王朝到来的大兴土木(新的公共设施的建设、王宫的建造和富人宅第的建造、教堂和剧院的建造,曾经成了少数稳定职业的来源之一),旅游业落入低谷(没有什么革命的大旅行)。食品价格飞涨。现在几乎没什么人有工作可做。

消除腐败的必要性——事实上,通过科学立法在自然、理性的基础上整顿整个社会的必要性——对新政府的所有领导人而言都是显而易见的，他们尚不至于天真到以为管理民众不过就是去教育他们。但是，温和派与激进派之间的分歧加大了，温和派倡导对富人课税并减少教会组织的免税额，而激进派则要求废除贵族头衔，同时将贵族和教会的财产统统没收充公。当一个政府委员会提议发放公共彩票以充实已经空掉的国库时，该提议受到指责，认为于事无补、不切实际，或者不道德；这最后一种观点是芳斯卡·皮明特尔在她的报纸上提出的。对民众的指导并让他们转而相信共和党思想——宣传——是革命任务中大家都同意的惟一的一个。新颖、振奋人心的名称——谦逊、安静、节约、胜利——给了托莱多、基艾亚和其他几条主要街道。芳斯卡·皮明特尔提议为老百姓出版一份那不勒斯方言的报纸和历书。她还撰文谈论戏剧和歌剧改革的必要性。人民应该能欣赏到由他们的丑角表演的更有教化意味的恶作剧的露天木偶剧，在圣卡洛剧院——已改名为国家剧院——受过教育的阶层应该能够听到有寓意题材的歌剧，比如那些在法国上演的歌剧：《理性的胜利》、《自由圣坛上的祭品》、《献给上帝的赞歌》、《共和国纪律》和《旧政权之罪行》等。

整个事情持续了五个月的时间。五个重新命名的月份。Piovoso（多雨的）、Ventoso（多风的）、Germile（发芽的）、Fiorile（开花的）和Pratile（长草的）……

第一批抵抗行动出现在边远的村庄和小镇——这个王国里有两千多个有人居住的村庄和小镇。首都的爱国者对这一动乱感到震惊，他们重新交由委员会讨论他们的计划，准备拨出大片土地分配给没有地的农民。

更坏的消息传来了。派往各省的共和党兵力证明根本就不是他们遭遇的通过英国快速帆船先头登陆小部队的对手。鲁福自命的基督教军队在攻克一个又一个村庄。这支军队现在包括数千名囚犯，他们是国王下令从西西里的那些监狱释放出来、用英国船只运到卡拉布里亚海岸的。共和国外面受到围攻，在那不勒斯本土又面临越来越多的不满和平民骚乱，便只好加倍努力去赢得老百姓的心。

还发生了争抢食品的骚乱。越来越多的法国兵遭到伏击。自由之树夜间在广场上被烧。

自由之树是一种人造植物，斯卡皮亚写信给王后说。它没在这里生根，所以就没有必要连根拔起。即使现在，陛下忠实的臣民还在使劲地摇树，没有了法国人的保护，敌人一走，它就会自己轰然倒下。

五月，法国在意大利北部与新成立的第二次反法联盟作战中多次失利，便将其兵力撤离那不勒斯。英国快速帆船占领了卡普里岛和伊斯基亚岛。几周之后，鲁福和他那帮愠怒的农民及乡匪涌进城里，联合了那些聪明的城市贫民，高喊口号："谁有值得偷的东西，谁就是雅各宾党人。"开始了一场肆无忌惮的烧杀抢掠。富人们在他们的宅第里被追捕，同情共和党人的年轻医科学生在医院里遭到搜捕，凭良心做事的高级教士则在教堂里被抓获。大约有一千五百名爱国者想方设法终于重新在海滨的蛋堡和新堡里避难。

流动的人群渗透进了城市的每个隙缝之中，把不属于它们的所有人都揽入它们致命的怀抱之中。搜捕的人群，寻找着能暴露雅各宾身份的种种迹象（除了有什么值得偷窃的东西之外）：一个穿着朴素、头发没有施粉的男人；某个穿长裤子的人；某个戴眼镜的人；某个敢单独在街上行走的人，或者在拐角一见涌过来的人群似乎就慌张的人。哦，对的，因为每个男性爱国者一条大腿顶端都刺了棵自由之树，那些没有立即被处死或受了重伤的人就被剥光衣服，然后游街示众,被穿了衣服的人嘲笑、辱骂。被抓到的人扒光衣服后身上没有发现有这一刺青,这没有关系。他们难道不会招人拧一下,敲一下,讥笑一番?作弄人的一群人,尽情地寻着开心。又走过来一个雅各宾党人!我们来找找他的刺青!又过来一个女人,她被用床单绑在一辆马车上,床单几乎都遮不住她松弛、裸露着的上半身,不禁令人不悦地联想到某种完美的古装:看啊,又是一个理性女神!

群众不像斯卡皮亚那样去折磨人。真正的折磨者所干的事情是受到一个事实的指引,即为了造成痛苦,对方必须有知觉。如果被折磨的这个人已经失去知觉,他们这帮人照样心满意足。他们欣赏的是肉体对肉体的伤害,不是肉体对精神的折磨。

飞进窗子的一块石头,那只勒紧在手腕处的手,狠狠地朝脑袋打下的棍子,硬挤进柔软肉体里的刀刃或阴茎,扔在阴沟里,或者从某人的口袋里伸出来的耳朵或鼻子或脚。重击,猛踩,枪杀,勒死,狠揍,用石头砸,钉在尖桩上,绞死,烧死,肢解,淹死。一系列肆无忌惮的杀人方式,其目的远远超过报复,或是表达一种怨恨的感觉。农村对城市的报复,没受过教育的人对受过教育的人的报复,穷人对特权阶级的报复——这些解释都无法命名这样巨大的破坏所释放出的更深层次的能量。淹没、带走、吞没革命的泪和血形成的河流同样威胁着恢复重建。因为这是某种像自然的东西——它行事不为其自身利益着想,也作不出明智的判断,这是众所周知的。甚至在这种能量自我耗尽之前,它就无疑会被准许这一暴行的统治者所控制。

鲁福被他发动的这场大屠杀吓得魂飞魄散。他原来心里想的只是适度的抢劫、殴打、强奸和骚乱。而不是大规模的屠杀:即棒打、刀捅、枪击,烧死几千个居民;这些居民因为他们的社会等级和名望,他必须视其为一个个个体。而不能有这么多的强奸。也不能有吃人的事情，不能有。他没有预想到会有焚烧尸体的——死人的和垂死者的——柴堆，正在焚烧的人肉的味道，也没有料到会看到两个小男孩在开心地啃着一个公爵夫人苍白的手臂和腿这种场面；他还曾经是这个公爵夫人的忏悔牧师兼情人呢。是控制这一能量的时候了。就在红衣主教叫停屠杀和抢劫前，鲁福手下这帮保王党干的最后一件事是要对王宫发起进攻并掳走里面的财物。连窗子上的铅框都拿走了。

•

现在，主子们必须控制住民众已经冲动地、理由充分然而却是粗鲁地开始干的事情。同时确保不在主子们必须完成的任务面前退缩。

当法国撤军、爱国者们撤离到他们的马察达[1]的消息传到巴勒莫的时候，王后担心鲁福不会以叛乱者应得的必要而明确的罪名严惩他们。她把英雄召进宫，要求他去那不勒斯接受他们的无条件投降，并以国王的名义伸张正义——即进行惩罚。她说，骑士的妻子说，您对待那不勒斯就应该像对待一个处于类似反叛状态的爱尔兰镇子一样；骑士的妻子在把王后的法语译成英语给只懂这门语言的英雄听。

啊，英雄说。

一年前，爱尔兰受到法国大革命的鼓舞发动了一场革命，结果被英国人彻底镇压了，王后对此印象深刻。

---

① 马察达（Masada），死海东岸的山地要塞。

当然,英雄如果没有骑士和他妻子的帮助、建议和语言技巧,要承担这一使命是难以想象的。

对骑士的妻子而言,这是个理想的使命,在这一使命中,她能够证明自己对女王和她敬爱的人而言都是不可缺少的。对骑士而言,这是个他不能拒绝的职责。但是,他不希望有任何东西来破坏那不勒斯在他心里保留的美好印象。他当然不希望看到关于该城发生的一幕幕恐怖情景的报道。我们能够强迫自己去看一幅剥皮的马莎斯[①]的杰作,尽管有些局促不安;或者镇静地看关于劫持萨宾妇女[②]的生动再现,尤其是如果我们不是女人……这些都是经典的绘画题材。皮拉内西画出了发生在一座座独出心裁的大监狱的角落里最无法言说的折磨。[③] 但是,真的看见剥皮,或者亲眼看到在那不勒斯发生的大规模的强奸,或是看见数千人受苦受难,看到他们落在暴徒手里受到羞辱、受到伤害,然后关在令人窒息的谷仓里,没有吃的,睡在自己的粪便里,那就是另一回事了。

六月二十日,英雄把他的旗帜从失去作战能力的“先锋”号换到拥有八十门炮的“雷霆”号后,他率领一行十七艘帆船组成的舰队离开巴勒莫,这比他在尼罗河战役中指挥的还要多出三艘。四天后,旗舰进入那不勒斯湾,马耳斯[④]全副披挂,佩戴着他所有的勋章,和他的维纳斯肩并肩漫步在后甲板上;他的维纳斯一袭精美的麦斯林白纱连衣裙,腰间系一根饰有流苏的长腰带,头戴一顶宽边帽,帽子饰

---

① 即提香的《剥马莎斯的皮》。“马莎斯”(Maysyas)也译“玛息阿”。

② 《劫持萨宾妇女》系意大利画家科尔托纳(Pietro da Cortona,1596—1669)早期根据希腊传说而绘制的一幅杰作。

③ 指他的《监狱组画》(*Carceri*)。

④ 马耳斯(Mars),罗马神话中的战神,此处指英雄。

有缎带，上面插了鸵鸟羽毛。骑士在他的舱里昏昏欲睡，“雷霆”号把锚抛到青绿色的水下三十英寻时，他感觉舱壁都在震颤。一次多么平静的航程啊，他来到他们中间的时候说道。有心爱的地貌，以及熟悉而壮观的城市景观——或多或少又增添了若干新的细节。火还在城里烧着。休战的旗帜在蛋堡和新堡飘扬。冒着缕缕青烟的维苏威火山，骑士注意到，在轻柔地冒着烟。看不到一艘法国船。

翌日，英雄在大舱——大家这么称他在船后部的总部——接见了鲁福，通过骑士，这个红衣主教被告知，就是他，现在代表巴勒莫的国王王后。鲁福陈述了他的理由，认为有必要阻止流血事件的发生，恢复秩序。开始还是冷淡的会谈很快就成为嗓门高低的比赛。骑士了解鲁福，他也了解他的朋友，他替双方解释着。但是，房间里太热了，他觉得眩晕——他妻子和英雄都请求他回到自己的船舱去。鲁福在解释他与藏身海堡的叛乱分子所签订的条约的时候，骑士的妻子担任翻译。正如王后所担心的那样，他已经接受了有条件的投降。叛乱分子将获许有几天时间来安排好他们的事务，然后有通道离开这个国家，永远流放海外。十四艘运送船停泊在海港里，叛乱分子中已经有很多人带着他们的家眷和物品上了船。第一艘船已经满载，将于明天拂晓出发，开往土伦。

英国海军上将从他的桌子面前抬起头来，让骑士的妻子告诉这个红衣主教，英国舰队的到来已经彻底摧毁了这个条约，这时，鲁福就站在那里。红衣主教抗议说条约已经签署而且双方都正式认可，英雄摇晃了一下他的残肢，回应说，如果鲁福坚持他的背叛行为，他就逮捕他。接着，英雄命令运送叛乱分子的船赶快上人，然后把他们铐起来送走，投入监狱，等着因为他们犯的罪行而受到的从速惩罚。他又召来特鲁布里奇舰长，下令部署英国军队，重新占领在圣埃尔莫、加普亚和加埃塔等地最后一批法国军队的堡垒。

我们必须树个榜样，英雄后来对骑士说。

树个榜样意味着残酷无情——这个骑士知道。

首先拿卡拉乔洛海军上将开刀。他三月初回到那不勒斯，效力于共和国；当鲁福的军队开到、共和国垮台的时候，他便逃到他乡间的一个庄园躲了起来。英雄命令鲁福把这个海军上将押到他面前来；鲁福拒绝了。我们在等待关于卡拉乔洛的消息，他一被捕获，即刻处死，骑士给外交部的函件中这样写道。

这个四十七岁的那不勒斯海军上将和贵族第二天被英国士兵劫持，带回城里，立刻就被戴上手铐脚镣带上“雷霆”号，押到指挥官面前。骑士差点认不出面前这个老人了，灰头土脸，胡子拉碴，乔装改扮一身农民的衣服。

卡拉乔洛以为他的等级——他属于该王国最古老，也是最有公益精神的贵族家族之一——以及他几十年来忠心耿耿地为波旁王朝效力，这些都会对他有利。他的好友英国大使和夫人肯定会为他跟这位尼罗河战役光荣的胜利者说情的。他绝对想象不到会没有审判，没有辩护，不让提供任何证据，判决是对普通水兵判的那种可耻的死刑。卡拉乔洛请求进行一次合乎体统的审判（不行），恳求准许提出对他有利的证据（不行），乞求被枪毙（不行）。骑士坐在大舱里写另一封快信时，他也绝对想不到，一切会进行得这么快。有时候，一切就是这么速战速决。从英雄下令把卡拉乔洛拖进当作军事法庭的隔壁房间到现在似乎才几分钟的时间。宣读英雄所要求的判决时，骑士把他的朋友带到那扇长长的凸窗窗边，建议说能不能最好按照惯例，过二十四小时再执行死刑。英雄点点头，回到他的桌前。卡拉乔洛被带到他面前，低着头。立即执行死刑，英雄说。卡拉乔洛已经是个活死人了,淋漓的大汗从他的腋窝淌下,他被匆匆带上甲板,往下放进一条小船,去一艘西西里快速帆船,他要被拉上快速帆船处以绞刑。按照这个英国海军上将的命令,这个那不勒斯海军上将的尸体就挂在桁端一直挂到晚上。直到九点钟左右,六月的太阳落下时,英雄才下令在卡拉乔洛的每只脚上系上铁块,割断绞索,将没有裹尸布的尸体径直沉入大海。

根据战争的规则,英雄没有权利废除鲁福与叛乱分子签订的条约,没有权利劫持和处决波旁王朝的这名海军高级将领,甚至都无权把他作为一个囚犯带到一艘英国船只上来见他;但这不是战争。这是在处罚。

我真希望我们能绞死鲁福,他对骑士宣称。骑士劝他慎重行事。但是,还有许多别的囚犯,至少有两万名囚犯现在被关在堡垒和国家监狱里受罪,他们将不得不接受调查,弄清楚谁该受到惩罚。私刑之后,开始了合法但不公正的死刑判决,这牵扯到大量的文书工作。在大舱里,骑士的妻子坐在靠近海军上将桌子边上的一张桌子前,草拟出一列列囚犯名单,呈女王裁决。

我们在重新为那不勒斯王国带来幸福,为数百万民众谋福利,英雄给他们留在巴勒莫的卡多根太太写信,讲述一七九九年六月从他在海湾的指挥部开始的工作。您女儿很好,但是她要做许许多多的事情,因此非常疲倦。

骑士的妻子忙着帮助英雄,一日三次给王后写信,除此之外,她就接待那些那不勒斯贵族,他们前来表示敬意并请她向王后转达他们的一片忠心。我是王后的代表,她写信给查尔斯说。不幸的是,骑士无法声称自己在扮演对应的角色。他几乎无法自称是国王的代表。国王不写信。其实,国王,正如王后向她的代表所报告的那样,已经去了他们的一个巴勒莫乡间王宫，尽管他知道他必须很快就得出来接受他的臣民向他表示忠诚，但他不想为任何来自那不勒斯的消息而烦心。但国王到底是怎么想的？英雄认真地问道。骑士的妻子笑着翻译了王后早上的信中的一句话。就国王而言，王后写了，那不勒斯人不妨就成为霍屯督人。

•

还要树更多的榜样。

在国王到达的前一天，即七月七日，一个星期天，公开处决在该城大集市广场开始了。

英雄和他的朋友们都没有亲眼看见这些处决。他们并非嗜杀成性者，他们只是愤愤不平。于是距离拉开了。

然而，有时候，你意想不到的事情会在你身边发生。公开处决开始两天后，也即国王抵达的第二天；他是乘一艘西西里快速帆船从巴勒莫返回的，纽扣孔里塞了条干了的鹭腿当作防备凶眼的护身符，已在“雷霆”号住下。国王费力地爬上通往后甲板的梯子，向骑士抱怨说巴勒莫的夏天怎么这样令人乏味，就在这时，一些水手的一阵喊叫让他来到栏杆处，看看什么事情这么喧闹。是条鱼。肯定是条非常大的鱼。在他下面，离船尾大约三十英尺远的地方，他的老朋友卡拉乔洛海军上将那卷着泡沫的头和被水冲击剥光了衣服的身体直挺挺地在水里漂来荡去，他的胡须在他已腐烂得可怕的脸前面漂浮着。假使喊叫的水兵是那不勒斯人，那么，他们肯定会在胸口画十字的。吓破了胆的国王在胸口画着十字，诅咒着，逃了下去。骑士找到他的时候，发现他在甲板之间的黑暗中呜咽，一个人格格地傻笑，身边围着他那些个不安的侍从。

他在那里,他还在那里吗?国王咆哮。推他下去!

会推他下去的,陛下。

现在就推!

陛下,已经放下去一条船,准备把尸体拖上岸埋到沙里去。

他为什么要这样对我呀?这个孩子气到不可救药程度的人尖叫着说。

骑士还有着他当年做大朝臣的最后的灵感。

尽管卡拉乔洛也许是个叛国者,他跟国王解释道,但是,他现在对你没有恶意。但是,他忏悔过之后,仍旧无法得到安宁。所以,他来请求你的宽恕。

·

你是个乘客。我们,在大多数情况下,都是乘客。船,历史,在去某个地方。你不是船长。但是,你在船上食宿无忧。

当然,在下面的底层舱里,有挨饿的移民,还有成了奴隶的非洲人或者强征入伍的水兵。你帮不了他们——你肯定为他们感到难过——你也控制不了船长。尽管你也许受宠,可实际上你相当无能为力,你打个手势也许就会不再问心有愧——如果你问心有愧的话,但是,在物质上你改善不了他们的境况。你住的船舱很大,你的物品繁多,要有摆放的空间,但是,你放弃你自己的大船舱就帮得了他们吗?因为,底层舱的这些人尽管东西极少,他们人数却众多。你在吃的食物决不够他们所有人吃的;实际上,你吃的时候心里想着他们,那么,美味就再也不是美味了;当然,美景也不再是美景了(人多破坏美景,人多乱抛杂物,等等)。因此,你别无选择,只能去品尝美味佳肴,欣赏美丽风景。

然而,假如你不冷漠,你会对正在发生的事情浮想联翩。即使这不是你的责任——怎么可能是你的责任呢,你也是个参与者和目击者。(头等舱或二等舱的乘客,大多数历史叙述都是从他们的视角撰写的。)假如那些受到虐待者是那些可能会享受到和你一样惬意的食宿的人,也就是有着和你一样的社会等级,或者兴趣和你一样,那么,你对他们目前的痛苦表示冷漠的可能性就要小得多。当然,如果他们真的有罪,那你也阻止不了他们受到惩罚。但是,假如你不冷漠,假如你是个正派人,那么,你会尽力地去干预。建议要宽容。或至少要谨慎。

骑士曾经努力为某人——他的老朋友多梅尼科·奇里洛——干预过。奇里洛是意大利最有名的生物学家之一,有名到成了皇家学会会员,宫廷御医,骑士夫妇的私人医生,他曾欣然接受共和国的邀请,对医疗机构与穷人的医疗服务进行非常必要的改革。在老奇里洛这个案例中是有可辩护之处的,骑士对英雄说。我能证明他是个仁爱之人。不幸得很,我们无法干预法律制裁的进程,英雄说。这就意味着奇里洛将被处以绞刑。

•

他们停泊着,旅途生涯在继续。暂时,他们不去什么地方。

没有了战争的紧张,旗舰完全听命于指挥,埋头自身的保养,致力于重要乘客的消遣。当然,最难的是,让国王解闷。黎明时分,水手们在酷热的太阳下冲洗甲板,升起玫瑰色的遮篷遮住大部分后甲板区——国王上午十点左右要在这里举行接见活动——这时候，他们通常发现国王已经爬了上来，在甲板的某处射杀海鸥，或者坐在离开大旗舰几百码远的小船上垂钓。接见活动期间，他时而会离开他的朝臣，肚子贴在栏杆上，朝下面从城里行驶过来的运粮小船上的人大声呼叫。他在想着每天在海军上将的船舱里和英雄、他的老朋友英国大使，还有两臂长而雪白、迷人的大使妻子共进丰盛午宴的情形；大使妻子和他抢着说她感谢他为他们的午宴而选定的一道道鲜美的鱼和野味。她不像他那样，饭后会变得迟钝起来；饭后，她会提供一些有滋有味的娱乐节目。她离开餐桌去演奏竖琴、唱歌的时候，他知道她是在为他而歌唱。当然，在一个洒满月光的夜晚，“雷霆”号所有船员合唱，她在船尾高歌《统治吧，不列颠尼亚》的时候，她是在为他表演。令人鼓舞的歌词，加上演唱者美妙的歌喉，似乎抚慰了国王。她胖点儿我更喜欢，他迷迷糊糊地想，这时候，他的“好啊，好啊，好啊！”的喝彩声渐渐地低下去，变成了阵阵鼾声。

既然他们不去城里，城就得来到他们这里。贵族家庭的一家之主乘着驳船来向国王、英雄、骑士夫妇致意，同时解释说他们从未与共和国合作过，或者只是被迫合作过。城里的生意人在旗舰四周展示他们各式各样的制品：肉贩、蔬菜水果商、酒商和面包师提供一天的食品，服装商给骑士的妻子送上一匹匹丝绸，女帽商则给骑士的妻子送来一顶顶新帽子，书商拿来老版本书籍，要不就是拿来最新的自然科学著作诱惑骑士。他容易受诱惑；在巴勒莫一直都很难弄到新书。在给他的书里，有珍稀的对开本，骑士认出来了，他以前在一些朋友的私人图书馆里看到过，现在这些朋友在狱中饱受折磨，在等待——但是，他们身上会发生什么，还说不准。想想这些书籍怎么会变得无家可归的，真叫人伤心，当然，这也不是不买下它们的理由。

不，他可不是这样的收藏家，挖掘出其他收藏家被不公平地剥夺或者充公的藏品而不会感到良心上的折磨。尽管如此，他买下这些对开本，比起让它们消失或者撕下它们的插图来，难道说不是更好吗？他懂它们的价值，因此会珍惜它们。

海湾里停泊着一艘艘的船——英雄的船船身刚漆成黑色，沿着每层舷窗则漆出一道黄色，桅杆漆成白色，他的色彩。到处都是白色，每天傍晚落日映照下的卡普里岛一艘艘白帆变成了粉红色。装饰艳丽的小船每晚都为三人组和国王载来音乐家；装饰简朴些的船只则为水手们送来一批又一批妓女（所有人都知道不要告诉英雄）。国王的性趣随时都会冒头。

有时候，烦躁不安的国王自己去海湾更远的地方，去打卡普里岛的非洲鹌鹑。骑士从未陪他去过。他的双腿不再那么强壮，无法爬上这座岛陡峭而岩石丛生的山坡了。国王去海湾远处用鱼叉叉箭鱼，骑士没有陪他去；他也不独自去钓鱼（尽管他很爱钓鱼），一个个午后都待在阴凉的后甲板，看书，晚饭时再与他妻子和英雄碰面。有时候，他们饭后会爬上船尾，凝望夜空，注视附近摇摇摆摆、影影绰绰的船只。尽管骑士非常清楚为什么只有“雷霆”号船尾有三盏灯——这是旗舰的标志——他有时候也会想象片刻，认为这三盏灯代表他妻子、英雄和他本人，然后又责骂自己怎么会有这种多情而愚蠢的想法。

人人都会想入非非，以为自己重要，人人都有一种体验，认为自我是无限的，也许这种体验会因为生活在海上而强化。英雄认为他为波旁王朝所做的事情是他自己荣耀的又一次展示。骑士的妻子认为它既是展示又是荣耀。认为是不懈的爱之冒险。一天晚上，在英雄的住处和他坐在一起时，她从床边的架子上取下他的眼罩，戴在她自己的右眼上。他惊愕不已，求她马上拿下来。不，让我戴一会儿嘛，她说。我愿自己只有一只眼睛。我要像你一样。你就是我，他说，一如恋人们总那么说、那么感觉的一样。但她不仅仅是他。有时，他们单独在一起时，她也是许多其他人。她能像国王那样摇摇摆摆走路，模仿他狼吞虎咽的吃相，学一学他用单调乏味的那不勒斯话，任性而喋喋不休地讲上一段（英雄可以一个词儿也不懂却能体会个中滋味）；她能够装扮成老谋深算的鲁福，上眼皮肿大下垂、说话一副贵族腔（对，一模一样！英雄大声夸道）；她能够让自己变得像英国人那样的严肃、像海军军官一样的男子气概，就像他忠诚的哈代船长和雄心勃勃的特鲁布里奇那样；她会改变神态、身段和声音来模仿他那些目不识丁的水手的喊叫声和左右摇摆的步态。她让英雄笑得多么开心哦。接着，她停下来，不知怎么地，英雄就知道她下面要干什么，她成了骑士，惟妙惟肖地模仿起他僵硬、小心谨慎的走路方式，他那近乎责备的、戒备的沉默，然后就是他在赞赏某只花瓶或某幅画时一模一样的声音，在他努力控制自己的激情时，调门稍稍提高了一些。英雄感到震惊，心想这个他爱的女人嘲笑那个他尊敬的、屈尊视为父亲的男人，这是否残忍——他，每天下达死刑令的人，却担心背着某人对他残忍——但是，最终，郑重其事地反省片刻后，他觉得她模仿骑士，善意地取笑他走路、讲话的样子，这没关系。这不算残忍，根本不残忍。

•

英雄和骑士的妻子有太多的事情要做。英雄大多数时间都待在大舱里，与他舰队的舰长们开会商谈事情。与那不勒斯军官谈判，他则需要骑士的妻子陪伴左右。我全方位可靠的翻译,他公开这样称她。他们甚至在公开场合也能有独处的时刻,他们亲吻,面露喜色,唉声叹气。

我希望这个国家比以往任何时间都幸福,英雄写信给地中海英国舰队新任总司令时说道。基思勋爵回信,召英雄和他的舰队(占能集结起来在地中海对法作战的全部英国战舰的相当大的一部分)去米诺卡岛,英国舰队将在那儿与法国舰队交战。英雄回信傲慢地说,那不勒斯比米诺卡重要,而且他在那不勒斯已经承担的使命让他无法把他的舰队开赴集结地点;他还补充说,他希望他的判断得到尊重,但是他知道违抗命令可能要受审,他准备好了承担后果。

还有这么多事情要做!为了文明世界,同时也作为我们一生中最好的举动,英雄对骑士说,让我们绞死鲁福和所有那些密谋反对我们那不勒斯的英王的人。

一周后,基思又一次召唤英雄,英雄再次拒绝,尽管这次他确实派遣了他舰队中的四艘战舰前去参战;不巧的是,这场战斗没有打响。

•

南方夏日的热风,历史的热风。

这艘船,正如骑士瞭望台的房间,视野开阔。

从这艘船上看,那不勒斯像幅画。总是从同一个视角看。命令从这艘船上下达,越过海面,执行;假模假样的审判进行着,被告有时甚至都不在场;判了死刑的被押往集市广场,送上绞刑架。处决绝不止一种方式。绞刑,最丑陋、最羞辱的方式,被优先考虑。但有些被枪决。另一些则被斩首。

如果说,那些宣判死刑的人想要杀一儆百,那么,那些赴死的人则想树个榜样。他们也把他们自己看作历史题材绘画世界里的未来公民,重大时刻道德教育艺术的未来公民。这是我们受苦受难、战胜苦难、死难的方式。树个榜样意味着坚忍。尽管他们无法控制他们脸色变得苍白、嘴唇直打哆嗦,膝盖直打颤,还有大小便失禁,但是,头却昂得高高的。临死时,他们靠想象(他们没错)他们在成为一个形象来令自己勇敢。一个形象,即使是最不幸事件中的一个形象,也都应该给人以希望。即使是最骇人听闻的故事,也都能以一种不让我们感到绝望的方式来讲述。

•

因为一个形象只能展示一瞬间,所以,画家或雕塑家必须选择那个瞬间,呈现出观众就此题材最需要知道和感觉的内容。

但是,观众需要知道和感觉到什么呢?

以特洛伊祭师拉奥孔的厄运为例。他强烈反对把那匹木马拖进城墙的决定,他感觉到希腊人设下一个圈套,雅典娜通过处罚他和他两个儿子一起惨死来对他的敏锐进行惩罚。以公元一世纪那座著名的雕塑中对他们死亡时极大的痛苦的表现为例,老普林尼曾认为该雕塑在艺术上要高于任何绘画、任何青铜制品;骑士所处时代的引领风尚者则称赞其谨慎——因为它使人产生最可怕的联想却没有把最可怕的东西展示给我们看。关于古典艺术成就盛行的陈词滥调是:它展示了有风度的受难、恐惧中的尊严。它没有去表现祭师和孩子们可能显示的表情,被两条向他们游过来的巨蟒吓得惊恐万状,张大嘴巴尖叫——或者更糟,处于一种丑化死亡的戏剧性场面之中,脸浮肿,眼珠凸出眼窝——我们看到的是刚强的挣扎和对包围过来的死神进行英勇的抵抗。“正如海底静静地躺在浪花飞溅的海面之下一样,”联想起《拉奥孔》所提供的标准,温克尔曼写道,“一个伟大的灵魂在种种激情的冲突中保持镇定。”

在骑士的年代,对一种无法忍受的情景的描述,其重要的瞬间是在全部的恐惧达到顶峰之前,这时,我们尚能从这一场景中发现一些有教育意义的东西。也许,这种关于重要瞬间的不寻常的理论背后、赞同尚不令人感到过分不安的瞬间这一偏见背后,是一种关于该如何对极度的痛苦,或者极度的非正义,做出反应或者表现的新的焦虑。过分害怕介意——害怕那些无法抚慰的感觉,怕它们会在现行社会秩序之间引起一种彻底的决裂。

你可以接受艺术中最骇人听闻的事情。甚至更符合我们现代趣味的《拉奥孔》,尽管有我们对痛苦感觉真实性的认同,作品仍然幸好只是大理石雕塑。两条巨蟒死死地缠绕在特洛伊祭师和他孩子的身上。他们临死的痛苦被永远定格在这一瞬间。无论艺术显示什么,都不会显示什么更糟糕的东西了。吹笛子的萨梯玛息阿就快要被剥皮了,因为他鲁莽到挑战阿波罗本人进行音乐竞赛。刀子拿出来了;他眼睛四周和嘴边流露出那副傻样,他已经心甘情愿接受(或者尚未完全明白)他即将到来的苦难;刽子手还没有开始……割。连一小块肉还没有割。他要受的恐怖的惩罚永远只差几秒钟时间。

·

当时,人们所欣赏的是把痛苦之痛苦降低到最低程度的艺术(其楷模是古典艺术)。它表现这样的人,他们能够保持得体和镇静,即使在经受巨大的苦难也复如此。

我们,以真实性的名义,赞赏一种展现最大程度的创伤、暴力和肉体羞辱的艺术。(问题是:我们感觉到它吗?)对我们而言,重要的瞬间是最令我们不安的瞬间。

·

有许多种宁静,许多种镇定。

公然违抗命令的英雄对基思勋爵说:我荣幸地告诉您,没有哪个首都有那不勒斯这么宁静。

另外,骑士的心里也有那种镇定。

骑士对自己说:镇定,镇定。你帮不了忙。不在你的掌控中。你没权了。你从来就没有真正有过权。

从远处看。我们在这里,他们在那里。

时间是六月,七月,接着是八月——盛夏。在"雷霆"号里面,白天几乎没有什么光线;"雷霆"号的地板和所有英国战舰一样都漆成了红色,来掩饰伤亡人员流的血;也没有任何东西对一层层船舱间除湿防潮,在甲板之间,一年到头都不允许有火,除了厨房。到了夜间,即使舷窗开着,睡觉的船舱里还是闷得很。情人在对方的怀抱里流着汗,骑士躺在床上,辗转反侧,最后终于顶住了他患风湿病的膝盖的疼痛，不去想从几层甲板下的厨房里飘来的不知是真的还是骑士想象出来的食物的味道，也不去想船身轻轻地摇动而使地板和湿淋淋的板壁持续不断发出的叽叽嘎嘎声。

假如他们在已被攻克的城里住的话，那就要舒服多了。被洗劫的宫殿中的一座很快便能为他们提供舒适的住处；或者是英国公使以前的官邸，或者是洗劫一空的王宫本身。但是，对于国王和三人组来说，不可能搬到岸上去。那不勒斯已经变得遥不可及，成为黑暗的心脏。

你也许认为那不勒斯属于帝国中心，属于永远值得珍视的欧洲，因为她有著名的歌剧院、辉煌的博物馆、英明的人道主义改革家和有着哈布斯堡王室家族厚厚的下唇的君主。但是不，她已经被其统治者所抛弃，并被重新界定为一个难以驾驭的殖民地，或者是欧洲边缘的一个国家——必须受到无情的管制，就像殖民地和叛乱的省份那样。（斯卡皮亚说：残酷是情感的一个分支。剥夺人们的自由让我开心。我喜欢抓住俘虏……但是，这并不是斯卡皮亚的行事方式。这不是个人的残酷，这是政治。）那不勒斯将被作为一个殖民地来对待。那不勒斯成了爱尔兰（或者希腊，或者土耳其，或者波兰）。为了文明世界的缘故，英雄说。他们在做文明的工作——这永远意味着：帝国的工作。无条件的归顺！砍叛军的头。谁在这一政策面前畏缩不前，就斩了谁。

鲁福没有被处以绞刑。但是，在三人组八月份启航返回巴勒莫两周后，骑士夫妇的朋友和医生，老多梅尼科·奇里洛被绞死；被绞死的还有温和派领袖、著名的法官马里奥·帕加诺；还有温文尔雅的诗人伊尼亚齐奥·恰亚；实际上的宣传大臣爱勒纳拉·德·芳斯卡·皮明特尔也被绞死。还有许许多多的其他人。

如果他们是一群暴民，那么，人们会说野兽已经喝饱了血。因为他们是一个个个体，声称是为了公益在行动——我的原则是让人类重获和平与幸福，英雄写道——有人说他们当时不知道自己在干什么。或者说他们上当受骗了。或者毕竟他们肯定已经觉得内疚了。

英雄身上永远的耻辱！

•

他们在“雷霆”号上待了六个星期。六个星期是一段很长的时间。

从海上反方向日复一日地看那不勒斯——而不是像骑士那么多年一直从他的窗户和露台观察面前那开阔景致那样，感觉怪怪的。现在，卡普里和伊斯基亚都在他们身后，维苏威火山到了他们的右侧而不是左边，在落日余晖中映出鬼魅般灰色的剪影，还有基艾亚沙滩边上的海堡和宫殿，金光灿灿，立体真实，抵挡住了海上的光映。

从反方向看英雄也感觉奇怪。从另一个视角，历史的角度，从后人——以及他的许多同时代人——将对他和他的同伴们作出判断的角度来看。英雄并非侠肝义胆，也非情操高尚，而是报复心强、自以为是；纵然是个傻瓜，也能证明自己能够硬着心肠拒绝最显而易见的对仁慈的诉求。骑士不仁慈、不偏不倚，但死气沉沉、消极被动。骑士的妻子不仅精力旺盛、粗俗，而且有心机、残忍、嗜血。他们仨全都放任自己犯下可怕的罪行。

他们每人一张新面孔。但是，三个人中，被认为最该受到谴责的是骑士的妻子。

他们是一家人——干坏事的一家人。家庭是正在受到革命挑战的统治——大多为暴政——的模式。这个旧模式——其中，统治者职权的资格是因为出生于统治家庭而获得——的一个结果是，女人，一些女人，能够分享一种看得见、摸得着的权力。有时候，她们自己就是君主，常常是君主——儿子、丈夫，或者兄弟——的谋士；不管她们有着怎样的从属地位，都不能完全把她们从家庭生活中驱逐出去。（新的统治模式废除了妇女对统治权无论怎样的合法要求，这一模式即议会；议会只由男人组成，因为它从同等的人之间一个假设的契约中获得合法性。女人被认为既不完全是理性的，又不完全是自由的，因此不能成为这一契约的一方当事人。）

他们是一家人——出了差错的一家人，在这家人当中，一个女人的影响占了上风。他们罪行的丑闻，部分就是一个女人在他们中间扮演了这样一种显眼的角色。这成为旧的政治制度的另一出家庭剧，重点突出一个强势的女人——即一个行使不恰当权力的女人——她胆大妄为，逾越了适合于女人的领域（孩子、家务，一些才女则涉足艺术），变得渴望权力、堕落，凭借其美色控制住一个性格软弱的男人，并腐蚀一个正派的男人。

•

人们讲述并编造骑士妻子的故事，以说明她获得的报复性强、冷酷无情的新名声。

比如，对开明的贵族安吉洛蒂的迫害，斯卡皮亚当时挑出他来，说他藏有禁书。这被新编成一个故事，以此说明骑士妻子不依不饶地对一个男人穷追猛打；此人多年前在公开场合提及她不光彩的过去，因此大大地得罪了她。

那是在一七九四年，这个恐怖之年，当时，王后已经授命斯卡皮亚围剿共和主义策反者和法国革命的同情者。在英国公使的官邸举行的一场盛大聚会上，公使夫人一如既往地大呼小叫，口口声声：亲爱的、亲爱的王后、法国人的恐怖、这场革命的臭名昭著，以及某些贵族的背信弃义，这些个贵族大胆妄为，竟然去同情破坏秩序、摧毁社会高尚文雅行为标准、谋害王后的妹妹的凶手。对这帮叛国贼，她说，决不应该心慈手软。

安吉洛蒂侯爵是其中一位客人，他不可能想到单单会挑他出来对他发难，因为当时他还不是一名反君主制度者，但是，他认为她的这番话是冲着他来的。也许他只是对她的粗俗和咄咄逼人反感，就像现在越来越多的人一样。也许是他不喜欢一个女人在这里大发议论。不管是什么原因，故事是这样的：她在那里慷慨激昂地发表反对共和主义的言辞激烈的长篇演说，这激怒了他，他拍拍手，然后举起玻璃杯。我希望敬我们的女主人一杯，他大声说道，见到她兴致如此高，占据了如此显赫的一个地位，和我第一次见到的她如此判若两人，我希望表达我的喜悦。

饭桌四周一片窃窃私语。所有的眼睛都转向侯爵。

那是在哪里，你们蛮可以问啊，他大声说道。

安静中透出急切。

在伦敦，他继续大声讲。在沃克斯霍尔花园，十多年前了。是的，我想，我能够荣幸地说我认识骑士妻子的时间比在座的任何人都长，包括阁下，她的丈夫。

骑士清清嗓子。只有他一个人在继续吃。

是的，侯爵继续说道，当时，我正在和两个朋友——这里的某某伯爵和我们的一个英国朋友某某爵士——散步，就在这个时候，那些夜晚出没于公园找顿饭吃吃并愿意为这顿饭付出代价的尤物,其中一个走上前来和我搭讪。这个尤物年龄还不到十七岁,迷死人了,从她的帽子到她的浅色长统袜都让你觉得魅力难挡,而且,她有着最为漂亮的蓝眼睛。我想,我们那不勒斯人总是对蓝眼睛十分着迷。我离开我的朋友,肯定是觉得这个讨人喜欢的尤物的陪伴比我期待的还要惬意,尽管我是个外国人,不能完全听明白她一口令人陶醉的乡音。她爱讲话,但不幸的是,讲话不是她爱做的惟一一件事情。我们的联系持续了八天时间。她干这一行,我认为,不会时间太长,因为她依然带着乡下纯朴的味道,这常常给可能认为大都市更容易得到的感官享受增添某种刺激。正如我说的那样,我们的联系持续了八天时间,留给我的回忆并不比这样的偶遇应该有的更强烈。这么多年后,我再次遇到她,想象一下我有多么欣喜,看到她脱胎换骨,完全换了另外一种人生,给我们本地音乐界添光增彩,成为让尊敬的英国大使开心的人、我们王后的亲爱的朋友——

据说,几天后,应骑士妻子的要求,王后下令逮捕了安杰洛蒂,侯爵随即被判划桨三年;在桨帆并用大木船上,他由信仰君主立宪制转为信仰共和主义。当然,讲故事的人完全也可以说他是应骑士的要求而被逮捕的,这个老人爱他妻子爱昏了头。但是,责备总是落在骑士妻子的头上。这一切过去之后,有人说,英雄毫无尊严地爱着这个女人,而她又是那不勒斯王后最亲密的朋友;要不是受这个女人的影响,他决不会做他所做的那些事情。人们认为,英国海军上将自己是绝对不会同意成为波旁王族的死刑执行者的。

不仅仅是故事中的男人被看作上了一个女人当的傻瓜,其中的女人也一样。等到这一切都结束后,等到他们的行为成为欧洲的丑闻后,一些人说是骑士那恶毒的妻子对容易激动的王后施加了影响,说服她下令对那不勒斯爱国者进行合法但不公正的死刑判决——尽管其他人认为是恶毒的王后利用了她糊涂而轻信的朋友。无论是哪一种说法,王后本人受到的指责都要多于国王。身为暴虐的玛丽亚·特蕾莎的恶魔家族的一名成员,她难道没有完全掌控住她那愚昧而被动的丈夫吗?(大家认为,国王自己是绝不可能授权同意这样的残暴行径的。)这个女人在犯罪现场,哪怕只是在给男人们鼓劲,她就会因此受到责备。如果她不是那么无所不能,也不在场,她照样会受到责备。因为当王室成员有必要在那不勒斯湾出现,以便授予恢复政权必须采取的流血进程以完全的合法性这件事情决定的时候,王后曾想,非常想,陪她丈夫去和她在"雷霆"号上的朋友会面。但是,国王渴望摆脱他专横的妻子一阵子,于是,命令她待在巴勒莫。

让故事里的那个女人,或女人们承担责任,这是个好办法,能够不让外界知道英雄旗舰上所颁布的政策是完全连贯的。(这常常是厌女症有助益的一部分。)关于王后的描述无一例外地反映出对女性统治者和占据要位的女方配偶长期的轻视——她们是嘲笑的对象、是俯首屈就的对象(因为她们雄性到不合适的地步),或者是双重标准中伤的对象(因为她们举止轻佻或性欲无法得到满足)。但是,王后的角色确实符合一种熟悉的模式——家族管理方式——而且,她也完全有资格。而骑士妻子参与的镇压那不勒斯共和国之后的白色恐怖似乎就完全是无端的,因此要受到多得多的谴责。这个交际场上的暴发户,这个醉鬼,这个荡妇,这个故作姿态、华而不实、花枝招展的……女演员是谁啊?一个轻浮女人,她已经巧妙地渐渐潜入一出公共剧的中心,但接下来,不管什么时候,只要她想改变话题就突然改变话题——她不是个女人吗?因此,无需承担全部责任,是吧?

•

要是人们知道，“雷霆”号停泊在海湾的六个星期中，骑士的妻子，三人组里就她一个人确实去看过这座殉难之城的话，这很可能会被视为她冷酷无情的又一个证据。不可能由英雄去，他的角色要求他坚守在海上的指挥所，最好是把好对这座灯光闪烁、被洗劫一空的城市的宣判关。骑士也不可能去，他每次上甲板，都忍不住在港口四周一栋栋楼房一座座花园当中，辨认出他住了三十五年多——大半辈子——的那座宅第；想着上岸，禁不住要去查看一下他的遭到劫掠、遍地垃圾的住处，心中充满了意料之中的悲伤。但是，七月骄阳似火的一天，骑士的妻子对丈夫和情人的恳求一笑置之，兀自上岸几个小时；他们对这次鲁莽的冒险行动担心得都快发疯了。

但她会化装一下的，她开心地告诉他们。他们在说话的时候，法蒂玛、朱莉娅和玛丽安娜这三个她从巴勒莫带过来的女仆在给她缝衣服。在巴勒莫，她不是穿上水手的衣服，频繁地陪英雄晚上漫步穿梭在这个城市吗？这次去那不勒斯，她会穿上寡妇的丧服，这样她就能遮住全身了。

一只小船把骑士的妻子送上岸，送到一个安全的地方，远离港口密集的乞丐、小贩、妓女和外国水手，再由一辆马车，带有英国人雇的仆人，去接她。在附近的第二辆马车上，是“雷霆”号的四名军官；他们是由焦急的英雄派遣的，英雄命令他们不能让夫人走出他们的视野半步，并要以他们的性命保护她的性命。他们看见她下船时一个趔趄，接着停下脚步，用黑丝绸披肩盖住脸的时候又是一个踉跄。肯定是今天一早就出发了。万能的上帝啊！我说，你觉得我们应该帮她吗？不，你看，她自己已经站稳了。人人都知道海军上将的妖妇喝多了。但他们搞错了。不是因为她在船上呷的酒，而是因为她脚下坚实的地面给她一种头晕目眩的冲击，要知道，她在摇晃的船上已经差不多待了四个星期了。

她告诉马夫她的目的地，几个男仆扶她上了马车，她在奇热无比的车里坐好，拨开帘子，盯着沿边出现的楼宇、人群和车辆。街道一如既往的拥挤不堪，但是，与平时相比，似乎有更多的女人像她这样，浑身包裹在黑衣里。她让马车停下，要弄一大束茉莉花和几朵粉红色玫瑰。

骑士的妻子露出面孔，走进那座凉爽而深邃的教堂。此刻是两场弥撒之间，非常安静，四处有些黑影子在高耸的柱子之间祷告。她把手指在圣水钵里浸了一下，行屈膝礼，画十字，然后，像这里的其他人一样吻自己的指尖。在朝教堂深处走去之前，她犹豫了，因为她不禁想到她会被人认出来，担心那样的话，大家会像以前那样朝她冲过来，触摸她的衣服，并乞求从王国第二有权有势的女人——英国公使夫人——这里获得宠爱和施舍。结果，没有人注意到她，她有些失望，与女演员相反，明星总是希望被人认出来的。

在那不勒斯的最后一年里，很多个下午，她都曾来到圣多美尼克教堂，假装仔细看那不勒斯贵族古墓上的碑文，而实际上，是看人祷告，并想象某种随时需要的仁慈、保护性的在场所带来的舒服感觉。现在，她想保护某个另外的人。英雄在痛着，各种各样的痛，不仅仅是肩膀痛、眼睛痛。他说过他胸口有种憋闷感，半夜，她躺在他身边，他睡着以后，他会可怜地呻吟。她开始默默地为他的健康祈祷——她小时候从未祈祷过，但是，通过这种外国的宗教祈祷让她感到安慰——圣母马利亚经常在她心里出现。躺在他身边，听着船上的钟报时,她开始相信,如果她能重访这座教堂,并向圣母马利亚的这尊雕像献上贡物,那么,她的祈祷当然就会被听到。她不要保佑她自己,她要她爱的人得到保佑。她要消除他的痛。

她朝边上的一个祭坛走过去,把花放在马利亚脚下一个精致的镀金花瓶里,点上一排蜡烛,跪下,对着雕像一长串低吟,声情并茂地恳求着。说完后,她抬起头来,看着圣母马利亚着色的蓝眼睛,设想她看到了同情。她多么可爱啊!我料想我这一刻儿一定很傻,她心想,可接下来又想,圣母马利亚是否听见她只讲给她一个人听的话了呢。她把一大笔捐款用法兰绒布袋装好放在花边上。

尽管没有人朝她走来,但是,她现在明显感觉到有人在注意她。不过,她转身,看见后面一根柱子边站着一个嘴部丰满、肩膀宽宽的男人,并且认出他来,这时刻,他没在看她。或许,他希望她朝他走过去。

他微笑、鞠躬。他对她说见到她非常惊讶。他没有说:在这里。当然,根本就没有什么好惊讶的。斯卡皮亚在"雷霆"号上的密探早已告诉他,骑士的妻子马上要上岸。她上岸时,他已经在港口,并一路跟到教堂。尽管她体会不了斯卡皮亚的外表最近发生的改变,他不再披着他那顶不吉祥的黑斗篷而是重新穿上了他华丽的贵族服饰,但是,他还是注意到了站在他面前的这个女人身上更多的变化,这个曾经的大美人,能够把轻信的英国海军上将搞得晕头转向的美人。在巴勒莫肯定是暴饮暴食。但是,她有张姣美的脸和一双姣美的脚。

夫人的勇气可敬可佩。不过,这座城市不是没有危险。

我感觉这里非常安全,她说。我喜欢教堂。

斯卡皮亚也喜欢。教堂让斯卡皮亚想起吸引他皈依基督教的东西。不是它的教义,而是它对痛苦的历史性的关注:挖空心思设计的折磨方式、宗教法庭审判官的刑讯以及对死囚的种种折磨构成的一组画面。

无疑,夫人一直在为陛下的幸福和这个不幸王国秩序的迅速恢复而祈祷。

我母亲发现有必要对他撒谎,所以她一直感到烦恼,尽管烦恼也不顶用,她说。

她打算回老家看看吗?斯卡皮亚问。

当然不!

集市广场的卡尔米内教堂是我最喜欢的,对贵族来说非常亲切;我在卡尔米内教堂是个领圣餐者。两点钟有一场死刑要执行。

黑色圣母像的教堂,骑士的妻子说,好像她没听懂斯卡皮亚的暗示似的。

您能亲眼看到对几个大叛国者应得的惩罚,斯卡皮亚说。但或许夫人会受不了这一场面,而这一场面却让陛下所有忠实的臣民欢呼雀跃。

她当然能看,如果她得看的话。勇敢的一部分就是不得不看血腥场面。这有什么关系?她什么都能看。她不容易呕吐。不是一个像奈特小姐那样动辄发抖的多愁善感的傻女人。但她无法说服自己去接受斯卡皮亚的挑战。

斯卡皮亚等了片刻。一片沉默中(这成了她的回答),一首感恩赞开始唱响。

或者,我们任何事情都能做,只要能让您开心就行,斯卡皮亚以他那嘲弄的、逢迎的声音继续说。夫人,我现在听您吩咐,您需要多久就多久。

教堂里人开始多起来，现在，有人在注意他们了。

接受这个机会，和斯卡皮亚在一起待一小时，也许值得，骑士的妻子思忖。王后对获得她对这位警长的第一手评价会感兴趣的。但她明白，即使是她报告他的情况时，他也会打她的报告。她所有的直觉告诉她：当心点！另一方面，因为她是个女人：迷人点！

他把手指在圣水钵里浸了一下，给了她一些圣水。她庄重地点点头，触摸了一下他的手指，画十字。谢谢您。

他们一起走出来，户外热浪滚滚；在广场的一个食品摊头上，她买了一包脏兮兮的糖糕，斯卡皮亚叫她别买。哦，我消化能力非常强，骑士的妻子大声说。什么东西我都能吃。

他重复了一下要陪护她的意思，她再次拒绝了。也许她本来是想稍微观光一番的，悄悄地转一转，她生命中三分之一的时光是在这个城市度过的。但不是和他一起。他干吗一直在微笑呀？他肯定认为自己很有魅力。他是这么认为的。斯卡皮亚知道他对女人产生的影响，不是因为他英俊（他不英俊），而是因为他坚定的目光——能让女人把目光移到别处，然后又转回来——还有他嘶哑、低沉的嗓音；他站着时把身体的重心从一只脚慢慢地移向另一只脚的样子；他衣着的讲究；还有略带粗鲁的完美的行为举止。但是，骑士的妻子并不为公然地表现出雄性气概的男人所吸引。她不愿去想将他作为一个情人会怎么样。正如她所推测的那样，她也发现难以想象有哪个人不想旁人说他好，或者真不在意旁人对他有什么评价。当时，人们说斯卡皮亚非常邪恶，肯定没说错。但是她也不愿去想这个。在她此刻宁可不去想的许多事情当中，有一样就是人的邪恶。邪恶是某种类似于空间的东西。空间无边无际。你以为到了尽头时，你只能认为它是个边界，或一堵墙，就是说，外面还有东西；你以为到了底部时，总有东西从下面发出撞击声。

她想到凉爽的马车里去，吃些糕点。

我陪您还不能让您动心吗？

她不再感到窘迫，因此轻快地说她必须谢绝那份荣幸，因为——

您会让您最忠实的一个爱慕者失望吗？

——因为我必须尽快回"雷霆"号，她继续平静地说道。他们站在她马车的边上。

她竟敢断然拒绝他！但是，也许，他可以招惹她一下。关于这个狐狸精和安杰洛蒂，不是有个传闻吗？说他们曾经是情人。他希望激发起一种令人不愉快或尴尬的记忆，他告诉她，逃往罗马的安吉洛蒂刚刚被捕。

我相信这个消息是令人高兴的。

哦，是的，安吉洛蒂，骑士的妻子说道。

并不是她已经原谅了安吉洛蒂。但是，他的侮辱已被埋在众多其他情感和事件、巨大的成功和无比的幸福底下了。骑士的妻子并不怀恨在心，因此她颇为自己感到骄傲。如果她希望所有的谋反者都死，那是因为王后要他们死。（对奇里洛）缺乏同情就是对别人（王后）同情。她并不比英雄或者骑士残忍。她似乎是最残忍的，这只是因为她最易动感情——人们认为女人就是这样。没有权，没有实权，但又易动感情的女人，最后一般都会沦为牺牲品。

如同闪前①可以用来回忆一般。

① 指（小说等中）提前叙述未来事件，超前叙述；亦指（电影等中）穿插未来事件的镜头。

•

一八〇〇年六月十七日。在预计将是与拿破仑决战的一场战役的前夜，那不勒斯王后来到罗马进行短访。她一直住在巴勒莫，尽管王室统治恢复差不多一年时间了，她却一次都没有访问过她的第一首都。

今晚，她在举行一场聚会，庆祝当天上午收到的消息：拿破仑在马伦哥被奥地利军队击败。紧接着这一假的好消息（事实上，拿破仑打赢了这场战役），下午早些时候传来了一条无足轻重的、真的坏消息。安杰洛蒂这个即将戴上手铐脚镣被押回那不勒斯处以绞刑的人——尽管不像诋毁的话所说的那样，是为了让骑士的妻子开心（这一刻，她已经和她丈夫、情人在回英国的路上了）——从教皇的圣天使堡监狱逃跑了；他关在这里已经一年多了。王后对斯卡皮亚非常恼火，已经把他从那不勒斯召来，把他安顿在发尔尼斯府邸楼上。她要她最为信任的仆人在复仇这一点上万无一失。今天找到他，否则，她说。陛下，男爵说，放心，此事一定办好。

帮助安杰洛蒂越狱的狱警已经查明，斯卡皮亚告诉王后，他死前（审讯有点狠了）招供了逃犯的第一个目的地——一座教堂，他家在这座教堂有个礼拜堂。尽管斯卡皮亚到教堂时，安杰洛蒂已经离开，牵连到一个很可能是同谋的人的证据已经找到。又是一个雅各宾贵族，斯卡皮亚说。但是，当然他们自称为开明人士或爱国者。这个人比通常的更糟。是个艺术家。一个无根的侨民。甚至都不是一个真正的意大利人。在巴黎长大成人——他父亲娶了个法国女人，是伏尔泰的一个朋友。这个儿子是法国革命的官方艺术家大卫的弟子。

我不管他是谁,盛怒之下的王后大叫。

斯卡皮亚赶紧禀告王后这个年轻画家现在已经被捕。我保证几小时内就会知晓安杰洛蒂的下落。斯卡皮亚一脸微笑。

王后知道警长的意思。刑讯在教皇国①,以及两西西里王国仍然是合法的,尽管改革家们已经成功地将之在别的地区废除了。刑讯在更文明的哈布斯堡家族领地、在普鲁士和瑞典都不再合法。她对斯卡皮亚的方法感到遗憾,但人必须现实点。尽管王后对那不勒斯反叛者的命运感到高兴,但是,要是她得知有人视她为一个嗜杀的女人,还是会感到震惊的。尽管她一直赞成死刑,却反对刑讯。

安杰洛蒂今晚必须抓回来,你明白吗?

明白,陛下。

斯卡皮亚告辞,回到府邸楼上他的指挥部,要在这里审讯画家。

王后对斯卡皮亚发了一通火之后,决心不让这则小小的坏消息毁了她的聚会。

他们讲话的时候,伟大的帕伊谢洛正在府邸一处俯身键盘,为庆祝这次胜利而谱写一曲清唱剧,今晚就要演出。作曲家将担任指挥,由阿根廷本季度的红歌星演唱。王后现在喜欢听女歌手唱。这个歌剧明星提醒她,她亲爱的朋友——英国公使的妻子——嗓音更为优美。

这个歌剧明星,就像王后的朋友一样,也是个急躁、热情、奔放的人,知道如何表现爱的主题。

这位著名女歌手来到了正在举行聚会的大舞厅,向王后躬身行礼。她已经看过一遍帕伊谢洛的乐谱,对她的部分感觉很自信(除了

---

① 指教皇在756—1870年间拥有主权的意大利中部领土。

感到自信，她没有别的感觉）。

她听见客人们在谈论政治。她根本不懂政治，也不想懂。所有这种关于法国的谈话，她几乎都不明白。她的情人曾尝试解释给她听。他曾尝试让她看他最喜欢的一本书，是一个听上去像是叫鲁索[①]的什么人写的，但作者是法国人，而非意大利人。她根本看不懂，不明白他为什么硬要把这本小说介绍给她看。尽管他有像安杰洛蒂侯爵这样的朋友——这位那不勒斯贵族被关押起来了，因为他是不信神但又短命的罗马共和国的六个执政官之一——但是，她知道她的情人对政治也几乎不感兴趣。他也是个艺术家。正如她只为她的艺术和爱而活一样，他也只想她和他的绘画。

她正在一张赌桌旁看别人玩，这时候，她的女仆卢恰娜递给她一张条。是帕伊谢洛写来的，他还没有给清唱剧谱完曲，他要求她别管他，开始今天晚上的演唱，这样就能不让王后注意到这一耽搁了。当然，他希望她选他创作的歌剧中的咏叹调来演唱；他写了差不多一百首了。著名女歌手对让她一直等着非常恼火，便开始了她的即席演唱，约梅利[②]的一首咏叹调。接着，王后要求再来一首咏叹调，说这是她的朋友——英国大使夫人——唱得非常美妙的一首。它选自帕伊谢洛的《尼娜》中疯狂的那一场景。尽管著名女歌手不想顺从一个作曲家的意愿，她却几乎无法拒绝一个王室的旨意。

帕伊谢洛最后捧着他的胜利清唱剧的乐谱出现时，演出获得了巨大的成功。巨大的成功令王后要求她接着唱下去。她唱啊唱……歌唱永恒的爱情、明星、艺术和嫉妒。她十分了解嫉妒。

---

① 似指卢梭。

② 约梅利（Niccolo Jommelli，1714—1744），意大利作曲家。

她急切地盼着这个晚上尽快结束。不幸的是,她要先做某件不愉快的事情,才能去和她的情人见面。她已答应去见那个臭名昭著的那不勒斯警长,那天下午,她在教堂见到他,那座教堂从她的情人那里订了一幅圣母马利亚大画像。早些时候,她顺便过去看她的情人时,他似乎心烦意乱;她回来的时候,她惊讶地发现他不在那里;她发现自称是她的仰慕者的那个人,正在绞刑台附近徘徊。这么说,这就是所有那不勒斯人在他面前都要发抖的那个人!他很有吸引力,她禁不住注意到这一点。警长以一种相当傲慢的方式与她调情,他曾努力让她相信她的情人另有新欢。他给她看了她情人脏画笔堆里的一把女人的扇子,一把不属于她的扇子,这时候,她竟然傻到相信了他。

这个著名女歌手是个知道如何自我保护的女人。她知道如何躲开色鬼。就像骑士的妻子一样,她只能够让自己献身于爱情。她要搞清楚警长要告诉她的事情。然后,她要和她的情人会合,他们俩一起去他的乡间别墅过周末。她现在有理由认为他很可能没有对她不忠;但是,嫉妒是女人拥有的为数不多的武器之一。毕竟,她是个女演员嘛。也许,他会承认,他确实发现教堂里的那个女人很迷人,他把她的脸蛋当作模子来画圣母马利亚的脸;她会冷淡他几分钟,然后就会原谅他,然后他们就会比以往任何时候都更加幸福。

著名女歌手不是个报复心强的女人。她看过赞美宽容的歌剧和戏曲。在过去的十年里,舞台上演过许多表现仁慈的君主的戏,就是在这个十年之中,到目前为止,宽厚的独裁者发现,铁拳和绞刑架也有其用处。著名女歌手认为宽厚是最美的东西。为什么它不能总像莫扎特的歌剧当中那样——比如关于诱逃的那部[1],其中包含了这

① 即《后宫诱逃》。

样精彩的台词:没有什么东西比复仇更可恨了。或者关于罗马皇帝的仁慈的那一部——为那不勒斯王后的兄弟,被称为波希米亚王的哈布斯堡皇帝——加冕礼而作;在这部歌剧里,提图斯①发觉了一个阴谋:他最亲密的那些人要害他性命,但他拒绝将这些谋反者处死,而是宣称:尽管我不愿意,但命运之星似乎非要逼我变得残忍。不,它们决不会得逞!

没错,歌剧中的提图斯也是历史上的提图斯。在歌剧中,提图斯是公元七九年开始统治的,他上来就宣告维苏威火山喷发了,并下令把元老院拨出来为他建一座神殿的黄金用来救援火山喷发的灾民,歌剧以他宽恕企图谋杀他的那个朋友而告终。在历史上,提图斯是犹太人的灾星、神殿的摧毁者。但是,或许我们需要提供给我们的每一个宽宏大量的榜样,包括虚构的。连著名女歌手都知道这一点,尽管她也许不了解历史。

也许,生活中的情形不同于歌剧,但应该和歌剧一样,著名女歌手准备上楼去见警长时这样想。没有什么东西比复仇更可恨了。

·

我们见识过恶人。像斯卡皮亚。斯卡皮亚男爵真是邪恶。他为自己的恶毒和狡诈而洋洋得意。几乎没有什么比耍弄他的欺骗伎俩更让他高兴的了。他很识人头,心里清楚著名女歌手既冲动又天真。对坏人来讲,被别人了解就等于被人掌控了。让她相信她的情人在和另一个女人调情,这事儿太轻而易举了,这让她做了件不明智的事

---

① 提图斯(Titus,38—81),古罗马皇帝(79—81)。

情，结果使得亡命中的安杰洛蒂劫数难逃。而且，还有那种对制造痛苦的纯粹的喜好。她上楼后，他让人把她的情人带过来，在她听得见的地方对他上刑——一方面是因为他喜欢动刑，另一方面是因为刑讯也许可以让他招供出他所需要的情报，再就是因为看见她听见隔壁房间传来阵阵尖叫时她脸上的表情变化，让他非常享受。你的眼泪像熔岩，灼烧着我的感官，他说道。动刑让她开口之后，他宣称如果她屈服于他，那么，他就会免她情人一死（行刑队的子弹会是空弹），他会允许他们离开罗马。当然，他心里根本没有打算这么做。对坏人来说，诺言作出来就是为了要违背的。

我们了解好人——还有他们不是非常机敏的声誉。著名女歌手热情、慷慨。但是，像她这样容易被人掌控，不会一点差错不出的。如果著名女歌手稍加怀疑——也就是说，对激情满怀这一点少一点点引以为豪——那么，斯卡皮亚也许就无法这么快就把她变成一个诱饵了；因为想到情人挥动着另一个女人的扇子，她当天下午就冲到他的乡间别墅；结果，她发现他没有和另一个女人在一起，而是和安杰洛蒂在一起，他把安杰洛蒂藏在那里了。这样，她得以知晓她情人本想瞒着她的事情了；斯卡皮亚让她在出卖安杰洛蒂还是让她的情人丧命这种难以承受的选择中作出抉择的时候，她就能泄露秘密。无论怎么严刑拷打，她的情人都绝不、绝不会讲出安杰洛蒂的下落（或者他这么认为的），可是，爱他的女人却受不了他的声声尖叫。或许，她并不比男人更动情感。斯卡皮亚也受到他的情感的控制。但是，情感与力量的结合创造……力量。情感与无力的结合创造……无力。不过，对可怜的安杰洛蒂来说已太迟了，因为斯卡皮亚的手下把他从井下拖出来的时候，他已经服毒自杀。但是，著名女歌手以为同意让斯卡皮亚强奸她，她便救了她情人的命。她看见警长下令黎明时分假行刑;接着,他们单独在一起时,他签署了让他们离城的通行证。但是,尽管著名女歌手就在斯卡皮亚要猛扑过来的时候,从桌上抓起一把锋利的尖刀——似乎没有什么比谋杀更有力的了——但是,她的勇气阻止不了她的轻信造成的后果,她的情人照样会当着她的面被假的假处决而枪决,她得从圣天使堡的护墙上纵身跳下,加入到另外三个死者的行列之中。

我们了解很坏但很聪明的人,还有很善良也容易受骗的人。

那么,所有其他人呢:那些既不坏也不天真的人。只是普普通通的、重要的人,忙着他们重要的事,希望有好的自我认识,犯着滔天罪行。

比如骑士和他妻子。在他们的受害者的哭喊声面前,他们为什么无动于衷?和安杰洛蒂一样,可怜的卡拉乔洛也被发现蜷曲在一口井底。但与安杰洛蒂不同,他没有选择马上自杀。与安杰洛蒂不同,他认为他不一定会被处死。卡拉乔洛以为他有可能保住性命。他错了。

·

你可以乞求饶你一命,但没什么用处。著名女歌手乞求斯卡皮亚饶她情人一命。老医生奇里洛被捕后几天,在牢房里戴着手铐脚镣,给骑士夫妇写信:我希望我冒昧给你们写上几行,你们别介意;我写信是为了让你们记起,这个世界除了你们之外,没有人能够保护和救下一个可怜的人……

你可以表现出异乎寻常的勇气,那个年轻的贵族——埃托雷·卡拉法,九月份被判斩首。他要求在断头台上脸朝上看着而不是朝下,斧头砍下时他好睁着眼睛。或表现出非凡的冷静与先见之明。爱勒纳拉·德·芳斯卡·皮明特尔在她的狱友等着被押上将他们带往绞刑架的车的时候,朝他们转过头去,念了一句维吉尔的诗:回首往事眉开眼笑[①]——也许将来某一天想起这件事也会是件乐事。

尊严也好,卑下也罢,什么都无法影响铁石心肠的胜利者的判决,他们把自己变成了一种自然力。就如同火山一样不为怜悯所动摇。仁慈是把我们带出自然、带出我们的本性的东西,而我们的本性总是充斥着残忍的感情。仁慈,它不是宽恕,仁慈意味着不去做本性以及自我兴趣告诉我们我们有权做的事情。也许,我们确实有那份权利,也有那份力量。但无论如何,不去干这种事情是多么的令人崇敬。没有什么比仁慈更加令人钦佩的了。

---

① 原文为拉丁文:*Forsan et haec olim meminisse juvabit*。

七

政治全都非常重要，而且非常有趣。老天，你得关心政治，即使你不想关心。但是，还有那么多别的重要的事儿要关心。比如，选择穿什么就可能很重要。穿什么才能不显得肥胖——不，才能不让人看出怀孕了。千万不能让人看出来怀孕了，因为人人都会猜中，孩子的父亲是那个情人，不是那个上了年纪的丈夫。穿件大袍子？一件宽松的衣服？也许外面再披个披肩，或者几个披肩，尽管天热，因为披披肩的人是披披肩的女艺术大师。

那么穿什么才能对已经传开的丑闻作出反应，表明你不承认那些人在你背后说的事情，而他们的意见你又是在乎的呢？如果你是一名英雄，那么，你戴上缎带、勋章、星章和奖章。全都戴上。有时候，你穿上土耳其大使赠送给你的长及脚踝的匀称漂亮的深红貂皮大衣。你的白鹭羽状钻石头饰，镶着自转星，这是君士坦丁堡的大人送你的另一件礼物（他们称之为帽饰）。还有那把剑柄和剑身都镶着钻石的金剑；这是国王送你的，同时还有一个西西里公爵爵位，以表达他对给你带来耻辱的那些行为的感激。一如既往地,靠近你胸口处,是一块属于那个女人的花边手帕;据说,她的影响使你做出了让你蒙羞的事情。

同样,你的塑像装备得怎么样,也很重要。为了女王在乡村王宫的大公园里举办的聚会,邀请了五千人,造了座小希腊神殿,里边存放了头戴桂冠、真人大小的三人组的蜡像。王后要求雕像的原型捐献他们自己的衣服。骑士妻子那修长的蜡像身穿上一届那不勒斯歌剧节上穿的紫缎袍,袍子上绣了尼罗河战役中一个个舰长的名字;骑士的雕像看上去富有朝气,一身外交礼服,佩戴着巴思勋章的星章和红肩带;在他们中间,竖着英雄的雕像,他两只明亮的蓝色玛瑙眼睛,身着海军上将的礼服,上面挂满了闪亮的奖章、星章和他的巴思勋章。在神殿顶上,有个音乐家缩在一尊名人塑像后面吹喇叭,在典礼开始时,好像是她的喇叭在吹响。骑士得到一幅装在饰有钻石的画框中的国王的肖像画;骑士的妻子获赠镶嵌在钻石中的王后的肖像画,并由王后亲自给她戴上与雕像上一样的桂冠;国王则授予英雄饰以珠宝的国王王后夫妇的双人肖像,并授予他圣费迪南功绩勋章;这一勋章的成员享有在国王面前不脱帽的特权。管弦乐队开始演奏《统治吧,不列颠尼亚》。天空中开始隆隆作响:盛大的焰火燃放象征了尼罗河战役,最终以炸毁法国国旗的壮观场面结束。这样的讨好谁不动心?他们凝视着自己的雕像。相当栩栩如生,英雄说,他一时想不出更好的表达。

英雄作为处死波旁家族成员的行刑者这一可耻的角色成为欧洲——特权阶级的欧洲——的话题。绞死这个国家最有才华的诗人?最著名的希腊学者?一流的科学家?甚至连共和制和法国思想最狂热的反对者都对那不勒斯贵族的屠杀感到震惊。阶级之间的团结毫不费力就压倒了国家之间的不和。

那就让英雄变成一个恶棍？但英雄们有用处。不，更容易的做法是，找到某个影响英雄的人；正是这个人的影响令他判断失误，让他堕落。好人不会变坏，但是，强者也许会变弱。使他变弱的是他不再与人分开、不再独自一人——而当个英雄必须正好相反。一个英雄是这样一个人：他知道如何脱离、如何结束一个个关系。一个英雄成为一个已婚男人时已够糟的了。如果结了婚，他不能怕老婆。如果是情人，他必须（像埃涅阿斯那样）让人失望。如果是三人组中的一员，他必须……但是一个英雄千万不能成为三人组中的一员。一个英雄必须漂泊，必须翱翔。一个英雄不依附缠绵。

•

丢脸，丢脸，丢脸。

三重丢脸。三合一。

英雄实际上已经擅离职守，但他不可能被他在伦敦的上司换掉、弃之不用——尽管他们这样考虑过。但是，那些挺他的人——他已经成了他们的棋子——能够感觉到官方不满的严重性。骑士在针对那不勒斯爱国者进行的野蛮报复行动中所扮演的角色让他，至少，成为了有争议的人物。有人说他是他妻子的傀儡；也有人说他是波旁政府的傀儡。当然，没有人指望一名外交官完美无缺，尽管他们对英雄寄予厚望。可他也不应该成为有争议的人物。一个外交官如果成了他任职的政府的一个公开的支持者，那么，他对于任命他的那个政府的用途就受到了致命的损害，而他是应该促进任命他的那个政府的利益的。现在，把他的职务免掉，只是个时间问题了。

一天上午，骑士收到查尔斯的一封信。信中，查尔斯说他十分遗憾地不得不告诉他舅舅，他从那份该死的辉格党报纸《纪事晨报》上得知，已新任命一名两西西里王国公使——年轻的亚瑟·佩吉特。骑士再也无法对自己隐瞒他失宠的程度了。不仅仅是他被撤职，而非获许退休，离开自己干了三十七年的岗位，事先也未向他征求对后任人选的意见；他们根本就不在乎他是否是最后知道的人。外交部的公文一个月后送到了，有一个简短的附言，告知他，他的继任已离开伦敦。听到这个消息，王后泪流满面地拥抱她最亲爱的密友、她的姐妹，骑士的妻子。哦，没有了我的朋友，我可怎么办啊，她哭叫着。全都怪法国人。

要命的佩吉特——王后这样称他——已抵达巴勒莫，五天后受到骑士的接见。骑士面前站了个年轻人——佩吉特二十九岁，比骑士年轻整整四十岁。对他，骑士根本产生不了长辈式的情感。

你从什么职位上来的，骑士冷冷地问。

我曾经是巴伐利亚特派公使。

但不是全权公使？

对。

我听说你在那个位置上才一年。

是的。

这之前呢？

巴伐利亚是我的第一个职位。

你当然会讲意大利语啰，骑士说。

不，但我会学。在慕尼黑，我德语学得很快。

你需要学西西里岛语，因为谁知道国王和王后陛下什么时候将回到他们的第一首都呢。也要学那不勒斯方言，即使你永远都见不到那不勒斯，因为国王不说意大利语。

我也听说了。

接下来一阵沉默，在此期间，骑士暗自责备自己说得太多了。然后，佩吉特不安地清了清嗓子，鼓足勇气说，骑士一交上召回公文，他便准备向国王和王后递交国书。

骑士回答说，因为他一天都不准备以平民的身份待在两西西里王国，他已经计划外出观光一个月，所以，他回来就会处理这件事情。他和他的妻子、卡多根太太还有英雄乘着又开起来的“雷霆”号出发了；这次不是要去参与历史（尽管英雄必须在马耳他停一下），而是要撇开历史，撇开他们生命的日程表。

他的上司和他从前在外交部的朋友都已经不理他了？他要把他们抛到脑后过上一阵子。让视野更加开阔、更加多变。看着海岸线伸展开来，当壮观、云雾笼罩的埃特纳火山进入视野，伴随着稍微的雷鸣声时，骑士回想起当年在一抹蓝色的黎明时分从山顶放眼望去，那令人惊叹的景色，整个西西里岛、马耳他岛、利帕里岛和卡拉布里亚都轮廓分明地展现在他的脚下，就像是一幅地图一样。是的，我看到了这一景色。我是这里惟一一个看到的人。我经历过一个多么丰富的人生啊！

“雷霆”号从埃特纳火山附近驶过时，离布龙泰不远；布龙泰是附属于英雄新获得的西西里爵位的封地。骑士的妻子急于上岸，但英雄说他更想在来访已适当安排好的情况下视察一下封地；有人告诉过他，封地的火山土壤年收入达三千英镑。布龙泰公爵，他宣称，不应该事先未宣布，就草草出现在他自己的领地上。骑士怀疑国王选择一个公爵领地授予他的英国救命恩人这里面有某种恶作剧的意思，要知道布龙泰是锻造埃特纳火山的雷神独眼巨人①的名字。不过他想这个他还是不说出来为好。独眼英雄似乎对成为西西里公爵极为自豪，因此听到这个笑话也许不会开心。骑士觉得这事儿相当滑稽。

骑士已经达到愉悦的零点，在这种情况下，愉悦在于能够将不愉快的想法抛到脑后。他被免职、佩吉特、他欠下的债务、英国等着他的未卜的前途——这些突然出现在他脑海里，随即就被吹到身后的风里，一如他头顶上的海鸟从船尾飞到船头一样。不用老是想着让他费尽脑子的事情，这一轻松感舒服极了，这真觉得自己开开心心了。这艘船就是他的家。当他们在锡拉库扎停靠两天，参观朱庇特神庙遗址和著名的采石场以及大洞穴的时候，骑士的妻子尽管有孕妇晨吐反应，还是拒绝和她母亲留在船上。她不愿落掉哪怕是一次骑士热情洋溢的现场讲解，而且她不想和英雄分开，哪怕一个小时都不行。他的妻子和他的朋友好像开心极了。他既不是一个天真的丈夫，也不是一个百依百顺的丈夫，他是真的爱他妻子，他也真的爱与他妻子年龄相仿的这个男人；她现在爱着他，他们也真的爱他，所以，他不仅没有失去一个妻子，反倒得到了一个儿子，现在出现的情况难道不是这样吗？

就像在巴勒莫的王宫里一样，就像在停泊在那不勒斯湾六周的旗舰上一样，他们在骑士面前举止非常得体。也就是说，与他们成为情人之前相比，他们互相之间并没有表现出更为亲热的行为举止。

① 即 Cyclops，希腊神话中西西里岛的独眼巨人，三位风暴之神，分别是雷神（brontes）、电神（sterops）和霹雳神（arges），他们都擅于锻造。意大利的布龙泰与独眼巨人雷神同名。

也就是说，他们装。他不知道他妻子什么时候或者有多频繁深更半夜去英雄的住处，或者他到她的住处。他也不想知道。他妻子有着打不垮的肠胃和经过验证的对晕船的抵抗力，现在在早餐时却抱怨消化不好，还有船摇晃得她要呕吐。当然，他不想他们公开提及他们的关系，也不想她提因怀孕而想呕吐——那会是痛苦的。但是，说起来有点儿反常，他偏偏反感他们在他面前演戏。这让他觉得被排斥在外、低他们一等。这让他觉得受到了忽视，因为他才是消化不良的人，他才是有时候晕船的人，尽管你无法希望海面更平静了。

·

还有，穿什么，既然他们几乎马上又要旅行了；英雄急于回英国，他是他们对付拿破仑最有力的武器，结束他的工作期限时竟然沦落为波旁王朝的干将以及声名狼藉的、如今的前英国大使和他魅力无穷的妻子的快艇船长，英国海军部对他不耐烦了；当然，他们要和他同行。穿什么，这会是一次漫长、复杂的旅程。先是乘英雄的旗舰在海上旅行，一直要到里窝那；然后是乘坐各种车辆（四轮马车、皇家马车、驿马车）的陆路旅行，从南到北，穿过炎热和长日照进入一个不那么热的夏天，旅行经过许多国家，途中要停留下来过许多节日庆典，每次参加活动，都必须盛装出席。

绝对没有他们不一起离开的问题。现在要走的有三人组、卡多根太太，还有绝不肯留下来的奈特小姐，还有奥利弗——骑士的两个英国秘书之一——临时调给了英雄，加上通常的一大帮子仆人，惟一的问题是，此外，还有多少人要一起走。这支队伍该有多么庞大啊。

六月初，他们乘船游览长达一个月后返回，骑士就呈递了召回公文,佩吉特获许在宫廷递交国书。王后牙咬得恨恨的,都没正眼看他。王后心里想的事情远远不止她即将失去她忠心耿耿的朋友,因为她明白用一个新的全权公使替下骑士,这表明英国对她不悦。藐视佩吉特、显示和她与朋友间的和睦是她下决心离开巴勒莫前往维也纳,看望她女儿(还有她外甥和女婿)的原因之一;她的长女玛丽亚·特蕾莎现在是哈布斯堡女皇。(离开的另一个原因是:她痛苦地意识到她对国王能够施加的影响越来越小。)英雄原来希望和骑士夫妇、他们的随行人员,带着他们的所有物品,从海上回英国的,这样,他就能够把王后、她的那班侍女、牧师、医生和仆人往北捎到里窝那。他把"雷霆"号带回英国的要求遭到拒绝后,英雄看不出他们还有什么理由不进行一次穿越欧洲的漫长旅行,并满足王后的愿望,即希望她的朋友们一路陪护她到维也纳。

等到他们抵达里窝那——在这里,盛怒的基思勋爵终于恢复了不听指挥的"雷霆"号的军事用途,这是原本的设计意图;在做准备继续旅行期间,传来消息说奥地利军队即将在马伦哥与拿破仑交火;王后冲动地决定不直接去维也纳了,而是在罗马的发尔尼斯府邸作短暂逗留(她下令要求斯卡皮亚男爵在那里和她会合),等待这场战役的结果。几星期后,她将与她的英国朋友在维也纳会合。

于是继续上路,七辆四轮马车,后面跟着四辆行李车,骑士从那不勒斯抢救出来的所有的画作和其他财物都装在上面。沿着阿尔诺河这一路颠得骨头都要散架了,比骑士预料的要艰难多了。他看不了书,只能闭上眼睛,尽力抵挡背、屁股还有膝盖各处的疼痛,而此时,卡多根太太则拿了块湿布搭在他的额头上。在佛罗伦萨,他们逗留了两天,接见和拜访客人。骑士希望待得更长些。不只是因为他感觉很不舒服。他想重访乌菲兹美术馆;很蹊跷,这里的馆藏没有被拿破仑毁掉——你不可能到了佛罗伦萨而不参观这些画作的——但是，他妻子、他朋友都不听。如果你很不舒服、很累，那你根本不可能有劲四处闲逛、看画作。看画我总是有劲的，他有气无力地说。我感觉怎么样没关系。看画让我开心。

不，不，他妻子说。你病了。我们担心你。你必须休息。然后我们要继续旅行。于是，他沮丧地休息，休息得很好，但没有他一直指望的突然袭来的愉悦。只是行尸走肉多么乏味啊！然后，在的里雅斯特，他们逗留了差不多一周的时间，可这里名画很少。骑士不明白为什么在这里耽搁这么长时间。

他们到达维也纳一周后，沮丧的王后也到了。她听到拿破仑获胜的消息后，中断了罗马的访问。英雄、骑士和他妻子的停留又延长了一个月的时间，参加为英雄举办的聚会和舞会。骑士的妻子也是春风得意，斩获多多。一天晚上，她在法罗纸牌牌桌上赢了五百英镑。他们在艾斯特哈齐乡村庄园四天的逗留以一场庆祝活动而结束；庆典中，王子家里著名的作曲家作了首曲子来赞美英雄；作曲家在键盘上演奏，骑士的妻子则演唱。

几天后，她为她的王室朋友自弹自唱，再次表演了海顿的《尼罗河战役》①；她的这位朋友与外界隔绝，住在美泉宫②，心中愤愤不平。非常美妙，非常动人，王后大声称赞；她不禁回忆起她在罗马听过的几乎和骑士妻子的嗓音同样美妙的歌喉。不幸的是，形容这一嗓音就会意味着让她把她对幸运的海顿的评价和对令人感到厌倦的帕伊

---

① 应该是《尼罗河战役的队伍》，海顿 1798 年的作品。

② 美泉宫（Schönbrunn Palace），又译申布伦宫，是坐落在维也纳西南部的巴洛克艺术建筑，曾是神圣罗马帝国、奥地利帝国、奥匈帝国和哈布斯堡王朝家族的皇宫。

谢洛及其清唱剧的记忆搅和在一起;海顿写过一部清唱剧,庆祝真正取得的对法国的胜利。也许有必要提及,那个著名女歌手——一个魅力四射的女人——就在演出后的那天上午,在杀了那个显然是无能的警长之后,在一种非常耸人听闻的情况下自杀。

斯卡皮亚男爵死了,夫人,你听到了。

多可怕啊！骑士的妻子大声说,我是说,你肯定多么心烦意乱呀！

王后不承认她心烦意乱。已经死了这么多人,再死一个又怎样呢。接着,她哭了起来,她说她不得不忍受了这么多可怕的事情,这使得她都情感麻木了——也就是说,她觉得自己不再是个女人了。然后,回过去看这件事的整个过程。显然,这个著名女歌手被色鬼男爵的殷勤激怒了。这些意大利人对什么事都反应过激,这难道不让人感到震惊吗?王后一边抹眼泪一边嚷嚷。骑士的妻子就和王后一样,也是个作出矫揉造作反应的能手,她说她太知道王后的意思了。我丈夫总说意大利人缺乏常识,她对王后说,心想对意大利的一切表示不满,这会契合那不勒斯王后自从回到她出生的城市以来的心情。

王后在维也纳哈布斯堡的苍穹里明显是一颗次要的星,她外甥的大臣们降低档次安排她住在美泉宫,她认为(没有搞错)这是一种怠慢,但是,骑士妻子的同情再也不关注在王后的抱怨上了。王后也开始意识到,她的朋友在维也纳并不像她以为的那样受到敬重了。在这一行英国人尽享维也纳能够提供给英雄的款待和热烈欢迎后,再没有理由不继续他们的旅行的时候,哈布斯堡许多王室成员都舒了口气;不过王后仿佛十分依依不舍,又赠送给她朋友一些珠宝和她自己的一些肖像画,同时送给骑士一只镶钻的金鼻烟盒。

接着从中欧转到布拉格;这个传说雕像有了生命的城市,曾经被鲁道夫二世[1]统治过，他是一个对多种藏品着迷的收藏家，他在威尼斯购买了一幅他觊觎已久的丢勒的作品，可买下后却不忍心——骑士在颠簸得厉害的马车里一路摇摇晃晃时想起来了——不忍心去想他的这个宝物颠簸着、震动着越过阿尔卑斯山，便让四个能吃苦耐劳的小伙子轮流将这幅包裹得严严实实的画作竖得直直地捧着，步行穿越群山。在布拉格，在位的公爵——王后的另一个外甥——举办了盛大聚会，庆祝英雄的四十二岁生日。然后，他们又沿着易北河到了德累斯顿；在这里，他们观赏了选帝侯收藏的瓷器，并去听了歌剧；据说，在听歌剧时，英雄和骑士的妻子两个人一直在窃窃私语；也是在这里，在为英雄举办的一场舞会中，他丢掉了金剑剑柄上的一颗钻石（他们登了寻物启事，提供了赏金，但没有找回来）。在那里，一如在其他逗留处，英雄对种种赞美、礼物和烟花的胃口获得了极大的满足。每到一座城市，那里的外交团体和英国侨民对三人组都是闲言碎语和充满恶意的评论，使许多人日记和信件的内容变得生动起来。他全身披挂，戴满了星章、绶带和奖章，有个主人这样写道，与其说是尼罗河的征服者，还不如说是歌剧中的王子。而且，无人不谴责他在骑士妻子面前表现出的卑躬屈膝；骑士妻子自己尺度很大的表现，不管是卖弄的表演、对吃喝的胃口，还是只是腰围，也都被以尖刻的口吻记录下来。

在旅程中，骑士所要求的惟一一次对他的迁就是绕道安哈尔特-德绍[2]去拜访一下它的亲王。亲王在那不勒斯数次拜会过他，是他

---

① 鲁道夫二世（Rudolf II，1576—1612），神圣罗马皇帝。

② 安哈尔特-德绍（Anhalt-Dessau），德意志境内的一个公国，存在于1382年至1863年。

关于火山著作的最早订购者之一；十年前，他在他自己国土一个湖的岛上，建造了他自己的维苏威火山。火山底部周长三百码，高八十英尺，能够喷出真的火和烟来（当空火山锥里的易燃材料点燃时），能够喷出它那种熔岩（事实上是水被抽上火山锥的边沿，然后顺着火山四周淌下，漫过从里面照亮的红色调的玻璃孔）。不像拉斯维加斯的宾馆前那座五十四英尺高的玻璃、玻璃纤维、钢筋混凝土结构——这是一座普通的火山，（在黄昏到子夜一点）每十五分钟喷一次——安哈尔特-德绍亲王的火山是特定的维苏威火山，它只在隆重的场合为贵宾喷发。六年前，它为歌德表演过。骑士希望它为他表演。（毕竟，是他的维苏威火山和他的火山观察激发起了亲王的灵感，亲王也在岛上建了个骑士在波蒂奇附近的别墅的复制品。）那会很好玩的，他妻子说，她不反对在另一个德国小公国的王宫里停留。骑士预先告诉亲王，他们准备拜访他。可不幸的是，亲王的私人秘书回信说他的主人不在家，因此机器无法运转起来。骑士错过了他最后的火山。

这样也好，骑士的妻子说；她意识到英雄累了，此刻急于到汉堡，参加汉堡的庆祝活动。他们走水路；他们离开德累斯顿的时候，每座桥、每扇看得到易北河的窗口都站满了欢呼的人群。从汉堡——在那里，他也在许多《圣经》和祈祷书上签了名——英雄给英国海军部去信，说他期盼派遣一艘快速帆船来把他们接回英国。他的这一要求没有得到反应。

•

回英国时穿什么好呢？英雄已经差不多三年时间没踏上英国国土了。雇用的班轮在大雅茅斯靠岸的时候，满怀敬意的百姓到场迎接他,英雄及其随行人员乘马车回伦敦途中所到之处,百姓都要出现,他们不可能知道他们的统治者对英雄和他过去一年的生活方式的不满。他们没有看到关于英雄凯旋的讥讽口吻的报道(这个国家仅有一万人看报)。他们也不知道那不勒斯星章和佩戴在他制服胸口的巴思勋章的星章有什么区别。

对众人而言,他仍然是英国众所周知的、最伟大的英雄。对范妮来说,他仍然是她的丈夫。范妮和英雄有些衰老的父亲已经从乡下一路来到伦敦,并在国王街一家旅馆住下,已经等了他一个多星期了。英雄极其真诚热烈地拥抱了他父亲,很痛苦拘谨地拥抱了妻子。骑士的妻子身穿一件白色平纹细布袍子,袍子褶边用金线绣了英雄的名字和雷神布龙泰,还饰以小金属片,她拥抱了她情人的妻子和父亲。他们一起在旅馆里用膳——一场痛苦的表演。骑士的妻子模仿前往伦敦的三天旅行途中多次停留期间热烈欢迎的人群的欢呼声,以及镇上的铃声。范妮一开口讲话,郁闷的英雄就会咬他的厚嘴唇;他脖子上,在衬衫里面,戴着骑士妻子的微型人像画,他会一直戴到死的。骑士注意到范妮脸上露出越来越强烈的惊愕和屈辱的神情。

为了翌日去拜访海军部,英雄的装束在正装和休闲装之间:海军大衣,白色海军军裤,膝盖处有海军制服纽扣,丝袜,以及有大搭扣的鞋子。这是审慎的,他在海军部的老友本来一心要谴责他的,但是,听英雄真诚地跟他们细讲万一拿破仑蠢到企图侵入的话,他制订好的保卫海峡海岸的计划,听到他表示愿意尽快地回到前线服役时,他们的心软下来了。但是,英雄翌日参加国王早上接见时,帽子上戴了君士坦丁堡大人送的帽饰,胸前佩戴了三颗星章(一颗巴思勋章,两颗西西里岛勋章),脖子上还挂着那不勒斯国王饰了珠宝的肖像,这就严重失算了。难怪他受到英王的冷落;英王几乎当他不存在,只是问了问他身体恢复了没有，然后便转过身去和某某将军热情洋溢地谈了有半小时，他强烈要求陆军在这场与法国人的交战中发挥更大的作用。英国国王不承认英雄获得的西西里岛头衔，这个头衔的获得者对此心知肚明。（直到两个月之后，英雄接受一支新舰队的指挥权，要出征去赢得另一场著名的胜利时，他才会承认。）如果英雄能引起他的统治者哪怕是十分钟的注意，那么，毫无疑问，他会用一些时间来赞美骑士的妻子和她在那不勒斯和巴勒莫所做出的不可替代的爱国的效力行为，她的效力理应得到酬谢和公开的感谢。这个女人毁了英雄，但是，并非英雄对她的称赞，也不是来自名声不好的那不勒斯王后的一封热情洋溢的证明信就会使她少受蔑视。相反，这些只是证实了人人心中已有的想法而已。

报纸一直在考量骑士的妻子进宫是否合适，别的就更不用说了。骑士举止非常得体地出现时她不在身边的现象引发了人们对体态不光彩的无情的联想。如果一些人意识到她的肥胖也掩饰了怀孕——尊贵的夫人已经及时到达这个国家，《晨邮报》简洁地写道——那么，让社交圈着迷的与其说是她有了身孕的丑闻，还不如说是她的容颜老去。面容。夫人脸色红润，容光焕发，正如格雷厄姆医生会说的那样，她出现时完全就是个健康女神！（一种双重讥笑：既暗指她的身孕，又提醒她半辈子之前曾短期受雇于曾经时髦的信仰疗法术士[①]和不孕症治疗专家。）体型。当年她的体型特别出名，她也因此开始名声大噪，现在却臃肿不堪，原来的美荡然无存。表演姿势。夫人在布置一个房间，以展出她的表演姿势，也在计划举办表演的聚会。今冬，表演姿势将比身段或容貌更为时尚。

---

① 指用祈祷或魔术等方式治病的人。

漫画家们也不放过她或骑士。吉尔雷[1]把他画成一个干瘪老怪物，为一排丑陋的小雕像和一只破损的花瓶所陶醉；他头顶上是拿着一个杜松子酒酒瓶的胸部裸露的克娄巴特拉的肖像和戴着三角帽的独臂马克·安东尼，还有一幅完全喷发的维苏威火山的画作。但针对英雄的大规模讽刺漫画没有出现；英雄坐着让人画了许多半身像和肖像画，而且已经被引见到了上议院——只是闲谈。谣传——这个谣传是真的——说英雄现在开始往脸上涂脂抹粉了。谣言经常夸张，还说他的体重已经不足八十磅。

上议院是个舞台，宫廷是个舞台，宴会是个舞台——甚至连剧院的包厢也是个舞台。两对夫妻一起去特鲁里街，他们落座时，观众全体起立欢呼，管弦乐队演奏起《统治吧，不列颠尼亚》，英雄只得起身鞠躬，表示感谢。第二天，各家报纸报道说，英雄的妻子身穿白色衣服出现，紫罗兰色绸缎头巾上配了小小的白羽饰；骑士的妻子则是蓝色缎袍和头巾，一个非常精制的羽饰。他们看的戏里，女主角由简·鲍威尔饰演。骑士的妻子告诉她丈夫，哦，她很久以前就认识她了，甚至是在她遇到查尔斯之前——意思是说，骑士这么猜想，当她还是，当她还是个……他不愿意想这事儿。事实上，她十四岁来到伦敦，在某某医生家当用人时就认识简了。简——另一个下等女佣——是她的第一个朋友。那时候，她们合住一个阁楼房间。她们俩都打算当演员。

演戏是一回事，变得有教养（包括演戏）则是另一回事。骑士希望英雄保持体面——就像他这样。他能理解，范妮固执的爱让英雄恼火。范妮悲哀地相信，只要她耐心，装得好像什么事都没有改变，

---

① 吉尔雷（James Gillray，1757—1815），英国讽刺漫画家和版画家。

她丈夫就会心满意足地和她、他父亲住在多佛街带家具的房子里的。但是，英雄没有理由要流露出那样的感觉呀，他在斯宾塞伯爵在海军部为他举办的宴会上明显地流露出他的这种情感。当时，他在向坐在他右边的斯宾塞伯爵夫人解释法国枪炮的四大弱点，坐在他左边的范妮忙着自派的任务，即为他剥胡桃，剥好后就放到他盘子边上的一只小玻璃杯里，他啪的一下把杯子猛地推到一边。玻璃杯打破了，范妮哭了起来，离开了桌子。英雄跟没事儿一样继续用一只黯淡无光、一动不动的眼睛和另一只迅速转动的眼睛向右对着海军大臣的妻子看，残肢在空袖子里扭动着，在海军战术的话题上，他继续表现着才华横溢、有独创性和无与伦比的风采。

他们是两对夫妻的伪装结束了。英雄搬进了他的朋友们在皮卡迪利大街[①]的房子，主动要求承担骑士一百五十英镑年租金的一半；骑士拒绝了。不久，范妮和英雄的父亲返回乡下。

骑士感觉必须节省他的精力了。他原本可以花在参加皇家学会会议上的时间现在花在与他的银行经理们的晤面上了；这些经理试图拿出一个让他还清债务的合理的时间表来。商店里商品琳琅满目、争奇斗艳，让他感到震撼。伦敦，他离开了九年后，给他的印象是非同寻常的时尚、有活力、繁华——几乎成了个陌生城市。他看了几场拍卖会，尽管他根本没有能力买任何东西。他参观了不列颠博物馆里他收藏的花瓶。查尔斯经常和他在一起，查尔斯总是随叫随到。他没带他妻子，和查尔斯一起，去了趟他在威尔士的庄园，庄园现在已经一万三千英镑抵押了出去。骑士已递交给外交部一张清单，上面列了他在那不勒斯损失的物品（家具、马车等：一万三千英镑），以

---

① 皮卡迪利大街（Piccadilly），伦敦一繁华街道。

及他在巴勒莫一年半产生的巨大开支——一万英镑。在设法稳住他的债主期间,他申请了每年两千英镑的养老金——一个不高的要求。人人都告诉他,特别是查尔斯,说他也有权受封贵族爵位。但是,他不相信他两样都能得到。他宁可要钱而不要成为一个勋爵。现在要贵族头衔太晚了。查尔斯问他回到了伦敦高兴不高兴。他回答说,等到我感觉一好,我肯定就会在这里觉得自在了。

•

十二月底,伦敦要举办没完没了的身份排位的聚会,他们逃脱掉了,因为骑士那位隐居的、丑闻缠身的亲戚威廉邀请他们到他的帕拉第奥建筑风格的乡村大宅去和他一起过圣诞周,并参观威廉已经在芳特山森林里动工的大楼工程。

他称之为修道院,就是说其建筑风格受到了哥特式建筑的启发,骑士说。尖拱和着色的窗,他特地为英雄补充了一句。

像草莓山庄①,骑士的妻子大声说道。

别让威廉听到你这么说,亲爱的。他是我们已故的朋友沃波尔最大的竞争对手和诋毁者,他蔑视他的城堡。

他们在附近的索尔兹伯里逗留;英雄在此受到了市长的接见,并获赠这个城市的荣誉市民权,他们的马车——缓慢地驾驶,把颠簸减到最小的程度,为骑士妻子所处的微妙的身体状况考虑——由一支义勇骑兵队一直护送到芳特山大门口。

---

① 草莓山庄(Strawberry Hill),英国田园风光派典型建筑,由霍勒斯·沃波尔(Horace Walpole)和理查德·本特利(Richard Bentley)设计。

不，沉默了好长时间后，骑士说，这是某种雄伟得多的东西。

什么是雄伟的呀，他妻子说。

修道院！骑士感叹。他难道说得还不清楚吗？我们在谈修道院，是不是？它的塔，威廉告诉我，会比索尔兹伯里大教堂的尖顶还要高。

天在下雪，骑士感觉全身为寒冷所包围。有多少个年头了？这是他在英国过的第一个圣诞节。因为他上次在英国时，九月份就开始启程回意大利了。是的。婚礼后两天。再上次，是他把凯瑟琳的遗体运回来，把那只花瓶卖掉那一次，他回去时已经是十月份。上次回国探亲——不过那几乎是二十五年前的事情了，当时还在与美国的那些殖民地打仗呢——他和凯瑟琳是不是在圣诞前就离开了的呢？他肯定他们是在圣诞节之前离开的。他使劲地想着，心里推算着时间，一个个数字一张张脸在他脑子里闪来闪去，但是把它们搞清楚似乎很重要。上次在英国过圣诞节，离开现在有多少年了呢？多少？

多少，骑士的妻子说。

骑士从遐思中惊醒过来，心想他的妻子难道猜到了他的心思不成。

多少英尺，她说。它的高度。

高度？

修道院的塔要造多高？

大约三百英尺，骑士轻声说道。

对建筑我是一窍不通，英雄说，但是我敢肯定，没有远大抱负，什么好事都做不成。

同意，骑士说，但是，威廉的抱负没有受到可能有的很好的支持。

八个月前，还不到它最后高度的一半，塔就被一阵狂风吹倒了。显然，他是在允许他的建筑师不用石头而是用灰泥和水泥混合物在造塔。

蠢到这种程度啊，英雄说。谁造房子不是要牢固经久啊？

哦，不过，他相信它会牢固经久的，骑士回答说，而且，为了让我们参观，他已经让人用同样的材料重建了。住在塔里，我的亲戚能够俯瞰世界，俯视我们芸芸众生，看看我们有多么渺小，但是，如果有一天他不想住在里面了，那我也不会感到惊讶的。

•

威廉，凯瑟琳的威廉，这个曾经有点胖、充满惆怅的年轻人现在已经四十一岁了，清瘦，看上去跟小年轻一样，着实让人吃惊；他还是个音乐天才。第一天晚上，他在大客厅里为客人演奏了几乎一个小时（莫扎特、斯卡拉蒂[①]、库伯兰）。接着，他马上礼貌地把音乐表演的权利让给了骑士的妻子；她演唱了西西里旋律的歌，维瓦尔迪[②]和韩德尔[③]的咏叹调，还有她为这个场合而学的一首印度歌曲——《乌乌迪·乌迪·珀布姆》，她知道威廉对东方特别地着迷。她最后演唱了几首军歌献给英雄。

三个男人已经移到火光熊熊的壁炉边，而骑士的妻子仍然坐在钢琴旁边，轻轻地触弹琴键。是威廉咬牙切齿地提起幸福这个话题

---

① 斯卡拉蒂（Alessandro Scarlatti，1660—1725），意大利作曲家，那不勒斯学派创始人。

② 安东尼奥·维瓦尔迪（Antonio Vivaldi，1678—1741），意大利作曲家、小提琴家。

③ 韩德尔（George Frederick Handel，1685—1759），英籍德国作曲家。

的，他请他尊贵的客人先谈谈看法。

幸福！英雄大声地说。如果我的祖国依然需要，甚至要求一个为了她的荣耀已经牺牲了健康、视力和许多其他东西的可怜的战士继续为她效力，那么，对我而言，总而言之，我的幸福就是为祖国效力。但是，如果祖国不再需要我了，那么，我最大的幸福就是住在一条小溪旁简陋的住所里，我可以和我的朋友们一起度过我的余生。

那么夫人呢？

夫人在钢琴旁大声喊道，她爱的人幸福她就幸福。

亲爱的，你真荒谬，骑士说。

你可能说对了，她笑着回答说。毫无疑问我有很多过错——

不！英雄说道。

但是，她继续说，我心好。

这还不够，威廉说。

骑士的妻子继续胡乱地弹着钢琴。乌乌迪·乌迪·珀布姆，她逗趣地引吭高歌。

什么能让骑士幸福呢？

我已经注意到了，近来许多人表达了对我的满意度的关注，骑士说。但是，我的回答似乎无法让他们满意。没有争斗。没有烦恼。沉着冷静。到了我这样的年龄，我不指望什么欣喜若狂了。

大家异口同声地告诉他他并没有那么老。

威廉呢？他一直在不耐烦地等着轮到他发言。

我觉得我已经发现了幸福的秘诀，威廉说。就是永远不变，总是保持年轻。老是一种心态。一个人变老是因为他承认自己变老了。我为自己感到自豪，除了脸上多了几道皱纹，我现在跟我十七岁的时候没什么区别。我有着同样的梦想，同样的理想。

啊，骑士心想，永葆青春。不变。如果你只管你自己，不管别人，完全有可能做得到。如果这辈子他可以重新来过，那正是他想做的。

·

第二天，威廉带着他的客人乘马车，游览了开阔的大庄园的一部分地方；庄园的许多地方他已经用十二英尺高的墙围了起来，墙头则是铁桩，既是为了保护他守护的动物，又能防止他那些打猎的邻居在他的两千英亩中的哪怕是一英亩的地上来追杀他们无助的猎物。

当然啰，威廉说，邻居们根本无法理解一个反对猎杀无辜动物的人，他们认定我竖起这堵墙，是为了庇护里面的纵情狂欢和邪恶的仪式，这里的人就是这样看我的。邻里没人喜欢我，假使有人喜欢我，我倒要不看好我自己了。

下午用过正餐之后，骑士在威廉的画廊里迟迟不离开（丢勒、贝利尼、曼坦那、卡拉瓦乔、伦勃朗、普桑等等等等画家的作品，此外，还有许多画一座塔的画作），在此期间，他妻子和英雄为了单独待一会儿，已经溜走，希望避开仆人，找个角落好拥抱一番。他们就像两个淘气的孩子，探头探脑地朝威廉那间挂了天蓝色印度帘帷的大卧室里看，英雄断言，他从未见过这么大的床。对骑士的妻子来讲，这是她见过的第二大床，最大的床当属格雷厄姆医生的大圣床——长十二英尺，宽九英尺，架构在两个床架上，这样，床就能调节成一个斜面，床由四十根五彩缤纷的玻璃柱子支撑，床顶上罩着超级天顶，由名贵木材制成，木材里嵌入香味馥郁的香料，下侧是镜子，床顶上是自动装置在吹笛子、弹吉他、拉小提琴、吹双簧管和单簧管，还敲着定音鼓。保证让迄今为止尚无子嗣的夫妻受孕。一晚上五十几尼。

哦，几乎和圣床一样大。

圣床是什么，英雄问。

就是我和你睡在一起——不管什么时候——睡的床，他的情人一字一顿地回答道，同时，她的脑子又快速地想到：我敢打赌，他通常都是独自躺在这张床上，即使他有淫荡的名声。可怜的威廉！

他好像对社交活动极为不屑，英雄说道。

此刻，骑士也在作类似的思考。他欣赏完那些漂亮的画作、书籍、洛可可风格的瓷器、日本漆盒、彩饰微型画、意大利铜器，以及所有展示给他看的宝物之后，这时，他正在惊叹，他是威廉的雇员以外第一个见到这些宝物的人。骑士从未想到收藏是一个被激怒的隐士的行动。

他们已经在威廉的书房里舒舒服服地坐了下来；里面的黑檀木桌子是佛罗伦萨镶嵌①，桌子上他正在看的书堆得高高的。威廉与大多数藏书家不同，他获得的每一卷书都看，然后就用一支削得很尖的铅笔，用很小的字体——随着时间的推移，该字体需极仔细看方可辨认，在书前后扉页上写上对该书排了序号的评注，赞语或苛评都有。书桌上还铺满了书商寄来的加了注释的书单，以及拍卖目录，他随手给骑士递过去几份，表明他已经吩咐他的代理商购买。

我猜想，你并不喜欢逛书店，也不喜欢参加拍卖会吧，骑士说，他挑了两项他自己偏爱的活动。

参加什么对我而言是种折磨，就正如，不管是什么理由必须离开芳特山一样，威廉大声说道，他背井离乡在欧洲大陆游历了好多年，

---

① 佛罗伦萨镶嵌，一种工艺，指用青金石（壁琉璃）和石髓等作镶嵌物，形成美丽的装饰效果。

才回到他的地盘安顿下来，积累藏品，建造他的修道院。但是，在我真正把我拥有的稀罕而漂亮的藏品放置好以后，我再也不需要外出，再也不必看什么人了。这样守着我的地盘，我能够开开心心地思考世界的毁灭，因为世界上所有有价值的物品，我都会收藏了。

你不想给其他人机会来观赏你所收藏的物品，骑士说。

我干吗要对那些个没有我聪明、没有我感觉敏锐的人的观点感兴趣呢？

你说得有道理，骑士说；骑士以前从未认为收藏可以把世人排斥在外。他与世人没有不和（尽管近来世人似乎已经开始与他不和了），他的藏品与世人之间具有一种有利可图的，同时也是令人愉悦的关系。

显然，他的亲戚根本不在乎公众趣味的改善。但是，骑士大胆地说，难道你威廉就没有设想过，未来某个时代会开放他的藏品，并由那些具有才智能欣赏他藏品的鉴赏家对它们进行评价并确定它们的真正价值——

对我来说，没有什么比思考未来更令人讨厌的了，威廉打断他。

如此说来，过去是你的——

我也不清楚我是否爱过去，威廉再次不耐烦地打断了他。不管怎么说，爱不考虑过去。

这是骑士第一次体会到收藏是报复。巨大的特权促成的报复。他的亲戚从来都不必去考虑他是不是玩得起让他着迷的东西，也从来不用想这是不是一项有利的投资，不像骑士总是要考虑这些问题。收藏，就像威廉所有的经历一样，是进入无限、不确定，也不需要掂量或权衡的一种冒险行为。收藏家在制订详细目录的过程中获得的积习成癖的愉悦他根本就没有。这些清单描述的只是有限，正如威廉也许会说的那样。他可能没有兴趣去知道他拥有四十个莳绘[①]漆盒、十三座帕多瓦的圣安东尼雕像和三百六十三件套的迈森[②]餐具。爱德华·吉本气派的私人图书馆里的所有六千一百零四卷书，威廉一听到这位大史学家在洛桑去世就买了下来——威廉蔑视过他的《罗马帝国衰亡史》——但是，他从来都没有叫人送过去。因为不仅他不必清清楚楚地知道他拥有的东西，而且有时候，他买东西是为了不拥有它们，买下来不让别人拥有；也许甚至是不让自己拥有。

在某些情况下，威廉沉思，是占有的想法让我感到满足。

但是，如果你看不见、摸不着你所拥有的东西，骑士说，你便没有美的体验，而美的体验是所有的艺术爱好者——所有的爱好者，他就要这么说了——所渴望的。

美！威廉朗声说道。还有谁比我对美更敏感？你不用在我面前赞美美！但是，还有比美更高的东西。

是……？

某种神秘的东西，威廉冷冷地说。我怕你不会明白。

你可以告诉我，骑士说；骑士在享受和他这个爱争论的亲戚的交流，也在享受他自己脑子里的清晰的感觉。也许，他想，最近一段时间，脑子这么频繁地恍恍惚惚，原因就在于他不再进行有挑战性的，或触及任何博学话题的交谈了。一切都成为轶事。你千万要告诉我，他说。

能上多高，就上多高，威廉宣称。好啦。我真说清楚我的意思

---

① 莳绘是日本漆器表面加饰的一种技法，是一种借漆的黏性，将重金属粉固定在漆器两面的技法，这些重金属常为银和金子。

② 迈森（Meissen），德国陶瓷之乡。

了吗?

清楚极了。你指你的塔。

对,你要这么想,可以说是我的塔。我要退回我的塔,再也不下来。

这样做,你就逃离了你谴责待你不好的那个世界。但你也等于禁闭了自己。

就像一个和尚追求——

你肯定不会说你像和尚一样生活,骑士大笑着打断了他。

不,我就要当和尚!你当然不理解我。所有这些个奢侈品——威廉一只纤细的手朝锦缎幔帘和洛可可家具挥了挥——同样是灵魂的工具,一如和尚挂在他小屋墙上、天天晚上取下来抽打自己灵魂使之变得纯洁的那根鞭子。

•

身边摆满了迷人的、令人兴奋的物品,大量的物品,以保证所有的感官永远都不会闲着,想象力也永远都不会空着——这个骑士完全明白。他无法想象的是一种献给某种比艺术更高、比美更迷人的东西的收藏家的欲望;而艺术,美也一样,只是这种东西的一种可能的工具,如此而已。骑士是个追求幸福的人,却不追求极乐。在他对幸福的所有思考中,他从未看到幸福生活与觊觎狂喜生活之间的差异。狂喜,正如骑士可能会说的那样,不仅是对生活提出一种不合理的要求,它也必然会变得野蛮。

像性感受一样,性感受成为全身心投入或热情的焦点时,当这些感受真的在它们整个的激情和痴迷中体验过后,对艺术(或者美)的感受,过了片刻,也只能被体验成一种多余的,就如同某种拼命要去超越自身、直到彻底被毁灭的东西。

真正爱某种东西就是要希望死于这种东西。

或者只生活于其中,这是同一回事。上去并且再也不要下来。

我要那个,你说。那个。那个。还有那个。

卖掉了,和蔼的商人说。

如果你富到想买什么就买什么,那么,你很可能就会受到驱使,改弦更张,不再忙于追求永不满足的、得不到的东西,而是会去选栋楼——一栋为你、为你的藏品建造的独特而复杂的住处。这个住处是收藏家对理想的自给自足所怀有的幻想的终极形式。

因此,你现在对你的建筑师说:我要那个。那个。那个。

可这个建筑师提出了反对意见。建筑师说:那不可能。或者:我不明白。

你努力去解释。你用复杂的词:哥特式,或仿效当时重新流行的不管是什么建筑风格的词语。他好像是明白了。但是,你并不真要他明白。我在考虑的是东方风格,你说。你并非真的指东方风格,而是指东方装饰的格调,你总发现它会导致你迷失在你所谓的你的浮想联翩和先知先觉的神思恍惚之中。

建筑师真的按照你的要求做了:尽管你也许难缠,可你是他迄今为止最好的主顾。但是,无论他怎样忠实地实施你种种异乎寻常的想法,他都无法完全做到位。你一而再,再而三地要求给这座建筑这里来点变化,那里加些东西。脑子里新想法源源不断地出现。或者确切地说,是对当初驱使你去造这栋楼的旧想法的新拓展。

我要更多,你对苦恼、顺从的建筑师说;到了这个时候,建筑师已经开始不理睬他的古怪主顾的某些指令,或者开始偷工减料了。更多的,更多的。这样一栋楼具有一种收藏的开放性结局。你认为你要它竣工,但其实你不要。

·

正是因为它尚未竣工(事实上,它从来都没有竣工),他现在才能够秀给他们看,展示给他们看。这次,这不是他们的舞台了。谁也别想抢了威廉的风头,连英雄都不行。

他已经订购大烛台要挂在树上,一排排树绵延数英里;并且在新辟出的马车道上以及更远处安排好了一队队的乐师,以表示迎接的隆重,目的是在他们的马车在黄昏时分驶过林子时让他们充满欣喜。当第一辆马车驶进开阔地带时,还有足够的光线让人辨认出奇妙的十字形楼的八角塔上飘起的英雄的绶带:十字形楼造得很快,角楼、山墙、凸窗和几个小一些的塔已经建好。在他的客人当中,有英国最有名的人物,在整个这一片地带,同意挂上国旗是威廉所作出的惟一一个让步。

他带他们从西边的十字形翼部进了大楼,经过大厅,来到一个房间,他告诉他们这里叫作"红衣主教的接待室";这里,一张长餐桌上两边摆放了银餐具,要设一场盛宴。他们用完餐,骑士的妻子主动表演了一个哑剧;饰演一名女修道院院长欢迎见习修女来到她的女修道院。这似乎是个好题材,她演完后向威廉吐露。

楼里大多数地方都搭着脚手架,上面到处都是威廉雇来的五百名不分昼夜轮班干活的当地工匠、木匠、泥水匠和石匠的影影绰绰的身影。威廉紧张地扯着嗓子尖声地格格笑,骂建筑师慢吞吞,骂工人们拖拖拉拉,接着又忘了自己的恼怒,陶醉在想象楼房建成后的情景的狂喜之中，他领着客人沿着点亮了银烛台的穹窿走廊和画廊走过，又在环形楼梯上上上下下，骑士的妻子离分娩只差一个月了，也勇敢地爬上爬下的。骑士看着那些戴着头巾、肌肉发达、裸露着手臂举着大蜡烛照着路面的人，暗自发笑。

一座艺术大教堂，威廉对他的客人解释说，在里面，我们有限的感官渴望的所有强烈的感觉都会增强，我们孱弱的灵魂能够有的所有提升的想法都会觉醒。

他领着他们看了画廊，画廊长达三百五十英尺，他要在里面贮藏他的画作。又看了拱顶图书馆。以及琴房，他要在这里在键盘乐器上奏响所有值得演奏的音乐。

几个临时准备供参观的房间镶了镶板，挂了孔雀蓝、紫色和鲜红色的幔帘。但是，威廉似乎越来越担心这些客人是否看得懂他们正看到的东西。

这是我的小礼拜堂，他说。他们要想象里面摆满了金色的烛台、彩饰圣骨匣，还有花瓶、圣餐杯和嵌着珠宝的圣体匣。它的扇形拱顶将用磨光金装饰。

这里，你们得想象一扇扇紫罗兰色天鹅绒做的门，上面绣满了紫色和金色图案，威廉说。这个房间呢，我称之为圣殿，它的窗格子就像忏悔室一样。

我感觉很冷，骑士低声抱怨。

六十个壁炉每一个，威廉不受打扰继续说下去，都会有镀金丝编织的篮子，装满了芳香四溢的煤块。

又暗又冷，还有火把闪烁不定的光——骑士开始感觉不舒服。他妻子真希望有一把椅子或者一把祈祷椅，好让她沉重的身子歇息一下。火把的烟在刺痛英雄的眼睛。

他给他们看他的天启室;天启室会用抛光的碧玉做地板,他以后要葬在这里。

他给他们看以后会是绯红色客厅的地方,上面要铺绯红色的丝绸锦缎,还有他的黄色起居室,铺成黄色的,等等。

最后,他把他们带到主塔正下方的大房间。

八角形大厅。这里你们必须想象橡木墙裙和所有高耸云霄的拱顶上的彩色玻璃,还有一扇巨大的玫瑰色主窗,威廉说。

看,骑士的妻子大喊一声。它真像座教堂。

我估计,它的高度差不多要一百三十英尺,英雄说。

你们必须发挥想象力,威廉急躁地继续说。但是,竣工时,我的大修道院就不会给想象力留下任何余地了。如果想象力有可触摸的形式的话,它就是想象力。

他多么希望他们赞美它啊。

所以,到最后——因为威廉并不像他自己想象的那样在收藏家当中是独特的——他很失望。他根本不指望从这个牧师的儿子、这个以一身海军上将制服显形的幽灵身上得到什么,除了骑士的妻子,他惟一的兴趣就是杀人。他也不指望从英雄的情妇那里得到什么,她属于那种对什么事情都热情洋溢的可悲一族。但是,也许,他本来指望从她丈夫,凯瑟琳的丈夫,他这个过分讲究、面容憔悴、目光游离、上了年纪的亲戚身上得到某种东西。没有什么。什么都没有。我二十岁时发誓,我永远都一直会是个孩子,威廉心想;我必须容忍拥有一个孩子的脆弱,一个孩子希望被理解的荒唐的愿望。

等到他的修道院造到他能够入住时,他决不会让客人住在这里。它不是一座大教堂,而是一个寺院,只为同道者准备的寺院:这些同道者和他胸怀同样的梦想,并且像他一样,经历过很大的磨难和失望。

然而，最后终将发现，这些致力于多愁善感和自我关注的纪念碑式的宏伟建筑将来使用起来，会无一例外地藐视其建造者们的一条条虔诚的限制。在后代眼里，这些建筑是品位低下的迷惑人且疯狂的表现，以后一代又一代游客在导游的带领下，肯定会来呆呆地看着这些建筑，这帮人在保安不注意时手会伸过天鹅绒的围绳，触摸这个妄自尊大者的宝物或者丝绸幔帘。但是，威廉的修道院，这个接下来两个世纪（建成的和小说中提到的）所有注重过度、联觉和室内戏剧效果的唯美主义者宫殿的强大的先行者，没有留存下来，去遭受路德维希二世的新天鹅堡①和邓南遮的胜利者别墅②所遭受的奇异的命运。修道院造得不合格，一开工就随时可能坍塌。因为这座艺术的大教堂不管有着怎么华而不实的自我戏剧化的舞台，它主要是造塔的一个借口，所以，塔的命运就是楼的命运，这似乎是对的。从芳特山一卖掉算起，这座塔又撑了二十五年没有倒，但是，塔倒塌时，腐烂的灰泥和灰浆大堆大堆落下来也基本上毁掉了修道院。没有人觉得有什么理由不把它剩下的部分拆掉。

•

东西腐烂、轰然倒塌、消失。这就是世间的规律，骑士心想。年

① 全名为新天鹅石城堡（英语：New Swan Stone Castle；德语：Schloss Neuschwanstein），是19世纪晚期的建筑，位于德国巴伐利亚西南部，邻近年代较早的高天鹅堡（Schloss Hohenschwangau，又称旧天鹅堡），是巴伐利亚国王路德维希二世的未落成的行宫之一。

② 意大利诗人邓南遮的别墅，位于意大利北部的加尔达湖畔。

龄带来的智慧。那些极少数被认为值得重建或重修的东西将永远带有被施以暴力的种种痕迹。

一八四五年二月某天下午三点左右，一个十九岁的青年进入不列颠博物馆，直接走进那个存放了波特兰花瓶、没有保安的房间；从第四代波特兰公爵一八一〇年把它暂借给博物馆存放在此后，它就是这座博物馆镇馆藏品之一，它存放在一个玻璃橱里。年轻人拿起这只后来被描述为“一件雕塑珍品”的花瓶，开始把它往死里砸。花瓶破了、裂了、碎了，被毁了。年轻人轻轻地吹着口哨，在这堆东西面前坐下来，欣赏着他自己动手干出的作品。保安飞奔而来。

报警叫来了警察，接着这个年轻人被带到弓街[1]警察局；在那里，他供了一个假名字和假地址；博物馆馆长去向公爵报告这个令人不快的消息；管理员们跪下收拾起所有的碎片。小心点，一块也不能少啊！

肇事者被查明是个爱尔兰神学院学生，他在三一学院学了几周便退学了；他被带到治安官面前时规矩多了。当要求他解释究竟是什么原因让他疯狂地做出这种愚蠢的恣意破坏行为时，他说他醉了……要不就是他当时处于一种神经激动状态，老是害怕他看见的所有东西……也可能是他听见了有人叫他干这件事……或者是他嫉妒造这只花瓶的人……或者他发现自己被西蒂斯斜躺着等她新郎的风姿激起了欲望……或者他觉得花瓶上的色欲图案是一种圣物亵渎行为，是对基督伦理的一种冒犯……或者，看见这样一件美的东西受到如此的赞美，而他穷困、孤独、失败，这让他受不了。这些就是毁掉人人都赞美的无价之宝通常给出的理由。它们总是同一些萦绕不去

---

① 弓街(The Bow Street)，伦敦市一街名。

的故事有关。自认为的弃儿和孤独者,几乎总是男性,开始念念不忘一座极美的楼,比如金阁寺,或者一个慵懒的美女的画像,比如波特兰花瓶上的西蒂斯,或委拉斯贵兹①的《镜中维纳斯》,或者理想的裸体美男子,如米开朗琪罗的《大卫》——他们开始念念不忘,一直念念不忘,结果便发展到一种郁结的、巨大的痛苦的状态,这种状态恰恰是永不停止的狂喜的目标的反面,他们开始深信,他们有权释放掉这种情感。他们必须出手,从这种情感中闯出一条路来。迷人之物在那儿。它在惹怒他们。这东西傲慢。这东西,啊,最糟糕的是,冷漠。

火烧一座寺庙。砸碎一只花瓶。砍倒一尊维纳斯雕像。碾碎长相完美的男青年的脚趾。

接着便陷于一种羞愧的、恶狠狠的麻木状态之中:从此刻起,这个肇事者可能只是对他自己是一个威胁了。因为一个人不会不止一次地犯这种罪。对一个物件的这种无法摆脱的形式,无法摆脱地想要毁掉它,是一对一的。我们知道某某先生不会再回到不列颠博物馆来猛击罗塞塔石碑②或埃尔金大理石雕③——其他人也不可能这

① 委拉斯贵兹(Velázquez,1599—1660),西班牙画家。

② 罗塞塔石碑(Rosetta Stone),也译罗塞达碑,是一块制作于公元前196年的大理石石碑,石碑上用希腊文字、古埃及文字和当时的通俗体文字刻了埃及国王托勒密五世诏书,是今日研究古埃及史的重要里程碑,1802年起保存于不列颠博物馆并公开展示。

③ 埃尔金大理石雕(The Elgin Marbles)的得名来自一位将石雕偷偷运出希腊的英国贵族。托马斯·布鲁斯(Thomas Bruce)是埃尔金第七世勋爵,同时也是驻奥斯曼帝国的大使,托马斯因为倾心于帕提侬神庙里的古代石雕作品,从1901年开始偷偷将石雕取下,运回英国。埃尔金勋爵宣称他有奥斯曼帝国苏丹王的特许证明,只要他不破坏古庙的墙体,他可以搬走庙中的任何东西。1816年,尽管有人以埃尔金勋爵"毁了雅典"为由极力反对,英国政府依然购得了这些石雕。从此以后,它就一直被存放于不列颠博物馆。

样做，因为好像全世界引起痴迷困扰的艺术品只有十到十五件（佛罗伦萨美术馆馆长新近作出的估计很可能少了；佛罗伦萨这座城就很荣耀地藏有其中的两件，即米开朗琪罗的雕像和波堤切利的《维纳斯的诞生》）。波特兰花瓶榜上无名。

没有人能修理某某先生，治安官判罚他三英镑，或者两个月的苦役。他口袋里仅有九便士，所以他被关进牢房；几天后有人替他交了罚金，他被放了出来。（谣传他的恩主是一位仁慈的贵族，不是别人，正是波特兰公爵本人；公爵宣称，他不希望自己显得在迫害一个可能精神失常的年轻人。）但那只花瓶呢，它的一百八十九块碎片放在博物馆地下室的一张桌子上，一个大胆、技术精湛的雇员兼助手借助镊子和珠宝商用的小型放大镜仔细研究，花了七个月的时间把碎片拼接到一起。

某件东西碎了，然后由专业人员修复了，能一样、能和它以前一样吗？能一样，对肉眼来说，能一样，如果不太细看的话。不一样了，人们心里清楚。

这只新花瓶重新放进它的玻璃橱里，它既不是复制品，又不是原件，跟它以前的样子像极了，来博物馆参观的人如果不跟他们指出来，他们是看不出它打破过又修复了。修复得完美无缺，暂时。直到时间把它磨损坏。透明胶发黄、鼓起，让无缝的接口处看得出来。一九八九年，作出了冒险的决定，尝试把花瓶重新修复得更好。首先，得将它恢复到碎了的状态。一组专家把花瓶浸在一种脱水溶剂里，软化上面老的黏合剂，一块块地把一百八十九块碎片剥离开来，在温水和非离子皂合成的溶液里逐块清洗，用一种新的黏合剂和树脂把它们重新拼合在一起；黏合剂会自然变硬，树脂可以在三十秒之内用紫外线处理。这个工作做的过程中通过电子显微镜仔细检查，每一步都拍了照片，花了九个月的时间。结果是最理想的。现在，这只花瓶将永远长存下去。嗯，至少又可以再撑一百年的时间。

•

有些东西绝不可能再恢复原样：人的生命，人的名誉。

一月份的头几周，英雄被任命为海峡舰队的副司令——他还得在官方对他过去两年里的不端行为的指责的阴影中过上一段时间——并被授予一艘新旗舰。吉尔雷作了幅蚀刻画——《绝望的狄多》——来庆祝英雄回到他英雄的命运中来。狄多是个难看、极其肥胖的女人，刚要从床上起来，一双象腿伸开，她那巨粗的双臂和多肉的双手朝一扇窗子猛伸过去，窗外是大海和一列出发的战舰。

啊，哪里，啊，哪里，我勇敢的
　　水兵要去哪里？
他去打法国人，为了
　　宝座上的乔治，
他去打法国人，去失去
　　另一只臂膀、另一只眼睛，
把我和老古董留下，
　　让我失望，哭泣。

确实，在昏暗的床角，只能看到一个瘦小、睡着的丈夫那干瘪的脑袋。

有些人，比如英雄，他们的生命和名誉就如同波特兰花瓶一样，已经进了博物馆，太宝贵了，不允许消失。

他是个勇士，是他好战的祖国，这个即将成为有史以来最强大的帝国，培养出来的最优秀的勇士。人人都赞美他。他的名誉的创建已经做得过火。不能允许它被毁。

但是，谁在乎这个肥胖、粗俗的女人和这个衰老、萎靡的老头呢。他们可以被毁。社会不会成为输家。在他们身上根本就没有投资过什么重要的东西。

所以，从现在起，他们做的任何事情都不会是对的。

丢脸，丢脸，双重丢脸。

而英雄呢，很快，就会有不朽的荣耀。

当然，英雄的声誉有了瑕疵。什么都无法弥补。包括几个月后他打的大胜仗，这是他打过的三次大胜仗中的第二次，这次他切断了拿破仑对波罗的海的控制；甚至也包括他最后一次最大的胜仗，在这次战斗中，他不听劝告，佩戴上了他所有的星章和勋章站在甲板上，使自己成了打击的目标，结果，被从附近一艘法国战舰后桅顶上发射的一颗步枪子弹击中。谁讲到他的生平事迹，谁都必须对英雄在地中海这段时间的不当行为选择自己的立场，哪怕只是以一种宣称它不值得讨论的方式来表明态度。讲述者必须掌握好叙述的速度，就像人们得与被砸碎又重新修复的波特兰花瓶保持恰当的距离一样。慢下来，或者慢慢走近看得更细致些，那么，你就肯定看得出来。快一点，只说必要的东西——那就过去了。

•

穿什么衣服才能掩饰突然减轻的体重呢？这是英雄开赴波罗的

海两周后,骑士的妻子面对的问题。所幸的是,现在是二月初,天特别冷。答案:穿怀孕最后几个月时穿的宽松的衣服,但里面稍作衬垫,希望,因为一层层衣服是渐渐地减掉的,体态的变化会显得是特别有效的快速减肥饮食带来的结果。

还有,你晚上要绝对保密地把你出生才一周的女儿从皮卡迪利大街的房子里送出来,上一辆驶往小蒂奇菲尔德街的出租马车,把她托付给这儿的一个奶妈,一直到你想出方法,去领回这个婴儿,称她是一直忠心耿耿地照顾你的另一个人的孩子;这种情况下,你晚上套什么出门好呢?答案:毛皮手筒。

消息传来,在哥本哈根打了个大胜仗,是你真正的丈夫,你的宝贝女儿——就你的心上人所知道的情况而言,这是你的第一个孩子——的父亲打赢的。他因为自己女儿出生时不能在场而伤心欲绝,当上了父亲他狂喜不已,他告诉你,他一天给你写一两封信;你每天给他写三四封信。他现在写信主要是说这个孩子,她必须怎么在洗礼时起名,不存在他不承认是她的父亲的问题,他又是如何担心她的健康。诸如此类的话,还有他的嫉妒。他并不真的认为你会对他不忠,但他深信伦敦每个男人都为你所吸引。实际上是有几个男人。你也许不能进宫里去,奈特小姐回到伦敦的当晚就受到警告,如果再和你联系的话,就会坏了她的名声,所以,她一次都没来看过你。但是,其他人来了。你受人接待,你款待别人,肯定得有聚会和音乐晚会,如果只是因为你丈夫,你现在把他看成是你从未拥有过的父亲,你嫁给他时,还是个小姑娘,但是,你现在是真正的女人了;你的父亲兼丈夫必须表明他仍然是富裕的,无须急于出售他的藏品。有计划要举办一场威尔士亲王将参加的聚会。英雄的一位朋友很高兴能告诉他,亲王在城里各处说你令他倾心。他会坐你边上,跟你说恭维话，英雄伤心地说。他会把脚靠近你的脚！因为你们一直在进行疯狂、令人面红耳赤的通信来往，你们俩都正因为分离而欲发疯。你让他保证无论何时他的船入港停泊，他都决不上岸，不管船停泊多长时间，也决不允许任何女人上船。他遵守诺言。他让你保证在任何聚会上你都决不允许自己坐在威尔士亲王边上（你没有遵守这个诺言），但是，亲王果真在桌子底下把一条腿靠到你腿上时，你迅速挪开了你的腿，找了个借口说要去准备演出便离开了桌子。他并未让你保证你不能表演。

在庆祝英雄在哥本哈根取得巨大胜利的盛大宴会上，你独奏了一小段严肃的羽管键琴曲后，就跳起了塔兰台拉舞，接着便把某某勋爵拉过来和你跳舞，当他似乎跟不上你的时候，你抓起某某爵士的手，过了几分钟，你才回过神来，你应该首先邀请你丈夫，这个可怜的老头的，他殷勤地和你跳了几步，你能感觉到他的罗圈腿在颤抖。接着，你向查尔斯示意，但他拒绝了。当你请完了房间里可能请的那些为数不多的舞伴后，你仍觉得不累，当然，你一直在喝酒，否则晚上怎么打发，也许你喝得太多了，就像你经常喝多一样，你知道的。但是，你不想停下来。你又独自跳了一会。作为那不勒斯民间舞蹈的展示，你认为这会给你的客人们留下深刻的印象，你在巴勒莫已多次跳过塔兰台拉舞，但这是你第一次在寒冷、阴沉的伦敦跳这种舞。没关系，塔兰台拉舞就在你心中。以前，你总有一个表演的借口，你是一尊活雕像，或者是画家的一个模特儿，再现着某个历史人物或诗中人物的姿势和举止，你扮演他人，或装腔作势，就像那些公开指责你、嘲笑你的人现在习惯所说的那样，你演唱，从你嘴里发出的是另一个人的哭泣或快乐。现在，你没有任何借口，也没有面具。现在只有快乐的感觉，合着你心头的这一音乐在舞蹈，在这里，在伦敦，在你自己的家里，你年老的丈夫坐在那一头，不看你，而是看别处；而其他所有人都看着、盯视着，你是在出自己的丑，没关系，你感觉活力四射。你清楚，你已经没有以前那么优雅，但这是你，这就是已经变成这样的你，你又开始发胖了，你母亲和女仆又在把衣服改大，你叫你的黑皮肤法蒂玛和你的金发玛丽安娜同你一起跳塔兰台拉舞；她们正和其他一些仆人站在远处的门道里，看着主人们开心。她们俩羞答答地走上前，和你一起跳起来，但是，玛丽安娜已经满脸通红，说了点你听不见的什么话，然后就溜开了，而法蒂玛则和你一样充满热情地舞动着。或许是酒，或许是法蒂玛光滑的黑肤，也许是你因哥本哈根胜仗而情绪高涨，你现在抓着法蒂玛汗涔涔的黑手跳着——跳得更快，你的心在怦怦直跳，你胀得鼓鼓的、未喂过奶的乳房上下直颠。你现在没有借口，你以前总是有表演的借口。你现在只是你。纯粹的充满活力，纯粹的挑衅，纯粹的预感。你听见自己嘴里发出奇怪的叫喊声和尖叫声，一种非常奇异的声音，连你都听出来了，你能明白你在惹是生非，你的客人们一脸的惊讶。但这是他们想要的。不管怎么说，这是他们对你的看法。你多么希望你能扯掉你的衣服，让他们看看你壮硕的身体，你肚子上的斑纹和妊娠纹，你苍白的、青筋暴突的巨乳，你肘关节和膝盖上的湿疹。你拽自己的衣服，你拽法蒂玛的衣服。这就是他们认为的真实的你，快速旋转、刺耳地叫、尖声地叫，张大了嘴，胸腿裸露，粗俗、张扬、色情、淫荡，一堆肉，湿漉漉。就让他们看他们认为他们看见的东西吧。于是你把法蒂玛朝你面前拉过去，迎着她的气息，你猜想，全是非洲味，你吻她的嘴，品尝那些个香料和香水的味道，全都源自遥远的地方，你想去所有的地方，但你只在此处，用某种东西充满你的身体，于是你舞越跳越快、越跳越快。有什么东西在奋力摆脱你的身体，差不多就像孩子冲出你的下身时的感觉一样，很可怕，就像当时那样，你觉得你要死了，当宫缩越来越快时，女人总以为自己要死了，你似乎不可能把这个庞然大物送出体外，像那种情况一样，非常可怕，尽管不痛，不像生孩子那么痛。不，是快乐，是活着的活力，你成了丑闻的主角，但你此刻的感觉是你是多么开心，你是多么为他感到骄傲，还有，世界真大——他在远方，而且可能还得离开数月，他可能会受伤，他随时都会丧命，他总有一天会丧命，你知道的——你是多么的孤独，你总是多么的孤独，和这个听话的法蒂玛没有多少区别，法蒂玛和你一样，是这个世界的陌生人，一个女人，一个奴隶，别人要她成为什么，她就成为什么。它是如此之大，这世界，你经历了这么多，但大家全都责备你，你知道的。但是，有他的荣耀，他的荣耀，你双膝跪下，法蒂玛也跟着跪下，你们再次拥抱、接吻，然后你们俩站起身来，法蒂玛闭着眼睛，在发出一些奇怪的哀嚎，它们也从你的嗓子里喷发而出。客人们尴尬极了，但是，在很长一段时间里，你一直都是个令人尴尬的人，你现在总是让人感到尴尬。你从他们的眼神里看到了这一点，你决非不敏于观察，你只是装着没注意到。让他们所有人更加尴尬吧。唱啊、跺脚、旋转，感觉美妙极了。他们为什么批评你、嘲笑你？你为什么让他们尴尬？他们有时候肯定和你现在的感觉一样。人们为什么总要阻止你？你已经努力去做他们要你做的人了。

·

我最亲爱的妻子，英雄给骑士的妻子写道。和你分离，真是让我撕心裂肺。我情绪低落极了，头都抬不起来。

二月份，英雄获准三天假，他在小蒂奇菲尔德街看到了他的女儿。他把孩子抱在怀里的时候哭了。他动身回到海上去的时候，他们一起哭了。

她一直想跟他讲另一个女儿的事情，这个女儿现在十九岁了，她用自己的名字给她命名。但是，一直都没有合适的时刻，现在则太迟了。另外一个女儿就是她自己，而这个孩子的名字用了英雄的名字，后面加了个 a 表示女性。于是乎，这个小婴儿是她惟一的孩子。

白天无论何时骑士和查尔斯一起出门，她总要让人把婴儿从小蒂奇菲尔德街送过来。她会回到床上，睡在她身边。他心地善良，从不提及这个孩子的存在，对此，她对他心怀感激之情。他本来可以指责她的。不，他不会指责她。骑士回来时，她母亲会敲敲门。她不希望把这个孩子强加于他，她跟自己说。实情是，她不想和他分享这个孩子，但是总有一天……肯定这一天不会太远了……他会……她不再会是……她就用不着把她的孩子送走啦！

•

骑士只为钱责备过他妻子——比如，他们的招待费；尤其是四百英镑的酒水费。但是，她一方面铺张浪费，一方面也不贪图钱财。她主动卖掉王后赠送给她的所有礼物，卖掉了多年前骑士送给她作为生日礼物的钻石项链，还有其他珠宝。伦敦的市场上有大量的钻石供应（不计其数的一文不名的法国逃亡贵族出售他们的宝石）；在意大利，它们的价等于三万英镑，但在这里，他们仅卖到这个价的二十分之一。但至少，这笔钱付了皮卡迪利大街的房子的装饰费。

现在，他不得不卖掉他不得不卖的东西。

两年半前，那是很长一段时间之前，在他们离开那不勒斯之前，就做好了详细清单。那不多的几幅打开包装、挂在皮卡迪利大街房子里的画又重新打了包;十四盒画作和其他箱子则被搬出皮卡迪利大街上的房子,运到拍卖商那里。

难的是选择。我要留下这个,但我要送走那个。不,那个我不能放弃。真难啊。

但是,一旦你决定让什么东西都拿走,就不那么难了。人就感觉相当不计后果、轻率。重要的事是一样不留。

从理想的角度看,收藏品最好是一件一件地获得——这样让人更为开心——但是一件一件地出手,那会是让人最不开心的事情。与其被千刀万剐,还不如一下子送命来得干净利落。当克里斯蒂先生告诉他他的画作头两天所有出售的结果时,他对这个细目几乎看都没看。他不愿去多想委罗内塞和鲁本斯的画卖得比他指望的价更高,而提香和卡纳莱托的画则低了。重要的是,他出手时比他购进时赚了好多,几乎达六千英镑。

尽管远在海上,英雄已经吩咐代理商在拍卖时出价,买下骑士妻子十五幅画像中的两幅。不惜任何代价。我必须拿到它们。给骑士的妻子的信里说:我见你的画像在拍卖。他怎么能,怎么能卖掉你的画像?一想到什么人都可能买下时,我多么希望我能把它们全都买下!英雄最想买下的是维热-勒布伦的淫荡的阿里阿德涅;但不幸的是,这幅画从未进入骑士的收藏之中。

五月初又卖了两天,收入三千英镑。接着,骑士立了遗嘱——他一直想着要立,他现在没有理由改变。他觉得自己轻松些了,卸去了一个负担。

•

在家穿什么，在你一直想要有的家，一个真正的家；一个意味着乡村的一处房地产、一个农场，一条小溪流过。即使在尽地主之谊宴请宾客时，也有一套简单的黑西装。你在自己的地盘散散步，看看自己的牲口，监督树枝修剪时，得有顶皱巴巴的帽子，还要有件褐色条纹外套披在肩上。

本来以为拿破仑的舰队夏天要入侵的，结果却没有在英吉利海峡出现，人们便不再感到恐惧。英雄又给英国海军部写了一封信。我请示阁下允许我上岸，我想休息了。他请骑士的妻子找栋房子，这样，他十月份——他这样指望——回来时就能住下。她在未遭破坏的萨里乡间找了栋两层楼的房子，距离威斯敏斯特大桥仅一小时的车程。英雄的朋友们认为，百年砖楼和占地面积都太过简朴了，但他不听劝告，反而花了九千英镑——过高了，借钱买下，并请骑士的妻子把房子准备好等他回来。她和她母亲着手布置这栋房子。房子将装修得漂漂亮亮的，需要抹灰泥、粉刷、配镜子、置家具（钢琴、旗、战利品、画作和瓷器，这些庆祝英雄取得胜利的物品一样都不能少）。还得跟上时代：她装了五个盥洗室，在厨房里安装了新式炉子。要把它变成一个农场一样的地方，有羊栏、猪圈，还有鸡笼。

我现在觉得洋①啊猪啊鸡啊非常好玩，就像我在那不勒斯王宫里觉得好玩一样，她给英雄写信。我希望，我说这些鸡皮蒜毛②的事

---

① 应该是“羊”（sheep），但骑士妻子写成了 sheap，所以权且译为“洋”。

② 此处应为“鸡毛蒜皮”，骑士妻子把 details 错拼成了 detayls。

情你不烦。

我最亲爱的,英雄回信说,我宁愿看你的信,听你讲关于猪与鸡、床单与毛巾、盐罐和勺子,听你讲木匠和室内装潢商的话题,而不想听我将在上议院听的什么演讲,因为没有什么话题你讲起来不会以你的风趣和雄辩让人豁然开朗。我和阳台上的非洲鹦鹉相处得很好。让法蒂玛放心,我希望及时回家参加她的洗礼命名仪式。请记得叫莫利先生在小溪周围和桥上搭个网,以防我们的孩子来和我们住的时候掉下去。费心记得除了我自己的东西,我不希望家里有任何别的东西,告诉我你和卡多根太太在做的一切。你在讲我们的天堂。我不知道我怎么才能忍受我们之间更久的分离。征服者多么渴望回去,再一次成为被征服者。

因为英雄一回来,骑士的妻子和她母亲便总是待在萨里郡的房子里,骑士别无选择,只能也住在那里,尽管他还留着伦敦的房子。他们没忘记他。是为了他,小溪里才放养了鱼苗;他妻子把这条小溪重新命名为尼罗河。但是,他未获许把他伦敦住所的书籍带过来,他的法国厨师也不让带来。他妻子指出,英雄住所的书房和仆人可以供他使用。他无法解释他为什么需要那个法国厨师。他放弃东西都放弃得厌烦了。

你把这个放弃掉,还有这个,还有这个。总是还有更多的东西。

他在旺德尔河垂钓一天后在一个小酒馆歇脚吃点东西时,他马车上的马车夫座位的护罩被人偷走了。骑士一出来,马上就发现它不见了,左马驭者坐在他的座位上打着瞌睡。他眼里含着泪水。驾车回去的路上,他一直都在想这事儿。他一回到家能让他妻子注意听的时候,他就告诉了她。她说,哦,那些东西老是有人偷。

马车上丢了这块布就这么介意,骑士觉得非常荒谬。布不值什么钱。但是，这不是钱的问题。有时候，你会对一些一文不值的东西变得非常依恋。有时候，尤其是人老了，就是这类东西让人非常地依依不舍。丢了一支钢笔或一枚别针，或者是一条丝带就让你伤心，令人难以忘怀地伤心。他坚持为这块被偷走的布登寻物启事。

为这个登广告是浪费钱，他妻子说。它又不像我们在德累斯顿丢掉的钻石。

“一位绅士的马车夫座位上遗失一个深红色科福伊①布篷，布篷饰有白丝绸蕾丝边，蓝白相间绣成。”

绝对不会还回来了，骑士的妻子说。

当然，没有还回来。他常常梦见这块布。可以说，他丢了它，这事比最近与他分开的任何东西对他的影响都要大。

•

躺在床上，任凭极度的疲倦袭来，飘浮在梦境与现实之间，回忆过去，脑子里什么都没有，脑子里又什么都有，看见一张张面孔向你倾过来，一脸担心的表情，有我的妻子，有她母亲。有人把一块湿布放在他嘴唇上。那奇怪刺耳的声音是什么呀？房间里有人呼吸困难。

有无数个通道他必须走过去，一直走到他发现他再也不必用自己的腿为止。有他没做完的事情。现在是春天，窗户开着，外面传来

---

① 科福伊（Coffoy），一种布，由志趣相投的设计师米里亚姆·科菲（Miriam Coffey）和克里斯蒂·斯特兰克兰（Christy Strickland）共同设计，注重怀旧和古色古香之美。

各种声音。他们问他许多问题。您怎么样,您感觉怎么样,您感觉好些吗?他们当然不指望他回答。他没能说,尽管他想说他得撒尿。他不会告诉他们床单湿了。他们可能会生气的。他要他们就像他们现在这样待着,面带微笑,透着专注的神情,她的脸,他的脸。他们正握着他的手。他们的手多暖和啊。他们把他抱在怀里。他听见布的起皱声。左边是他妻子。他能感觉到她的胸膛。另一边是他的朋友。他在他朋友的左臂弯里。他希望对他们而言他不太重。他胸腔里有个大而空的空间,以前那里痛。

他已经逃离了思绪纷飞的地牢。他觉得兴高采烈。他在爬。是一种费力的上升。但是,现在,山再也不要爬了。他爬过了。靠一种飘浮。他以前抬头向上看了那么久,现在,他能从这个高处向下看了。是个大全景。如此说来,这就是弥留之际了,骑士心想。

第三部

AVGVSTO·PIO·FELICI
P·P·
GVLIELMVS·HAMILTON
MAGN·BRITANN·NEAP
LEGATVS·EXTRAORDIN
L·C·N·D·

一八〇三年四月六日

就因为我闭上了眼睛、静静地躺着，他们就以为我听不见他们在说什么，其实我听得清清楚楚。但这样倒更好，房间太大了，窗子上的窗帘发神经似的飘动着，不能一眼看尽一切。光亮让我闭上眼睛。轻轻地，有人说，不可能再维持太久的时间。早些时候我睡觉时他们说的话我全听见了，而我不想醒过来。还没醒过来。一醒过来就要感到惊讶。我从来都不大喜欢惊讶。托洛和我妻子正紧贴着我。我生病之后，他们俩已经和好了。在那不勒斯，托洛在她面前总像个无礼的仆人，每次她跟他讲话，他都低头看着地面，但现在，他们一直在轻声地交谈，然后停顿一会儿，就像老朋友；刚刚我感觉他们的头在我胸前靠到了一起，他们的嘴唇碰触了。太奇怪了，我忠实的那不勒斯独眼龙竟会穿一身英国海军制服。也许他穿上这身衣服是要让我开心。他非常懂我。我有时候会受惊吓，比如他拉着我跳过熔岩流，我的心在胸膛怦怦狂跳，但我没有表露出来，我表露出害怕不合适。他也许会误认为我现在害怕，或者情绪低落。他非常勇敢，托洛。他打过许多胜仗。人人都赞美他。尽管出身低微,他现在是西西里公爵。国王想把他变成潜伏在埃特纳火山中的独眼雷神,但我肯定,托洛还是更喜欢我们的维苏威火山,就像我一样。我们不能一起爬埃特纳火山。我当时没有贵族爵位。但是,让自己被这个弄得垂头丧气也于事无补,因为处在危险境地让自己心绪不宁,根本就没任何好处。最好是保持镇定。这样能留下你不惧怕的印象,也让别人安心,因为有必要给别人树立一个榜样,自己也因此变得更加镇定。在去巴勒莫的路上,我随着船的摇摆、颤抖而摇摆、颤抖,托洛就过来和我坐在一起,抓住我的脚,正如我现在希望他这样做一样,因为我的脚现在相当冷,我希望他能帮我按摩按摩。当时我举起手枪来也许很傻,我以为我拿枪能干什么呢,毙了风暴;那以后,托洛不得不回到甲板上去的时候,我能够相当平静地坐着了;托洛去甲板,因为他也得树个榜样,让人看见他镇定自若。我静静地坐着,闭着眼睛,风暴平息下去。我知道,如果我躺在这里一动不动,我就不会害怕。他们在讲话。不会拖太久了。也许,托洛无所畏惧,那是因为他只看到其他人看到的一半的东西。半盲,他打赢了他最伟大的战役。如果我双眼都闭上,我就根本看不到任何危险。哪里有真正的危险,根本就预测不了。我这里的朋友以为我总处于来自火山的危险之中,他们告诉我,如果听到我像老普林尼那样死于火山喷发,他们会多么不高兴啊,但他们为我的安全而担心害怕,那就错了。灾难从未降临在我身上,至少在火山上没有。火山是个港湾。那不勒斯本身是有益于健康的。我当时感觉身体棒棒的。那样的空气。我现在感觉不舒服。还有那个海。我从船上下海游泳时,托着我四肢的水的那种舒服劲啊。我非常高兴他们托住我,因为我的四肢非常重。我发现我呼吸有点困难。假使我还在那不勒斯,我就不会生病。那里的空气对凯瑟琳很适宜。假使普林尼没有那么胖，不总是气短，那么，维苏威喷发时，他就死不掉。他没有预测到，当时没有人知道，那是一座火山。他们当时肯定多么地惊讶啊。当他找了艘船去营救火山喷发的一些受害者的时候，陪他去的人没有丧生。他一个人被火山的有毒浓烟吞噬。也许，这座火山对凯瑟琳是有害的。我现在回想起来，她死得非常可怜，让我一定记住别埋她。她累极了。我相信，此刻，她正在她房间里休息。许许多多的人都想休息。上岸后，普林尼觉得累，他们就在地上铺了条床单，让他躺下稍事休息，这一睡他就再也没有醒来。人无法知道自己什么时候要死了，但是，完全可以采取一些适当的防范措施。同时，避免不恰当的防范措施。因为，我现在记得，当我感觉船快要沉的时候，我为什么举着枪准备自杀。比起子弹把我的脑袋打开花来，我更怕水呛着我的喉咙，让我窒息。我不会再慌张了。假使就因为我听到了太闹的噪声、因为船向一侧倾斜得太厉害我就自杀了，那会是多么荒唐啊！噪声会消退下去，倾斜物会恢复平稳。要那样，我就会在不该死的时候死掉。托洛的母亲说，我不会那时死于风暴之中，后来证明她说对了。她让我放心，我会活到我现在已经活到的年龄，我不记得是多大了，尽管马上就要见分晓了。我不喜欢预见什么。不管活多久，人生总比应该的生命短。二十二岁时，是的，年轻时代发生的事情更容易回想起来，月份是九月，年份是一七五二年，当年日历改了，我看到一帮人跟在上面写着“还我们十一天”的标牌后面，因为这些无知的人以为砍掉的日子在从他们的生命中减去。但是，什么都没减。你永远都无法让无知者明白他们无知，也无法让傻子明白他们是傻子。然而，想延长自己的生命这很自然，尽管可能活得十分凄惨。不会再拖多长时间了。在那不勒斯，每天都有老人被疾驰而过的带篷马车撞倒，车上的马车夫傲慢无礼，大声吼叫,让所有的人让开。其中一个,我发现,是个老人,非常老,非常瘦,只剩下个骨架子了,衣衫褴褛的骨架子,他每跨一步,不是斜着向前跨,而是垂直式的,是跺脚,整个脚后跟同时踩地。这不是无畏,而是顽固。如果我无法保持直立,那我就不想行走。但是,躺在这里,即使我再也用不着我的手臂和我的双腿,而只有我的理智和我的悲痛,我照样能欣赏着一件件事情展现开来。谁会愿意在戏结束之前就拉上大幕。谁说它持续不了更久。即使是故事都没有结局,或者确切地讲,一个故事变成了另一个故事,这另一个故事又变成另一个故事,等等等等,我也想知道该死的波拿巴什么时候,又是以何种方式受到他应有的惩罚的;啊,有人关上了窗。我听见马车轮子的辘辘声。我相信他们在计划带我去旅行。但至少,我活着看见了与革命不光彩行为沆瀣一气的现象在英国减弱了。人的本性是如此反常,连希望,更不用说渴望,将社会推进到另一个更好的层面都是荒唐的。你能盼望的最多是一个极为缓慢的提高。根本不是圆锥形的。因为上升得太高就会倒下来。任何东西要站立很长时间都是困难的。我的身体在离我而去。我在想我现在能否站立。如果我们将要外出旅行的话,我该练练站起来。要是我的冰冷沉重的腿能站起来,我会让他们惊讶的。这个身穿海军上将制服的小个子男人走开后,托洛就会来,他会按摩我的腿。但我要我妻子留下。她没必要总是和他一起走。她可以留在我身边,唱歌给我听。为了她,我甚至都愿意睁开眼睛。她现在人变得非常好。最近,她对我没我希望的那么好。我相信,她不是因为我病了才对我好的,因为我打算要康复到还说得过去。有人只是在什么东西有危险或者损坏了或者几乎不可挽救的时候才会保护它。庞培和赫库兰尼姆这两座古城无知的工人根本就没注意他们在用镐子和铲子挖啊埋啊的是什么东西,一直到温克尔曼看了发掘出的东西，指责他们完全缺乏有效的方法，而且对这些东西根本就不小心处置；此后，采取了小心谨慎些的方法来发掘。不久，他被一个可恶的年轻人杀害了；他们告诉我这个年轻人不是伽倪墨得斯[①]，而是个丑陋的野蛮人，脸上还长着麻子；我的这位易动感情的朋友邀请他去他旅馆的房间，轻率地将他要运回罗马的一些珍宝给他看了。我本该想到温克尔曼只会喜欢脸和身体都像希腊雕塑的年轻人，他赞扬过他们的美，但是，趣味无争辩，没有单一的标准，尽管有那么多人热切地要定标准，还有，如果某人会被谋杀，如果这就是他的命，那他也无法预感到这个谋杀者会是谁。我在一个暴虐、放纵的民族当中生活的三十七年里，从未，一次都没有，惧怕过刀光一闪。但是，在我安全的床上，在我安全的英国，这种状态不会持续太久了，夜间的种种恐怖是我现在得忍受的一个毛病，我相信等我康复了，这些恐怖就会消除，我多么希望我现在不在想这些恐怖。我的亲妈一边朝我走过来，一边撩开她的睡袍，做出淫荡的动作。一圈男女坐在那里饱餐着尸体，轻轻地舔唇咂嘴，吐出一块块白骨，就像我在火山上拾到的浮石一样。一个身体浮肿了的男人漂浮在水里，一个孕妇吊在绞刑架上。梦里，我被架过去处以绞刑，让人很不舒服，尽管我抗议说我走不了路；梦里，我无助地躺在床上，一帮人操着刀从四周向我围攻上来。现在，我常梦到我快被谋杀了。一般来说，我醒着时还能自我掌控，尽管这样的幻觉我醒来之后还会持续几分钟时间，但是，如果必要，我就拉铃绳，叫来老加埃塔诺坐我边上，直到我又睡着。有一次，我相信是几天前的一个晚上，我听见自己大喊大叫，恐怕叫得非常可怜，我妻子和我的独眼龙走进房间问我是不

① 伽倪墨得斯（Ganymede），特洛伊美少年，宙斯将他带走，做神的斟酒者。

是痛。不,不是痛,我回答道。只是做了个梦,但叫喊得这么生动强烈,让我感到惊讶。我不多说这个了。我宁愿,我一直宁愿,多去想愉快的、幸运的事情,关于这些事情,我有许多可以回忆。首先是我健康的身体。在那不勒斯所有的岁月里,我几乎没有生过病。充其量不过是偶尔闹闹肚子,别的一概没有了。我尊敬的医生常常夸我身体强壮、意志坚定。奇里洛他真是个优秀的人。我非常喜欢听他讲生物学领域里的新发现。我只要维持天赋,不暴饮暴食,尤其是不吃佐料浓重的菜肴,因为它们会让体液变浓变黏,循环迟缓而且没有活力,让循环的管道变窄。只要通过骑马、游泳、登山和其他形式的锻炼来适度且持续不断地刺激身体功能。身体上的行动总能让我恢复到正常状态。如果我在室内情绪低落的话,我只要看看书报或者拿起我的小提琴或大提琴,我马上就会又变得开开心心。安慰我不难。我天生性情温和。岁月让我沉着镇定。什么都不会让我感到不安。对于那些现在服侍我的人来说,我不太可能是个什么麻烦。如果他们叫西蒙来为我刮胡须,我的脸不会摸上去那么不好对付。我一直非常幸运。美环绕着我。我让自己被美环绕着。每一种热情即是一座旧火山的新火山口。走进一家商店,或一个拍卖行,或一个同行收藏家的密室,就会感到惊讶。但不去流露出来。它可以是我的。当一种激情开始衰退,就有必要产生另一种,因为能够忍着过完一辈子,这其中全部的艺术就是要让你自己对一切都保持一颗热切之心。尽管国王的种种热情,台球和垂钓除外,毫不节制地表现出来,而且他本人令人讨厌极了,又完全缺乏才智,缺乏洞察力,我还是喜欢和他而非和聪明的王后在一起。我发觉,女人经常牢骚满腹。我认为很多女人都无聊空虚。我呢,只要有一件热衷的事情可以与人分享或者讲述,我就绝不会感到无聊空虚。除了宗教热情,我体会过每一种热情；在维也纳期间，我享受过在多瑙河钓鱼的乐趣。凯瑟琳曾经希望我成为一个信徒，但那不合我的天性，我生性多疑。尽管我几乎不会否认人生需要有幻想来支撑，但是，基督教酸溜溜、悲戚戚的故事对我毫无吸引力。我不希望自己愤愤不平。我的嘴巴很干。幸福科学的第一原则是不屈服于愤慨或自怜。或者水。我想喝点水。他们听不见我说的话。一只手的压力。但是，爱会偏离。一个维纳斯无法始终如一地忠实。我不是马耳斯。但是，我拒绝所有为自己报仇的机会。我没有卖掉我的维纳斯。我不由自主地守信，因为我的确想卖掉她。但是，我从未像爱我的柯勒乔那样爱一幅画。我感到惊讶，查尔斯此刻不在房间里，这不好，因为我没有忘记让他做我的继承人。我知道，因为我没有更多的钱，他心情郁闷。查尔斯现在不像他以前指望的那么开心。以前没有维纳斯配查尔斯。他现在爱他的珠宝、宝石和嵌宝石的戒指。他现在年纪大了许多。我相信他嫉妒过我。首先在幸福的艺术方面。我在自我满足的同时，也一直对他人有用。我从未高估自己的能力。尽管有更多崇高的命运，我坚持认为，发现什么是美的并与他人分享，这也是人生一件有价值的事。艺术不能只是无果的赞美的对象。这话我以前说过。艺术品必须对同时代最主要的艺术家和工匠有所启迪。是我把那只花瓶带回英国的，现在韦奇伍德陶瓷公司制作了许多复制品。批量的复制。[1]这是谁说的。人活到我这把年纪，肯定会把什么都搅混在一起的，但我现在努力把它们理顺。可以料想的是，许许多多的话题同时涌上

---

① 原文为 Plumpity dumpity，指批量的复制，表示数量众多，很臃肿，但该短语也指《矮胖子》（*Humpty Dumpty*）这个童谣；矮胖子是童谣里的蛋状物，从墙上掉下来摔碎了。此处也暗指瓷器易碎的特性。

心头，因为我这辈子活得太长了。但我不需要触摸它们或应付它们。我的手臂和腿很沉重，我拿不准我的背在哪里。我沉重的行李，每次旅行的负担，感觉都不像我现在的身体这么沉重。有什么东西朝我压下来。一切都让我喘不过气来。凯瑟琳去世后的那次地震之后，一个孩子被压在房子下面好几个星期。我想知道，她是否还足够清醒，希望她有可能获救，或者她是不是认为她永远被活埋了。我说的是那个小孩，那个一只拳头一直抵压着她的半边脸、从地里出来时脸颊上有个窟窿的孩子。人们不喜欢承认灾难已成定局。帕加诺写过一篇文章。在文章中，他让卡拉布里亚地震成为社会崩溃和回到原始的平等状态的一个象征。我现在想不起他为何提出这样一个荒谬的观点。他非常聪明，帕加诺。但是，他出了点事，我现在不记得是什么事了。我已经注意到，作家们能够把任何事件都提高到一个教训或警告或惩罚的高度，但我认为，一个明智的人，声音怎么越来越轻柔，我相信，我嘴里干、舌头僵硬时，他们不会丢下我不管的；我认为，一个明智的人会以一种心平气和的、保持适当距离的态度来观察一个个事件的展开。即使是在这种重压下面。灾难发生时，人应当努力自救和救人。那位可敬的罗马人老普林尼觉得必须营救火山喷发的受害者。他是以绅士的方式养育成人的。不过，话又说回来，有一些人他们教自己必须有怎样的行为举止。在我活着看到的年代里，这是很普遍的，在这个时代，有天赋的人可能会从生活的最底层飞黄腾达。出身低微的人学会超越自我。维苏威火山再次喷发时，托洛上了他的船，救了国王和王后，把我们大家带到了巴勒莫。但他把花瓶全都丢了。海上起了风暴，它们全都沉入海底。我现在有个印象，我现在想问题已经没有了以前我一直有的清晰和镇定。有些人在喊“新鲜纯净水是个很好的东西”[1]。托洛应该告诉我，他的人为何选择去救躺在棺材里的海军上将而不去救我的花瓶，这会让许多人快乐并受到教益的。我的银行经理们期待它们获救。一个海军上将不值多少几尼。我是指棺材里的海军上将，一个声名并不显赫、功勋也不卓著的人。但是，海上有许多荣誉要去获得。谁又能不赞美这个勇敢的指挥官呢？他的名字我已经忘了，但人人都在谈论。不，不是老普林尼，而是另一位海军上将，他一点都不胖，也没有哮喘病。但那是凯瑟琳。不，是两个人。两个人相似完全有可能。否则，我们怎么可能理解我们同类的事情呢？因为只有细加比较，对，这位海军上将——我杰出的朋友、我们国家的救星——的各种各样的特性，我们才能理解。那不勒斯国王热情赞扬他是我们国家的救星。他的话。但我说的是这个国家，英国。这个海军上将已成为我的一个儿子一样，他的幸福和内心的宁静对我而言比我自己的还要重要，因为在这过去的五年里，我一直不容易，我必须承认，我原先生活其中颇感自在的世界已经大大地改变了。旧的风俗被废除了。我不理解而只能悲叹的新情感，天哪，我的确理解它们，因此，我不会假装理解力迟钝；我的理解力从来都不迟钝。在别人看来，我是个傻瓜。她让别人认为我是个傻瓜，她该受到惩罚。我能喝点水吗，我不知道他们是不是听见我讲话。我能清清楚楚地听见他们说什么。

•

现在，我觉得脑子清楚些了。睡觉让人神清气爽。我现在不再

① 原文为：*bella cosa è l'acqua fresca*。

听见托洛和我妻子说什么了，尽管我还能感觉到他们在。还有他们的衣服。要是我不是这么冷，我会感觉非常舒服的。火山山下极其炎热的时候，山顶却总是很冷。我现在不明白为什么连胆小的人都不想爬火山，他们怕什么。我从来都劝不动查尔斯和我一起爬山，而凯瑟琳身体又太虚弱。普林尼太胖了。让自己肥胖是不明智的，尽管我可能变得太瘦了。我本该坚持让他们和我一起爬山的，这是让人兴奋的努力，尤其是在火山喷发期间。我大胆向前时，导游会用皮带把他们拉上去。每个人都该爬火山，亲眼看一下这个怪物根本就是无害的。我能嗅到它那灼人的硫磺味儿。烤栗子味儿。不，也可能是咖啡味儿，但如果我要喝一勺咖啡，我怀疑他们是不会给我的，他们会告诉我，那会让我醒着。现在，光亮让我醒着。一道橘红色的光亮。为了引诱惯于久坐、柔弱和衰弱的人爬到山顶，我会在他们努力之后，犒劳他们一场音乐会。凯瑟琳将弹钢琴，不再爱我的她将演唱。《统治吧，不列颠尼亚》。我来演奏大提琴，因为一个人年轻时学会的技能是不会忘记的。等到确信墙已经竖起来为我们挡风，我头里面有许多风，这风千万不能出来吹翻凯瑟琳的钢琴。就这样受到保护，就这样受到保护，托洛在挤压我的手，刚完成的壁画[①]，原创作品，一切都在这里，抱在有力的怀抱里，背在有力的背上，上山坡。全都集中在一个地点。我注意到，我的大多数客人都在查看我的画作和花瓶。有一些人会对我的火山岩样品感兴趣。对这一切你怎么看，杰克。这只猴朝我看了一眼，我不得不认为那眼神真是顽皮，杰克头低向他那小小的、红红的阴茎，杰克在对我低语。尽管所有的罪恶都是重负，不过，灵魂高尚的人可以忍受它们，但是，当那些支撑物

---

① 原文为 *al fresco*。

倒下、这个人被废墟覆盖的时候，真是凄惨了。一个非常了不起的动物。他非常懂我。我要给皇家学会写封信；皇家学会是欧洲最重要的科学学会，而且我也有特权。坚韧、耐心、淡定，以及顺从。有点微光，有股冷冷的霉味儿，像一种恶臭。哦，当心。太大胆是可能的。杰克冲到一块岩石后面。肯定有人在看着，别让这个小淘气离火山口边沿太近。我要救它。它在这里。它坐在我胸口。我能感觉到重量。我能闻到他动物内脏的恶臭味。我将不再用我的鼻孔吸进更多。客人离开时，我要回到床上，因为如果一个人付出了很大的气力，他就可以获许休息，不一定非要年龄大了用了大力气才会累。我的气息。我以前总能找到精力做自己喜欢做的事情。我越卖力，就感到越精神。是卧床不起这么长时间，才让我身体虚弱。做一个古物收藏家并没有让我老。相反，我喜爱的物品倒一直使我年轻。我主要的兴趣以前总是我经历过的非同寻常的时期。我不喜欢现在说我的那些话。懂我的朋友都已经死光了。甚至在他们眼里，我似乎也是个怪人，尽管也许我还不够古怪。但是，处于我的位置的人不像一个普通作家那样为自己辩护，每天，我都能看到在整个房间里提高趣味、增长知识上，我所作的努力带来的令人愉快的结果。我刚才是指别的东西。我不是指这个房间。在时尚人物当中。像艘船，在摇晃。海军上将。令人赞赏。我以前对自己所赞赏的、想要跟人解释的东西总是很清楚。我看得出来，我引起了他们的兴趣。光亮是白的。他们尊重我的判断。我的种种热情让自己显而易见，因此，我不必睁开双眼。他们认为我身陷无节制状态。只有无节制的东西才能留下永久的印象。可接着，他们又学会了来笑话我。趣味是多变的，像女人。他们还在这里吗？一个女人的手臂托着我的头。我妻子我想是真让我感到安慰。是的，关于我因此而出名的那一点。嘉许也许会摇摆，但我施展了相当大的影响。我想把我的手放在我的嘴前面，空气正在离开我的头。但我的妻子把我抓得太紧，虽然她是出于好心。空气在流出我的嘴巴。让我来看看我能不能吸回来一些。然后，我要吸住。小口小口地吸。好了。我很幸运和如此众多的伟人生活在同一时代，并且享受他们的友谊和尊重，我对自己为他人贡献出的精力而感到自豪。空气。不，影响。还在我嘴巴里。我敢打赌，我会被人记住的。但是，历史告诉我们，一个人尽管渴望被人记得，但是，你不会永远活在他人的心里。你勤勤恳恳地工作，你不断取得成就，真正的成就，可接下来，天哪，一个故事和你的名字联系在一起了，大家都听见了，人人都在传，最后大家记住的就仅仅是这个故事。这就是老普林尼的命运。我现在要呼出一些空气。普林尼分秒必争，不停研究，收集事实论据，撰写他的百部著作，他要是知道他付出的巨大劳动会受到蹂躏、吞噬、侵蚀，他会作何感想呢？空气还在出来，知道他的学识根本什么都不是，因为知识在飞速向前更新，吞噬、埋葬掉过去好不容易才获得的知识，这时候，他又会作何感想呢？足够的呼出。他只会因一个故事，他的结局，而被人记得。仅仅是因为维苏威火山，大家才仍然在念叨他的名字。现在，我要吸回一些空气。我想，他会相当失望。只有一点点空气吸回来，我呼出了太多，但我会将就着应付的。嗯，嗯，如果一个人只凭一个故事——漫长而繁杂的生活中的一件事——就要青史留名的话，我想，与作为火山最著名的伤亡人员而为大家记得相比，还有更糟糕的命运。我要幸运一些。这座火山从未伤害过我。它没有因为我的全心投入而惩罚我，相反，它只带给我快乐。这次，我不再从嘴里呼出空气了。我已经幸福地生活过。我愿意因为这座火山而被人记住。

第四部

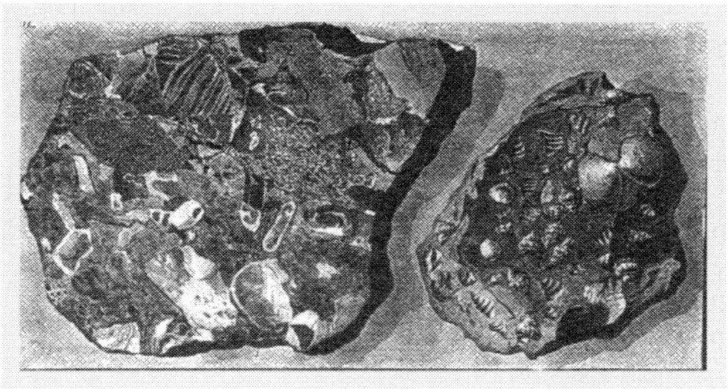

一

不谈他，我就无法谈自己。即使我不提到他，他也在场，只是人缺席了。但我也会谈我自己。

我是他的第一任妻子。

我相貌平平。我常常生病。我虔诚。我喜爱音乐。他娶我是为了我的钱。婚后我爱上了他。我的上帝啊，我是多么爱他！他渐渐爱上我，超过了他原本预料的程度。

他没有从女人那里得到过很多的关爱。他母亲是威尔士公主的侍女，也是她的王室丈夫的情人，母亲对他相当严厉。在他严肃的父亲眼里，他不过是第四个儿子，几乎是个陌生人，因为还是个小孩的时候，他就由他母亲带入王宫生活。和我可爱仁慈的亲生父母有多么不同啊！他们非常宠我，在我离开他们去一个异教徒国家生活时，他们落泪了，担心他们从此再也见不到他们惟一的孩子了，这孩子可能会被土匪杀害，或者死于瘟疫。我这个忘恩负义的女儿离开他们却开心死了。

正如我所说，我们离开了英国，因为我丈夫已经成了一名外交官。他原来是希望被派往一个更有影响的首都，但又像他一贯所做的那样，决定充分利用好这次机会。单单为了有益于健康的气候，以及由此带来的我身体的健康状况的改善，他对这种失望也认了。我们到后不久，他就在他的新职位上发现了许多别的好处，对他自己有利的好处。他做什么都不能不开心，也不能不让别人高兴，或不给他们留下印象。他允许我做一个完美的妻子来为他的发达尽力。

我倒愿意成为完美的人。我成为了一名优秀的大使夫人。我决不散漫、心不在焉或者没有礼貌，但是，我也不会显得十分快活——一个女人这样才被认为得体——因为尽情开心就会导致我想更加开心，这多少有点与我的本分不符。他知道我决不会辜负他。他憎恨别人辜负他，憎恨坏脾气、悲伤，以及任何难应付的事情；除了有时候生病，我确信他对我没有什么好抱怨的。我对自己最得意之处是他选择了我，而我没有让他失望。他对我最得意之处是我值得称赞。

我举止端庄，衣着朴素，酷爱看书，音乐造诣高深，因此，在一般的同性人当中，我被认为是出类拔萃的。

这是一桩琴瑟和谐的婚姻。我们俩都喜爱音乐。宫廷里某件卑鄙可耻或者无聊乏味的事情激怒了他，或者他为了一件决心购下的画作或花瓶而进行的谈判时间拖得太长而被弄得焦虑不堪的时候，我知道如何转移他的注意力。他对我非常关注，结果我总是责备自己不感恩或者表现出烦人的忧郁倾向。他不是那种伤女人心的男人，但是，我的心属于不经意之间就要被伤到的那种；是我的错，我过分依恋缠绵了。

和他说话就好比和一个骑在马上的人说话。

我感到企盼，我想是对上帝的企盼，或者是上帝仁慈的企盼。我相信不是盼望有个孩子，尽管我为从未有过孩子而感到遗憾。小孩会是另一个你爱的人，会让我对他老不在身边少介意一些。

我感激信仰带给我的种种安慰。我们时不时地察觉自己身处可怕的黑暗之中，而对此，除了信仰之外，一切都是无动于衷。

小时候，我最喜欢的书之一——我的好父亲给我的——是福克斯的《殉教者书》。书中讲述的关于罗马教会伤天害理的行为和高贵的新教殉教者们令人鼓舞的勇气的故事让我深感震撼；这些殉教者遭到毒打、鞭抽、笞刑，他们的肉体被烧得通红的钳子烧烫，他们的指甲被拔掉，牙齿被扳掉，他们的手脚被浸在滚烫的油里，最后他们才能被送上火刑柱，从而得到解脱。我看到柴把点着了，火焰的光罩住他们的衣服，以及他们脖子和肩膀后面的弧形，仿佛他们希望把他们的头颅掷向天空，留下他们可怜的身体在下面烧。怀着怜悯和敬畏之情，我默默地想着那一幕，拉蒂默主教壮烈地受火刑，火强有力地穿透他的身体，他的血大量地从心中流出，仿佛要证明他一直以来的愿望，即为了捍卫教义，他的心可以流血。我盼望像他们那样接受考验，去证明我对一个神圣的殉教者的死的信念是真实的。一个自以为是的傻丫头做的梦。因为我不勇敢，我觉得，尽管我一直都没有机会验证勇敢与否。我不知道我是否受得了火刑，我这个人连站在一个安全的距离以外往下朝火山的火里看一眼都不敢！

我丈夫在他人面前怜爱地把我描述成一个隐士。我没有隐士的秉性。但是，我无法排除对不光彩、愚钝的王室的蔑视，他常常要在宫廷里侍奉左右，而我喜欢和他而不是其他人待在一起。

我只喜欢他。音乐所给予我的不能描述成喜欢，因为音乐比喜欢更加令我振奋。音乐让我更有活力。音乐支撑着我。音乐听得到我的心声。我的大键琴就是我的声音。在它清澈的声音里，我听见自己纯净、纤细的声音。我作了些优雅的曲子，但它们既无多少新意，也没什么不同凡响。我还是演奏别人的曲子更大胆些。

因为和宫廷有牵连的每一个人，事实上是每个有身份的人都要经常听歌剧，所以，我假装也喜欢，就像他真喜欢一样。我不喜欢剧院。我不喜欢假的东西。音乐不应该让人看得见。音乐应该是纯粹的。我这些顾虑从未对一同听歌剧的人说过，甚至连威廉——这个在我生命的尽头走进来的热切而不快乐的年轻人——也没告诉；他让我品尝到感觉到有人懂和懂我自己的味道。和威廉在一起，我可以谈及我对纯粹所怀有的种种渴望；有他的陪伴，我就敢承认与我的命运不符的种种幻想。我常被称为楷模、天使——荒唐的恭维话——但当威廉这样说的时候，我把它们听成一颗感恩之心真诚的倾诉。我觉得他的意思是要说他非常喜欢我。我对他一直很好。他是我的朋友，我认为，我也是他的。接着，我明白了，他确实是把我当作天使，我这个极其随性的人。有一次，我们演奏完一首四手联弹奏鸣曲，他离开钢琴，斜靠在一张沙发上，闭上眼睛。当我告诫他别对我们音乐合作做出过于感官的反应时，他答道：天哪！真是这样的，音乐摧毁我——更糟的是，我喜爱被摧毁。我本可以继续说我的说教的，但我不吭声了，因为我意识到，我要说的话同样的极端。我会说，不是音乐摧毁我，而是我摧毁别人，用音乐。我在演奏时，连我丈夫都不存在。

我比我丈夫年轻，但我从未觉得年轻过。我无法想象我本来可以有更加美好的生活。女人的弱点把我和他捆绑在一起。我的灵魂依附于他的灵魂。我不够尊重自己。我现在很惊讶我发现这么多东西要抱怨，因为我的信念是，做妻子的职责即原谅、宽恕、容忍一切。我的苦恼本来可以向谁诉说呢？爱的不公平我看得清清楚楚，但是，要对他作出判断，太费我心力。我从不生气。我从来都没有那些苛刻或卑劣的情感。现在承认这些是一种解脱。

我想，我得承认我不幸福，或者说是孤独。但我不要人可怜我。有那么多真正不幸的女人，比如那些被丈夫欺骗或抛弃的女人，或者生下孩子，结果却失去孩子的女人，在这种情况下，我还哭诉自己命不好，那我要蔑视自己了。

我想，也许可以说他自私。要我讲这种话是不容易的。我一开始找他的错便想起，他那种背景下长大的人是如何看待他的享乐权利和义务的，他这种性情的人又是如何会在所有这些他都得关注的情况下设法沉迷其中的；这样一想，我过去的喜欢的感觉又会升腾起来，冲淡了我委屈的感觉。我现在知道他那时会焦虑，因为他经常就幸福的话题侃侃而谈。听到他一声叹息，我就什么都能忍受了。

我想，我得承认他是玩世不恭的。如果有人认为在这个无耻的、一切都是事先安排好的世界上，你还能有别的行事方式，他会嘲笑这种想法，说它是愚蠢的妇人之见。也许，我甚至得承认他可能是个残忍的人，因为我觉得可以这么说，他是个缺乏温情的人。你可能回应说，他是个男人，温情在女人的天地里才找得到的，她们无须与逆境抗争。但是，我相信这不是实情。我们不受保护的性别，我们当中人数最多的部分，就和男人一样，以一种不受保护的方式迎战逆境。也有许多温情的男人，我相信，尽管我只碰到过一个，我自己的亲爱的父亲。

女人首先是个女儿，然后才是夫妻中的一方。我被描述成，我描述自己，首先，是说成嫁给他的人。他不会首先被说成是娶了我的人，不过他常常被记住——一个男人不寻常的命运——是和他的第二任妻子结婚的人。

他讨厌我离他而去。在我最后生病期间,我感到的悲痛是无法言表的。我知道他对我的思念会比他本来以为的厉害。我希望他会再婚。我想象他会找个比他稍微年轻些的体面的寡妇结婚的,她不一定很有钱,可爱好音乐。他会深情地想念我。我们女人无法想象男人和我们有多么不同。有些事男人觉得刻不容缓,这使得甚至是最优秀的男人也会做出淫乱或伤风败俗的事来。他爱过我,他能爱一个人多少,他就爱我多少;接下来,他又真的爱上另一个女人,她能与我有多少不同,就有多少不同。但是,经常发生的事情是,为了不受指责而培养出来的具有一些了无生趣的美德的贤妻,遭到丈夫抛弃,让位于一个比她活泼、年轻、更让他迷恋的女人。至少,我没有受过那种常见的羞辱——夺得我丈夫第二任妻子之爱的那个男人的妻子所蒙受的那种羞辱。我丈夫能给我这样的人的一切,我都得到了。

我当时不由自主地要从他那里得到更多,我现在对此表示懊悔。如果他过多地让我一人待着,而就是我俩在一起,他也更多的是自娱自乐,而不是从我这里找到乐子,可又有谁对妻子不是这样的呢?我指望他给我像给情妇那样的激情了吗?如果我责备他不是他做不了的那个人,那我似乎就不合教义了。

我应该能想象一种没有了他的生活,可我做不到。即使是假如我想象一下他可能会先我而死,我的心情就会纠结起来。我们从未分开生活过。我很高兴或近或远地看到他在许许多多明亮的房间里走来走去,他走到哪里,都是最耀眼的;他被召唤离开时,我就盯着他的画像看;这是幅普普通通的小画像,然而我当个宝贝爱着。就是这幅画,我放在身上,带进了坟墓。

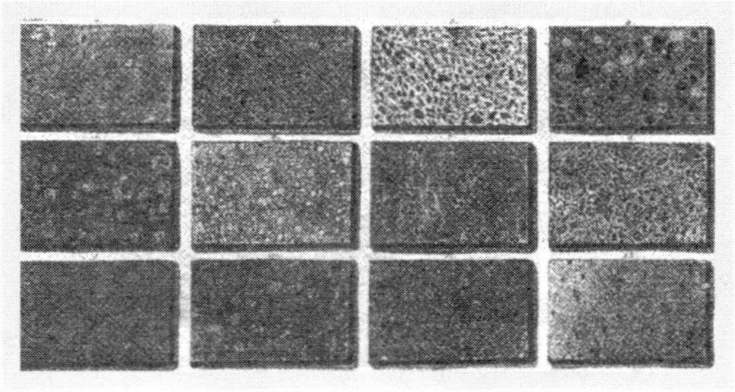

二

我是她的母亲。你知道我指谁;她的母亲。总有很多人把我当作夫人的女仆。我知道怎样缩在后面。但我是她的母亲。

在教堂,我嫁给了铁匠老莱昂,她的父亲;我的宝贝儿出生两个月后,他死于热病。他是玛丽惟一的丈夫,她是玛丽惟一的孩子,所以,你想象得出来这个玛丽有多痴情。况且,我还年轻貌美,心气很高,村民们总对我这么说。她肯定是从我身上遗传了一些勇敢劲儿,我们长得像极了,几乎是一对姐妹。只有和她在一起时,我才开心。我们总是在一起。

她一到村里的托马斯太太家当保姆,我的确就第一次上了伦敦,追随我的爱情,这个人就是酿酒商乔·哈特。离开她,我没觉得错,她已经快十三岁了,而当一个母亲对我来讲还不是我的全部目标。就在那个时候我离开了她,没带着她,我和哈特生活在一起,伦敦就像另一个国家,我们尽情享乐,我自己还年轻。但没过多久,她就来了,她快十四了,长了好多,我聪明的宝贝已经被一个医生雇为女佣;

这个医生在黑修士桥附近一个漂亮的广场边有一整栋房子;那年晚些时候,暴乱发生时,士兵们把所有的尸体都扔入泰晤士河。这是一群喝醉了酒的暴徒,一个星期的时间,他们抢劫、烧毁比他们富有的人的房屋和店铺,但在他们到达医生家之前被打败了;医生家里每个人,她说,几乎耳朵都要给外面的枪声震聋了。穷是可怕的。但更可怕的是除了使用暴力手段,你不知道怎样让自己富起来。

她避免和她的女主人一起见我,她也从不来我和我的乔待的酒馆看我。我们通常秘密见面,像情人一样,分享一杯酒,或者手挽手地走在沃克斯霍尔,聆听鸟的鸣叫。我猜想,她跟巴德医生编了个有关她出生的故事,非同一般,这个故事里没有当时自称哈特太太的我的位置,他在教她看书识字。可接下来有一天,她告诉我,说那家的儿子占有了她。做母亲的第一次听到这样的消息,总是很难过,但我对她说你人长得这么漂亮,又能指望什么别的事情发生呢。我求她别离开巴德医生,因为她在那里能有一个好处境,但是,她说她从来都没想过好好地当个女佣,她打算当演员,名演员,她,还有她最好的朋友,也在巴德医生家当女佣。还说,不管怎么说,她听说另一个医生也在雇用年轻女子,不是去当女佣,而是去当演员,但是,一个医生干吗需要女演员呢,我问。在为上流人士提供的一种疗法中当演员,她说。接下来,她就受雇于格雷厄姆医生,一直到她在特鲁里街剧院遇到哈里爵士;爵士说他会帮她成为一名真正的演员,因为他总去剧院看戏。我可怜的天真的宝贝,但十五岁的人,谁能明白更多的事情呢。他,一个真正的准男爵,手腕上总是挂了根饰有流苏的手杖,邀请她夏天去他在苏塞克斯的庄园。这是多好的一次时来运转啊,这还是第一次!她心里有数得很,猜到那里会有一帮子寻欢作乐的人,他们是哈里爵士的朋友,她便叫我和她一起去。好像她已经是个贵妇人了，得有人陪伴。只是过个夏天，她说。之后呢？我问。上帝会安排的，她开心地说。她的笑我抵挡不了。事实上，我们一直待到了年底。所以，我只好离开我的乔，本来是暂时离开，却成了永远，卡多根后来来了，从那以后，没有人让我们分开过。她对我来说不只是一个女儿。她照顾我。她什么都跟我讲。不管去哪儿，她都带着我；她得去男人去的地方，不过她总带着我去。她招待她的绅士时，打理家务就是我的事了，所以，我像个仆人，但我是她的母亲。

我是多么为她感到骄傲！有这样一个漂亮女儿，被这么多的人羡慕。她还小的时候，我已经知道男人都将难挡她的魅力。但是，她并不像哈里爵士希望她的那样，天生就没头脑。他是第一个，他也是最糟的一个，也许事情总像这样。他和他的朋友整天在外打猎、钓鱼，坐着二马四轮轻型马车在泥泞的道路上奔驰；每天晚上都是打牌、掷骰子游戏、猜字谜、喝酒、打架。猜字谜游戏玩到最后，总是某个人脱掉衣服，直接上床。但是，我的宝贝还是干得很漂亮，一双漂亮明亮的眼睛仔细观察富人们的所作所为、衣着打扮。哈里爵士真的教过她骑马，她骑在马背上那叫一个英姿飒爽啊！有时候，查尔斯来待一个星期，她喜欢和他说话。有这么多仆人，我不是她的仆人，但待在我们的房间里。我是她的母亲。

和哈里爵士在一起待了六个月后，她给另外那个人，查尔斯，写了封语气绝望的信，因为我们需要帮助。哈里爵士一直似乎比查尔斯好，因为他更富有。但很快，当他发现一个孩子将要到来，他只能考虑辞掉我们。因为我们没法抚养哈里爵士的私生子，我不希望她像做了母亲都会的那样和她的宝贝婴儿分不开。我的宝贝用她的小手紧紧抓住我的手指、把我朝她拉过去的时候，我的心有多痛啊！孩子是女人所知道的最大的幸福。我并不是在反对男人，我了解男人，我有过美好的时光，有的男人喜欢我。但是，一个孩子的爱和一个母亲对孩子产生的爱，才是最美好的。

我们不得不等一阵子，我们已经回到伦敦，快挨饿了，但我知道对于一个女人，接下来将走哪一步；哦，我的宝贝竟然要走到这一步。但就在这时候，查尔斯给她回了信，我们的状况有了改观。他要她和他住一起，但她不愿意不带我去，他没有反对。那是很长的一段时间，好多年呢。我和她的查尔斯相处得很好，我总是努力和欣赏她的男人相处好，但他根本不像哈里爵士，尽管他是哈里爵士的一个朋友。因为他不是那么有钱，他几乎不碰酒瓶，他手里总是捧着一本书。他要我的宝贝学会看书、写信，就像一个妻子一样，倒茶待客。我在那里，有我在那里，他就省下了雇用仆人的工资，因为他没有那么多的钱，他说。他教她自己记个账本，写得清清爽爽的，字就从上而下写在左边：面包、羊腿、柴、糖、针线、猪肉、拖把、肉豆蔻、芥末、模制蜡烛、奶酪、黑啤等等，然后划一道线。然后右边是钱的数目，他每周都会和她一起把它们过一遍，然后说，她这么节俭，他非常高兴。但后来，他让我替她做这事，我要她有更多的时间和他待在一起，这样，通过模仿他和他风度优雅的朋友，她就能更好地改变自己，这样，她讲起话来就能更像他们，而不是像我。他的一个朋友喜欢上了她，让她为他坐着，画一幅真正的画像；画完，他说他不会再用别的模特了。罗姆尼先生崇拜她，说她是个天才，世上没有哪个女人像她一样，可他们甚至都不是恋人。我女儿非常挑剔。

所以，我们过着好日子，我无法想象比这更好的生活了，和查尔斯一起住在一个冬天很温暖的大房子里，我有自己的房间，她一直在自我改进，我也很开心，和她在一起，我就要这些，除了一点：我遇见了卡多根并一见倾心。他英俊极了，一周之后，我告诉她的查尔斯，我得回老家村子里去看我姐姐，她患了淋巴结核，已奄奄一息了，她有九个年幼的孩子。但是，实际情况是，正如我的宝贝知道的，因为我对她从来没有秘密，我要和我的卡多根谈恋爱。我们搭了辆货车去了斯旺西，他兄弟在那里开了个小客栈。我在那里像奴隶一样辛辛苦苦干了七个月的活，睡在阁楼上；然后，他和在客栈认识的一个婊子走了，消失了，他兄弟赶我走。我往回走，一路上为摆脱田地里的男人吃了不少苦，不过，没关系，我安全地回到了伦敦，我的宝贝很生我的气，但她原谅了我，她看见她母亲，真是太开心了。我们告诉查尔斯，我以为得待在村里了，所以，就嫁给了村里的一个人，可后来我姐姐又没死，所以，我又回到伦敦来，因为我太想我女儿了。这在某种意义上倒也是真话。

我现在说不清当时我为什么选了卡多根作为我婚后的姓，而这个姓我还得告诉查尔斯；正是让我心碎的那个威尔士男人的姓。我完全可以说我嫁了个叫库珀的人。但是，我心里是太痴情了。我说那就卡多根吧，于是就卡多根了。我们女人总是不止一个名字。如果一个男人一辈子改四次名字，你就会认为他要隐瞒什么。但女人不是这样。想象一下，如果一个男人每娶一个女人或者他说他娶了就改一次名，那会怎么样。这要让我笑话了。那会是一个乱七八糟的世界。

不管怎么说，那成了我的姓，那是我最后一个男人，我回来太高兴了。从此以后，这个痴情的老太，因为尽管我当时还不太老，我让自己看上去老态些，是男人让女人年轻，我和男人了结了，接下来，我只想我的宝贝，帮她。我从来都没有这么快乐过，因为这是最大的快乐。男人都坏，我把话撂在这里。他们只顾自己快活，他们喝醉了酒，就可能会伤女人。我喝多了从不伤任何人，而我敢打赌，我爱喝杜松子酒跟任何男人都有一拼。但是,女人不同。男人都坏,我要再说一遍,然后从此闭口不再提,但是,没有他们我们又不行,我现在很高兴,我当时不是非得没有他们,就像那些被关在女修道院、永远都不让出来的可怜的爱尔兰女孩。天主教太邪恶了,我从来都不懂我宝贝在她后来的生活中为什么……但那是另外一回事了,我是在说男人。我们可怜的女人是多么强烈地需要他们啊,就像飞蛾扑火一样朝他们走过去,我们是情不自禁,但最让人称心的是孩子。那是真爱,母亲对孩子的爱。

尽管一个母亲无法指望她的孩子同样强烈地爱她,尤其是孩子长大以后,但是,她需要我、要我一直和她在一起,这就够了。

生活,正如我所说的,不可能更好了,除了一点,查尔斯总是为钱闷闷不乐,老是让我们省着花每一个便士。而他倒能出去,为他自己买下一幅旧画,放在一个值好多几尼的大金框里;后来,在我宝贝的账本里,他在四便士的鸡蛋和十二先令的茶叶之间看见两便士的“穷人”①,就对她扯起了嗓门。不过,他对她还是非常好的,称她为他亲爱的女孩,她则渐渐疯狂地爱上了他,只想着让他高兴,他也很喜欢她,从他脸上我看得出来。我了解男人。他给我们钱,去洗两周的海水浴,来治疗她漂亮的肘关节和膝盖上的荨麻疹。他付钱给一乡下人家抚养她的婴儿;他这样做人真的很好,因为孩子不是他的,而是哈里爵士的;哈里爵士根本就不愿理睬她。

所以,一切都好,除了一点:查尔斯这个人并不像他看上去的那么好。因为他决定抛弃这个无价的姑娘而去和金钱结婚,却又没有

---

① 即“穷人之友”(Poor Man's Friend),一种18到19世纪流行的药膏,用来治疗创伤和皮肤病。埃玛的母亲说成了“Poor Man”。

勇气说出来，于是就对她撒谎；尽管结局不错，但一开始，我的宝贝的心在滴血，一直到她习惯了为止。因为查尔斯有个有钱的老舅舅，他希望这个舅舅替他还债。他一直写信给他舅舅，查尔斯真的很尊重他，他个子很高，不过查尔斯也是，因为他们来自同一个家族。他们长得真像，两位都是优雅的人，除了这个舅舅并非总像查尔斯那样忧心忡忡。他现在在英国，因为他失去了他的威尔士妻子，只好把这个可怜的女人的遗体运回来，这样她就不会被埋在异教徒的土地里。那以后，他常来看我们。我认为，他并没有留意我漂亮的女儿，我相信这全是查尔斯的主意，但你永远都说不清，男人这么快就会动起情来。你知道接下来的事情是，这个舅舅已经回到了他生活的地方，他在当地十分显赫，查尔斯说，查尔斯希望我们俩去拜访他，这样，我的宝贝就能讲意大利语和法语，并学会弹钢琴，以及所有能使她成为一名贵妇人的东西。我的宝贝从来都抵挡不住自我提高的机会，便同意了。去外国看看书里写的东西，她太高兴了，但是，她这样做，主要是这样的话查尔斯会更爱她，也更为她感到骄傲。我现在知道，她当时什么也没想，不过她仍然让查尔斯一遍又一遍地发誓他很快就会来，就过几个月的时间。我不是很想去，我有点怕旅行，害怕我这把老骨头要在这么多路和高地上颠簸。我听说，我们将要越过阿尔卑斯山，当时我以为它不过是一座山，那些地区非常危险，身体会因为不吃全是辣椒的饭而挨饿。但如果我的宝贝想要去，我说，那我会很开心地去。于是她亲吻了我。

旅程非常漫长，我真不知道还会有什么地方更远，但我也觉得很快乐，因为我们一路上都在欣赏着新的风景，自然风景，因为我们以前从来没有走过这条线路。我的宝贝从早到晚，都把身子探出车外，无比开心地去看她从未见过的一切。有一个画家和我们同行，他是查尔斯的朋友，住在罗马，现在是回去；他说，现在所有的好画家都得在意大利生活。她对他说，罗姆尼先生就不想在意大利生活；她这样说有点冒失，因为她的意思是罗姆尼先生是个比你优秀的画家，但她没有那么说。但他明白。我的宝贝非常爱罗姆尼先生，就像爱一个父亲一样。离开他，她差不多和离开查尔斯一样伤心，尽管她心想最多一年吧，她又能见到她的画家了，过五个月，她就又能见到查尔斯了。她不知道这一别就是五年。

如果你们情真意切，即使是更短的时间，这些变化、这样的分离也是难以忍受的。卡多根走了以后——愿上帝取了他那颗威尔士黑心——我再也没有和我的宝贝分开过，这让我感到多么快乐啊！

我们抵达罗马时，她想看看那些建筑，但那个舅舅已经派了个管家来接我们，于是，剩下的行程我们就与他一起坐上他舅舅的马车继续前行。管家告诉我们说他的老爷有七辆马车，现在乘的是最差的一辆。七辆马车。一个人怎么会需要七辆马车，即使他是个讲究的绅士也没必要啊，因为他妻子现在已经没了，我想一对富裕的夫妇可能要分开旅行，可即使他妻子还活着，那也只需要两辆啊。那其余五辆他干吗用呢？我绞尽脑汁想这些傻问题——它们是傻问题，因为我很快就发现，富人们总能为他们的奢侈品找到使用的机会，不必为它们操心；我这样想的时候，我的宝贝一直在从马车窗子——顺便说一下，真是玻璃窗——欣赏着能够看到的景色。她有她的问题要向瓦莱里奥管家提出，管家讲一口纯正的英语。她在问那些花、树木以及其中的果子的名称，把他告诉她的名称记在便笺簿上。她叫他用他的语言很慢地讲一些词汇——日安、再见、请、谢谢你、多美啊、我很高兴、那是什么。她把这些也记下来。她总在学习。

当我们到达我们要去的地方，查尔斯的舅舅当大使住的豪宅时，那真让人感到惊讶;我从未见过这样的房子,仆人多得你都数不过来;他舅舅给了我们四个大房间,安排了一些仆人全给我的宝贝用。我是真为她感到高兴,因为我能看见他舅舅在看她,我心想他为什么不看呢。但是我可怜的宝贝一开始没有看见。她以为他对她这么好,那是因为他非常爱他外甥。我女儿心地善良,她可以非常单纯。我只好告诉她事情显而易见,就和他舅舅脸上的那个鼻子一样明摆着,查尔斯送我们来这里就为了这事儿,她大发脾气。这是我自己的孩子第一次对她自己的母亲发脾气,要忍受是非常痛苦的。她威胁第二天就把我送回英国,去请求她亲爱的查尔斯宽恕对他的侮辱,但是,我没有把这话当作无礼。她说是她自己的母亲在设法把她卖给他舅舅。罗姆尼先生跟她讲过一幅像我这样的人的画,她说,一个法国画家画的,画上有一个画家、一个模特儿,还有角落里一个老太太,可能是她母亲,实际上是鸨母;这幅画说明,在其他国家,比如法国或意大利,这可能是个风俗,但在英国不是这样的。看看罗姆尼先生,她多次独自去他的画室,去的时候没有任何年长女伴陪着,他从未碰过她。她的查尔斯是他的朋友,不可能这么卑鄙。我怎么才能暗示,查尔斯会为了钱把她转让给他舅舅的。那么,你告诉我,我说,从我们来这里以后,你为什么一封他的信都没有收到,你可是天天都给他写情意绵绵的信的。听了我的话,她看上去伤心极了,哭了起来,哦,他必须来,我要让他来带我走。我多么希望我错了,但我是对的。我并不是说当妈的总对,但有时,她不想对也还是对的。

但后来,结局不错,我宝贝年轻时总这样。也有很背的时候,那是她告诉哈里爵士她怀孕后,我叫她别告诉他,可她不听。他辞退了我们,我们回到了伦敦,她有了身孕,尽管看不出来,很快,我们身无分文,还欠了小客栈的房租,她匆匆离开,走掉了八天。我等的时候,感到有多么悲伤呵，想到所有那些个男人，桥下的、靠在小巷墙上的，你知道男人是什么东西。但她回来了，为了对我表示宽容，因为她一直在想着我的感情。回来时，她告诉我，从头到尾就是一个男人，一个绅士，他在和他那些优雅的朋友在沃克斯霍尔花园散步，尽管他是个外国人；他把所有的钱都给了她，足够我们吃一个月了。就在这笔钱快花完时，查尔斯来信了，我们得救了。现在，查尔斯的舅舅也一样，我们以前从未像现在这样生活，比和查尔斯住一起时强多了。

现在，他的房子在我看来是那么小。这么快这个老玛丽就习惯被人侍候了。前一天还住小客栈，第二天就进了宫殿！这就是生活，我总说。或者反过来。这是座漂亮的城市，我喜欢看海，尽管那里的任何人讲的话我都听不懂。她对我说，你得学学说那种语言。可我从没有学，这肯定是人家认为我是我宝贝的女佣的一个原因。但我是她的母亲。

就像我说的那样，他舅舅真是那里一个地位很高的人。他和国王、王后关系非常密切，他们是我们见过的第一个国王、王后，所以，我们很好奇。国王有个丑陋的大鼻子，王后有个大大的突出的下嘴唇。这让人感到惊讶。但是，看见他们在金马车里，仍旧是个奇观。

我并不是说我的宝贝一开始就很开心。她得从那另一个人身上走出来，因为她心软，而且她那么爱查尔斯。她哭啊哭，最后，查尔斯来了封信，叫她跟他舅舅。我不明白她为什么那么憎恨这个主意。这个老头在教她法语和意大利语，他带我们坐上他的马车，把她向所有人炫耀。他的眼睛离不开她，你看得出来，他什么都愿意给她，但她说不。她得找到自己的出路。但可以肯定的是，她开始喜欢他了，他这么好，她脾气又这么好，谁只要爱她，她就控制不住对他心存感激，因此，到最后，一切进展顺利，她上了老头的床。

我松了口气，因为我知道这意味着我们能留在这里过上一阵子了，甚至可能再待上十二个月，然后才要回英国，现在担心到那时会发生什么事情，是没有必要的。让她快活快活，我对自己说，她还年轻。她让一个老师一天来三次，和她一起唱歌，我有时候在隔壁房间听不出来是谁在唱。我问瓦莱尼奥一个男人怎么会唱得这么高，他笑我无知，说这个老师还是个孩子的时候，他那玩意儿就阉割掉了，这是这里培养优秀歌手的习惯做法，尽管法律禁止，但是，教会使用所有这些他们能够找到的男孩。他摸摸他自己的那玩意儿，在胸前画十字。当我告诉我的宝贝，以为她会和我一样惊讶时，她说她知道，我应该接受一个事实，即现在我们是在异国他乡，他们的行事方式和我们在亲爱而古老的英国不同，他是个优秀的歌手，他跟她讲过，她有副好嗓子。不过，这样说来他就不是个男人了，我说。他是个女人吗？不，她说，他是个男人，他们当中有些人还真的喜欢女人，女人也追求他们。但是，如果那玩意儿竖不起来，他能干什么？我问。听了这话，她摇摇头，说她得知我对床第艺术几乎一无所知，因此想象不出个究竟，真是惊讶极了。我只好承认，我碰到的男人都只想干一件事而且都是猴急猴急的，但她对我说，有些男人，不太多，专门想方设法去令女人满意，就像女人想方设法让男人满意一样。从没听说过，我说。她说她很遗憾我不知道男人会这样。但我告诉我的大小姐，我和她父亲也有过快乐的时光，愿他灵魂安息，还有和乔，以及其他一些男人，还有偷走我的心的威尔士贼——卡多根。我让她说话注意点，别跟她的老母亲装腔作势，她现在活得像个贵妇人了，可别忘了她来自普通的家庭。她说她可从来都没有忘记自己是谁，而只是在和我开玩笑。但是，我不禁要去想这样的一个别致的情人是什么样的男人哪。不可能是哈里爵士,他总是醉醺醺的;也不可能是查尔斯,他老洗手,这可不是男人身上的一个优点。这个老舅舅,尽管他宠她,床笫之间却似乎不可能是这样的一个男人。但我没问。我们俩总是无话不说,但我心里不想去对她和男人们躺在一起这种事情搞得太清楚。对我来讲,她始终是我的小女孩,白白的皮肤,大大的眼睛。我很高兴她了解男人,因为没有男人的话,那女人会是什么,尤其是像她这样一个希望改变自己、想出人头地的女人。没有别的途径。可我有时候希望世界颠倒过来。我是说,如果一个女人像我宝贝这样既大胆又聪明,她就不用去讨好男人。但这只是我的想法。

我问她,你觉得这会维持多久。她问什么,我说和他舅舅,她笑啊笑,然后说,永远。于是我说,别傻了,你知道男人怎么样,现在经过查尔斯这么对你,你肯定懂了。她说,不,他不同,他真的爱我,我也想爱他,尽量让他开心。

我觉得她和这个老头在一起是幸福的。因为她当然让他非常快乐,他只是越来越宠她。他对我也很好,还给我一些零用钱。我总是和他们一起吃饭,有客人来了他们也叫我留下。他有很多岩石、雕像和画作这类东西,屋子里你走到哪里,哪里都满是这些东西,我不用为它们掸灰尘、擦拭当然很高兴。她知道它们的名称,他说什么她都听得懂。他为她做衣服时,有一些她穿上看上去简直就像他到处摆满的红黑相间的古董花瓶上的贵妇人一样,她一副花瓶上人物的打扮,为客人们摆姿势,人人都夸她。我会坐在前排的一张椅子上,但客人们不和我说话。他的聚会上的客人来自欧洲各地,甚至有俄国来的。不管什么地方来的,他们都认为我的宝贝是他们见过的最漂亮的女人,这个老头为她感到无比自豪。这差不多和我的感觉一样,他好像就是她的父亲，尽管你能看出他是个健康的男人，他的手急不可耐地要碰她，可话又说回来了，很多父亲对女儿都这样。她才两个月大，老莱昂就死了；假使他多活十年，谁知道她会不会跟着他过苦日子呢。男人有他们的行事方式，许多男人都不可能不招惹女人，即使她是他们的亲生骨肉。惟一纯洁的爱是母亲和孩子之间的爱。如果这孩子是女儿那最好，因为儿子长大后又成为一个男人。但是，女儿可以一辈子是你的。

就这样，我们在这片异国的土地上幸福地生活了好多年，尽管我总感觉难以相信幸福，但我宝贝相信。无论何时事情看上去不妙，我就会朝最坏处看，而她就会说不，一切都会柳暗花明的。结果，她总是对的，对了这么长的时间。她说，总有一天，她会成为贵妇人的，我说她傻。不过她是对的，这个老头真的娶了她，这让我这个老玛丽当了他的岳母，而他年龄比我还大。不过，他非常得体，总称呼我的名字，卡多根太太。我也打赌，如果我的威尔士男人知道我最后结局这么好，他会为自己没有珍惜我而感到懊悔的。

他是在我们回英国时娶我的宝贝的，他们家根本就不赞成这桩婚事，婚礼尽管是在一个豪华的教堂举行的，但参加的人少得可怜，哪里称得上是婚礼啊。看到查尔斯脸上的表情，让我很受用。但是，我的宝贝从来都不记恨他，那么些年她都给他写信，她是那种永远爱她曾经爱过的人、即使受到伤害也不管的人；女人就是这样，我现在还深情地想老莱昂，我宝贝的父亲，还有，上帝助我，我的英俊的卡多根。我现在不想乔·哈特了，他已不在我心里，所以，也许我不是那么爱他。

我们待在英国期间，我回到村子里，看望还没死的亲戚，我那患淋巴结核的可怜的姐姐已经死了；我送他们钱和礼物——我的宝贝给的。她从来都没有忘记她的家人。她渴望见她女儿,她现在已经出落成一个大姑娘了,她不让我和她一起去,我感到很恼火。她去哪里,我都陪着,她总要我陪着她,商量决定事情。但是,她说这次她非得一个人去。我看得出,她去看女儿肯定是会伤心的,我这次保护不了她我很难过,我一直是保护她的。

她回到我身边时说,我的心在痛。她四岁以后,我们就没再见过面,现在,她又找到我,开始爱我,我又离开她。这个母亲动情地哭了;我们来到他舅舅的家里之后,她还是第一次哭,他舅舅现在是她丈夫了,那是在她发现查尔斯不会来接她,查尔斯已经把她卖给了他舅舅之后的事情。当一个母亲不是我的命运,她说。我现在可以嫁给他,但他仍然要我像个情妇一样。她又哭了。但你想想,我边给她擦眼泪边说,你能想得出来有哪个女人能够整整五年不掉一次眼泪吗?有多少女人能这么说呢,你应该知足了。

接着我们就回去了,在巴黎,我们见到里面有个人的气球升上天空,我的宝贝见了法国王后,不过她现在习惯见王室成员了。现在,她是贵妇人,我是贵妇人的母亲大人、大使夫人的母亲大人了。男人看到我便脱帽致意,尽管许多人仍然把我当作一个仆人或她的年长女伴。我从未学会意大利语。我没有我女儿那样的脑子。我是个身穿黑衣、头戴白帽的女人,没有人在意,除了他们被告知我是谁的时候。我是她的母亲。

现在,我的宝贝拥有了她想要的,我们能过得舒舒服服的,吃饭、喝酒、笑的时候,尽管开心好了;我教一个厨子做几道我们的农家菜,我会给她留着,她和她丈夫出席盛大晚会或者听完歌剧之后,她会在深更半夜来我的房间。狼吞虎咽,我们称之为我们之间的秘密。我们还能喝点上好的英国杜松子酒,根本不喝你们那些味道怪怪的葡萄酒。

她丈夫说随时欢迎我去听歌剧，因为有时候，他们几乎夜夜都去，但我去过一次就不打算再去了。我对我的宝贝说，有什么意思呢，我又听不懂他们说什么，于是她笑了，我喜欢让她嘲笑我；她说我太傻了，我不必听懂那些歌词，它就像一出戏一样，只是配上了音乐。这音乐太美了。于是，我确实又去听了几场，但从中没有获得多少享受，但我的宝贝和她丈夫会静静地坐在那里听。不过话说回来，他们俩都能讲这门语言，而我们周围，大家都在吃啊喝啊打牌啊，从我听见的吵闹声和一张椅子掉下去的声音，你知道怎么回事儿，国王通常在他的包厢里瞎闹腾，所以，你还能指望其他人好到哪里去呢。我根本就说不清楚下面的舞台上到底会发生什么，舞台上并不是所有人都真在演戏。我的宝贝对此给我作了解释。那边有个人她说万一唱歌的人忘词就要提醒他们，所以，我猜想他们也不懂他们自己在说什么。歌手在舞台上随心所欲，就像包厢里这些让人钦佩的人一样。在一出歌剧里，一个胖太太坐在角落里，她椅子边上站着两个衣着讲究的男人，我的宝贝告诉我说是女主角的母亲和她两个崇拜者，就在舞台上！那个母亲椅子旁边有张小桌子，上面放了醋啊镜子啊糖果啊漱口液啊还有梳子，她女儿可能随时需要，而这时候，另外一个人正在演唱咏叹调。

那就是我，我对我的宝贝说。那就是我要永远对你的样子。她拥抱了我，我看得出，她眼睛有点湿润了，她知道我多么爱她。她是“我生命中的那盏灯”①，多么明亮啊，如果我能像剧中人那么说。我决不会离开她，我决不会让她失望。即使她并不总是那么快乐，她是

---

① “我生命中的那盏灯”（*The Light of My Life*）是一首歌。

多么想快快乐乐啊，她喜欢快快活活的，我们单独在一起或者和她的女仆在一起时，我们过得很开心。她们也都那么爱她，又笑又唱，喝得有点小醉，讲一些调皮的故事。她有过多么美好的生活啊！与她共享这样的生活，我是多么幸运啊！

当然，花无百日红，尽管所有这一切持续了很长一段时间。我从未见过，也没听说过有哪个丈夫像大使爱我女儿一样爱他的妻子，他崇拜她。我也见过一些客人对他那么宠她而假装没看见或者点头称赞，这已经是他们开始在一起然后结婚后多年了。他这么爱她，他们因此把他看成是个痴情的老傻瓜，但是，对我来说，他再爱她也不为过。他没她一半的价值，尽管他有这个爵士那个骑士头衔。任何男人能被她爱都该知足。我女儿是个宝。

而且他又大出那么多，一个比她大的男人会事事依着她，这是很自然的。他是满足了，他让她生活安逸，但是，她还是个健康而年轻的女人，精力充沛，而且谁又挡得住那个小个子海军上将的魅力啊，人人都热烈欢迎他的归来，他刚在埃及大破波尼①的舰队凯旋；他亲自击沉了所有那些战舰，但他现在一身病痛，非常虚弱。这让我有点事做做了。我现在没事可做，除了到处坐坐，看着我自己变老，一直到那个老头死去，然后我们返回英国。可原来我们是生活在一个动荡的年代，这个时代让我很自豪是个英国人，我从未忘记自己是英国人，这个海军上将来和我们一起住，他情不自禁地盯着我的宝贝看。他一直这么死盯着她看，我发誓他那只可怜的盲眼也在看她。头几天他躺在床上，我帮我的宝贝照料他，我能够清楚地看到，就像我能从窗口清楚地看到那座老火山一样，他会爱上她，她也会爱他，我们

---

① 英国人把拿破仑·波拿巴（Napoleon Bonaparte）称为波尼（Boney）。

面前将要有一个与海军上将一起开始的全新生活了。所以,我们要比我料想的更早一些回英国。因为即使上将是有妻室的人,一旦他发现自己爱上了我女儿,发现他找到了世上最好的女人,那么,他当然就决不会再和他自己的妻子有什么关系了。男人就是这样。

同样,我也猜到了我自己身上还有怎样的一点热情,因为我喜欢看到我宝贝的心重新觉醒过来。一旦他们发现相爱,我会有点事做做;当然,花的时间得比我期待的长一些,他不同,有谁听说过有对妻子忠诚的男人哪。但他是一个,我的宝贝告诉我,他只在几年前在意大利的另一个港口和某个女人有染,不过,是个淑女,不是妓女。我当然从来都没有听说过哪个远航的男人这样,假如他是个真正的男人的话,不过,接下来我再也没有听到我的宝贝说"有染"这个词。现在,她真的是着了魔了,甚至有时去教堂,以天主教的方式祷告。正如我现在说的,就像两个天真烂漫的少女一样,他们对这件事不急,而只是互相看一眼,又把目光移开,但我知道在发生什么。

接着,一下子所有事情都发生了。法国人要来了,我们只好把所有东西都打了包。要离开他的房子,离开他的家具,老大使伤心极了,一声不吭。我们是在半夜冒着可怕的暴风雨动身离开的。我的宝贝的追求者救了我们、救了国王王后和所有人的命,但是横渡大海真是可怕,五六个人住一个船舱,全都睡在帆布吊铺、垫子或者地板上。我们一直都没睡着。我把国王安顿在床上,他真是个大娃娃啊,他一直抓着一个小小的神铃,在胸口画十字。我的宝贝则把王后安顿到床上,王后和她是最要好的朋友,因为她每天都进宫看王后。接下来,我们就在船上四处转转,帮助呕吐的人,并做一些清洁的事情。我不怕,我的宝贝也一点都不怕。她是最勇敢的,一名真正的女英雄。人人都夸她。我们还真的安全地过来了,尽管王后失去了她的小儿子，那是最令人伤心的一幕，我的宝贝把这个孩子抱在怀里，想方设法让他活着。我想，我当时就明白她想做母亲，她终究还是想有个孩子，和这个这么爱她的小个子海军上将生一个真正属于她自己的孩子。一个母亲知道这种事情。

看到她这么开心，她以前从来都没有这样开心过，我为她感到开心极了。我作为大使夫人的母亲大人这么些年，我没有多少事情好做，除了给她递一下梳子，给她拿糖果和漱口液，就像舞台上的女主角的母亲一样，但是，现在我能帮她了，在这两个情人想在一起时我可以替她把门望风，看那个老头什么时候来、又什么时间走。海军上将和她在一起时像个小男孩一样。我看得出来，他希望我喜欢他，因为他还是个孩子的时候，就失去了母亲，当时，他还没有当水手呢，我的宝贝告诉我的。他不像大多数男人。他真的喜欢和女人在一起，和她们说话。

所以，我们比以前更亲近，我们惟一一次分开是在法国人离开后，他们必须回那不勒斯去阻止那场革命，他们不能带上我，就把我留在巴勒莫六个星期。这是我的宝贝十六岁以后我们分开最长的时间。我们总在一起，她知道她能依赖我。

他们回来后，我们乘他的船出去观光，在他船上举行她的生日派对，不过她这次晕船，因为现在有了身孕，就像我知道她会的那样。这件事她丈夫处理得非常好，比有些人可能做得要好，对此只字未提，不过，话又说回来了，他年纪大了，他到哪里能找到另外一个像我女儿这样的女人啊。这样的女人根本就不存在。他们双方都清楚这一点。所以，这个老大使不太悲伤，除了他不能再当大使；回到英国大家都很高兴，我们路上十分顺利，尽管这些个马车坐得我这把老骨头都散架了，还有，我们所到之处人们为海军上将放的礼炮让我耳朵有点吃不消。我们安全到家时,他受到了同样方式但更热烈的欢迎,我们花了三天时间才到伦敦。接下来,他们有一些自己的事情要处理,此前,我女儿告诉过我的,海军上将的妻子亲自在国王街的一家旅馆里等候。所以,到伦敦后,他们把我和奈特小姐在我们要待的阿尔伯马尔街先放下。奈特小姐和我们在一起待了好长时间了,她真的钦佩我女儿,我累极了,直接去了我的房间,可第二天早上,我去找奈特小姐看看她要不要吃早餐时,我发现她根本就没在那里过夜。旅馆老板告诉我,我们到了一小时后,她就离开了,直奔一个朋友家,因为有人来旅馆,讲了我宝贝的坏话,诸如她不配陪一个受人尊敬的女士等等。这样,尽管难以令人相信,这个奈特小姐,我们对她这么好,我女儿在她母亲死后坚持要收留她,我们让她和我们在一起像一家人一样差不多有两年时间。我们再也没有见过她。

伦敦似乎有许多人嫉妒我的宝贝,他们怎么可能不嫉妒呢,这个最有名的男人都拜倒在她的石榴裙下!但是,你可以肯定,我们根本不在意这些人,而是朝前走自己的路,有许许多多的事情等着老玛丽去做,伦敦有座新房子,等到海军上将的妻子看到,在我的宝贝的魅力面前她根本就不是对手时,海军上将很快就会过来和我们一起住。接下来,孩子生下来了。我在场,我抓住她的手,我和她一起忍受痛苦,她勇敢极了,几乎都没有叫出声来,不过这孩子不难生,因为这是她的第二个孩子,但我们从来都没提过她的第一个孩子,现在她该是个女人了。这件事她不想让海军上将知道,因为她第一次怀上他的孩子,他太自豪了。我在那里,我是她拥有的全部,因为两星期前他被召回海上去了。这个可怜的人牙掉光了,一只眼睛没了,一只手臂没了,缺了他,他们还是不行,派他出发去打丹麦人,因为他是最勇敢的。他非常想念我的宝贝,我觉得没有哪个男人像他这样宠女人。

看看他写给她的信！四月，他的整个舰队都得庆祝她的生日，他的所有军官都向她敬酒，他把她的玉照挂在他的脖子上。在一个港口，当他的一个军官意欲把他自己的妻子带上船的时候，海军上将不允许他这么做，因为他答应过我女儿他决不让一个女人上船，但我觉得她并不是想要他做到这个份上。但是，他是太急于证明他有多么爱她了。可接下来，他们还是不让他回家，因为正是那年夏天，大家都听说，波尼要来把我们杀光，种上自由树，剥夺我们英国人的自由。但我不怕，我女儿也不怕，我们知道谁在保卫我们的海岸，那年夏天，我们在乡村找房子，等国家的救星和我宝贝的爱人回家，让他可怜的身体休息休息时来住。

现在，有事要这个玛丽去做啦。家里用了仆人，这种有滋有味的生活我不是说它不好，但是，选鸭子放养在海军上将的运河里，看着点马夫和园丁，这让我更开心。我的宝贝也过得很开心，所有新东西她全知道，我不知道她是怎么做到的，她什么都知道。这座房子和我们住过的所有房子相比并不大，只有五间卧室，但这正是他所要的。所以，她在每个卧室安了个卫生间，一个脸盆架和一个带铅衬槽和水龙头的洗漱盆，还有一个浴缸，由仆人放水。在意大利一切都非常好，有那些大宫殿，里面的房间多得你数都数不过来，但我们现在回到了英国，也许这里没有遗址和艺术，但大家知道怎么让自己过得舒适惬意。当他们允许海军上将回家时，他回到我们为他准备的家，看到我们所做的一切，真是欣喜万分。大使也有他待的地方，因为我能看出来，他回到英国不免感到有些失落。我不感到失落，我就像从未离开过一样，在意大利的所有那些年以及听着一种外国话，这些全都慢慢消失了。可这个男人怀念他有过的辉煌，更糟的是，钱方面的事情让他苦恼。他总是手头紧，一个便士都要精打细算，他来乡间和我们一起住，因为他不能让他妻子单独住在那里而他都不在，以至于弄出丑闻来；他来后，主动提出付一半的家用。但是看到两个大人物，一个是海军上将，他打赢了所有那些仗，眼睛几乎瞎了；另一个是和我们的国王一起长大成人的老骑士，看到他们俩坐在客厅的一张桌子前面，俯身检查鱼贩子、酿酒商、面包师、屠夫、送奶工、蜡烛商送来的账单，逐一数出多少英镑、多少先令和多少便士，审核后，在账本的下方签上他们的鼎鼎大名，我就觉得好笑。男人的显赫让你永远都忘不了，但当他们变得就跟女人一样时，我就觉得好笑。

海军上将还是那样，他没有变。我从未见过哪个男人像他这样崇拜女人，他现在还是无法把目光从她身上移开。即使她离开房间一会儿又回来了，他的脸上也会放光，就像她走进房间，我一辈子都是这种感觉一样。但我是她的母亲。没有哪种爱比得上一个失去了丈夫的母亲对她的独生孩子的爱了。没有男人那样爱女人，反过来女人对男人也一样。但我得说，海军上将接近于这个老母亲的感情了。不过话说回来，我们俩爱的是同一个人，是世上最优秀的女人。我很高兴能认识她一辈子，而他才认识她七年。

那个年迈的丈夫去世的时候，是令人伤心的，尽管他们一直在等这一天，希望这一天到来，这很自然，因为他死后，他们便能让他们的孩子住过来，我们就是真正的一家人了，当然条件是海军上将的妻子也死掉或者同意离婚。那个老头没有受多少罪，他只是不再去钓鱼了，那是第一个征兆。接下来，他话不多了，到了二月份，便卧病在床，二月底的时候，情况更糟了，他要求回伦敦的房子；那是栋好房子，摆满了我的宝贝卖了她所有的珠宝后买下的豪华昂贵的家具。基本上都是我照顾他。他信任我，因为我和他一样，都老了，尽管没有他那么老，我还是精神抖擞。我为他按摩脚。四月份，他在那里死得非常安详，当时，我的宝贝和海军上将就在床的两侧抱着他。

宣读遗嘱时我惊呆了。这是份无情而卑鄙的遗嘱。但我的宝贝说没关系，她一直知道查尔斯是他的继承人，她和查尔斯在一起，还没有见到他的时候，就已经知道了。但想想那以后发生的一切，我说。嘘，嘘，她说。她不让我说这件事。一个月后，查尔斯把我们扫地出门。不过我们找到了另一处房子，尽管小；那本该是新生活的开始，可接着又打仗了，我宝贝的爱人只得又回到海上，他竟又离开我们一年半！他们真是孤注一掷。他被派遣四处追击波尼，追到西印度群岛，又追到地中海，他甚至还在那不勒斯停留了一下。我的宝贝告诉我，他信里说，我们在那里的老房子现在好像改成一家旅馆了，还是一家不太干净的旅馆。我们很高兴，老大使没有活到要听这种事情，否则，他会沮丧的，但我们的情绪没太受影响，至少我没有。我总讲，你得知道什么时候抛开过去的生活，继续生活下去，不往回看而心存遗憾。否则，你就会天天伤心，因为你总是在失去东西。生活就这样，如果你让不幸沉重地打击你，你就看不见正在来到的新机会。我如果不知道这个，就不会过上这么美好的生活了。我的宝贝也一样，因为在这一点上，她和我的观点一致。

所以，我们还是满怀希望，第二年，她的爱人回家了而且……

但是，我们的希望没有变成现实。我可怜的、可怜的宝贝。他们在一起加起来才十八天，这座房子里全是他的军官和海军部来的人。

我不断地对她说一切都会好起来的，他每次都回来了，他还会回来的。但是这一次，她说，会有一场大仗要打。所以他才去。我对她说，他比法国人强，她出生时吉星高照，一切的结局都很好，可这次不是。

他死后，哈代舰长直呼其名告诉她，除了债主，大家都对我们不理不睬。老人给她每年留了点东西,还有还债的三百镑,但是,她还有许多其他开销。我们搬到了一栋小一些的房子,接着又搬到更小的一栋,现在,我们还要抚养跟他姓的孩子,但是,国王连好好抚养他的孩子的钱都分文不给,她该有的抚恤金也没有。她得慷慨大方,她得有些娱乐,这让她欠下更多的债,得有用人,得为孩子请家庭教师,现在喝得又太多了点,不过我喝得也不少,当所有人对你都这么残酷,你还能做什么呢?但我对她说,你会看到,不会一直是这种情况的,我们俩有彼此照应,会有男人来帮你。乡下有个邻居给我们送钱,一个好心人,我觉得他同情我们,因为乡亲们也看不起他。我说戈德斯米德先生怎么样啊,她笑笑,但她现在的笑是苦笑,说亚伯拉罕·戈德斯米德和他妻子在一起非常幸福,他有个幸福的家。我提醒她,一个男人,不管他的妻子多好,没有一个人能挡得住她的魅力,但是,她逼我答应她决不再提我关于她和戈德斯米德的想法,所以,这件事一直就没有结果。但这个好男人确实不时送我们一些钱,我希望他因此能获许进天堂。

于是,到头来,没有变得更好。因为大家都弃她而去,连她最爱的人也一样,尽管他无意要去死,但如果他想活着回到她的身边,那他干吗要穿上海军上将的军大衣、佩戴着星章在船上到处走动,让法国神枪手很容易就发现了他,把他给打死了呢。男人这么傻。女人会虚荣,但男人要虚荣起来,你都无法相信,为了虚荣心的满足,男人愿意把命送了。人人都抛弃了我可怜的宝贝,连我在小个子海军上将被杀四年后也要弃她而去,我多么想和她在一起、照顾她,她太需要人照顾了,她能够依赖我。我不想讲后来她身上发生了什么事。我死的时候,我女儿非常不开心。

三

我这个人有些神奇。我是从别人对我的反应知道这一点的，他们总是对我作出反应，仿佛我比真实的要高大。于是，就有了关于我的各式各样的传说，有些是假的，大多数是真的。

只有这样，我才能解释为什么我曾经那么受称赞，又为什么有那么多门向我敞开。作为一个表演者，我非常有天分。但是，不可能仅仅是因为我的天分。我聪明、好奇心强、反应快，尽管男人不希望女人聪明，但一旦女人聪明，尤其是当她把心思花在他们感兴趣的事情上的时候，他们往往非常赏识。但是，聪明女人很多。别以为我低估美的力量——我怎么会呢，因为我一失去了美貌，就遭到了蔑视。但是，美人很多，但为什么，我要问，其中一个被说成是最漂亮的，即使时间不长。即使是我名声的这个部分，我出了名的美貌，也证明了某种我拥有的包容更广泛的、让人无法不注意的、就像光环一样的东西。

我能描述它有时候让我做的事情。我回想起自己还是个小孩子的时候，有一年冬天徘徊在村里的路上，徘徊着，东张西望，感觉到目光从我的眼睛里飘了出去。它看见这个人，又看到那个人，全都在他们的辛劳和懒散中瑟瑟发抖、苦着个脸。我已经感到自己与众不同，我突然一时兴起，认为自己能用目光温暖他们。于是，我开始沿着路走，温暖他们，把他们朝我这边吸引过来。当然，这是一个傻乎乎的孩子的幻想，我很快就把这个念头抛到了脑后。可当我长大成人，无论何时我走在街上，或走进房间，我从屋里和马车内的窗子看出去，我仍然感到：我必须用我的目光获得尽可能多的东西。

不管去哪里，我都感觉自己是精挑细选出来的。我不知道我哪来的这份自信。我不可能有那样非同寻常啊，可我就是有。别人看上去太容易满足了，要不就是太逆来顺受了。我想让他们觉醒，让他们看看这一存在有多么的精彩。别人一般努力保持镇定。我要他们自我欣赏。我要他们爱他们所爱。

他们痴迷时更好。我不痴迷，但我总是急切。即使是漂亮的时候，我也从不优雅。我从不内敛。我不势利。我热情洋溢。我渴望赞美强烈的爱。我不是非拥抱不可。身体和身体不是非要一起摩擦、一起流汗。我爱用目光穿透，也爱被目光穿透。

我听见我自己的声音。它拥抱别人，它鼓励他们。但我更长于倾听。有时，你得一声不吭。这时候，你能触及他人的灵魂。有人在尽情地倾诉——是你帮助这个人说到这种程度的，也许是你先袒露自己的情感的。可接着，你深深地看着对方的眼睛。你稍稍发出嗯或啊的声音，表示鼓励和同情。此刻，你只是听，真正地听，显示出你真把听到的话往心里去了。几乎没有人这样的。

没错，我不断努力去成为我能成为的人，但是，我也有种感觉：成功是容易的，惊人的容易。我在那不勒斯第一次上歌唱课，当时贴补给我母亲和我的零花钱是一年一百五十镑，让我们支付所有的花销；不到一年，位于马德里的意大利歌剧院想要我当女主角，三年六千镑。欧洲几家歌剧院也提供了这样的合同，我全都毫无遗憾地拒绝了。

如果我想唱，我就能唱好。我需要勇敢时，勇敢对我来说很容易。

不管什么事情，如果我没有做好，那是因为我没有努力去做好——有时候是因为我明白，达到更高的境界肯定就会逼得我改变自己的性格，不能太张扬。于是，我钢琴演奏得好，但我从未像凯瑟琳那样演奏过，我肯定。我缺少那种必要的忧郁、那种内在性。但我可以用我的身体、用我的脸来表现各种情感。所有人对我的各种表演姿势都赞叹不已。

如果我有演员的天分，那我也没有办法。如果我喜欢让人高兴也一样。如果我立马就能明白别人的意图，那我能怎么办。假使我没有自我控制，战胜自己的脾气，谁又会保护过我呢？但是，我用心去吸引别人。不止一次，我看到王后为了插手国王处理国事，出现在国王面前，然后优雅地把一副长长的白手套套到手臂上。国王喜爱女人的手臂以及她们的手套。我不用这种小伎俩。我不需要。我轻而易举就能让人高兴。和学东西没什么两样。在这个仔细审视我的世界里，我的口音出了名的遭人诟病，还有我的拼写，可我确实在改进呀。不过，如果我不是这么爱我母亲，我毫不怀疑，我已经脱去了我乡下出身的所有痕迹，说一口月光般纯正的英语了。正如我说的，有很长一段时间，我总能做我真正想做的事情。

有人说，我不知羞耻地奉承所有人——我的丈夫，然后是王后，还有那不勒斯对我有用的其他人，最后是我的爱人。我奉承，没错。但是，我也受到了奉承呀。罗姆尼先生对我讲，我是个天才，是个女神，我只要摆个造型，画就完成了；剩下来只是画下来就行了。我丈夫认为我是他的全部花瓶和塑像,他赞赏的全部的美,是有生命的。我的爱人真诚地认为我超越所有的女人。他叫我圣人,对所有人说我是他的宗教信仰。我母亲总告诉我,我是世上最优秀的女人。我被视为这个时代最美的女人。

这对我的性格不可能有什么好处。但他们这么说,可不是我的错。

即使我被视为最美的女人,我还是确实有个瑕疵,或者说是我的美有瑕疵:我的后缩的小下巴。还有,我还年轻时,我的身体就发胖了。我喝酒,不是要抗击情绪低落,而是因为我有时会生气,而且知道如果我表现出来,我会受到责备,也许会被抛弃。我还经常感到饥饿。我看到我的下巴变厚。某个闷热的晚上,我在床上辗转反侧,我摸着我的肚子,我想,我的腰围出状况了,我的身体在变。失去了美貌——我的挡箭牌,谁都可以嘲笑我。

大家都说我变得太粗糙、太庞大了。大家总认为我话太多。我承认,我总有什么要说。我的生活节奏快。然后,我的生命就耗尽了。贬低我的人知道到了最后我变得非常沉默寡言,无疑会高兴的。

现在,我不像你们可能以为的那样有很多话要说。

假如他活着,我会很幸福的。但他死了,取得了指望他取得的大胜利。他念叨着我的名字死了;在遗嘱里,他把他女儿和我作为遗产留给了他的国王和祖国。我没有获得抚恤金。我和他的孩子甚至都没有获得邀请参加葬礼,那是英国举行的最荣耀的葬礼。举国上下都在流泪。但我不禁要想,有些人这下舒了口气,因为他在一生最辉煌的时候死去,他没有活下来过普通人的生活,和我,在我的怀里,和我们的这个孩子,还有更多的孩子一起过一种普普通通的生活。因为我肯定还要继续生孩子,能生几个就生几个;这些孩子是他给我的、我给他的爱的礼物。

我没有乞求、恳求、抱怨过,直到我爱人死去。他死后,我发现没有人肯帮我——我的命运对每个人来说都是一种尴尬、一种妨碍。

我的爱人离开我的怀抱去特拉法尔加后,我就没再拥抱过另外一个男人。贬低我的人无法指责我淫荡,他们该感到多么遗憾啊!同时,也没有根据说我爱财,尽管他们本来也想在这上面添油加酱的。我从不在乎钱,除了用来花,或者买礼物。我的爱情从来不被过上安逸生活的欲念牵着鼻子走:我会满足于和我爱的人在一起过俭朴的甚至是贫困的生活。有时,我想象我可能过的一种完全不同的生活。假使我没有这么漂亮,我不会介意的,只要不丑就成。在不那么悲惨的生命的尽头,成为一个步履蹒跚地走上教堂的台阶的胖老太,我也不会介意的。

那些这么残忍地说我的人,会非常后悔的。总有一天,他们会意识到他们当年是在伤害一个悲剧人物。

我受到什么样的指责?酗酒、欠债、粗俗、缺乏吸引力,妖妇的引诱。哦,对了,还是杀人同谋。

我将提到一个关于我的、实际上不实的事情。他们现在说我不参与营救奇里洛医生,我后来感到了内疚;还说我当时就知道无辜的血正在那不勒斯流淌。当时有人传,说我一直到生命的尽头都在做噩梦,有些夜晚,就像麦克白夫人一样,我会梦游、大喊大叫,举起双手寻找血迹①。我相信我没有罪恶感。我为什么要感到有罪呢?

---

① 在《麦克白》第五幕,疯癫的麦克白夫人杀人后时时重复"擦着手"的习惯动作,说着"可是这儿还有一点血迹","去,该死的血迹"等疯话,既是做贼心虚,又是内心极度恐惧和内疚的表现,故有"洗不尽手上的血"一说。

最后,大家都与我断绝往来。我写信给王后——我的朋友。她不回信。我被投入关欠债人的监狱。我一有条件被释放出来,就装了两箱子衣服,包了一些珠宝和纪念品,为我和孩子买了船票,乘班轮离开伦敦塔前往加来。我孩子只知道她是她父亲的女儿,我——他的朋友——是她的监护人。在加来,我在最好酒店的最好客房住了两个星期,花掉了我带在身上的一半的钱。然后,我们搬到镇外几英里远的一个农场。因为那里没有她能上的学校,就由我给她上课,教她德语和西班牙语——她的法语已经算可以了——和她一起读希腊史和罗马史。我还雇了个村妇带她去骑驴子,好有些体育锻炼。

我们逃离英国时,我女儿十四岁。我也是十四岁从我的村子上伦敦,非常急切,也非常开心地要开始我的新生活,想飞黄腾达。我出身低微。她是那个最伟大的英雄和曾经是这个时代第一美人的女儿。我有个母亲,不管我干什么,她总是表扬我——一个无知的傻乎乎的母亲,她的陪伴和她的爱给了我巨大的快乐和安慰。我女儿有一个母亲,她从不表扬她,她总是告诉她记住她父亲是谁,他正从天堂看着她,必须随时随地都只能让他看到为她感到自豪的事情——一个厉害的母亲,她一出现,就让她感到害怕、恐惧。

没有人从英国来看我们。我已经变得面目可憎,从来都不照镜子了。我患了黄疸病,所以脸色蜡黄,我还水肿。我病得太厉害时,我们就回到镇上,靠一点点可怜的养老金住进一个光线黯淡的房间。我的床在凹室里。我每个星期让孩子去当铺老板那里,先当一只表,后来又当掉一个金别针,然后当我的衣服,这样,她才有吃的,我才能接着有酒喝。我教她和我一起玩西洋双陆棋。我多数时间在睡觉。我惟一的一位来访者是附近教堂的一个牧师。

没有别人,只有一个孩子在照顾一个身上味道难闻、哭泣、打鼾的奄奄一息的女人；没有别人，只有她在倒便盆、洗床单。我对她非常狠，而她则非常孝顺。

真的到了最后，我叫我女儿去叫圣皮埃尔教堂的牧师来做临终祈祷。只有到了这个时候，这个一脸严肃、受尽压迫的人儿才第一次反抗我的意愿；她长大成人后会嫁给一个教区牧师，而且会牢记在法国靠少得可怜的救济金度过的最后可怕的六个月。

你别剥夺我这一安慰，我叫道。你竟敢这样！

如果你告诉我我妈是谁，我会去叫牧师，这个可怜的孩子回答道。

你的母亲，我低声嘶嘶地说，是个不幸的女人，她希望不提她的名字。我一定要对得起她的信任。

她等待着。我闭上眼睛。她摸我的手。我把它拿开。我开始唱歌给自己听。我感觉到嘴里吐出一股苦水沿嘴边流下。就算是肯定要失去天堂，都不可能让我告诉她真相。没人来安慰我，凭什么我要安慰她。我听见关门声。她叫牧师去了。

四

从我囚室的窗子,我能看见他们停在海湾的船。

他们六月二十四日到达并废除和那个恶魔红衣主教签署的条约时,我和我的朋友们已经上了一条开往土伦的船:我们被拖下船,押往维卡瑞亚[①]。我是监狱关押的少数几个女人之一,所以,被分配到一个长十步,宽七步,尽是浮渣的单人囚室,有张小床睡觉,没戴镣铐。我的两个朋友是被铁链铐在墙上度过夏天的,其他人五人一组弓着腰关在一间囚室,身体紧挨着身体睡在地板上。我们有些人经过了称为审判的审讯闹剧,但我们的罪已经定了。

日复一日,我看到那条黑船在水里行驶着。我不会给他们寄满是汗水或泪水的谄媚的信的。我不会求他们饶命。

晚上,我看见航标灯和白桅杆在月光下闪烁。有时,我盯视那条船的时间太长,所以,我能让摇晃的船桅看上去静止不动而感觉监狱在移动。

我看见那只小船来来往往,给他们送来吃的、喝的,还送来乐师,是为晚上的娱乐准备的。我能听见叫喊声和笑声。我记得他们桌上丰盛的饭菜。我记得英国大使和夫人因此被称道的那些聚会。在她做形体表演的那几个晚上,我朗诵了我的诗歌。在我的囚室里,我作了几首诗,两首用那不勒斯语写成,还有一首用拉丁文写的献给蓝天和海鸥的挽歌;作这首挽歌是要向我的维吉尔大师致敬。

成为一艘劈开盛夏大海之船是多么快乐啊。做一只在夏日蔚蓝的天空中飞翔的海鸥多么开心啊。小时候,我在幻想中,经常赋予自己飞翔的本领。但在狱中,身体有地心引力。尽管一日两顿送到我囚室的面包和汤的配给少得可怜,因此人变得相当瘦小,但我前所未有地感到与大地紧密相连。我的灵魂想攀升,但我甚至在白日梦中都无法让自己如今的身体飞起来。我能想象的只是,我一上升,就会垂直落下——在他们的船、他们的船边上——径直坠入大海。

八月六日黎明时分,我走到窗前,发现那艘旗舰不见了。他们核准杀害那不勒斯爱国者的工作结束后,便驶回了巴勒莫。绞刑和斩首将持续到第二年春天。

我两周后被处决。

当我发现我难逃被处决的命运时,我要求被斩首而非处以绞刑。这是我这个阶层享有的、我想行使的惟一的权利。我的要求被政变上台的国家政府驳回,依据是我是个外国人。嘿,我是外国人。我生于罗马,八岁后在那不勒斯生活。我的葡萄牙父亲获得那不勒斯贵族特权并获那不勒斯公民身份的时候,我就已经入了那不勒斯籍了。我嫁给了一个那不勒斯贵族军官。是的,我居然还是个外国人。

为了赴刑,我选了件脚踝处变窄的长黑袍,上一次穿它是四年前

---

① 维卡瑞亚(Vicaria),那不勒斯的一个区。

参加我丈夫的葬礼。我挑了这件衣服，不是要让自己显得对我们破灭了的希望表示哀悼，而是因为我例假来了，我要穿件我站在绞刑架下时看不出任何血污的衣服。

最后一夜我都在努力战胜我的恐惧。

首先，我担心我会失去尊严。我听说过那些快上绞刑架的人常常大小便失禁。我担心我被押着穿过广场来到平台时——绞刑架及其梯子都架在上面——我的双膝会打颤。我担心一见到执行绞刑的刽子手拿着遮眼布朝我走过来，一看见他的助手拿着带绞索的长绳，我会恐惧得不得体地一阵抽搐。围观的人群高呼“国王万岁”，这激怒了我的一些朋友，他们最后喊出“共和国万岁”。但是，我想要安静地踏上黄泉路。

其次，我担心他们绞死我之前我就窒息了。我知道，刽子手把那块脏兮兮的布蒙在我头上后，他或者他的助手就会从我头顶上朝我肩上扔下一个重重的、粗糙的绳索。看不见的手会把绳索抽得更紧，我就得顺从着绳索，被拖到梯子的脚下，然后往上吊——我只好跟着绳子走。我想象着梯子吃不消三个人的重量而被压弯。我上面的刽子手，把我的头往上拉。我下面的他的助手，抓住我的脚踝，定好方向，把它们从一级阶梯推向另一级阶梯。

再就是，我担心刽子手爬向横梁抽紧他的绳子一头后我死不了；他的助手，把我的脚踝抓得更紧，把我连同他一起推到空中。我们俩荡在空中，他的重量在我脚下下沉时，我会不会还活着？刽子手从横梁上跳下，骑在我肩上，我们成了悬荡在那里的三人组合，我会不会还活着？

天亮了。我穿上衣服。我被从囚室带到典狱长办公室边上的一个房间，再次见到我的朋友们的喜悦——我有志趣相投的伙伴，有七个我的爱国者同仁一起被绞死——突然之间我有一种感觉，我并不怕死。

天气已经非常炎热。他们给我们水喝。我要咖啡。一个看守去报告典狱长，他同意了。但是，我的咖啡拿来时是滚烫的，我等它凉下来时，门口那些人也在等我。他们告诉我我没有时间了。我对他们说我获许先喝咖啡，那他们就必须再给我几分钟时间。我们当中有个诗人，才二十三岁，他利用这一耽搁拿出一张纸写了起来。我想知道是否又是一首诗，或者是他准备在绞刑架下说的一些话。我想啜饮咖啡时，它还烫我的舌头。我放下咖啡，根本不去管门口那些恶狠狠地瞪着我的人。诗人还在写。我很高兴让他又多写了这些话。主教拿着念珠跪在那里。仿佛我让时间停了下来——但是，又会是我让时间重新往前走起来。因为这时，我的咖啡在无情地凉下来。一旦我能喝了，魔法就破除了，我们将向前踏上我们的不归路。

我一动不动。我只要一动，我感觉到，就会破除了这个魔法。我饿坏了，前天晚上量很少的一顿饭中我拿了一块面包偷偷地塞在双乳之间。我本来可以在等我的咖啡凉下来时吃这块面包的。但是，看守们可能会讲只允许我喝咖啡，不许吃东西。

我又一次把碗端到嘴边，哦，天哪，咖啡已经不冷不热完全能喝了。

我想——一个女人的想法，也许——我该对别人说些安慰话，因为我看到，他们至少和我一样因为绝望而非常虚弱。脑海里想起《埃涅阿斯纪》中的话：回首往事眉开眼笑——也许将来某一天想起这件事也会是件乐事。我见到年轻诗人的脸上滑过一丝微笑。

我们被押出监狱，上囚车前，我们的膀子被紧紧反剪着。我当时意识到，我的手臂决不会再松绑了。我没有勇敢一些吃了那块面包，多么后悔啊！

囚车把我们带到舒畅、晴朗的天空下；穿过了人头攒动的街道，人们已习惯于看这种重复来重复去的不道德的受难场面；来到了集市广场，此处搭建了绞刑台，聚集了大量观众准备看我们在空中舞蹈。这些不耐烦的观众本身也受到监视，由来自正规军的士兵、恶魔红衣主教的军队，还有两个骑兵团包围着。我们被带进卡尔米内教堂里边，这里站着另外的后备军队，以防暴乱；然后我们被关入无窗的禁闭室。

他们先绞死我们的骑兵军官。他二十四岁，是一个大公爵家族的后代，他是国民警卫队副队长。绞刑似乎花了二十分钟不到的时间。我听见人群的叫喊声。

接下来是七十三岁的牧师，一个温文尔雅、精神矍铄的老人。

看到我的朋友一个一个地走掉，我心想——也许是因为我是惟一的女人——我会不会排在最后。

等到只剩下我和那个年轻诗人时，我对他说：我有个要求，我希望它不会让你觉得尴尬，但是，再过一会儿，我们的身体就会遭到损毁和玷污，所以，也许我们能提前几分钟从平时束缚我们的要做谦谦君子的顾虑中释放出来。我饿极了，我袍子胸口里面有一小块面包。你能不能行行好试着把它弄出来。想象一下就好比你朝你母亲的乳房低下头去吧。

我怀着敬意朝我的一个诗友低下头去，他说。

我早已忘记一个男人的脸埋在我胸口的感觉了。多么美妙啊。他抬起头来，牙齿咬着那块面包。他和我一样，双眼含着眼泪。我们把脸靠在一起，这样好分享这块面包。然后他们把他带走了。

我听见人群的呼喊声。这意味着我的诗人在被绞死。我非常希望我能用一下洗手间。接下来就轮到我了——哦，是的，和我想的一模一样。

•

我叫爱勒纳拉·德·芳斯卡·皮明特尔。我生下来就叫这个名字(我父亲叫唐·克莱门特·德·芳斯卡·皮明特尔)，大家也只知道这个或差不多是这样的名字(我丈夫去世后，我重新用我自己的姓)。大家一般叫我爱勒纳拉·皮明特尔。有时叫我爱勒纳拉·皮明特尔·芳斯卡，偶尔叫我爱勒纳拉·德·芳斯卡。常常，有史学家在著述和文章里相当详尽地谈论我时，就叫我爱勒纳拉，而我在一七九九年那不勒斯革命中的同仁——全是男的——被提到时从来都不会不提姓、只单独提名字的。

我早熟:我生活的年代中，特权阶层中的天才并不稀少。十四岁，我用拉丁文和意大利文作诗，与梅塔斯塔齐奥[1]通信，创作了一个名叫《美德之胜利》的剧本，献给庞巴尔侯爵[2]。我的剧本以手抄本形式流传，受到赞誉。一七六八年，我为国王和王后的婚礼写了首新婚颂诗;当年我十六岁，和王后同龄。我写了几篇经济学论文，包括一篇研究建立一家全国银行计划的文章。我结婚迟:我当时已经二十五岁，我的不般配的丈夫四十四岁。我继续做我的数学、物理，以及植物学研究。我丈夫和他的朋友都认为我是个古怪、不合适的妻子。作为一个女人，我在我生活的年代是勇敢的，我不只是在七年

① 梅塔斯塔齐奥(Pietro Metastasio，1698—1782)，意大利诗人、剧作家。

② 庞巴尔侯爵(Marquis de Pombal，1699—1782)，葡萄牙首相，怀有启蒙思想。

后离开我丈夫，或者更常见地，让我父兄严厉地跟他交涉，让他同意我们分居。我起诉他，要求合法分居。有过一场审理；在审理过程中，我举证他许多不忠行为中的一些；他反诉我大多数时间都在看书，我是个无神论者，还和我的数学家庭教师有染，还有别的、更乱的放荡行为。尽管我暴露了丑闻，但我赢得了分居的判决。于是，我就自立门户了。

我继续看书、写作、翻译、研究。我有一笔从王室拿到的用于我的文学活动的薪金。我把一本教皇在两西西里王国的影响史从拉丁文译成意大利文，一七九〇年出版时献给了国王。我成了共和主义者，与我的王室资助人分道扬镳。我要不要背诵我的《自由颂》——我因此而锒铛入狱的那首？不背了。我充其量不过是一个传统意义上的有天赋的诗人。我最深刻的诗创作于多年前，关于我仅八个月大的孩子——弗朗切斯科——之死的十四行诗。

那场革命爆发，我也随之爆发。我创办了我们维持了五个月的共和国的那份大报。我写了大量的稿子。尽管不是没有意识到实际的经济和政治问题，但是，我认为教育是最为迫在眉睫的任务，我认为我这样想没错。一场革命如果不能改变心灵和思想，那还叫什么革命呢？我知道，我说起话来像个女人，尽管不像所有的女人。我知道，我说起话来像我这个阶层的女人。玛丽·沃斯通克拉夫特[①]的著作一七九四年在那不勒斯出版时，我读过并且感到佩服，但是，在我的报纸上，我从来没有提过妇女权利的问题。我是独立的。我没有把我的思想放在我性别的某个琐碎的概念上。的确，我首先不认

① 玛丽·沃斯通克拉夫特（Mary Wollstonecraft，1759—1797），英国著名女权主义者、作家。

为自己是个妇女。我思考我们正义的事业。我很高兴忘记我只是个女人。在我们的许多会议上,我很容易就忘记我是惟一的女性。我要成为纯粹的火舌。

你无法想象那个王国里生活的罪恶程度。王室的堕落,百姓的愁苦,行为的虚伪。哦,不要说那是个辉煌的时代。它只是富人的辉煌,只有不去想穷人的生活才会感到满足。

我生在那个世界,我属于那个阶层,我体验过那种惬意无比的生活的种种魅力,我在其无限的知识和技能的展望中感到无比的欣喜。人类是多么自然地就适应了卑劣、谎言、不劳而获的特权啊! 那些被出身或合适的抱负方式置于特权阶层的人如果不去快乐地生活,那么,他们肯定会一心想做与环境格格不入的人——毫无价值的伪圣洁,要不就是决意要自我剥夺。但是,那些因为出身或反叛被逐出特权阶层,而在这个地球上大多数人生活的地方生活的人,如果他们看不到极少数人既占有了财富又垄断了高雅品位,而把深重的苦难强加在别人身上,如果他们看不出这有多么可耻,那么,他们要么就是生性愚钝,要么就是天生奴颜媚骨。

我非常认真,我欣喜若狂,我不懂犬儒主义为何物,我希望大家好才好。我愿意放弃我的特权。我不怀旧。我相信未来。我唱我的歌,却被割喉。我看见美,我的眼睛却被弄瞎。也许我太天真。但是,我不让自己沉迷。我不让自己淹没在对单单一个人的爱里面。

我不屑于说我对那个杀死我朋友的勇士——英帝国的捍卫者、波旁王朝的救星——的仇恨和蔑视。但是,我要说到他的朋友,他们也都那么自鸣得意。

那个受人尊敬的威廉·汉密尔顿爵士是谁啊? 他不过是个上流社会的半吊子,在一个穷困、腐败和有趣的国家里,享受着提供给他的诸多机会,偷盗艺术品并以此赚钱为生,还成了个鉴赏家。他有过一个有独创性的见解吗?他受过作诗的训练吗?他发现了,还是发明了什么对人类有用的东西了吗?除了与他的地位联系在一起的他自己的那些享乐和特权以外,他为什么别的燃烧过激情吗?他清楚地知道去享受别具一格的当地人留下的东西;它们以艺术品和遗址的方式留在了四处。他居高临下地赞赏我们的火山。他在国内的朋友肯定对他的无畏留下了深刻的印象。

他的妻子是谁啊?她不过是又一个有才华的、矫揉造作的女人而已,她自以为有多了不起,因为她喜欢的男人都爱她。和她的丈夫和她爱的人不同,她没有真正的信仰。她是个热心人,她会怀着同样的热情投身到她爱的人——不管是谁——的事业中去。我很容易就想象得出来,如果埃玛·汉密尔顿出生在另一个国家,作为一个共和主义女英雄,她的结局有可能是她非常勇敢地站在某个绞刑架下。这就是她这样的女人的无足轻重。

我不会承认我曾为正义而不是为爱所动,因为正义也是爱的一种形式。我确实知道权力是怎么回事,我真的看清楚了这个世界是如何被统治的,但我不接受。我想树立个榜样。我想不让自己失望。但是,我害怕,同时也愤怒,我觉得太无力了,所以无法承认。所以,我没有讲我的惧怕,而是讲我的希望。我害怕我的愤怒会得罪人,他们会杀了我。尽管我确信无疑,但是,我担心我绝对不会强有力到能够明白,有什么能让我保护我自己。有时候,我得忘记自己是个女人,把我能做的事情做到最好。或者我会在做一个女人有多复杂这一点上对自己撒谎。所有女人都这样的,包括本书作者。但我不能宽恕那些除了自己的荣誉或幸福什么都不关心的人。他们自以为是文明人。他们是可鄙的。让他们统统见鬼去吧。

译后记

桑塔格是文论家、小说家、剧作家，还是电影导演。但是，在她多栖的身份中，她自己最看重的无疑是小说家。在多次访谈中，她都说到她最最希望的是成为作家。这里的作家主要指小说家，因为桑塔格一直希望过多重生活，而当小说家可以做得到。她也说过，她性格多面，她的身上充满了各种矛盾性，而写小说则可以将这些矛盾和冲突体现在她笔下的人物身上。她现在为人们看好的更多的是她的文论家和批评家的身份，其实，她说过，写作收入《反对阐释》等论集的随笔，以及后期的《关于他人的痛苦》等，都是因为那些文章有用，写小说才更加享受，况且小说里能够把随笔或评论的元素包括进去，反之则不行。

虽然桑塔格很在意她的小说创作，长篇小说处女秀《恩主》即获像阿伦特这样的大家的肯定，但是，她的小说要写到《火山情人》她才真正满意。在她所有的小说作品里，她最看重的是《火山情人》。她的头两部小说更多地沉浸于自我探索之中，她一直向往超越它们，在题材上，也在艺术上；在二十世纪七八十年代，她有过多次尝试，均因不满意而中途放弃。一直到一九九二年出版了《火山情人》，桑塔格才算有了真正满意的小说；她满意，因为这是惟一一本实现了她的小说家抱负的小说。《火山情人》是一部历史小说，但是，桑塔格立足当下，投射自我，思考道德和美学，释放出她自己被压抑的浪漫主义情愫，并在写作过程中，将小说和非小说的卓越技巧冶于一炉，在结构上又合理地吸收了音乐和电影的积极影响，遂使这部雅俗共赏的小说感觉像是一个崭新的开始。桑塔格对记者说："对我来说，这本小说真的是我的一个转折点。"

戴维·里夫跟我说过，在他母亲的小说中，他也最喜欢《火山情人》，这次又在中文版序里说他是"毫无保留地喜欢"。因为喜欢，所以，戴维特别维护他母亲和她的作品，尽管非常了解她的这些作品，他却很少在公开场合讨论。他说过，迄今为止，他只在《同时》这本她母亲最后的论集、他母亲的日记首卷《重生》的序言里谈论过他对母亲的作品的认识，再有一次就是二〇〇九年专程来南京和我及我的研究生所做的座谈。这次，他为拙译写序，也是犹豫再三，他说他是母亲的儿子，了解母亲，但他不敢说他是母亲作品的专家，不敢也不愿谈论母亲的作品。我理解戴维这样的情感，我也知道二〇〇五年一月十八日他为何在母亲的葬礼上请两位女演员朗读《火山情人》。戴维一定觉得，这是对母亲最后的告慰了。

近十年来，我一直在译桑塔格和关于桑塔格的作品，感到非常宽慰。桑塔格当面跟我说过希望我多译她的作品，特别是小说。我视之为一种嘱托，也是我的一个心愿。我深信，她的作品值得译入中文，让更多的读者看到。她的小说体现出她作为小说家的敏锐，她的文艺批评犀利而富有洞见，她把欧洲文艺理论介绍给美国读者时的热情和执著，她作为公共知识分子所表现出的正义感，令人钦佩和折服。我很兴奋，译文社《苏珊·桑塔格文集》的策划冯涛先生称我为桑塔格的铁杆粉丝；也很幸运，在翻译桑塔格的过程中，一直得到冯涛先生的鼓励和支持。他热情邀请我翻《火山情人》的时候，我手上译林出版社约译的《烟树》译得正酣，但他说他愿意等，令我大为感动。在我翻译这部我最喜爱的桑塔格的小说的一年半时间里，他并不催稿，使我得以从容地译稿改稿。

借此机会，我要特别感谢戴维·里夫。他日程排得满满当当的，手上在忙着他自己的写作，而且他和桑塔格一样，也酷爱旅游，常常是人在旅途。尽管如此，他照样始终关心我的翻译，并抽出宝贵的时间，回答了我所有的问题，还为中译本写来序言，就《火山情人》以及桑塔格的整个写作，为我们做了相当熨帖而精彩的解读。

愿更多的中国读者阅读桑塔格，包括桑塔格的《火山情人》，从而了解作为小说家的桑塔格臻至的艺术之境。

译者

二〇一一年初冬于南京

图书在版编目(CIP)数据

火山情人：一部罗曼司/(美)桑塔格(Susan Sontag)著；姚君伟译.
—上海：上海译文出版社，2018.4（2023.11重印）
（苏珊·桑塔格全集）
书名原文：The Volcano Lover：A Romance
ISBN 978-7-5327-7570-5

Ⅰ.①火… Ⅱ.①桑… ②姚… Ⅲ.①历史小说—美国—现代 Ⅳ.①I712.45

中国版本图书馆CIP数据核字(2017)第216144号

火山情人：一部罗曼司
〔美〕苏珊·桑塔格/著 姚君伟/译
总策划/冯 涛 责任编辑/管舒宁 装帧设计/张志全工作室

上海译文出版社有限公司出版、发行
网址：www.yiwen.com.cn
201101 上海市闵行区号景路159弄B座
南京爱德印刷有限公司印刷

开本 890×1240 1/32 印张 14.5 插页 6 字数 270,000
2018年4月第1版 2023年11月第2次印刷
印数：5,001—6,500册

ISBN 978-7-5327-7570-5/I·4634
定价：92.00元